MARIE PELLISSIER | Die tödliche Tugend der Madame Blandel

MARIE PELLISSIER

Die tödliche Tugend der Madame Blandel

Kriminalroman

Diana Verlag

Für Antoine

MIX
Papier aus verantwortungsvollen Quellen
FSC® C014496
FSC
www.fsc.org

Verlagsgruppe Random House FSC® N001967
Das für dieses Buch verwendete
FSC®-zertifizierte Papier *Holmen Book Cream*
liefert Holmen Paper, Hallstavik, Schweden.

2. Auflage
Originalausgabe 06/2014

Dieses Werk wurde vermittelt durch
die Literarische Agentur Michael Gaeb
Redaktion | Lisa Scheiber
Umschlaggestaltung | t.mutzenbach design, München
Umschlagmotiv | © shutterstock
Satz | Leingärtner, Nabburg
Druck und Bindung | GGP Media GmbH, Pößneck

Printed in Germany
ISBN 978-3-453-35767-9

www.diana-verlag.de

Prolog

Die letzte Metro ratterte über die alten Gleise, am Samstagmorgen um kurz vor halb drei. Paul lag unter der Eisenbahnbrücke und blickte über die Seine auf die weit entfernten Lichter der Straßenlaternen am anderen Ufer, die sich im bewegten Wasser spiegelten. Lichtkegel glitten vorüber. Mild war die Luft nach der drückenden Hitze des Tages. An der Seine kühlte es nachts schneller ab als unter den Arkaden an der Place des Vosges.

Der Clochard freute sich, diesen »Logenplatz« gefunden zu haben, ohne Unsummen an Miete oder Zinsen für die Lage am Wasser zu bezahlen, wie die anderen Pariser es taten, wenn sie den Immobilienbesitz nicht in die Wiege gelegt bekommen hatten. So war das eben: Man gehörte zu denen, die besaßen, jenen, die hart dafür arbeiteten so tun zu können, als besäßen sie, oder zu den Übriggebliebenen, die Zuwendungen bekamen, und sei es nur in Form einer politisch korrekten Bezeichnung. SDF durfte er sich nun nennen, Sans Domicile Fixe, ohne festen Wohnsitz. Ein Clochard war selbst als reiner Ausdruck nicht mehr gesellschaftsfähig.

Ein Motorengeräusch ließ ihn aufhorchen. Die Feiern auf den *Yachts de Paris* waren doch seit über einer Stunde vorbei. Es hatte noch etwas gedauert, bis auch das letzte Lachen verklungen, das letzte Gespräch verstummt und das letzte Auto gefahren war. Paul reckte sich, um an der Säule vorbeisehen zu können. Täuschte er sich, oder schaukelten da zwei helle Kreise auf die Schleuse zu? Er stützte sich auf seine Ellbogen. Von der anderen Seite näherte sich langsam ein Wagen. Erst kurz vor dem Wasser, keine zehn Meter von Paul entfernt, blieb er stehen. Der Fahrer schaltete den Motor aus. Stille.

Ein ungutes Gefühl beschlich den Clochard. Normalerweise waren die Quais mit einer Schranke verriegelt. Nur geladene Gäste wurden für die abendlichen Feste durchgelassen. Jetzt jedoch hätte alles verschlossen sein müssen.

Die Tür öffnete sich. Paul sah eine dunkle Gestalt aussteigen, die sich mehrmals umblickte. Reflexartig zog er den Kopf ein. Sein Herz schlug schneller. Doch der Fahrer hatte ihn im Schatten der Brücke wohl nicht gesehen. Er umrundete sein Auto, öffnete die Beifahrertür und verschwand aus Pauls Blickfeld.

Seltsamer Wagen. Ungewöhnliche Scheinwerferform. Kein typischer Franzose. Vielleicht ein älteres Modell?

Da tauchte die Gestalt wieder auf, sie bewegte sich nun langsam und mühevoll rückwärts Richtung Wasser, als schleife sie etwas Schweres hinter sich her.

Paul kniff die Augen zusammen, um mehr zu erkennen, doch der Fahrer war im Schatten des gegenüberliegenden Brückenpfeilers verschwunden. Nur noch ein leise scharrendes Geräusch war zu hören. Dann nichts mehr.

Paul hielt den Atem an und lauschte angestrengt. Da hörte er den Aufprall auf dem Wasser. Einen Moment später die Autotür, den Motor, der ansprang.

Paul konnte gerade noch einen Blick erhaschen, bevor sich das Auto schnell entfernte.

Kurze Zeit später war alles so, als wäre nichts geschehen. Verlassen die Schiffe der *Yachts de Paris*, völlig still der Canal

St. Martin. Und gegenüber, am anderen Ufer der Seine, direkt unterhalb des Quais Saint Bernard, lag ruhig im Dunkeln das Boot der *Brigade Fluviale*.

Für die würde es Arbeit geben.

Freitag, 1. August

Vanessa versuchte das Badezimmerfenster zu öffnen, doch die morschen, weiß gestrichenen Latten der Sprossenfenster hatten sich durch den täglichen Wasserdampf verzogen und klemmten an der unteren Kante des Fensterrahmens. Dafür war oben über die Jahre eine Öffnung von einem halben Zentimeter entstanden, durch die ungehindert Luft einströmen konnte. Im Sommer wie im Winter. Jetzt war Sommer. Hochsommer. August in Paris. Eine Zeit, in der jeder vernünftige Bürger an die französischen Küsten floh. Bevorzugt an die Côte d'Azur. Cannes. Nizza. Monaco wäre auch nach Vanessas Geschmack gewesen. Aber ihr Mann Justinien hatte aufgrund seines ach so wichtigen Jobs diesen Monat nicht verreisen können. Und Said hatte neuerdings andere Pläne. Die würde sie ihm schon noch austreiben …

Dann gab das Fenster doch nach, und mit einem Ruck flogen die Flügeltüren auf. Draußen flatterte eine Taube hoch. Vanessa lachte leise. Sie würde heute noch ein ganz anderes Täubchen erschrecken. Endlich.

Der Hof lag ruhig im Schatten. Obwohl erst kurz nach neun Uhr, war es schon wieder ziemlich warm. Vanessa stellte sich nackt an die schmiedeeiserne Brüstung und spürte einen winzigen Lufthauch. Kein Wölkchen am blassblauen Himmel, das Hoffnung auf Abkühlung gegeben hätte.

Unten surrte der Türöffner, und Vanessa sah die Gardienne in den Hof treten. In ihrer Kittelschürze verteilte sie die Post. Vorgestern hatte die alte Hausmeisterin ihr einen großen Umschlag für Justinien überreicht: »Hoffentlich nichts Ernstes?«

Ihre wachen, klaren Augen hatten sie dabei ernst und eindringlich angesehen.

Als junge Frau war sie vermutlich eine Schönheit gewesen. Natürlich nur, wenn man sich an ihrer geringen Größe nicht störte und engelsgleiche Wesen nicht langweilig fand.

Doch Vanessa war nicht so dumm, sich aufgrund von sympathischen Lachfalten und zur Schau gestellter Anteilnahme in die Karten sehen zu lassen.

»Das lassen Sie mal meine Sorge sein!«

Fast wäre es das tatsächlich geworden, als Justinien ihr dieses Dokument schweigend unter die Nase gehalten hatte. Dieser Waschlappen. Er hatte sie verunsichert, doch nicht lange, denn was sich erst als Katastrophe dargestellt hatte, konnte sie in wenigen Stunden als Beweis verwenden. Und heute Abend würden sie einander anders gegenübersitzen. Heute Abend waren Geld und Kind auf ihrer Seite. Vanessa spürte ein erregendes Kribbeln. Sie grinste. Dann streckte sie die Arme, dehnte sich und hielt den Blick demonstrativ nach oben gerichtet. Unter sich hörte sie Lucies Schuhe auf dem Kopfsteinpflaster klappern. Bis heute Nachmittag hatte sie der kleinen Portugiesin Zeit gegeben, um den Stapel Hemden und Bettwäsche zu bügeln. Lucie sollte ruhig ins Schwitzen geraten.

Die Gardienne bügelte für viele Bewohner im Haus, die ihr mit Wertschätzung und Höflichkeit begegneten, während Vanessa gar nichts von Vertraulichkeit mit Hausangestellten hielt. Abram Rosenberg zum Beispiel geriet direkt ins Schwärmen: »Die Seele des Hauses. *Une vraie dame.*« Eine Hausmeisterin, eine echte Dame, wo gab es denn so etwas? Nun, wer wusste schon, was im Kopf eines Komponisten vor sich ging.

Vanessa betrachtete aus dem Augenwinkel, wie Lucie mit gesenktem Kopf den Hof überquerte.

»*Bonjour*, Lucie!« Der ältere Mann, der über das vordere Treppenhaus den Hof betreten hatte, hieß Octavien de la Roche, soweit Vanessa wusste, und war irgendein hohes Tier bei der Pariser Polizei. Vanessa hatte ihn bisher erst einmal gesehen.

»*Comme il fait beau!*« Der kleine Mann blieb stehen und wartete, bis Lucie auf seiner Höhe angekommen war, um ihr die Tür aufzuhalten. Dann deutete er einen Diener an, Lucie gab ihm lächelnd zwei Briefumschläge, und die beiden begannen miteinander zu plaudern. Alter Adel.

Vanessa wandte sich verächtlich vom Fenster ab. In wenigen Tagen würde sie Eigentümerin der Beletage an der Place des Vosges sein. Eine der begehrtesten Adressen in Paris. In der Ambroisie, dem Sternelokal in Haus Nummer 9, verkehrten wöchentlich die Größen der internationalen Politik und Gesellschaft. Obama hatte letzte Woche hier gespeist, Hollande war sozusagen Dauergast, Karl Lagerfeld umgab sich mit den Schönen. Und hier im Gebäude, im Hotel *Estrades*, hatte Maurizio Pollini sein Pariser *Pied-à-terre*, wo er sich am Flügel ein- bis zweimal im Jahr auf ein Konzert vorbereitete. »Der bedeutendste zeitgenössische Interpret Chopins«, hatte Georgette, ihre Schwiegermutter, sie belehrt.

Vanessa war sechzehn, als sie in Georgette Blandels Apotheke ihre Ausbildung begann. Ihre Chefin war eine eigenständige Geschäftsfrau, die jeder bewunderte. Drei Kinder hatte Georgette allein großgezogen und leitete gleichzeitig die größte Apotheke des Marais. Und dabei war ihr Aussehen stets makellos.

Die Stimmen der beiden Alten im Hof waren verstummt, während sich Vanessa in dem großen Spiegel neben dem Waschtisch betrachtete. Sie war nicht mehr das kleine Lehrmädchen aus Castries. Sie gehörte jetzt genauso in dieses Quartier wie die Blandels. Und Georgette war nicht mehr der Fels in der Brandung, für den sie sich gehalten hatte. Die Fassade hatte Risse bekommen. Beachtung würde man zukünftig Vanessa Blandel entgegenbringen, die dabei war, weit mehr aufzubauen als ihre Schwiegermutter. Jämmerlich, zu was für schwachen Kreaturen Frauen mutierten, wenn es um ihre Kinder ging! Vanessa schüttelte den Kopf, wie um einen lästigen Gedanken zu verscheuchen. Sie betrachtete ihre Brüste. Diesem Körper hatte sie viel zu verdanken. Dann sah sie auf ihre Fußnägel. Mit der Lackierung war sie nicht mehr zufrieden. Das Schwarz am linken großen Zeh war abgesplittert. Sie suchte den Nagellackentferner in der ledernen Kulturtasche.

Dann nahm sie das große rote Handtuch und setzte sich auf die Stufen vor der Badewanne. Schiefer. Passend zur großen Schieferplatte, in die zwei Aluminiumwaschbecken eingelassen waren. Passend zum Boden. Was hatte sich Justinien angestellt, als sie die Installateure kommen ließ. »Liebling, muss das wirklich sein? Das Badezimmer ist doch noch wunderschön.«

Er hätte sowieso nicht verstanden, worum es ihr ging. Dass sie all dies nur tat, um zu demonstrieren, dass Georgette hier nichts mehr zu suchen hatte. Dass sie, Vanessa, jetzt die Hausherrin war.

Sie tränkte ein Wattepad mit Nagellackentferner. Justinien mochte schwarzen Nagellack nicht, ebenso wenig wie Tattoos. Als sie sich die Rose in die linke Schulter hatte stechen lassen, war sie gespannt gewesen, was er wohl dazu sagen würde, der hoffnungslose Romantiker. Es hatte Spaß gemacht, ihren

Körper einzusetzen, um ihn verrückt zu machen oder zu bestrafen. Jetzt jedoch hatte sie es nicht mehr nötig, ihn zu ärgern. Nur noch wenige Tage, vielleicht Stunden, und sie würde Justinien nicht mehr brauchen. Genau wie diese ganze Familie, die ihr immer wieder gezeigt hatte, dass sie nicht dazugehörte.

Zehn Minuten später leuchteten die Nägel in Bordeauxrot. Vanessa ging ins Schlafzimmer und suchte die passenden Dessous. Ihr durchgängig verspiegelter Kleiderschrank reichte fast bis zu den hohen cremefarbenen Stuckdecken. In der Mitte des Raumes stand das große schmiedeeiserne Bett. Ein kirschroter Spitzenstring von La Perla mit passendem BH. Kampfausrüstung. Vanessa warf ein Seidennegligé über und ging in die Küche, um nachzusehen, ob Champagner kalt stand. Im Kühlschrank lagen drei Flaschen Taittinger. *La famille* Taittinger, die zu den großzügigen Förderern der Pariser Oper gehörten und die Georgette regelmäßig im Palais Royal traf. Vanessa würde auf eine andere Marke umsteigen, wenn Justinien ausgezogen war. Sie nahm zwei schlichte Kelche aus der Glasvitrine und stellte sie auf ein kleines Silbertablett.

Dies sollte die letzte Flasche Taittinger sein, schwor sie sich, und damit würde sie die ganze Familie Blandel hinter sich lassen. Oder besser: auf dem aufbauen, was sie ihr ermöglichten. Als Preis, den sie zahlen mussten für ihre jahrelange Missachtung.

Es klingelte.

Vanessa machte sich einen Espresso. Den heißen, rassigen Schwarzen. Zwei Teelöffel Zucker, die sich noch Sekunden auf der Crema hielten, bevor sie einsanken. Dann erst ging sie zur Tür. Das Spiel konnte beginnen.

Er musste Vanessa loswerden, ohne Julie dabei zu verlieren. Justinien starrte aus dem Wagenfenster auf die Fassade des Louvre. Große Plakate kündigten eine China-Ausstellung an. Rechts überholte frech ein kleiner Peugeot, bevor sie an den dunkelgrünen Platanen der Tuilerien vorbeiglitten.

Jean, sein Fahrer, hatte ihn pünktlich vom Flughafen abgeholt. Er war mit der ersten Maschine heute Morgen aus Barcelona gekommen. Nach einer Nachtschicht mit dem Controller der spanischen Tochtergesellschaft. Justinien war froh, im angenehm klimatisierten Wagen zu sitzen – ein Moment der Stille, bevor er wieder in die laute Welt hinausmusste.

Die Lage in der Firma war schwierig, die zu Hause ausweglos. Vanessa hatte ihn mal wieder in der Hand. Er konnte es drehen und wenden, wie er wollte. Je länger Justinien über seine Position nachdachte, desto größer wurde diese ohnmächtige Wut. Er schnaubte. Sein Chauffeur warf ihm einen kurzen Blick durch den Rückspiegel zu.

Justinien hätte sich gern zu Hause frisch gemacht und ein gebügeltes Hemd angezogen, doch als sie an der Place des Vosges angekommen waren, hatte er es sich anders überlegt. Nein, er brauchte erst einen Plan, eine Strategie, bevor er dieser Frau ein letztes Mal begegnete. Nun war er auf dem Weg in sein Büro in La Défense. Sie hatten die Place de la Concorde erreicht. Routiniert steuerte Jean den Wagen durch den dichten Verkehr. Justinien wäre dazu heute nicht in der Lage gewesen.

Das Riesenrad war noch nicht in Betrieb, die goldene Spitze des Obelisken leuchtete in der Sonne. Hatte nicht hier die Guillotine gestanden?

Wozu war Justinien Chefstratege? Wenn du ein Spiel nicht gewinnen kannst, dann ändere die Regeln. So wäre Vanessa vorgegangen. Bei seiner Frau handelte es sich um eine moralfreie

Zone. Er musste blind gewesen sein. Justinien lachte auf. Vanessa interpretierte seine Korrektheit als Schwäche. Sie sorgte dafür, dass sich dieses Bild bestätigte.

Justinien betrachtete die Schatten spendenden Platanen, als sie rechts in die Champs-Élysées bogen. Eine Joggerin mit langen Beinen in kurzer Hose, ein älterer Herrn mit zwei Dackeln an der Leine, eine Gruppe japanischer Touristen.

Vanessa hatte ihn langsam zerstört, Schritt für Schritt. Zu lange hatte er sich nicht dagegen gewehrt, sie machen lassen, sich aufgegeben. Doch jetzt wollte sie ihm den Todesstoß versetzen.

Eine der Litfaßsäulen mit grünem Dach fesselte kurz seinen Blick. Abram Rosenberg im *Théâtre des Champs-Élysées*, stand auf dem Plakat, am Dienstag, 5. August. War das nicht der komponierende Pianist im Stockwerk über ihnen? Ein alleinstehender Künstler, der in seinem Leben wohl bessere Entscheidungen getroffen hatte als er selbst. Oder auch nicht, dachte Justinien, denn Julie würde er für nichts in der Welt hergeben wollen.

Sein Blick streifte die Geschäfte.

Wenn er doch nur ein einziges Mal seine hohen moralischen Ansprüche hinter sich lassen könnte. Für Julie, dachte er, für Julie würde er dazu in der Lage sein.

»Heilige Maria!« Lucie hatte den vollen Wäschekorb unter dem linken Arm getragen und mit rechts schwungvoll die große Glastür zum Treppenhaus geöffnet, als der frisch gebügelte Stapel zu rutschen begann. Die zweite Hand kam zu spät, und die obersten Hemden landeten vor ihren Füßen auf dem Steinboden. »Oje ...«, seufzte sie, als sie den Korb daneben abstellte und die beiden nach Waschpulver und Stärke duftenden Hemden genau inspizierte.

Glücklicherweise hatte sie gestern das Treppenhaus geschrubbt. Dem Stoff war nichts anzusehen. Sie legte die Hemden, so gut das ohne Unterlage ging, wieder zusammen und stieg mühsam weiter die Treppen hoch.

Das vordere Treppenhaus der Nummer 3 an der Place des Vosges war ein begehrtes Motiv für Fotografen. Lucies Lieblingsbild war eine Schwarz-Weiß-Fotografie, bei der das schmiedeeiserne Geländer, von unten aufgenommen, wie eine Schnecke aussah und den Eindruck erweckte, wer sich auf diesen Weg machte, dränge bis zum innersten Kern vor. Seit dem 16. Jahrhundert hatten unzählige Menschen diesen Boden betreten und ihre Spuren im harten Stein hinterlassen. Jede der Sandsteinstufen war ein Unikat, von einem Steinmetz in Form geschlagen und weitergestaltet von den Wesen, die sie berührten, etwas von sich gaben und anderes mitnahmen. Das hatte den Sandstein weich werden lassen und ihm runde Vertiefungen in der Mitte gegeben. Lucie kannte jede dieser Stufen seit Jahrzehnten und putzte sie achtsam mit der Handbürste, auch wenn die Knie inzwischen dabei schmerzten. Sie freute sich, wenn sie daran dachte, dass ihr geliebter Onkel Pedro, der Priester, diese Haltung als Geste der Demut vor der Geschichte verstand. Einer illustren Geschichte. Dieses Gebäude, das *Hôtel Estrades*, hatte durch die Jahrhunderte verschiedenen bedeutenden Adelsfamilien gehört, die dem Königshaus nahestanden. Noch heute nannte man die Gebäude an der Place des Vosges mit ihren schönen Fassaden aus rotem Backstein *hôtels*, bis auf Haus Nummer 6. Sie hieß schlicht: *maison*, allerdings *Maison Victor Hugo*, denn der große Meister hatte hier zwölf Jahre seines Lebens gelebt und gewütet, wie seine im Museum ausgestellten, häufig demolierten Einrichtungsgegenstände zeigten.

Im ersten Stock blieb Lucie schwer atmend vor dem überdimensionalen Portal stehen, hinter dem die Blandelsche Wohnung lag. Ein warmer Holzton, der nichts von der Kälte verriet, die hinter diesen Türen herrschte. Lucie holte nochmals tief Luft und drückte auf den Klingelknopf. Sie hörte, wie es drinnen schrillte, und lauschte. Nichts. Seltsam. Dabei hatte sie am Vormittag Vanessa Blandels Bekannten, der regelmäßig zu Besuch kam, die Treppe hocheilen sehen, und bis jetzt, am Nachmittag, war er nicht wieder an ihrer Tür vorbeigekommen. Madame Blandel übrigens auch nicht. Lucie fiel ein, dass sie gegen Mittag über eine Stunde nicht im Gebäude gewesen war. Sie hatte Georgette einen wunderschönen Rosenstrauß als Willkommensgruß gebracht und in ihrer Wohnung in Beaubourg die Pflanzen gegossen. Normalerweise putzte Lucie dort jeden Freitagnachmittag, doch heute war sie so schnell es ging nach Hause zurückgeeilt, um die Pastete für die Familie für heute Abend vorzubereiten und die letzten drei Hemden aus der Bügelwäsche für die Blandels fertig zu machen. Lucie hatte zwar kurz geschluckt, als die junge Blandel gestern Abend mit dem Korb voller Laken, Hemden und Blusen vor ihrer Tür gestanden und gesagt hatte, sie brauche alles bis zum nächsten Tag. Dann aber hatte Lucie sich besonnen und sich gesagt, dass es eben manchmal auch Opfer erforderte, wenn man eine gute Beziehung zu einem harten Menschen wie Vanessa aufbauen wollte.

Lucie klingelte erneut. Hätte sie diesen Auftrag lieber nicht annehmen sollen? Sie war unschlüssig. Sie konnte den Korb nicht einfach im Treppenhaus stehen lassen, wollte aber so bald wie möglich noch Fisch für den Hauptgang einkaufen. Ihr jüngerer Sohn, David, liebte *Dorade farcie au merlan*. Was, wenn Vanessa nach Hause käme, während Lucie unterwegs war? Lucie stellte den Korb ab, um den Zweitschlüssel von unten zu holen.

Kurze Zeit später betrat sie den Flur. Erst wollte sie die frische Wäsche hinter der Garderobe abstellen, wo sie gut zu sehen wäre, doch dann beschloss sie, den Korb bis ins Schlafzimmer zu tragen. Schließlich war Lucie hier früher ein und aus gegangen, als das noch Madame Georgettes Wohnung gewesen war, die sie gelüftet, aufgeräumt, geputzt und liebevoll gepflegt hatte. Wie Vanessa die Wohnung eingerichtet hatte, wusste Lucie nicht, denn seit deren Einzug vor ungefähr einem Jahr hatte sie diese Räume nicht mehr betreten.

Neugierig trat sie in den ersten Salon mit den großen Flügeltüren zum Park, durch die sie immer gern die Kinder auf dem Spielplatz betrachtet hatte. Alte, abgestandene Luft schlug Lucie entgegen. Vanessa Blandel schien nicht zu wissen, dass man hier jeden Morgen als Erstes zehn Minuten lüften musste. Doch was weitaus schlimmer war: Die schönen Rosenholz-Stilmöbel waren nicht mehr da! Regale, schwarz und weiß lackiert, überall Ecken, Kanten, harte Linien, in denen sich Bücher, Blu-Rays, CDs, gebrauchte Gläser, Zeitschriften und Papiere stapelten. Darüber hing ein großes, graubraunes modernes Gemälde. Wo der schöne Sekretär gestanden hatte, den Lucie mindestens einmal die Woche liebevoll poliert hatte, war nun ein riesiger Flachbildschirm aufgehängt.

Wo waren nur die Möbel geblieben? Die ganzen kostbaren Antiquitäten? In Georgettes Appartement standen sie nicht, und soweit Lucie wusste, hatte die alte Madame Blandel es beim Auszug nicht übers Herz gebracht, das Ensemble aus Wohnung und Möbeln auseinanderzureißen. »In meinem Studio kommen die Stücke nicht wirklich zur Geltung«, hatte sie bedauernd gesagt.

Plötzlich wollte Lucie nur noch so schnell wie möglich diese Wohnung verlassen. Außerdem musste sie schon wieder auf die

Toilette. Eilig ging sie an Justiniens Büro vorbei ins Schlafzimmer und erschrak. Über den neuen knallblauen Teppichboden verteilt lagen achtlos hingeworfen Dessous. Auf dem Nachttisch standen eine geöffnete Flasche Champagner und zwei halb volle Gläser, daneben lag ein Blister mit der Antibabypille. Die zerwühlten Laken sahen aus, als ob auf dem Bett ein Kampf stattgefunden hätte, und an den schmiedeeisernen Verstrebungen hingen schwarze Tücher.

»Lucie, Sie bekommen doch vorzeitig mit, wenn an der Place des Vosges Wohnungen frei werden«, hatte Vanessa Blandel sie vor zwei Wochen mit süßlicher Stimme angesprochen. »Ich habe einen Bekannten, der dringend ein Dach über dem Kopf braucht.« Dabei hatte die Blandel Lucie in die Augen gesehen. Die Gardienne hatte vorsichtig genickt. »Ein zuverlässiger Mensch«, hatte Vanessa betont, während Lucie überlegte, wo die Unstimmigkeit lag, die sie so deutlich spürte. »Jedenfalls sucht er dringend eine Wohnung, er ist sozusagen in einer Notsituation.« Vanessas Mund hatte gelächelt, ihre Augen hatten etwas Forderndes gehabt.

Lucie war sofort das leer stehende Mansardenzimmer im dritten Stock eingefallen, und im Bann der unerwarteten Freundlichkeit der jungen Blandel hatte sie versprochen, mit dem Besitzer zu sprechen, der am 1. August aus dem Urlaub zurückkommen wollte.

»Aber bitte kein Wort zu meinem Mann.« Madame Blandel hatte sie verschwörerisch angesehen. »Der würde meinen Wunsch zu helfen mal wieder völlig missverstehen. Er ist ja so eifersüchtig …«

Wie dumm sie doch gewesen war. Als ob ein Mensch in Wohnungsnot unbedingt ein Zimmer an der Place des Vosges haben müsste! Fröstelnd stand Lucie in dem überhitzten, stickigen

Schlafzimmer, mit dem Gefühl, kaum noch Luft zu kriegen. Sie konnte den Blick nicht vom Bett wenden. Die schwarzen Tücher hingen schlaff, wie traurige Flaggen bei Windstille, am Messinggerüst.

Vielleicht war die Situation anders, als sie sich ihr darstellte. Vielleicht war Justinien doch schon früher von seiner Geschäftsreise zurückgekommen? Lucie stellte den Korb mit der gebügelten Wäsche vor den Kleiderschrank und ging zum Fenster. Sie öffnete die Flügeltüren, stützte sich auf das Geländer und atmete tief durch. Draußen war es nicht weniger heiß, aber die Luft wirkte nicht so verbraucht, und der Druck auf ihrer Brust ließ etwas nach. Eine Taube gurrte, und aus den oberen Stockwerken drang leise die Klaviermusik von Monsieur Rosenberg, dem Pianisten, zu ihr herüber. Obwohl die stark befahrene Rue de Rivoli keine dreißig Meter Luftlinie entfernt lag, war hier im Hinterhof nichts von dem Straßenlärm zu hören. Kein Laut störte die Idylle.

Über den hellblauen Himmel zogen zwei zarte weiße Wolkenschleier. Lucie spürte, wie die Weite des Firmaments auch sie innerlich weit werden ließ und wie Dankbarkeit sie durchströmte, für die Schönheit und den Frieden, die sie täglich umgaben. Vom Wunsch erfüllt, etwas davon in diese Wohnung zu bringen, holte sie nochmals tief Luft und zog dann die Holzklappläden zu.

So wie er war konnte sie den Raum auf keinen Fall lassen, auch wenn die Szenerie im Dämmerlicht schon weniger hässlich wirkte. Lucie musste Ordnung schaffen! Bestimmt würde die äußere Wiederherstellung des ursprünglichen Zustandes eine heilsame Wirkung auf das Innenleben der Eheleute haben. Doch erst musste sie auf die Toilette gehen. Sie fand den kleinen Raum unverändert – wenigstens das – und überlegte, ob sie sich vielleicht eine Blasenentzündung zugezogen hatte. Zurück im Schlafzimmer räumte sie den Tisch ab, steckte den Blister in ihre Schürze, nahm die zwei Kelche in die Hand und brachte sie in die Küche. Lucie wusch und trocknete die Gläser sorgfältig ab und stellte sie in die Vitrine. Seltsam, wie nah ihr das ging, wo sie doch wusste, dass Vanessa kein unbeschriebenes Blatt war.

Nachdem sie die Champagnerflasche ausgegossen hatte, sah sie auf dem Küchentisch den Entwurf eines Faltblattes für eine Kosmetiklinie. »Alleinvertretungsrecht« stand mit Ausrufezeichen handschriftlich neben dem Satz »Hautverjüngung durch Ozontherapie« und dem Bild eines Pfirsichs. Lucie gab Vanessa noch zehn Jahre. Danach war sie ein Fall für die Schönheitschirurgie, Pfirsiche hin oder her. Oder sie nutzte das dann endlich als Chance, um so etwas wie innere Werte zu entwickeln.

Wieder im Schlafzimmer, betrachtete Lucie traurig das Bett. Arme Julie. Die Kinder traf es immer am härtesten. Wie gut, dass das Mädchen in England war. Armer Justinien. Doch wenn er am Abend nach Hause kam, würde er hier alles in bester Ordnung vorfinden. Wie gut, dass sie die Wäsche bis ins Schlafzimmer gebracht hatte.

Sie legte Vanessas Kleidung ordentlich über den Stuhl. Dann machte sie sich daran, die schwarzen Tücher von den Betten zu lösen, was viel schwerer war, als sie vermutet hatte. An diesen Knoten musste jemand sehr stark gezogen haben. Sie nestelte daran, brach sich einen Fingernagel ab und überlegte, eine Schere aus dem Büro zu holen und alles durchzuschneiden. Das Zeug war sowieso für den Müll bestimmt. Andererseits würde sie mit der Suche nach einer Schere wertvolle Zeit verlieren, denn wer wusste, wann die Blandel wieder vor der Tür stehen würde. Mithilfe ihres Schlüssels gelang es ihr endlich, die vier

Knoten zu lösen. Sie stopfte die Tücher in ihre Schürze, zog das Bett ab und bezog die Decken mit den frisch gebügelten Laken. Es duftete herrlich und sah so frisch gemacht aus wie das Bett eines Hotelzimmers. Lucie lächelte zufrieden. Die gebrauchte Bettwäsche packte sie in den Wäschekorb, nachdem sie alle Hemden und Blusen in den Schrank gehängt hatte.

Als sie mit Korb und leerer Champagnerflasche in den Händen den Flur durchquerte, fiel ihr Blick auf den Garderobentisch. Dort lag, achtlos hingeworfen, Vanessas Terminkalender. Lucie trat näher und las: Freitag, 1. August. 9.30 Uhr Training. Der Nachmittag war frei, und abends stand noch etwas darin, was sie nicht entziffern konnte. Sie blätterte eine Seite zurück. 31. Juli. Dort fand sich ein Kosmetiktermin, Frisör und – Lucie stutzte – ihr Name.

Machte Vanessa tatsächlich Ernst? Vor einigen Tagen hatte die junge Blandel Lucie erklärt, sie werde sich beim Hausverwalter beschweren müssen, weil die Gardienne ihre Arbeitszeiten nicht einhalte. Lucie hatte dazu geschwiegen und gelächelt, denn Monsieur Frank war seit über vierzig Jahren sehr zufrieden mit ihr als Gardienne, während Vanessa erst ein Jahr in der Wohnung ihrer Schwiegermutter lebte. »Das Lachen wird Ihnen noch vergehen«, hatte Vanessa sie angefunkelt. »Ich führe darüber Buch!« Bisher hatte Lucie das Ganze für einen Bluff gehalten. Ein Machtspielchen. Doch der jungen Blandel schien es ernst zu sein. Lucie nahm das Buch in die Hand, fest entschlossen herauszufinden, was Vanessa ihr vorwarf.

In dem Moment hörte sie ein Surren und einen Klick. Das Tor zum Innenhof wurde aufgestoßen. Lucie warf einen Blick auf ihre alte Taschenuhr. Heilige Maria, es war spät geworden! Die schwere Tür fiel wieder ins Schloss. Lucie lauschte. Für einen Moment dachte sie, da überquere jemand den Hof und ginge in den hinteren Teil des Gebäudes. Doch dann hörte sie Schritte auf der Treppe. Wenn nun Vanessa nach Hause kam und sie hier so entdeckte? Mit der leeren Flasche und der Bettwäsche in der Hand. Die Schritte kamen näher. Oder war es Monsieur Blandel, der früher von der Geschäftsreise nach Hause kam? Wie sollte sie dem erklären, was sie hier mit einer leeren Flasche aus seinem Vorrat tat? Den Ehebruch seiner Frau vertuschen? Das konnte sie ihm kaum erzählen. Vor der Tür verstummten die Schritte. Reflexartig schlug sie das Buch zu und ließ es in ihrer Schürze verschwinden. Da draußen stand jemand, das spürte sie mit jeder Faser ihres Körpers.

Der Kaffee in Paris war um Klassen besser als der in New York. Selbst der aus dem Automaten im Büro. Martine Lacroix sah, wie die dunkelbraune Flüssigkeit in den Plastikbecher lief. Das Gefäß war heiß, und am Inhalt verbrannte sie sich fast die Lippen. Sie brauchte dringend Koffein. Gestern Nacht war sie mit der letzten Maschine aus Sofia zurückgekommen. Sie hatte sich die bulgarische Universität angesehen und über zwanzig verschiedene Bürogebäude besichtigt. Nachdem Martine gefunden hatte, was sie suchte, hatte sie schon wegen der Räumlichkeiten vorverhandelt. Erst um zwei Uhr nachts war sie im Bett gewesen. Und dann hatte es noch eine Weile gedauert, bis sie zur Ruhe gekommen war. Zu sehr war sie von diesem Projekt begeistert. Heute Morgen hatte sie um acht Uhr als Erste am Schreibtisch gesessen und seitdem an der Aufbereitung des Geschäftsmodells gearbeitet. Die Präsentation konnte sich sehen lassen. Jetzt, wo sie alles beisammenhatte, ließ die Anspannung etwas nach, und sie spürte die Müdigkeit. Der Kaffee würde ihr helfen. Martine ging mit dem Becher in der Hand zurück in ihr Büro. Justiniens Sekretärin Silvie hatte vorhin angerufen und ihr mitgeteilt, dass er ihr wöchentliches Statusmeeting eine halbe Stunde vorverlegen wollte. Martine freute sich. So würde sie noch mehr Zeit haben, ihn zu überzeugen. Wenn sie heute das Okay bekam, dann konnte sie nächste Woche das Recruitment Team zusammenstellen und die Räume anmieten.

Die Sekretärin hatte nach der Präsentation gefragt. Sie habe noch nichts in Monsieur Blandels elektronischer Post gefunden. Martine hatte geantwortet, sie arbeite noch daran. In Wirklichkeit wollte sie nicht, dass Justinien sich die Unterlagen durchsah, bevor sie diese persönlich präsentieren konnte. Ihre Zeit in den USA hatte sie gelehrt, dass nichts über die Wirkung des persönlichen Auftritts ging, und in dieser Hinsicht waren die amerikanischen Kollegen ausgezeichnete Lehrmeister gewesen. Martine sah auf die Uhr. Es war siebzehn Uhr vierzig. Um Viertel vor begann ihr Meeting. Sie nahm die Unterlagen, trank noch einen Schluck Kaffee und machte sich auf den Weg über den Flur.

Justinien hatte das größte Büro am Ende des Ganges. »Chef des Finances Europe« stand in geprägten Lettern auf dem goldenen Schild neben der Tür. Silvie saß im Vorzimmer und packte gerade ihre Sachen zusammen, als Martine den Raum betrat.

»*Bonsoir*, Silvie. Kann ich gleich rein?«

»Er telefoniert noch. Ich sehe mal nach.« Silvie verschwand in Justiniens Büro. Martine trat ans Fenster und sah auf die Hochhäuser von La Défense. Geradeaus schimmerte La Grande Arche im Sonnenlicht, der moderne Triumphbogen, mit dem François Mitterrand die Achse von der Bastille über den Arc de Triomphe hatte verlängern lassen. Ein mutiger Schritt, dachte Martine, nachdem seine Vorgänger die Großprojekte im modernen Büroviertel La Défense jahrelang auf Eis gelegt hatten.

Um sich ein Denkmal zu setzen mussten Männer Mut beweisen. Und Frauen? Martine blickte nach links unten auf das CNIT. Das Geschäfts- und Kongresszentrum lag wie geborgen unter der weißen Muschelschale, und Martine sah darin ein weibliches Symbol inmitten all der männlichen, Stein gewordenen Gigantomanie.

»Sie können.« Silvie öffnete die Tür und ließ sie vorbei. Martine hörte einen Amerikaner sprechen, als sie eintrat. Justinien saß hinter seinem imposanten Schreibtisch und hatte sich tief in den Sessel zurückgelehnt. Das Telefonat, das er führte, lief über den Lautsprecher. Als Martine ins Zimmer trat, nahm er die Füße vom Tisch und deutete ihr mit einer Handbewegung an, sie möge vor seinem Schreibtisch Platz nehmen. Sie setzte sich und überlegte, wem die Stimme gehörte.

»Er will Reviews zu allen Produktlinien in allen Ländern«, sagte der Amerikaner. Justinien schien seine Aufmerksamkeit wieder ganz dem Gespräch zu schenken. Auf seiner Stirn hatte sich eine senkrechte Falte gebildet. Diese Falte war Martine schon vor zehn Jahren aufgefallen, als sie ihn kennengelernt hatte. Heute war sein Büro deutlich größer, aber es beeindruckte sie nicht mehr. Sie hatte inzwischen anderes zu Gesicht bekommen. Noch größere Schreibtische, hinter denen noch wichtigere Männer saßen. Und sie, das tüchtige, intelligente Arbeitstier, hatte auch diese Männer von ihren Fähigkeiten überzeugt.

»Peter Smith will die Vertriebsdirektoren sehen. Alle.«

Das musste Brian Kearon sein, der da sprach, dachte Martine. Der Assistent des weltweiten Finanzchefs. Martine betrachtete den leeren Schreibtisch. Die elegante kleine Telefonanlage hatte eine erstaunliche Lautsprecherleistung. Daneben stand ein schlichter Bilderrahmen. Das Foto konnte sie nicht genau erkennen. Es stand schräg. Als sie sich vorbeugte, sah sie

Justiniens Tochter auf einem Pferd. Das Kind, das damals ihr Glück zerstört hatte.

»Bis maximal Donnerstag«, sagte Justinien gerade. »Die Leute sollen schließlich verkaufen und nicht in internen Konferenzen sitzen.« Und am Freitagnachmittag sind sie schon auf dem Weg ins Wochenende, dachte Martine. Sie hatte sich bewusst den letzten Termin am Freitagabend für die regelmäßigen Statusmeetings mit Justinien geben lassen. Das ermöglichte lange Sitzungen zu Zeiten, wenn andere schon im Wochenende waren. Und es zeigte Justiniens Frau, dass sie zu warten hatte, bis die wirklich wichtigen Dinge erledigt waren.

Justinien beendete das Gespräch.

»Ärger?«, fragte Martine und lächelte. Dabei kamen ihre gleichmäßigen Zähne zur Geltung, die sie sich während ihres achtjährigen Aufenthaltes in den USA hatte überarbeiten lassen.

»Peter Smith will kommen. Er hat uns seine Hilfe angeboten. Die Zahlen missfallen ihm gewaltig. Meine Erklärungen findet er *unacceptable*. Als ob wir mit der Situation glücklich wären.« Justinien schüttelte den Kopf. »Leider versteht da drüben keiner, dass ich hier im August niemanden erwische …«

»Nein, das verstehen sie nicht«, bestätigte Martine. Und ich auch nicht, dachte sie. Die meisten Franzosen hatten doppelt so viele Urlaubstage wie die Amerikaner. Selbst in der Krise kamen sie nicht auf die Idee, die Ärmel hochzukrempeln und ranzuklotzen, wie die Amerikaner das tun würden. Nein, in der Krise wählte dieses Volk einen Präsidenten, der nichts Besseres zu tun hatte, als die Nation mit seiner Position zur Homo-Ehe zu spalten.

Justinien sah auf die Uhr. »Was macht dein Projekt?«, fragte er. »Du bekommst zehn Minuten …«

»Wir werden etwas mehr brauchen«, meinte sie leichthin. Sie war sicher, noch in zwei Stunden hier mit ihm zu diskutieren.

»Heute nicht. Eine kurze Zusammenfassung bitte, und den Rest sehe ich mir am Wochenende an. Warum habe ich die Präsentation noch nicht?« Martine legte ein Chart vor ihm auf den Schreibtisch. Sie hatte gelernt, dass Männer durch bunte Kurven zu beeindrucken waren. Frauen konnte man informieren, indem man mit ihnen redete. Männer brauchten Zeichen auf weißem Papier, die das Gesagte verankerten.

»Sofia ist noch besser, als wir erwartet hatten«, sagte sie. »Die Hochschule macht einen guten Eindruck. Es gibt viele fleißige Absolventen, die gerne für uns arbeiten würden.« Während Martine sprach, kam sie um den Schreibtisch herum und beugte sich neben Justinien über ihre Dokumentation. Der Gesprächspartner war leichter von der eigenen Position zu überzeugen, wenn er sich auch räumlich neben ihr befand.

Justinien hörte aufmerksam zu. Dann warf er einen Blick auf die Uhr.

»Danke dir, Martine. Jetzt muss ich leider los. Ich nehme die Details mit.« Er legte ihre Ausarbeitung in seine Mappe und erhob sich.

»Ich könnte nächste Woche eine Einstellkommission der Personalabteilung zusammentrommeln«, sagte Martine.

»Wir reden nächste Woche darüber.« Er zog sein Jackett an und wandte sich zur Tür.

»Unser Zeitplan sieht vor, dass wir heute entscheiden«, beharrte sie.

»Den Zeitplan schreiben wir.« Sein Ton wurde ungeduldig. Martine verließ sein Büro hinter ihm. Sie war sauer. Was konnte der europäische Finanzchef vorhaben, das so wichtig war, dass er um achtzehn Uhr bereits das Büro verlassen musste? In einer

Projektphase, wo jeder Tag zählte. Alle anderen betuchten Pariser befanden sich freitagabends auf dem Weg ins Wochenende, das sie bevorzugt auf einem Landsitz außerhalb der Stadt verbrachten. Franzosen liebten lange Strandurlaube an Frankreichs Küsten. Spätestens seit die UNESCO die *cuisine française* – ausgiebig und gesellig – zum immateriellen Kulturgut erklärt hatte, war das Savoir-vivre auch international geadelt. Und wenn ein Franzose meinte, nicht genug Mittel zu erhalten, um sein Leben genießen zu können, so organisierte er einen Streik. Darin waren sie Weltmeister – so wie Justinien in Disziplin und Pflichtbewusstsein – normalerweise.

Auf dem Weg zum Fahrstuhl holte sie auf.

»Sag Silvie, dass sie dir am Montagmorgen gleich den ersten Termin geben soll«, meinte er. Er drückte den Knopf und wartete auf den Fahrstuhl.

»Ich verstehe deine Prioritäten nicht, Justinien.« Martine stand nun dicht neben ihm, doch er sah sie nicht an. Die Türen glitten auf, und Justinien betrat den Fahrstuhl. Dann sah er ihr direkt in die Augen, und sie zuckte zusammen, weil dieser Blick sie so unerwartet traf, in ihm lag etwas wie Verzweiflung.

»Das ist bei uns beiden wohl immer schon das Problem gewesen, nicht?«, sagte er kurz angebunden, bevor sich die Türen hinter ihm schlossen.

»Kleines Häuschen bei Paris. Meudon. 100 qm Garten.« Die Anzeige hatte sofort sein Interesse geweckt. Antonio überflog die weiteren Angebote im Magazin, das er regelmäßig dem Behälter vor der Immobilienagentur auf der Rue St. Antoine entnahm. Er hatte die Seite mit den Häusern im Umland aufgeschlagen. In die Lektüre versunken, wechselte er die Straßenseite und steuerte auf die Rue de Birague zu. Den Gruß des Obsthändlers erwiderte er nur kurz, so vertieft war er in das Bild, das in seinem Inneren entstand:

Auf der saftig grünen Rasenfläche im Garten standen zwei Sonnenliegen unter einem Apfelbaum im Schatten. Lucie hatte es sich dort gemütlich gemacht und gönnte sich endlich eine Pause, die sie so sehr verdient hatte nach ihrem langen Arbeitsleben in Paris. Vielleicht löste sie eines ihrer geliebten Sudokus. Neben ihr stand noch das Planschbecken, durch das Lina und Clara getobt waren. Er selbst freute sich an seiner Tomatenzucht. Was wäre das für ein Unterschied zu dem heißen und trockenen Staub der Stadt! Das Hemd klebte ihm jetzt noch von der Hitze am Körper. Seine Knochen waren nicht mehr die jüngsten, und das Verlegen der Rohre auf der Baustelle bei Les Halles hatte ihn heute besonders angestrengt, auch wenn er die Arbeit bei hohen Temperaturen aus seiner Kindheit und Jugend in Portugal kannte. Viele Jahre hatte er daran gedacht, im Alter nach Barreiras zurückzukehren, doch er war klug genug zu wissen, dass Lucie niemals die Kinder und Enkel in Frankreich zurücklassen würde.

Als Antonio auf die Place des Vosges kam, ließ er die Zeitschrift in seiner Mappe verschwinden. Er hatte Hunger und freute sich auf zu Hause. Ihm wäre nach einem ruhigen Abend mit Lucie gewesen, doch heute war Freitag, der Tag, an dem die ganze Familie zusammenkam. Arthur mit seiner Frau Frédérique, David mit Natalie und den dreijährigen Zwillingen Lina und Clara. Ach nein, Arthur und Frédérique waren im Urlaub.

Durch die Glasscheibe der Tür des Appartements sah er den gedeckten Tisch.

Er hielt nach Lucie Ausschau, die vermutlich noch in der Küche werkelte. Er hoffte nur, dass sie heute Nachmittag etwas die Beine hochgelegt hatte.

Antonio holte den Schlüsselbund aus der Tasche und wollte gerade die Tür aufschließen, als Lucie öffnete.

»*Salut, chéri!*« Ihre zwei himmelblauen Augen mit den vielen kleine Lachfältchen strahlten ihn an. »So wie du aussiehst, solltest du noch unter die Dusche!« Ihr weißer Dutt saß wie immer tadellos und gab ihr trotz der Kittelschürze eine fast elegante Ausstrahlung.

Er beugte sich herab und drückte ihr einen Kuss auf die Stirn. Ihr volles Haar kitzelte kurz an seiner Nase.

»Alles fertig hier?«, fragte er und wollte gerade seine Tasche fallen lassen. Doch dann trafen sich ihre Blicke, und er stellte sie ordentlich neben den Schrank.

»So gut wie.« Lucie ging wieder in die Küche, und Antonio folgte ihr. Er sah Licht im Backofen und warf einen Blick hinein.

»Dorade«, bemerkte Lucie, »und Gott sei Dank hatte ich die Pastete schon vorbereitet!« Lucie griff nach einem Baguette und dem Brotmesser.

»Nachtisch?« Er knöpfte sein Arbeitshemd auf.

Mit einem Kopfnicken zeigte sie zum Kühlschrank: »Erdbeeren.«

»Eingelegt?«

Lucie lächelte. »Auch das.«

»Lucia, du bist mein Engel.«

Zufrieden ging Antonio weiter ins Schlafzimmer, wo er sich seiner Kleidung entledigte.

»Du wirst nicht glauben, was mir heute passiert ist!«, hörte er seine Frau aus der Küche rufen. Dem Tonfall entnahm er eine Begebenheit mit der jungen Blandel. Darauf hatte er jetzt keine Lust. Madame Blandel war ihm zutiefst zuwider, und ihre Art, mit seiner Frau umzugehen, empfand er als inakzeptabel. Eine neureiche Göre. Antonio öffnete die Tür zum Bad und betrat die Dusche. Lucie war hinterhergekommen, immer noch das Brotmesser in der Hand.

»Ich saß in der Wohnung der Blandels fest!«

Sie runzelte die Stirn, als sie seine Hose auf dem Boden liegen sah.

»Wie das?«, beeilte er sich zu fragen.

Während Lucie seine Kleidung zur Schmutzwäsche legte, erzählte sie, dass sie die Hemden und Laken ins Schlafzimmer getragen hatte, weil keiner da gewesen war. Plötzlich habe jemand vor der Tür gestanden und geklingelt.

Antonio überlegte, ob er den Duschvorhang zuziehen konnte, ohne ihr das Gefühl zu geben, nicht zuzuhören.

»Und dann?«, fragte er.

»Ich habe gewartet. Bis ich hörte, wie die Schritte sich wieder entfernten. Dann bin ich schnell runtergegangen. Ich musste ja noch den Fisch kaufen und kochen. Aber du glaubst nicht, wie die Wohnung jetzt aussieht!«

Es klingelte.

Lucie zog den Vorhang zu, und erleichtert drehte Antonio den Wasserstrahl auf. Er schloss die Augen und spürte das warme Wasser über seinen Körper fließen. Langsam wurde es kälter und erfrischender. Das tat gut.

Während er sich abtrocknete, hörte er ein fröhliches Stimmengewirr aus dem Nebenzimmer. Die Zwillinge übertrafen sich gegenseitig. Soweit er richtig hörte, ging es mal wieder darum, wer wo sitzen durfte. Antonio vernahm jetzt auch die ruhige Stimme seines Sohnes, der sich in die Verhandlungen einschaltete.

Fünf Minuten später betrat Antonio frisch gekleidet das Wohnzimmer und fand die Familie um den Esstisch versammelt.

»Pépé!«, riefen die Zwillinge gleichzeitig und sprangen von

ihren Stühlen auf. Großes Geschrei, wer als Erstes auf seinen Arm durfte. Dann begrüßte er seine Schwiegertochter und seinen Sohn. Lucie hatte die Kittelschürze inzwischen abgelegt, und in der Mitte des Esstischs stand die Pastete bereit.

Nach dem Essen lehnte sich Antonio in seinem Stuhl zurück und betrachtete zufrieden seine Familie, wie sie munter miteinander diskutierte. Lucie warf ihm einen kurzen Blick zu und streichelte seine Hand.

Längst lagen die Zwillinge schon im Schlafzimmer im Ehebett, als Lucie die in Likör, Branntwein und Crème fraîche eingelegten Erdbeeren auftischte.

»O nein!«, jammerte Natalie. »Das muss ich morgen alles abtrainieren.«

»Wolltest du zum Putzen kommen?«, lachte Lucie. Ihre Wangen glühten, so wie sie es immer taten, wenn sie etwas angeheitert war.

»Natalie hat morgen einen Probetermin im Fitnessstudio«, erklärte David lächelnd.

»Zeitverschwendung«, entschied Lucie. »Wer seinen Haushalt pflegt, bleibt fit genug!«

»Ich finde es gut, dass Natalie etwas für sich tut«, entgegnete David. »Das würde dir auch guttun, Maman.«

Antonio hatte den Eindruck, dass der Blick seines Sohnes auf ihn gerichtet war. »Deine Mutter war früher Turnmeisterin an ihrer Schule«, sagte er daher.

»Maman?« David blickte seine Mutter mit großen Augen an. »Ich habe dich noch nie Sport machen sehen. Das glaube ich nicht!«

Lucie lachte. »Du denkst wohl, dass ich nur kochen, bügeln und putzen kann!«

»Das wollte ich damit nicht sagen.« David sah Natalie Hilfe suchend an.

»Komm doch morgen einfach mit«, schlug Natalie vor.

David lachte auf.

»Das meine ich ernst!« Natalie beugte sich vor. »Der Kurs soll für jedes Alter geeignet sein.«

»Das würde sie niemals tun!«, entfuhr es Vater und Sohn gleichzeitig.

Lucies Augen glitzerten. »Wann genau hast du deinen Termin, Natalie?«

Samstag, 2. August

Wie jeden Samstagmorgen war Lucie mit Antonio aufgestanden, hatte mit ihm die Mülleimer vor das große Tor gerollt und dabei von Weitem Florine, die Schwester von Justinien Blandel, gegrüßt, die wohl von einer nächtlichen Geburtshilfe in der Clinique du Belvedere nach Hause kam. Florine sah blass und müde aus und wirkte kraftlos, wie leider meistens, seit ihr Mann Jacques vor eineinhalb Jahren plötzlich durch einen Herzinfarkt aus dem Leben gerissen worden war. Lucie schmerzte der Anblick zutiefst, da sie die zarte junge Frau schon ihr Leben lang kannte und ihr alles Glück der Welt gewünscht hätte. Vielleicht war es an der Zeit, dass Lucie sich nach einer passenden Besetzung an Florines Seite umsah. Für ihren Geschmack hatte die Witwe nun lange genug getrauert. Es müsste ein Kulturliebhaber sein, dachte Lucie, ein Mann wie Octavien de la Roche oder Abram Rosenberg. Leider waren beide vergeben. Monsieur Rosenberg an einen wirklich entzückenden Künstler und Monsieur de la Roche an sein Dasein als Junggeselle. Wie schade! Er war ein so feiner Mensch, höflich, kultiviert, weise, herzensgut. Die letzten fünfzehn Monate war er sogar zu seiner Mutter gezogen, um sie zu pflegen, obwohl sein Beruf ihn sehr forderte. Jetzt war de la Roche endlich wieder zurück im Haus und seine Mutter in einer luxuriösen Seniorenresidenz. Lucie hätte ihn damals schon gern an der Seite Georgettes gesehen, als diese ihre drei Kinder allein großziehen musste, doch solange seine Mutter lebte, hatte keine andere Frau die Aussicht, über die Schwelle getragen zu werden.

Lucie genoss danach den morgendlichen Kaffee mit Antonio noch mehr als sonst. Was war es doch für ein Geschenk, dass sie schon so lange glücklich zusammenleben durften. Und als Antonio das Haus verließ, um die Blumen in Arthurs Wohnung zu gießen, hatte Lucie unter der Dusche beschlossen, Vanessa Blandel zu sagen, dass sie nicht nach dem Mansardenzimmer fragen würde. Madame Blandel hatte einen wunderbaren Mann und sollte dankbar dafür sein, vor allem da sie doch bei ihrer Schwägerin Florine Dupont gesehen hatte, dass dieses Glück durch Schicksalsschläge jäh ein Ende finden konnte, ganz ohne eigenes Zutun. Lucie wollte und würde sich nicht des Ehebruchs mitschuldig machen. Der jungen Frau von Justinien würde das zwar nicht gefallen, doch würde sie ihr eines Tages vielleicht sogar dankbar dafür sein.

Während sie sich daranmachte, den großen, grünen Mülleimer mit Wasser auszuspritzen, dachte sie an ihre eigene glückliche Ehe mit Antonio, ihre wunderbare Familie, den netten Abend gestern. Dummerweise hatte sie doch tatsächlich noch mit David gewettet, dass sie ohne Schwierigkeiten an dem Gymnastikkurs teilnehmen werde. Dabei kribbelten ihre Füße heute wieder so unangenehm. Lucie knallte den Mülleimer kopfüber auf das Pflaster und streckte ihren schmerzenden Rücken. »Rumba« oder »Zombie« oder wie das heißen sollte. Sie hoffte nur, dass Natalie diese Zusage ihrer Weinlaune zuschreiben würde. Schließlich war es lange, nein, sehr lange her, dass sie sich in einer Sporthalle getummelt hatte. Genauer gesagt war das auf französischem Boden noch nie passiert. Also fast ein halbes Jahrhundert, wie sie erstaunt feststellte. Vermisst hatte sie diese Form der körperlichen Ertüchtigung nicht. Lucie drehte den Wasserstrahl noch stärker und spritzte den staubigen Hof ab.

Und wenn Natalie tatsächlich auftauchen sollte? Ihre Rückenprobleme und Knieschmerzen wollte Lucie eigentlich für sich behalten. Wie auch immer, sie hatte ja gar keine Sportkleidung, und allein daran würde es scheitern. Das musste Natalie einsehen. Nachdem sie den Wasserhahn zugedreht hatte, räumte Lucie den grünen Schlauch in den kleinen gekachelten Raum, wo die Mülleimer sonst standen.

Als sie wieder in den Hof trat, der noch halb im Schatten lag, konnte sie aus der Wohnung von Monsieur de la Roche im vierten Stock Jazz aus dem Radio hören. Sonst war es völlig still, nur eine Taube gurrte. Sie betrachtete das offene Fenster. Drei Stockwerke darunter lag die Wohnung der Blandels. Die Klappläden waren noch immer geschlossen. Vanessa würde das aufgeräumte Schlafzimmer bemerkt haben und es wegen der frischen Wäsche mit Lucie in Verbindung bringen. Lucie wurde unbehaglich zumute. Sie hatte Vanessa einen Gefallen tun wollen, doch ob diese das auch so sah? Vielleicht würde Madame Blandel Lucie vorwerfen, ohne ihr Wissen die Wohnung betreten zu haben. Sie würde die Gardienne darauf ansprechen, doch vermutlich erst Anfang nächster Woche, wenn Justinien im Büro war.

Lucie räumte die großen Tonnen an ihren Platz und ging wieder in ihre Wohnung. Sie freute sich darauf, sich nun in Ruhe hinzusetzen, ihren zweiten Kaffee zu trinken, das heutige Sudoku zu lösen und ein Croissant zu frühstücken. Neben dem Fernseher lag noch der Terminkalender, den sie gestern im Reflex eingesteckt hatte. Ob der jungen Blandel der Verlust des Terminkalenders schon aufgefallen war? Würde sie die Gardienne verdächtigen? Es war eine Sache, die gebügelte Wäsche ins Schlafzimmer zu bringen, doch eine andere, einen Kalender zu entwenden. Lucie starrte auf das Buch. Sie konnte sich beim besten Willen nicht vorstellen, Vanessa das zu beichten. Was sollte sie tun? Einen Moment abpassen, wenn keiner in der Wohnung weilte, war nicht ungefährlich, wie sich gestern schon gezeigt hatte.

Es klingelte. Schnell nahm Lucie den Kalender in die Hand, stellte ihn ins Regal zwischen die anderen Bücher und öffnete die Tür. Vor ihr stand Justinien Blandel. Lucie schoss das Blut ins Gesicht. Was wollte er von ihr? Hoffentlich würde er den Terminkalender seiner Frau nicht erkennen. Sie zog schützend die Tür wieder etwas zu und hoffte, dadurch die Sicht auf das Regal zu versperren. Ihr Gesicht jedoch konnte sie nicht verstecken, und Lucie hatte den Eindruck, Justinien könnte darin alles lesen, was sie und Vanessa getan hatten.

»Justinien!«, war das Einzige, was Lucie herausbrachte.

»*Bonjour*, Lucie.« Er zögerte.

Sie bemerkte seine tiefen Augenringe.

»Darf ich reinkommen?«, fragte er.

Wie konnte Lucie das vermeiden? Sie suchte nach einer guten Ausrede.

»Selbstverständlich«, hörte sie sich sagen.

Lucie machte zwei Schritte rückwärts und stellte sich vor das Regal. Justinien trat ein, schloss die Tür und blieb neben dem Esstisch stehen, offensichtlich darauf wartend, dass sie ihm einen Platz anbot. Auf der weißen Tischdecke standen noch die zwei Kaffeetassen vom Frühstück, daneben lag *Le Figaro*.

Lucie nickte, und Justinien setzte sich. Sein Auftauchen am Samstagmorgen um diese Zeit verhieß nichts Gutes.

»Entschuldigen Sie mein Auftreten, aber …« Er starrte auf den Tisch.

Erwartete er etwa, einen Kaffee angeboten zu bekommen? Sie musste ihn so schnell wie möglich wieder loswerden, bevor sie sich verplapperte.

Justinien räusperte sich: »Lucie, ich will es kurz machen: Ich bin gekommen, um mit Ihnen über meine Frau zu sprechen.«

Die Gardienne spürte, wie ihre Haut anfing zu brennen. Oh, hätte sie doch gestern diesen Wäschekorb nicht bis ins Schlafzimmer getragen! Justinien hätte gleich gesehen, was Sache ist. Dann hätte er Vanessa direkt zur Rede gestellt und stünde nun nicht hier in ihrer Wohnung. Und sie, Lucie, wäre nicht Mitwissende und dadurch irgendwie mitschuldig. Oder zumindest mitbeteiligt.

»Ja?«, fragte Lucie vorsichtig. Mit einem Pflaster, wie früher, wenn er sich das Knie aufgeschlagen hatte, war es hier nicht getan.

»Die Frage mag Ihnen etwas seltsam erscheinen, aber ...« Justinien wippte mit dem rechten Bein mehrmals auf und ab und räusperte sich erneut. »Ist Ihnen gestern irgendetwas an Vanessa aufgefallen?«

Lucie atmete auf. Wenn er diese ganze Unterhaltung so um den heißen Brei herum führen wollte, dann musste sie nur auf Zeit spielen. Spätestens das Auftauchen des Postboten würde diesen Eiertanz beenden.

Sie lächelte. »Justinien, darf ich Ihnen einen Kaffee anbieten?«

Das war zwar kein Pflaster, aber ein adäquater Ersatz in der Welt der Erwachsenen. Er schien kurz zu überlegen und nickte dann. Lucie ging langsam in die Küche, nahm einen weißen Porzellanbecher aus dem Schrank und eine schwarze Kapsel aus der Schublade.

»Klein oder groß?«, rief sie.

»Mittel.«

Sie drückte den passenden Knopf und betrachtete die schwarze Flüssigkeit, die sich in die Tasse ergoss und sie langsam zu drei Viertel füllte.

»Milch und Zucker?«

»Nein danke, schwarz bitte«, kam es aus dem Wohnzimmer zurück.

Lucie fiel plötzlich ein, dass Justinien vielleicht nicht brav auf dem Stuhl sitzen geblieben, sondern zum Regal gewandert sein könnte, und sie machte ein paar schnelle Schritte ins Wohnzimmer, die mit einem stechenden Schmerz im Knie bestraft wurden. Doch ihre Befürchtungen waren unnötig gewesen. Sie stellte die Tasse auf den Tisch und ließ sich vorsichtig auf dem Stuhl nieder.

»Ich hoffe, er ist nicht zu stark.«

Justinien hatte seinen Platz nicht verlassen. »Vielen Dank.«

Er nahm die Tasse entgegen und nippte vorsichtig daran, wie, um die Temperatur zu überprüfen. Lucie beobachtete, wie er den Duft einsog, das Gefäß abstellte und sich dann in den Stuhl zurücklehnte.

»Meine Frau …« Er legte locker ein Bein über das andere.

»Ach ja, richtig«, sagte Lucie. »Ich habe Madame Blandel nur gestern Morgen kurz gesehen.«

Das entsprach voll und ganz der Wahrheit.

»Wann war das?« Justinien richtete sich kerzengerade auf.

Lucie überlegte. »Gegen neun Uhr vielleicht. Als ich die Post verteilt habe. Es war schon wieder sehr heiß. Vielleicht auch Viertel nach neun.«

Justinien trank einen großen Schluck Kaffee und musste husten. »Danach haben Sie meine Frau nicht mehr gesehen?«

Lucie schüttelte den Kopf, sie habe die Wohnung seiner Mutter versorgt. Wie es denn Madame Georgette in der Normandie gefalle, fragte sie, als Justinien sie unterbrach.

»Was hat sie gesagt? Hatten Sie den Eindruck, dass sie …«, er hustete noch einmal, »… dass sie etwas vorbereitete?«

Lucie suchte nach einer salomonischen Antwort. Vanessa hatte in völlig unangemessener Weise am Balkongeländer posiert, und das auch noch nackt!

»Ich denke, Ihre Frau hat gestern Morgen die ersten Sonnenstrahlen genossen. Gesprochen haben wir nicht miteinander.«

Justinien sah sie fragend an, als erwartete er eine weitere Erklärung.

»Madame Blandel stand am Badezimmerfenster und blickte in den Himmel.«

War das nicht freundlich formuliert?

Er schien nicht ganz überzeugt zu sein. Lucie sah, dass sich auf seiner Stirn eine steile Falte bildete und seine Augen in Richtung Regal wanderten.

Lucie folgte seinem Blick. Der Terminkalender stand unschuldig zwischen Fotoalben und konnte eigentlich nicht auffallen. Hoffentlich!

Sie hatte keine Lust mehr auf dieses Katz-und-Maus-Spiel. Vanessa war kaltschnäuzig genug, um mit der Situation allein klarzukommen. Die Beweise waren vernichtet, und mehr wollte Lucie hier nicht tun. Zumal die junge Blandel mit dem Lügen sicherlich deutlich weniger Probleme hatte als sie selbst.

»Justinien, warum fragen Sie nicht einfach Ihre Frau, was sie gestern Morgen gemacht hat?« Lucie bemühte sich, ihrer Stimme einen freundlichen, aber abschließenden Klang zu geben.

Er stellte seine Tasse ab und erhob sich. »Das würde ich ja gerne, Lucie, aber sie ist verschwunden …«

»Bitte?« Lucie schnappte nach Luft. Da bemühte sie sich nach Leibeskräften, diesen Ehebruch zu vertuschen, und Vanessa brannte nachts mit ihrem Liebhaber durch? »Das ist ja allerhand!«

Justinien sah Lucie fragend an, die um Fassung rang.

»Wie meinen Sie das?«

»Ich wollte sagen: Das auch noch!« Die Gardienne sprach schneller, als sie denken konnte. »Allerhand. So viel auf einmal – da hat man ja alle Hände voll zu tun.« Was redete sie da? Das klang ja grauenvoll.

»Ja, entschuldigen Sie. Ich weiß, Sie haben wirklich viel zu tun.« Justinien wandte sich zum Gehen. »Danke für die Zeit, die Sie sich genommen haben.«

»Nein, nein, warten Sie«, stammelte Lucie. »Das hat bestimmt nichts zu bedeuten.«

Justinien schüttelte den Kopf. »Ich muss davon ausgehen, dass sie geplant hat zu verschwinden.«

»Wie kommen Sie darauf?«, fragte Lucie verblüfft.

»Unsere Putzfrau ist im Urlaub …«, erklärte Justinien.

Was hatte diese mit Vanessas Affäre zu tun? »Ich verstehe nicht …«, sagte Lucie.

»Das Schlafzimmer.« Justinien sah sie müde an. »Die Betten waren frisch bezogen. Vielleicht wollte mir Vanessa damit ein Zeichen geben.«

»Madame Blandel, Ihr Bad ist fertig. Kommen Sie bitte mit?«

Georgette hatte mit geschlossenen Augen auf einem weich gepolsterten Liegestuhl gelegen und einen Zellschutz-Frucht-Cocktail genossen, als die weiß gekleidete Kosmetikerin erschien. Nun folgte sie der jungen Frau in den nach Rosenblüten duftenden Behandlungsraum. Meditative Klänge umschmeichelten ihr Ohr. Mit der Hand überprüfte sie die Wassertemperatur der Badewanne, bevor sie den weißen Hotelbademantel ablegte. Sie sah nach, ob ihr Mobiltelefon Empfang hatte, und legte es neben sich auf den Beckenrand. Die Bademeisterin nahm es mit einem Stirnrunzeln zur Kenntnis, und Georgette erwartete schon, dass sie etwas sagen würde, doch die junge Frau war verständig und wusste, dass der Gast hier König war. Georgette zählte zu den Stammgästen. Seit siebzehn Jahren kam sie jeden Sommer nach Deauville, um im Hotel *Royal Barrière* zwei Wochen Thalassotherapie zu genießen. Das war ihr Rezept, um ihre Energiereserven wieder aufzufüllen. Nur ein einziges Mal hatte Georgette auf diesen Rückzug verzichtet. Vor zwei Jahren. Und gerade da hätte sie ihn besonders nötig gehabt.

Georgette ließ sich in das warme Wasser gleiten. Die Kosmetikerin startete das Programm und zog sich diskret zurück. Fünfzehn Minuten würde sie jetzt von wertvollen Mineralien umspült werden und hoffentlich entspannen können.

Gab es eine schönere Art, den Samstag zu verbringen? Warum rief Justinien nicht an?

Das Wasser begann zu blubbern, die Unterwasserlampen gingen an und färbten die Flüssigkeit goldgelb. Sie spürte ein angenehmes Champagnerprickeln auf der Haut, das sich langsam steigerte und in rauschenden Meereswogen gipfelte. Ob sie bei dem Lärm das Telefon noch hören würde?

An dem weichen Handtuch trocknete sie ihre Hände ab, griff nach dem Handy und sah aufs Display. Kein Anruf. Sie legte es wieder beiseite und beschloss, sich ganz dem Spiel aus Farben, Klängen und Empfindungen hinzugeben. Das Wasser, mittlerweile azurblau, umspülte sie wieder sanft und leise, sodass sie im Hintergrund die Panflöte hören konnte. Sie ließ sich davontragen ins nun folgende Gelb, weit zurück in glückliche Tage, ganz weit, die drei Kinder spielten im Sand, bevor orange sprudelnd das Leben eingriff und rot tobte. Und als sie gedacht hatte, endlich wieder Ruhe zu haben, war diese Vanessa aufgetaucht. Justinien hätte jede Frau haben können, aber nein, es musste diese dahergelaufene Schmarotzerin sein, dieser Emporkömmling, der den Hals nicht vollbekam. Und dann war das mit Sophie passiert. Sophie, mein Kind, mein ganzer Stolz, warum nur, warum?

Georgette riss die Augen wieder auf. Das Wasser sprudelte zu laut, die Farben waren zu intensiv. Sie drückte den roten Notknopf, und augenblicklich wurde es in der Wanne dunkel. Das Wasser ebbte ab, und nun war sie von Dämmerlicht umhüllt, sah einige Kerzen am Rand des Raumes verteilt, deren kleine Flammen flackerten und unruhige Muster an die Wände warfen, im Kontrast zur ruhigen Panflötenmusik, die aus den kleinen Lautsprechern an der Decke säuselte.

Mein Gott, sie war hier, um zu entspannen, um Kraft zu sammeln für das, was vor ihr lag, und dem zu trotzen, was sie hinter sich hatte!

Es half nichts, sie musste ihn anrufen, sonst würde sie heute keine Ruhe mehr finden. Sie stieg aus dem Wasser, denn die Flüssigkeit erschien ihr nun unangenehm konturlos, und auch die Handtücher waren zu weich gespült.

Als sie den Bademantel wieder anhatte, der nicht wirklich trocknete, sondern sich über die feuchte Haut legte, setzte sie sich auf den unbequemen Holzschemel neben der Wanne, der sonst nur als Ablage für die Kleider diente, und wählte Justiniens Nummer.

Es dauerte eine Weile, und sie fürchtete schon, der Anrufbeantworter würde sich anschalten, doch dann hörte sie die Stimme ihres Sohnes: »Maman, *ça va?*«

»Alles wunderbar! Ich werde hier wie immer verwöhnt. Gerade bin ich aus der Wanne gekommen und dachte, wie es euch wohl geht und was ihr am Wochenende macht ...«

»Ich arbeite ein bisschen. Uns geht es gut«, beeilte sich Justinien zu sagen und erzählte ausführlich von einem Telefonat mit Julie am Vortag und dass sie mit dem Wetter in Oxford nicht ganz zufrieden sei. Dafür sei die Hitze in Paris immer noch so drückend, dass man kaum die Wohnung verlassen wollte.

Je mehr er sagte, umso mehr empfand sie, was er alles verschwieg. Was war geschehen? War etwas schiefgegangen? Sie wünschte für einen Moment, zu Hause zu sein, um nach dem Rechten sehen zu können, aber das war nicht möglich.

»Wie geht es dir?«, wollte sie wissen und nahm selbst wahr, dass ihr Tonfall keine Ausflüchte zuließ.

»Gut, Maman. Es ist nur viel Arbeit im Büro.«

Seine üblichen Ausflüchte. Die Burg, in die er floh vor dieser Frau. Sie spürte, wie ihr Puls sich beschleunigte.

»Was macht Vanessa?« Georgette atmete tief ein.

Er zögerte und schien nach einer Antwort zu suchen. »Sie wird wohl einen Ausflug machen. Weißt du, das Wetter ist ja sehr schön ...«

Georgette war hellwach. »Wird wohl?« Wieso wusste Justinien nicht, wo Vanessa war?

»Maman, kein Grund zur Sorge ...«, sagte er schwach.

Oh, hätte sie sich doch nur rausgehalten! Lucie stand am Bügelbrett und schwitzte. Was sollte das denn heißen? *Ein Zeichen geben*. Nach dem seltsamen Gespräch mit Justinien hatte Lucie Monsieur de la Roches überhitzte Wohnung geputzt und seine Wäsche mitgenommen.

Jetzt war sie mit den Hemden von Monsieur Bertrand, dem Weinhändler aus dem dritten Stock, beschäftigt, und ihr Kreuz schmerzte. Lucie wendete seufzend das weiße Hemd und zog den Kragen über das Bügelbrett. Heißen Dampf spuckend glitt das Eisen über die trockenen, widerspenstigen Knitterfalten. Sie hatte nicht den Mut gehabt, Justinien von seiner Interpretation des ordentlichen Schlafzimmers abzubringen. Der Postbote war dann endlich aufgetaucht und hatte das Gespräch beendet, worüber Lucie zuerst erleichtert gewesen war, doch jetzt ... Die Wahrheit zu verschweigen und den anderen bewusst im falschen Glauben zu lassen war nicht besser als eine Lüge.

Andererseits hatte sie diese ganze unangenehme Situation nur Madame Blandel zu verdanken. Was fiel der eigentlich ein? Da hatte sie so einen netten Mann und eine süße Tochter und dann das! Es war an der Zeit, mit diesem jungen Ding einmal Tacheles zu reden. Vielleicht passierte so ein Ausrutscher einmal im jugendlichen Leichtsinn – wenn man mit über dreißig noch davon sprechen konnte ... Aber deshalb konnte man doch nicht Mann und Kind alleinlassen.

Lucie hatte gute Lust, Vanessa gehörig den Kopf zu waschen. Nur dazu müsste diese erst einmal wieder auftauchen.

Sie wischte sich mit dem Handrücken über die schweißnasse Stirn und streckte sich, um das schmerzende Kreuz zu entlasten. Dann nahm sie das Dampfbügeleisen erneut in die Hand. Irgendetwas an Justiniens Verhalten war seltsam gewesen. Warum hatte er nicht gleich gesagt, dass Vanessa weg war, sondern erst so viele Fragen gestellt? Vermutlich wollte er auf den Busch klopfen, ob es einen Nebenbuhler gab. Dennoch hatte er gar nicht eifersüchtig gewirkt, eher beunruhigt. Was meinte er damit, dass Vanessa ihm ein Zeichen hatte geben wollen?

Die Klingel schrillte. Hinter dem Vorhang konnte Lucie durch die Glasscheibe der Eingangstür Natalie erkennen. Oje, sie würde doch jetzt nicht auf dieser absurden Verabredung bestehen? Sie öffnete die Tür.

»Hallo, meine Liebe«, begrüßte sie ihre Schwiegertochter, küsste sie auf die Wange und bat sie herein. Lucie stellte erleichtert fest, dass Natalie keine Sporttasche bei sich trug.

»Ich soll dich von Maria grüßen, die wissen möchte, was Georgette zu den Blumen gesagt hat.« Natalie setzte sich an den Tisch.

Maria war Gardienne in Hausnummer 9 und hatte das Glück, die ausrangierten Blumengestecke der Ambroisie zu bekommen, wenn das Sternelokal den Blumenschmuck wechselte. Ein besonders schönes Gesteck hatte sie gestern Lucie mitgegeben. Die wollte Georgette damit eine Willkommensfreude bereiten und hatte die Rosen am Freitagmittag in deren Wohnung getragen.

»Georgette kommt erst Sonntagabend nach Hause.« Lucie ließ das Eisen über den Stoff gleiten. Hoffentlich würden die Rosen bei der Hitze bis dahin nicht verwelkt sein. Lucie drückte auf den Dampfknopf, dass es zischte. Bei den Temperaturen war es kein Vergnügen zu bügeln. Ihr war heiß und schwindelig.

»Darf ich dir etwas zu trinken anbieten?«

Natalie stand auf. »Ich gehe schon selbst. Für dich auch?«

Ohne eine Antwort abzuwarten, verschwand sie durch den Türrahmen: »Und dann sollten wir uns auch langsam auf den Weg machen.«

Lucie hörte sie am Wasserhahn hantieren. Ihre Schwiegertochter kam mit zwei Gläsern zurück, von denen sie eines schon im Gehen leer trank. »Bitte.«

Lucie stellte das Eisen erneut ab und nahm einen großen Schluck. Das tat gut.

Sie setzte sich.

»Und erzähl mir nicht, du hättest zu viel Wäsche zu bügeln. Glaub mir, die läuft dir nicht davon.« Natalie sah sie herausfordernd an.

»Aber Kindchen …« Lucie lächelte gewinnend. »Du wirst doch nicht unsere Champagnerlaune gestern Abend ernst genommen haben?«

»Ma belle-mère«, Natalie erhob drohend den Zeigefinger. »Wettschulden sind Ehrenschulden. Muss ich erst deinem Sohn erzählen, dass seine Mutter feige ist? Oder zu alt, um etwas Neues auszuprobieren?«

Na, na, na, was waren das denn für Geschütze? »Hatte ich damals der Hochzeit eigentlich zugestimmt?«, fragte Lucie grinsend. Sie blickte auf die Bügelwäsche und seufzte.

Ihre Schwiegertochter war ja schon nett in ihren Bemühungen. Aber bei den Temperaturen nach fast fünf Jahrzehnten zum ersten Mal wieder Sport zu machen war sicher keine gute Idee.

»Die Räume sind klimatisiert.« Natalie schien ihre Gedanken lesen zu können.

»Ich habe nichts zum Anziehen.«

»In deiner Kittelschürze kann ich dich natürlich nicht mitnehmen.«

War die Frau ihres Sohnes eigentlich schon immer so aufmüpfig gewesen?

»Aber ich habe dir Sportkleidung von mir mitgebracht. Es liegt alles draußen im Auto.«

Lucie lachte laut auf. Wie sollte sie da reinpassen? Undenkbar!

»Im Ernst, Lucie, das tut dir bestimmt mal gut. Ich habe alles dabei, und du würdest mir eine große Freude machen!«

Lucie stand auf, schaltete das Bügeleisen aus und zog den Stecker.

»Könnten wir nicht stattdessen ein Eis essen gehen? Wo ist denn das Ganze?«

»Neben dem Centre Pompidou. Im *Espace Vit'Halles*. Schau mal.«

Natalie zog einen kleinen zerknitterten Prospekt aus der Hosentasche und klappte ihn auf. Er zeigte große Räume, die mit diversen Geräten vollgestellt waren, ein kleines Zimmer mit mehreren Holzbänken, Duschen. In der linken oberen Ecke prangte das Logo. Weiße Schrift auf rotem Hintergrund: *Espace Vit'Halles*. Ein gelungener Name für eine Lokalität in Beaubourg. Irgendwo hatte Lucie dieses Bild schon einmal gesehen. Diesen weißen Schriftzug auf knalligem Rot. Da durchzuckte sie eine Erinnerung. Vanessas Bekannter trug immer rote T-Shirts mit weißer Schrift auf dem Rücken. Mit genau diesem Schriftsatz: *Espace Vit'Halles*.

Heilige Maria, war das ein Wink des Schicksals? Sollte sie sich dort einmal nach den beiden umsehen?

»Also gut.« Sie legte ihre Kittelschürze ab und griff nach dem Schlüssel.

Natalie starrte sie verblüfft an.

»Na, mit Schürze wolltest du mich doch nicht mitnehmen.«

Justinien war es gewohnt, samstags allein zu Hause zu sein. Vanessa ging normalerweise entweder in der Apotheke arbeiten oder Geld ausgeben. Nicht, dass er sie dann vermisste. Er nutzte die Ruhe, erledigte das Nötigste, um dann mittags Julie im *Lycée Charlemagne* abzuholen, mit ihr erst die Rue St. Paul, dann die Rue de Turenne entlangzuschlendern und gemeinsam in Ma Bourgogne unter den Arkaden an der Ecke der Place des Vosges essen zu gehen. Sie nahm Pommes, er *Steak haché*. Zum Kaffee gab es ein nettes Gespräch mit Richard, dem Besitzer, während Julie auf dem Boden saß und dessen Schäferhündin kraulte. Im Sommer zogen sie eishungrig weiter auf die Île Saint-Louis, zu Berthillon. Julie wählte immer eine Waffel mit Zimt, Vanilleeis und Schokoladensoße, er selbst *marron glacé*, das sie gemeinsam beim Quai d'Orléans unten am Wasser sitzend verspeisten. Julie erzählte von der Woche in der Schule, und Justinien fühlte sich an seine eigene Kindheit erinnert und hoffte, dass ihre glücklicher sein möge.

Heute war alles anders. Justinien saß am Schreibtisch über der Präsentation, die Martine für ihn vorbereitet hatte. Julie war in England auf dieser Sprachreise, zu der Vanessa sie verdonnert hatte. Justinien hatte bisher vermutet, dass seine Frau nur ihre Ruhe haben wollte, doch die Ereignisse der letzten Tage ließen den Schluss zu, dass ihre Pläne viel weiter reichten.

Justinien stand auf und ging ins Wohnzimmer. Er konnte sich nicht auf die Zahlen konzentrieren. Das Gespräch mit seiner Mutter klang in ihm nach. Sie ließ sich nichts vormachen. Sie hatte gespürt, dass etwas nicht stimmte, auch wenn er sie dieses Mal noch abwiegeln hatte können. Er blickte aus dem großen Fenster auf den symmetrisch angelegten Park, der in der prallen Sonne lag. Die Platanen standen in sattem Grün, darunter die Parkbänke im Schatten, alle belegt.

Die schwierige Situation im Büro hätte eigentlich seine ganze Konzentration erfordert. Die europäische Tochter des amerikanischen Konzerns war seit vier Quartalen nicht mehr profitabel. Lange würde das Mutterunternehmen nicht mehr zusehen. Dabei versuchte Justinien seit Monaten, alle Kosten der Verwaltung drastisch zu reduzieren. Daumenschrauben anzulegen. Er hatte es satt. »Monsieur Blandel, Ihr *call* mit USA.« Rede und

Antwort stehen. Rechnen lassen. Die Länder antreiben. Ein Telefonat nach dem anderen. Dazwischen: Zielvorgaben diskutieren. Mit Amerikanern, die europäische Kündigungsgesetze nicht verstanden.

Der Job frisst dich auf, dachte er emotionslos. Da bleibt nichts mehr übrig.

Justinien war gut. Das wusste er. Alle wussten es. Bis er die gesicherten Türen des Bürogebäudes verließ. Schonfrist im Auto. Wie würde Vanessa ihn empfangen? Worauf musste er sich einstellen? Angriff oder Gleichgültigkeit, Verführung oder Kälte? Sie war unberechenbar. Das hatte sie am Anfang so interessant gemacht. So begehrenswert. Doch das lag lange zurück. Jetzt war alles anders, endlich vorbei. Die Resignation hatte sich gestern Abend in Wut verwandelt. Seine Sicherungen waren durchgebrannt, und er hatte etwas getan, was er niemals hätte tun dürfen. Danach hatte er Erleichterung gespürt, doch nicht lange. Als der Morgen kam, kannte er nur noch eine Sorge: die um seine Tochter Julie.

Florine würde die richtigen Worte finden, doch mit ihr konnte er nicht darüber sprechen. Das würde noch mehr zerstören. Nein, er musste Julie selbst anrufen und sie behutsam vorbereiten. Wie, in aller Welt, sollte er das Unerklärliche seinem kleinen Mädchen erklären?

Das *Espace Vit'Halles* war nicht zu verfehlen. »Bestes Studio in Europa« stand unbescheiden in roten Lettern an der Glaswand des Betongebäudes aus den frühen Achtzigerjahren. Das passte zu Vanessa Blandel.

Lucie folgte Natalie durch die Tür. Etwa fünf Meter vor ihr befand sich ein Tresen, hinter dem sie einen Tisch mit Computer und Flachbildschirm sah. Darüber hingen Urkunden mit

Auszeichnungen und Ausbildungsabschlüssen. Lucie versuchte, die Buchstaben zu entziffern, doch sie verschwammen vor ihren Augen. Rechts neben der Urkundengalerie war die Wand komplett verspiegelt. Eine Treppe führte ins Souterrain. Laute Musik drang von unten herauf.

»Was kann ich für euch tun?«, fragte eine junge blonde Frau, die gerade die Treppe hochkam. Offensichtlich hatte der Stoff des Oberteils nicht gereicht, um diesen dünnen Oberkörper und den faktisch nicht vorhandenen Bauch zu bedecken. Dafür zierte ein Ring den Bauchnabel. Lucie schrieb die Kleidung dem Wetter zu.

»Wir möchten ein Probetraining machen und sind dazu angemeldet.« Natalie nannte ihren Namen, und die Blondine beugte sich über ihren großen Tischkalender.

»Ah, ja, da habe ich dich. Zumba. Und Madame?« Sie blickte fragend in Lucies Richtung.

»Ich habe gelesen, dass Zumba leicht verständlich und für Anfänger jeden Alters geeignet ist«, beeilte sich Natalie zu sagen.

»Sicher.« Die Blondine nickte wenig überzeugt.

Dieses dünne Persönchen tat ja gerade so, als sei sie eine Greisin.

»Ich mache auch mit!«, verkündete Lucie.

»Also gut, wie ihr wollt. Aber bitte zu Beginn nicht übertreiben. Eigentlich verlangen wir in diesem Alter ein ärztliches Attest. Du kannst also nur auf eigene Verantwortung teilnehmen.«

Lucie drehte sich um, doch hinter ihr stand niemand. Hatte diese junge Frau etwa sie selbst, Lucie, so angesprochen? Abgesehen davon, dass sie sich kleidete, als ob sie im Schwimmbad wäre, hatte sie wohl von zu Hause keine Manieren beigebracht bekommen. Ein äußerst befremdliches Etablissement, das so einen Umgang mit Kunden zuließ.

»Ich bin übrigens Chantal.« Lucie rang um Fassung, während Chantal weitersprach. »Kann ich euch zu einem Getränk einladen?« Und mit prüfendem Blick auf Lucie fuhr sie fort: »Vielleicht ein L-Carnitin?«

Von solch einer Geschmacksrichtung hatte Lucie noch nie gehört. Vielleicht handelte es sich um einen modernen Ausdruck für Karottensaft?

»Das unterstützt die Fettverbrennung«, erklärte Chantal. »Wir haben Ananas, Waldfrucht, Kirsch …«

»Bitte zweimal Ananas«, entschied Natalie.

Chantal hantierte hinter der Theke. In ihrer wohlgeformten Nase blitzte ein kleiner Diamant. Die Ohren waren mit weiteren Steckern geschmückt. Am Oberarm prangte eine Tätowierung in Form eines Tigers.

»Übrigens haben wir gerade eine Sonderpreisaktion für unsere Jahresverträge. Wenn ihr euch bis Ende der Woche entscheidet und dann im Voraus bezahlt, kostet es nur tausendzweihundert Euro.«

Lucie lachte schallend. »Junge Frau, das ist doch nicht Ihr Ernst! Wissen Sie, was ich beim Bügeln pro Stunde verdiene?«

»Vielleicht zeigen Sie uns erst mal die Umkleidekabinen?« Natalies Gesicht war dunkelrosa.

»Sehr gerne.« Chantal ging in Richtung Treppe. »Wir sind ein Sportclub und duzen uns hier alle.«

Natalie wechselte zu Tiefrot. Lucie konnte nicht verstehen, dass sich ihre Schwiegertochter von diesem kindischen Theater so beeindrucken ließ.

Das Telefon klingelte, und Chantal eilte zurück zur Theke.

»Ihr könnt ja schon mal vorgehen. Einfach die Treppe runter.

Die Umkleiden sind nicht zu verfehlen. Said macht den Kurs.« Sie nahm das Telefon ab. »*Oui?*«

Natalie war schon vorausgegangen, also stieg Lucie ebenfalls die Treppe hinunter. Treppab schmerzten die Knie immer ein wenig. Angenehm war jedoch die Kühle, die sie hier empfing. In der überdimensionalen Glasbox zu ihrer Rechten wirbelten ähnlich leicht bekleidete Frauen zum Takt der Musik über flache, lang gezogene Kästen. Lucie wurde schon vom Zuschauen schwindelig. Die Arme flogen auf Kommando durch die Luft. Die Szene erinnerte sie ein wenig an eine Sendung über das Trainingslager zur Vorbereitung der Bodentruppen auf gefährliche Kriegseinsätze, die sie neulich im Fernsehen gesehen hatte.

Natalie war nicht mehr zu sehen. Lucie sah links neben sich das Garderobenschild, öffnete die Tür und trat ein. An den Wänden hingen Spinde, in der Mitte stand eine Bank.

»Natalie?«

In dem Moment kam ein Mann aus der Dusche. Nackt!

»*Excusez-moi*«, stammelte Lucie und machte, dass sie schnell aus der Kabine kam. Ihr Gesicht brannte.

»Dich in der Herrenumkleide zu finden, hätte ich nicht erwartet«, meinte ihre Schwiegertochter grinsend.

Gemeinsam bogen sie um die Ecke, und Natalie zeigte ihr den Weg in die Damenkabine. Dort ließ sich Lucie erst einmal auf der Bank nieder. Ihre Knie zitterten.

Natalie wühlte in ihrer großen Sporttasche. »Hier, das ist für dich.« Sie legte einen Haufen Sportkleidung neben Lucie.

»Was soll ich damit?«

»Anziehen.« Natalie entledigte sich ihrer Hose.

Lucie schaute betreten zur Seite. »Aber doch nicht hier! Gibt es keine Einzelkabinen?«

Drei Stunden lang hatte Justinien es immer wieder versucht. War zwischen Schreibtisch und Telefon hin- und hergetigert. Julie sei auf einem Ausritt, hatten die englischen Gasteltern geduldig erklärt. Sie mussten ihn für verrückt halten. Bei seinem fünften Anruf hatte die Frau ihm gesagt, Julie würde zurückrufen, sobald sie da sei.

Das konnte doch nicht so lange dauern! Wie wollte diese Familie denn sicherstellen, dass nichts passiert war? Man konnte doch als Achtjährige nicht so lange allein mit einem Pferd unterwegs sein! Glücklicherweise waren die Engländer höflich und zurückhaltend. Doch nach seinem siebten Anruf gingen sie nicht mehr ans Telefon. Dann, endlich, kam der Rückruf.

»Julie?«

»*Oui*, Papa!«

»Wie geht es dir, mein Schatz?«

»I am fine, thank you«, antwortete sie stolz. Sie erzählte begeistert von dem Ausritt, beschrieb Aussehen und Charakter des Pferdes. Sprach von ihren Freundinnen.

»Und weißt du, was Emily dann gesagt hat?« Ohne seine Antwort abzuwarten plauderte sie weiter. Er lauschte dieser melodisch glockenhellen Kinderstimme. Wie fröhlich sie klang. Wie aufgeschlossen.

»Du glaubst nicht, was dann passiert ist! Emily hat doch tatsächlich …«

Der Abstand tat ihr gut. Sie wirkte viel freier, kindlicher, unbeschwerter.

»Warte mal, Papa.« Er hörte Stimmen im Hintergrund. »Ich muss gleich Schluss machen. Wir essen. Grüß Maman von mir, wenn du sie siehst.«

Was sollte er darauf antworten? Er hatte ihr sagen wollen, wie sehr er sie liebte. *Das darfst du nie vergessen. Egal, was du über mich erfährst.* Und brachte keinen Ton heraus. Sie plapperte munter weiter über die grässliche englische Küche, die noch schlechter sei als ihr Ruf. Wie reif sie dennoch ist. Schon immer sein musste. Weil er und Vanessa sie in die Erwachsenenwelt hineingezwungen hatten – aus Unfähigkeit oder Interesselosigkeit an der Weltsicht staunender Kinderaugen, wie ihm wieder einmal schmerzlich bewusst wurde.

»Ich hab dich lieb, Papa.«

Justinien schluckte. Ihm blieb keine Zeit mehr. »Könntest du dir vorstellen, mit mir alleine zu leben?« Jetzt war es raus. Wieso nur war er so unfähig, die richtigen Worte zu finden, die passenden, altersgerechten.

»Wie meinst du das?«

Was sollte er dazu sagen? *Deine Mutter kann nicht mehr zu uns gehören, darf es nicht, wird es nicht?* »Wenn deine Mutter nicht mehr da wäre …« Das liebevolle »Maman« brachte er für Vanessa nicht über die Lippen.

Julie zögerte. »Wollt ihr euch scheiden lassen?«

Wenn es doch nur so einfach wäre.

»Sobald du wieder da bist, gehen wir Fritten essen. Bei *Ma Bourgogne.*« Er durfte sie nicht überfordern.

»Okay!«, rief sie.

»Und lass bitte dein Telefon an, damit ich dich direkt erreichen kann und nicht die Gasteltern anrufen muss!«

»*Oui*, Papa.« Julie schien schon ganz woanders zu sein.

»Und geh mit niemandem mit!« Justinien hörte ein Klicken in der Leitung und wusste nicht, ob sie seinen letzten Satz mitbekommen hatte. Er stand da, mit dem Hörer in der Hand, bis es anfing zu tuten.

Ob er sich an die Polizei wenden sollte? Doch dabei musste er geschickt vorgehen, denn jetzt stand alles auf dem Spiel.

Lucie hatte sich auf die Toilette zurückgezogen und abgeschlossen. Mühsam entledigte sie sich ihrer Oberbekleidung. Immer wieder stieß sie dabei an die Wand und verlor fast das Gleichgewicht. Der Anzug, den Natalie für sie mitgebracht hatte, war aus weichem Nicki. Sie zog die Hose über ihre Knie und dann mit vermehrtem Kraftaufwand über die Hüfte. Es spannte unangenehm am Po, der Bauch hatte zwar genug Platz, aber die Hosenbeine waren deutlich zu lang. Seufzend griff sie nach der Jacke, die wiederum an den Schultern eng saß und am Bauch noch etwas Spiel hatte.

Unsicher verließ sie die Toilette. Lucie hatte den Eindruck, dass sich Natalie, die selbst ganz elegant in ihrer Sportkleidung aussah, ein Grinsen verkniff.

»Ich kremple dir die Hosenbeine mal um.«

Lucie setzte sich auf die Bank, Natalie hockte vor ihr auf dem Boden und hantierte an der Hose.

»Was ist das eigentlich für ein Anzug?«, wollte Lucie wissen.

»Den habe ich während der Schwangerschaft getragen.«

Lucie erinnerte sich, dass Natalie damals über zwanzig Kilo zugenommen hatte.

»Und hier habe ich ein paar Sportschuhe für dich. Du hast auch Größe 37, oder?«

Lucie nickte und war dankbar, dass Natalie ihr auch gleich noch die Schuhe anzog, denn das war für sie ohne Schuhlöffel nicht mehr einfach.

Die Tür öffnete sich, und laut plappernd schwirrten die Frauen herein, die sie eben noch im Glaskasten gesehen hatte. Lucie fühlte sich völlig fehl am Platz. Ähnliches schienen auch die Damen zu denken. Nachdem Lucie belustigt beäugt worden war, hatte die Gruppe wohl beschlossen, sie zu ignorieren.

Plötzlich stach etwas aus der Masse des Geplappers heraus. Der Name Vanessa war gefallen.

»Normalerweise lässt sie doch keine Stunde mit Said ausfallen«, hörte Lucie eine volle Stimme. Die Spinde wurden geöffnet.

»Doch, seit sie Privatstunden bekommt!«, antwortete eine hohe.

»Und was für welche!« Die Gruppe lachte.

»Lass das bloß nicht Chantal hören!«, ließ sich die volle Stimme vernehmen. Lucie starrte die rothaarige Frau an und beglückwünschte sich zu ihrer Entscheidung, hierherzukommen. »Die ist, glaube ich, ziemlich eifersüchtig.«

»Sie hat ja auch allen Grund dazu, wenn du mich fragst …« Die kleine blonde Frau mit der hohen Stimme öffnete ihre Sporttasche und holte ein Handtuch heraus. »Ziemlich heiß, der Gute …«

Die Rote zog ihr Oberteil aus: »Besonders in der Horizontalen.« Alle Frauen lachten, und Lucie bekam rote Ohren. »Aber nicht nur. Er hat wohl ein stattliches Vorstrafenregister, sagt man. Ziemlich reizbar, typische Banlieukarriere.« Dabei öffnete sie ihren BH, und Lucie drehte sich schnell weg.

So gern hätte Lucie die Frauen gefragt, ob sie wüssten, wo Vanessa sein könnte, doch unter diesen Umständen war ihr das nicht möglich. Mit brennendem Gesicht verließ sie hinter Natalie die Kabine und wurde draußen von Chantal empfangen, die ihnen jeweils eine Plastikflasche in die Hand drückte, Lucie entsetzt anstarrte und sie dann in den Glaskasten lotste. Dort standen schon einige schlanke Grazien und warteten auf ihren Einsatz.

Ein muskulöser dunkelhäutiger Mann kniete vor der großen Musikanlage und drehte an den Knöpfen. Vanessas Bekannter! Aus der Nähe sah er noch durchtrainierter aus.

»Said-Chéri, die zwei Mädels machen eine Probestunde. Vielleicht platzierst du sie so, dass sie gut sehen können?«

Said erhob sich und grinste breit, als er Lucie sah. Erinnerte er sich an sie? Ein- oder zweimal war er ihr im Hauseingang begegnet, sonst hatte sie ihn immer nur durch die Glasscheibe ihrer Loge gesehen.

»Mesdemoiselles, ich bin Said.«

»Wir kennen uns«, sagte Lucie. »Ich bin Gardienne an der Place des Vosges, wo Madame Blandel wohnt.«

Natalie blickte ihre Schwiegermutter überrascht an, und Chantal wirkte wie vom Blitz getroffen.

Saids Gesicht sah jedoch nach einem einzigen Fragezeichen aus: »Blandel? Ich erinnere mich nicht, ein sehr häufiger Name …«

So etwas – er verzog keine Miene!

»Vanessa Blandel! Das müssen Sie doch noch wissen. Sie waren doch erst gestern Vormittag da. Übrigens ist sie seitdem verschwunden. Vielleicht wissen Sie zufällig, wo sie steckt?«

Der Fitnesstrainer zuckte kurz zusammen, hatte sich dann aber schnell wieder im Griff.

»Ich würde Ihnen wirklich gerne helfen, meine Liebe, aber da muss eine Verwechslung vorliegen. Und jetzt entschuldigen Sie mich bitte, ich muss mit dem Kurs anfangen.«

Er stellte die Musik laut, wandte sich an die Gruppe der wartenden Frauen und rief »Zumba!« und an Lucie gewandt: »Wollen wir mal sehen, ob wir nicht auch in Ihnen das Feuer entfachen können!«

Was folgte, war für Lucie ein Albtraum. Der Trainer wackelte bei jedem Schritt wild mit der Hüfte, und die Grazien taten es ihm gleich. Doch das Bild verschwamm immer wieder vor Lucies Augen.

Sie bemühte sich nach Kräften. Ein Schritt vor und zurück, zwei zur Seite. Ihre Füße kribbelten mehr denn je.

»Mehr Hüfteinsatz!«, brüllte Said.

Sie stolperte fast über die zu langen Hosenbeine, atmete schwer, ihre Knie taten weh, ihr Kreuz auch, und sie hatte das Gefühl, ihr Puls würde sich überschlagen. Eine Drehung, und wo ging es weiter? Sie japste nach Luft, ihr wurde schwindelig, und ein Druckgefühl machte sich in ihrer Brust breit.

»Unser Neuzugang wird doch nicht schlappmachen?« Said grinste.

Lucies Gesicht brannte. Nein, den Gefallen würde sie ihm nicht tun! Sie hatte in ihrem Leben ganz anderes bewältigt! Sie löste ihre Augen von der verschwommenen Gestalt des Trainers und warf einen Blick in den großen Spiegel hinter ihm.

Zuerst erkannte sie nichts, doch dann dämmerte ihr, dass dieses unkoordiniert zappelnde Wesen sie selbst sein musste. Lucie blieb stehen, um schärfer sehen zu können. Der Raum begann sich zu drehen, und dann erlösten sie weiße Wattewolken.

Die Nachmittagssonne fiel durch die großen Flügeltüren in den Saal und zeichnete das Muster der Sprossen als Schatten auf den Parkettboden. An der Stange standen sechs Mädchen im Alter von acht Jahren mit erhitzten Köpfen. Alle trugen rosa Tutus und weiße Strumpfhosen. Das *Centre de danse du Marais* bot in den Sommermonaten jedes Wochenende ein Intensivtraining für begabte Elevinnen an. Florine unterrichtete diesen Kurs besonders gern, denn die Mädchen gaben sich Mühe und waren hier, weil sie es wirklich wollten. Sie hatten die Haare hochgesteckt oder zu Zöpfen gebunden und waren mit ihrer ganzen Konzentration dabei. Florine schaltete den Ventilator an, um das Training für die Ballettmäuse erträglicher zu gestalten.

»Noch mal von vorne.« Florine klatschte in die Hände. »Zwei *grands battements à l'avant*, eines *à la seconde*, *plié* und schließen. Dann das Gleiche nach hinten. Aus der ersten Position. Alles klar?«

Sechs Köpfe nickten eifrig, und Florine schaltete den CD-Player an. Klaviermusik ertönte. »Vorbereitung. *Port de bras.* Und eins und zwei und …«

Sie schritt die Gruppe der Elevinnen ab, achtete auf Körperspannung und Hüfthaltung. Die Mädchen hatten für dieses Intensivtraining Urlaubsreisen verschoben oder ganz darauf verzichtet. So wie ihre Mütter, die in ihren Sprösslingen schon künftige *étoiles* der Pariser Oper sahen. Christelle hatte bestimmt das Zeug dazu. Sie überragte die anderen um einen Kopf und besaß um Längen mehr Präsenz. Hoffentlich wuchs sie nicht weiter so, sonst würde es schwer werden, ins *Corps de Ballet* aufgenommen zu werden.

Florine vermisste ihre Nichte. Julie war auch nominiert worden und außer sich vor Freude gewesen. Aber dann hatte die Frau, die sich ihre Mutter nannte, ihr einen Strich durch die Rechnung gemacht und das Mädchen nach England verfrachtet, angeblich zugunsten ihrer Sprachkenntnisse. Florine hatte von Anfang an gewusst, dass es nicht darum gegangen war, aber den eigentlichen Grund kannte sie erst seit gestern. Grässliche Bilder tauchten auf, die sie schnell verscheuchte.

»Jetzt umdrehen und das Gleiche mit dem anderen Bein.« Sie drückte die Wiedergabetaste. »Und, Véronique, achte besonders darauf, dass du Bauch und Po anspannst.«

Julie liebte das alte Gebäude im Hinterhof der Rue du Temple mit seinen großzügigen Tanzsälen genauso wie Florine. Beiden war es eine Heimat für ihre geteilte Freude am Tanzen.

Das Klavier erklang, und die Mädchen hoben den Arm. Véronique hatte eine besonders ehrgeizige Mutter. Das hatte Florine auch gehabt, bis sich deren Eifer auf Sophie konzentriert hatte.

Und die Apotheke zu erhalten war wichtiger gewesen, als Anmut und Schönheit zu huldigen.

»Noch mehr Länge. Ihr müsst das Gefühl haben, bis in den Himmel zu wachsen.«

Was hatte dieses Trampel vom Land schon gehabt? Keine Klasse, keine Eleganz und vor allem kein Herz.

»Sehr schön. Wir machen eine Pause. Trinkt etwas.«

Augenblicklich begannen die Mädchen zu schnattern. Florine schaltete den CD-Player aus und griff nach ihren Aufzeichnungen.

Keine Werte, keine Prinzipien, keinen Verstand. Stattdessen so etwas wie Bauernschläue, überzogene Selbstdarstellung und Ignoranz. Warum hatten weder Justinien noch ihre Mutter es fertiggebracht, sie in ihre Schranken zu weisen? Ihr den Laufpass zu geben?

Florine trank einen Schluck Wasser. Sie musste sich wieder sammeln. Darauf achten, dass der Hass nicht anfing, ihre Seele zu zerfressen. Nur eines hatte diese Hexe gehabt. Eine funktionierende Gebärmutter. Und die Macht, alles zu zerstören, was ihr je etwas bedeutet hatte.

Das hatten sich die Ärzte wohl so gedacht, dass sie Lucie zur Beobachtung im *Hôpital Hôtel Dieu* behalten könnten! Nicht im Himmel war sie wieder aufgewacht, nur der Name des Krankenhauses versprach die Nähe Gottes und vielleicht auch die Lage, direkt neben Notre-Dame. Lucie war von einer Station zur nächsten geschickt worden: ausziehen, Blutdruck messen, abhören, abtasten, wiegen, anziehen, Blut abnehmen, ausziehen, EKG, Ultraschall, röntgen.

Ergebnis nach stundenlanger Warterei: Orthostatischer Kollaps. Nebenbefund: Typ 2 Diabetes. Langzeitzucker deutlich erhöht.

Lucie hatte ihnen doch gleich gesagt, dass alles in Ordnung war. Kerngesund wie immer. Doch der junge Assistenzarzt sprach von einer stationären Aufnahme in die Diabetologie, von Ernährungsberatung, Blutzucker an der Fingerkuppe messen lernen, Insulin spritzen, Netzhaut kontrollieren, Herz kontrollieren, Nieren kontrollieren, alles kontrollieren …

Wer sollte für Antonio sorgen, wenn sie im Krankenhaus lag? Sie hatte heute vermutlich mehr Zeit mit ärztlichen Untersuchungen verbracht als in den ganzen letzten zehn Jahren. Jetzt wollte sie nur noch nach Hause, egal was sie dafür unterschreiben musste. Auf eigene Verantwortung und gegen ärztlichen Rat. Direkt lächerlich! Das ganze Leben war auf eigene Verantwortung; wer sich an den Rat anderer hielt, statt selbst zu entscheiden, kam nicht weit.

Natalie hatte sie begleitet und immer wieder mit David telefoniert, der genau wissen wollte, was die Ärzte gerade mit ihr machten, bevor er Lina und Clara bei Antonio abgegeben hatte, um selbst zu kommen und Natalie abzulösen, die dann die Zwillinge bei Antonio wieder abgeholt hatte. Was für Umstände sich die Kinder machten, nur wegen eines kleinen Schwächezustandes! Im Laufe der Stunden war Lucie wieder zu Kräften gekommen, Gott sei Dank, und damit auch zu dem klaren Bewusstsein, was zu tun war: nach Hause fahren, um zu kochen! Die Gesunden brauchten keinen Arzt, sondern die Kranken; das hatte schon Jesus gesagt.

Nun stand sie mit ihrem Sohn draußen und wartete auf einen Wagen der *Taxis bleus*. Lucie war stolz auf David, der so viel gelernt und sie da rausgeholt hatte. Groß war er geworden. Lucie betrachtete ihn liebevoll. In den Sprüchen Salomos im Alten Testament stand: »Die größte Freude ist ein tüchtiger und charakterfester Sohn … Deine Mutter, die dich geboren hat, soll stolz auf dich sein.« David half jeden Tag aufs Neue, Menschenleben zu retten. Momentan jedoch sah er streng aus.

Die zwei majestätischen Türme von Notre-Dame schimmerten im goldenen Abendlicht. Es war ein Anblick vollkommener Harmonie und Schönheit. Lucie lächelte. Es tat gut, wieder draußen zu sein.

»Das Taxi«, sagte David. Er öffnete die Tür, und nachdem sie eingestiegen war, nahm er neben ihr Platz.

Der Wagen fuhr über die Pont Notre-Dame.

»Du kannst mir nicht erzählen, dass du nichts gemerkt hast, Maman«, begann David und schaute aus dem Fenster, Richtung *Hôtel de Ville*.

Was sollte sie gemerkt haben? Was meinte er?

»Keine Sehstörungen, kein Kribbeln, häufiger Harndrang …«

Das Taxi hielt vor einer roten Ampel, und nun blickte er sie fragend an.

»Ach, solche Kleinigkeiten gehören doch dazu, wenn man nicht mehr zwanzig ist, mein Schatz. Das wirst du auch noch merken.«

David schnaubte: »Maman! Du hast Diabetes! Das ist kein Schnupfen, sondern eine ernst zu nehmende Krankheit, mit der du umgehen musst! Im Klartext: abnehmen, Spaziergänge, Insulin spritzen. All das nach Plan. Augenärztlich solltest du dich auch untersuchen lassen!«

Das Taxi fuhr wieder an. Sie kamen am BHV vorbei, und Lucie fiel siedend heiß ein, dass sie in dem großen Kaufhaus noch nach Knöpfen für das Polohemd von Vanessa hatte schauen wollen.

»Maman!«

»Ja, *querido*, du musst dir keine Sorgen machen.«

»Maman, was glaubst du eigentlich, warum die Ärzte der Entlassung zugestimmt haben?«

»Ich habe unterschrieben, dass ich für mein Leben selbst die Verantwortung übernehme.« Lucie lachte.

»Maman, ein nicht behandelter Diabetes führt zu ernsten Folgen! Retinopathie, Neuropathie, Nephropathie, all die kardialen Erkrankungen!«

Meine Güte, war ihr Sohn schlau. Ob er mit seinen Patienten auch so sprach?

»Konkret heißt das, du wirst blind werden, dich an heißem Badewasser verbrennen, ohne es zu merken, deine Nieren werden versagen, und du musst zur Dialyse, irgendwann müssen deine Beine amputiert werden, und am Ende stirbst du am Infarkt, vielleicht zwei Jahre nach dem Schlaganfall. Reicht das?«

Lucie wurde blass. Blind und ohne Beine würde sie nicht mehr als Gardienne arbeiten können. Und was sollte aus Antonio werden, wenn sie starb? Wer würde für ihn kochen?

»Die haben dich also nur entlassen, weil ich mit dem jungen Arzt besprochen habe, dass ich morgen den Tag über mit dir das Blutzuckermessen und das Insulinspritzen übe. Für heute hat er dir ein Langzeitinsulin gespritzt, aber ab sofort musst du das selbst machen, jeden Abend. Und zu den Mahlzeiten brauchst du ein schnell wirkendes Insulin. Zu jeder Mahlzeit! Ich kann dir eine kleine Menge besorgen, den Rest bestellst du bitte am Montag in der Apotheke. Madame Blandel wird dir alles auch nochmals erklären. Vielleicht hörst du ja auf sie.« David seufzte.

Eine Viertelstunde später lag Lucie im abendlichen Dämmerlicht auf der Couch in ihrem kleinen Wohnzimmer, während Antonio draußen im Hof ihren Sohn verabschiedete. Das

Bügelbrett stand noch genau so neben dem Tisch, wie sie es vor einigen Stunden zurückgelassen hatte. In dem roten Korb die sauber zusammengelegten Hemden, in dem blauen der Stapel, der noch zu erledigen war. Das musste nun bis Montag warten.

Lucie hörte den Türöffner draußen. Das Surren und den Klick, der besagte, dass das große Holzportal geöffnet wurde. Sie liebte diese Geräusche, die ihr auf einer ganz tiefen Ebene versicherten, zu Hause zu sein. Der Schlüssel in der Wohnungstür ging, und Antonio betrat den Raum. Er warf ihr einen besorgten Blick zu, nahm einen der Stühle und setzte sich zu ihr.

»Du bist tatsächlich zu dieser Sportstunde gegangen …«

Lucie nickte. Wie unangenehm, diesen ganzen peinlichen Ausflug wieder vergegenwärtigt zu bekommen. War es nicht eigentlich nur wegen der jungen Blandel gewesen? Der ganze Aufwand, den sie hatte betreiben müssen, um aus der blöden Dreiecksgeschichte wieder herauszukommen. Dass es sich darum handelte, hatte sie inzwischen bestätigt bekommen.

»Meine Lucia, was machst du denn für Sachen?«

Antonio schüttelte den Kopf und seufzte. Seine Gesichtszüge waren in dem Dämmerlicht, das jetzt durch das Fenster fiel, nicht zu erkennen. Er nahm Lucies Hand. Sie schloss die Augen. Wie gut es doch war, bei ihm zu sein und nicht in einem anonymen Krankenhaus.

»Lucia, ich denke schon lange darüber nach, und ich finde, das hier war jetzt ein deutliches Zeichen, dass es an der Zeit ist, sich zur Ruhe zu setzen.«

Lucie riss die Augen wieder auf. »Du willst, dass ich in Rente gehe?« Das hatte ihr gerade noch gefehlt.

»Lucia, du bist keine zwanzig mehr.«

Na und? Erledigte sie nicht alle ihre Aufgaben immer noch zuverlässig? Zwar nicht mehr ganz so mühelos …

»Und es ist an der Zeit, dass du dich um dich selbst kümmerst.«

Antonio drückte ihre Hand.

Was gab es denn da zu kümmern? Sie war doch kein junges Ding wie die Blandel, die dachte, die Welt drehe sich nur um sie selbst. Und auch noch keine Greisin, die sich über ihre Krankenakte definierte.

»Deshalb möchte ich mit dir rausziehen. Ein schönes Häuschen mit kleinem Garten …«

»Wegziehen?« Lucie entzog ihm ihre Hand. »Ohne mich!«

»Was soll denn das heißen?« Antonios eben noch so weiche Stimme hatte einen härteren Klang angenommen.

Lucie bebte. »Du kannst alleine ins Nirgendwo ziehen. Ich lasse die Kinder nicht im Stich. Und meine Aufgabe hier auch nicht!«

»Ich rede nicht vom Nirgendwo, sondern von Meudon. Schau dir das doch erst mal an.«

Antonio stand auf und machte Licht. Er ging zu seiner Mappe, die am Wohnzimmerschrank lehnte. Mit einem Heftchen voller Immobilienangebote kam er zurück. Die Anzeige, die sein Interesse geweckt hatte, war mit schwarzem Filzstift umkreist.

»Wir würden nicht weit weg von Arthur und David wohnen. Die Kleinen könnten im Garten spielen, und du hättest Zeit, dich um sie zu kümmern.«

Um wen sollte sie sich denn nun kümmern? Um sich selbst oder die Enkel? Oder ging es hier um etwas ganz anderes?

»Willst du mir damit etwa sagen, ich kümmere mich nicht genug um unsere Enkelkinder?«, fragte Lucie spitz. Das war ja wohl die Höhe! Sie, die ein Leben lang für alle Menschen um sich herum getan hatte, was sie konnte. »Ich bin Gardienne! Ich erledige alle Aufgaben mit Leidenschaft und lasse hier niemanden im Stich. Man verschwindet nicht einfach so, wenn man noch gebraucht wird!«

Lucie dachte an Vanessa Blandel.

»Ja. Eine Gardienne ist dafür zuständig, das Haus in Schuss zu halten und zu festen Zeiten ansprechbar zu sein, wenn irgendetwas am Gebäude nicht in Ordnung ist. Ende. Bei dir ist aber nie Schluss. Du willst in den Familien aufräumen. Und du mischst dich in Dinge ein, die dich nichts angehen.«

Lucies Gesicht brannte. So konnte doch nur jemand denken, der sich den ganzen Tag mit dem Verlegen von Rohren und dem Einbau von Waschbecken beschäftigte. Bei ihrer Arbeit hingegen ging es um Menschen!

»Schlimm genug, dass die Leute hier klingeln, wann immer es ihnen passt.«

Antonios Stimme klang nun verärgert. »Ich habe es so satt.«

Er trat ans Fenster und wandte ihr den Rücken zu. Lucie schwieg. Sie konnte lange schweigen, wenn es sein musste.

»Wir haben ein Leben lang hart gearbeitet. Irgendwann muss Schluss sein.«

Bedeutete ihm das hier alles nichts? Es war ihr Zuhause seit über vierzig Jahren. Der Tag heute war anstrengend und demütigend gewesen. Hatte sie nicht auch seinetwegen darauf bestanden, das Krankenhaus schnellstmöglich zu verlassen?

Lucie hörte draußen das Surren, den Klick, das Öffnen des Portals. Schritte in Richtung Treppenhaus: Monsieur Rosenberg, der sich jeden Samstagabend mit seinen Freunden im *Chez Marianne* zu einem Glas Wein traf, sein Hund Fifi immer mit dabei. Die Schritte verhallten in den oberen Stockwerken. Das hier war doch ihr Leben! Wie konnte Antonio sie davon abschneiden wollen?

Octavien de la Roche, der Chef de la Crim, wohnte im vierten Stock. Justinien klingelte. Inzwischen war es zehn Uhr geworden. Nicht mehr die Zeit, um einen entfernten Bekannten zu besuchen. Und schon gar nicht samstagabends. Es hatte lange gedauert, bevor sich Justinien zu diesem Schritt durchgerungen hatte. Offiziell zur Polizei gehen konnte er nicht. Wahrscheinlich war de la Roche irgendwo beim Essen. Justinien bemerkte, wie wenig er über die Bewohner des Quartiers wusste, seitdem er wieder eingezogen war. Als Kind hatte er durch seine Mutter und eigene Beobachtungen viel mitbekommen. Doch nun fehlten ihm Gelegenheit und Interesse.

Justinien wollte sich eben wieder umdrehen, als die Tür geöffnet wurde. Vor ihm stand ein freundlich blickender Mann mit wachen dunklen Augen, die von vielen Lachfalten umgeben waren. Über fünfzehn Jahre war es her, seit er Monsieur de la Roche das letzte Mal bewusst betrachtet hatte. So klein hatte Justinien ihn gar nicht in Erinnerung. Der extrem buschige Oberlippenbart war inzwischen ergraut. Monsieur de la Roche trug eine Leinenhose, ein offenes kurzärmliges Hemd ohne Unterhemd und stand barfuß auf den dunklen Holzdielen.

»Justinien Blandel«, stellte er erstaunt fest.

»*Bonsoir*, Monsieur de la Roche«, begann Justinien. »Ich bin froh, dass Sie zu Hause sind.«

De la Roche sah ihn aufmerksam an.

»Bitte.« De la Roche bedeutete Justinien einzutreten und ging dann selbst voraus ins Wohnzimmer. Hier oben unter dem Dach war es noch deutlich wärmer als in der Wohnung der Blandels.

Das Wohnzimmer lag zur Place des Vosges, Fenster und Wände waren hier halb so hoch wie in der Beletage, der ursprüngliche Holzfußboden war originalgetreu aufgearbeitet worden. Hier war es viel heimeliger, die Wände schlicht weiß gestrichen wie die Decke zwischen dem dunklen Sichtgebälk. In der Mitte hing ein großer Ventilator, der sich bedächtig drehte. De la Roches Wohnung hatte in dem Jahr, das Justinien nun wieder im Haus wohnte, leer gestanden und war renoviert worden. Lucie hatte irgendwann erzählt, dass de la Roche in dieser Zeit bei seiner alten Mutter gelebt hatte, um sich um sie zu kümmern und den Besitz der Familie zu verwalten. Nun jedoch ging es nicht mehr, und die Comtesse de la Roche wurde in einer Seniorenresidenz betreut. Sie musste über neunzig Jahre alt sein. Justinien sah sich weiter um. Rechts stand ein langer Holztisch, und am linken Ende des Raumes lud eine schwarze Ledercouch unter einem großen Gemälde zum Sitzen ein. Justinien hätte sofort die Wohnungen getauscht, wenn er die Wahl gehabt hätte, trotz der Raumtemperatur von über dreißig Grad, denn Julie würde sich hier viel wohler fühlen.

»Möchten Sie?« De la Roche deutete auf den Couchtisch, auf dem ein großes Bordeauxglas neben dem passenden Wein stand. Dazwischen glimmte im Aschenbecher eine Zigarre. Justinien spürte seinen trockenen Gaumen.

»Danke, nein.« Er musste einen kühlen Kopf bewahren. »Aber vielleicht ein kaltes Wasser?«

De la Roche verschwand in Richtung Küche.

Justinien stellte sich in eine der Gauben an das geöffnete Fenster und sah auf den Platz hinunter. Hier, zwischen der Abenddämmerung draußen und dem leise summenden Ventilator drinnen, schien sich die Luft etwas zu bewegen. Er öffnete den obersten Knopf seines Hemdes mit dem dringenden Bedürfnis, tief einzuatmen. Die Laternen waren angegangen, und der blaue Abend würde bald einem orangen Nachthimmel weichen.

Streulicht durch Feinstaubpartikel als Konsequenz eines nie innehaltenden Lebens, das seine Banalität in die Nacht ausdehnte und ihr den Zauber nahm, den Sternenhimmel. Kein Anlass mehr still zu werden vor den unfassbaren Weiten des Universums wie als kleiner Junge. Stattdessen Smog über der Stadt, eine alles durchdringende graue Müdigkeit. Vielleicht war das der Grund, weshalb er so durch sein Leben rannte. Immer auf der Flucht vor dieser lähmenden Schwere, die sich anfühlte, als würde das Fallen nicht mehr aufhören.

»Voilà.« De la Roche war mit einem Glas Wasser zurückgekommen und bedeutete Justinien Platz zu nehmen. Er selbst machte es sich wieder hinter seinem Weinglas bequem und nahm einen tiefen Zug von der Zigarre.

Mit der Gegenwart des anderen war die Anspannung wieder da. Justinien bedankte sich, setzte sich auf den gegenüberliegenden Sessel und trank einen Schluck Wasser.

»Diese Hitze …«

De la Roche brummte Zustimmung.

Justinien hatte sich keine Strategie für das Gespräch zurechtgelegt. Er hatte darauf vertraut, dass es von allein entstehen würde. Er wusste auch nicht, wie viel er preisgeben wollte. Besser gesagt: musste. Oder durfte? Durch die hohe Taktzahl, die seinen Tagesrhythmus bestimmte, und den unverblümten Kommunikationsstil der amerikanischen Firma war er nicht mehr gewohnt, angemessene Höflichkeitsfloskeln und Small-Talk-Themen zu zelebrieren oder auch nur abzuspulen. Justinien fiel ein, dass er sich hätte entschuldigen müssen, dass er hier so unvermittelt auftauchte. Zumindest hätte er fragen können, seit wann de la Roche wieder an der Place des Vosges lebte. Wie es seiner Mutter ginge. Irgendetwas sagte ihm jedoch, dass de la Roche das nicht erwartete.

»Ich vermisse meine Frau«, stieß er daher unvermittelt hervor.

De la Roche zog die buschigen Augenbrauen hoch. Dann lächelte er. Kein Nachhaken. Er schien zu warten, was sein Gegenüber erzählen wollte.

Justinien fühlte sich ertappt. War es nicht eine große Erleichterung, dass sie weg war? Zumindest wenn sichergestellt werden konnte, dass sie nicht unerwartet wieder auftauchte. Doch Julie …

»Seit gestern Vormittag ist sie weg.«

De la Roche zog nochmals an seiner Zigarre und betrachtete die Asche.

»Und was wollen Sie von mir?«, fragte er schließlich. Es klang freundlich.

Justinien suchte nach der richtigen Formulierung, die auszudrücken vermochte, weshalb er den anderen als Privatmann aufgesucht hatte und nicht in seinen Diensträumen.

»Ich wollte von Ihren Erfahrungen profitieren.«

De la Roche lächelte wieder. »Ich bin Junggeselle.«

Justinien war verärgert, wieder auf sich selbst zurückgeworfen zu sein. Gleichzeitig war es ihm peinlich, wie tölpelhaft er sich anstellte. Keine Spur mehr von dem souveränen Chef, in dessen Büro die Angestellten die Hacken zusammenschlugen, wenn er nur den Mund aufmachte. Er trank sein Glas leer und stellte es auf den Tisch.

»Machen Sie sich Sorgen um ihr Wohlbefinden?«, lenkte de la Roche ein und nahm sein Weinglas in die Hand. In diese Richtung hatte Justinien noch gar nicht gedacht, wie er verblüfft feststellte. Ihm ging es nur um sein kleines Mädchen. Vermutlich weil Vanessa jahrelang für ihr eigenes Wohlbefinden das aller anderen Menschen mit Füßen getreten hatte. Er hatte es aufgegeben, sich um Vanessas Wohl zu kümmern. Ein leises Unbehagen beschlich Justinien, und das Bild des perfekt aufgeräumten Schlafzimmers erschien vor seinem inneren Auge. Hatte er sich zu wenig um Vanessa gekümmert? Was war sein eigener Anteil an der Situation? War sie damals wirklich in Not gewesen? Sie hätte sich ihm erklären können, nein, müssen. Er lehnte sich wieder zurück. Was konnte er de la Roche schon sagen, ohne auf den kritischen Punkt zu kommen?

»Sie könnte verreist sein …«

»Ohne eine Nachricht zu hinterlassen?«

Justinien nickte. Es war oft genug vorgekommen, dass Vanessa spontan eine Nacht weggeblieben war. Das war Teil ihrer Machtspiele. Er hatte den Eindruck gehabt, dass sie seine Reaktion testen wollte. Und er hatte gelernt, gar nicht mehr zu reagieren. Die traurige Realität ihrer Ehe. Er hatte es besser machen wollen. Doch nun war sie am Ende des letzten Aktes angekommen und der Vorhang gefallen. Abzuwarten konnte er sich nicht leisten.

»Ihre Familie?« De la Roche nahm einen Schluck aus dem Glas und bewegte ihn im Mund hin und her. Jetzt hätte Justinien auch gern von dem Wein probiert.

»Sie hat keine Familie mehr.« Vanessa war Einzelkind, und die Mutter lebte irgendwo im Süden, doch Vanessa hatte mit ihrem Eintritt in die gehobene Gesellschaft den Kontakt abgebrochen.

»Freunde?«

Justinien überlegte. Gemeinsame Freunde hatten sie nicht. Früher war Vanessa mit seiner Schwester Florine befreundet gewesen, doch als die beiden Schwägerinnen wurden, war die Beziehung deutlich abgekühlt. Worüber sich Justinien nicht wirklich wunderte, denn die beiden Frauen waren zu unterschiedlich, um wirklich etwas miteinander anfangen zu können.

Sicher gab es irgendwelche Zweckgemeinschaften, wie mit den Frauen im Sportstudio oder anderen Müttern, wo Vanessa Julie für ein paar Stunden parken konnte.

»Hat sie Koffer mitgenommen, Reisetaschen, Kleidung, Geld, etwas, woran sie hängt?«

»Nichts dergleichen. Aber ihr Telefon ist nicht da, ihr Schlüssel und ihr Kalender auch nicht. Sie hatte noch so ein Filofax mit Platz für alle Kreditkarten.« Justinien erinnerte sich, dass er Vanessa dieses Ringbuch aus schwarzem Leder während der Schwangerschaft geschenkt hatte, damit sie alle Vorsorgetermine dort eintragen konnte. Sie hatte sich wirklich darüber gefreut. Es war ein schöner gemeinsamer Moment gewesen. Ob sie tatsächlich daran hing? Justinien spürte für einen kurzen Moment so etwas wie Schmerz in sich aufsteigen, bis er sich zwang, sich wieder zu konzentrieren. »Das Telefon ist ausgeschaltet. Da hatte ich es zuerst versucht.«

»Ihre Tochter?«

Vermutlich hatte seine Mutter de la Roche früher von ihrer Enkelin erzählt, als sie noch im Hause wohnte und man sich im Treppenhaus begegnete. Über Vanessa sprach sie nicht.

»Julie ist jetzt acht Jahre alt. Momentan ist sie in England bei einer Gastfamilie, um ihre Sprachkenntnisse zu vertiefen.« Justinien fragte sich, ob man das in diesem Alter wirklich schon musste.

»Weiß sie vom Verschwinden ihrer Mutter?«, fragte de la Roche.

»Nein, natürlich nicht!«

Justinien würde diese Nachricht so lange wie möglich für sich behalten. Und später könnte er immer noch sagen, sie sei verreist. Wozu Julie beunruhigen? Das Kind hatte es schwer genug als abgelegte Puppe ihrer Mutter. Ein Spielzeug, das strategischen Zielen gedient hatte und offensichtlich noch immer diente.

»Gibt es irgendwelche besonderen Merkmale, auf die wir achten könnten?« De la Roche zog an seiner Zigarre.

»Was meinen Sie?«

»Ich denke an eine Narbe oder ein Muttermal.«

Justinien erkannte, dass de la Roche wohl schon jetzt in Richtung eines Gewaltverbrechens dachte. Er wurde bleich: »Ein Tattoo auf der linken Schulter, eine Rose.«

»Monsieur Blandel, gibt es zum jetzigen Zeitpunkt irgendwelche Anzeichen einer Gefährdung?« De la Roche blickte ihn freundlich an.

Selbstverständlich gab es das, sonst wäre Justinien nicht hier, beim Leiter der Brigade Criminelle. Das aufgeräumte Schlafzimmer, der Schlusspunkt des letzten Aktes, das Zeichen, dass Vanessa sich nicht an ihre Vereinbarung halten würde. Wenn Justinien jetzt nicht aufpasste, wurde sein Handeln zur Gefahr für sie alle. Abrupt stand er auf.

»Vermutlich nicht. Vielen Dank. Ich werde dann wohl besser gehen.«

Wenn de la Roche verwundert war, so ließ er es sich zumindest nicht anmerken.

So ganz unrecht hatte er nicht mit der Bemerkung, dass sie selbst in den Familien Ordnung schaffen wollte. Bei den Blandels war Lucie zu weit gegangen. Sie konnte Justinien keine heile Familie besorgen. Dafür war er selbst zuständig: Die Sprüche Salomos waren voll mit Warnungen vor schwierigen Ehefrauen. Wenn sie auch zu gern wüsste, was es mit dem Verschwinden von Vanessa auf sich hatte. Gott sei Dank wusste Antonio nichts von dem Kalender, den sie entwendet hatte. Ihre eigentlichen Motive, die sie ins *Espace Vit'Halles* geführt hatten, kannte er nicht. Und dass sie fast rund um die Uhr ansprechbar war in ihrer Loge, war nicht immer angenehm. Es hielt aber auch jung und lebendig, wenn man im Zentrum des Lebens stand und gebraucht wurde.

»Wir sollten schlafen gehen.« Sie hoffte, er würde das als Friedensangebot verstehen, und setzte sich auf. Schließlich wollte sie nicht selbst eine dieser unversöhnlichen Frauen sein.

Er wendete sich ihr zu. »David sagt, der Kollaps war eigentlich harmlos, den Diabetes müssten wir aber sehr ernst nehmen. Er hat mir erklärt, dass wir gut auf dich aufpassen müssen. Er kommt morgen zu uns, um dir das mit dem Spritzen beizubringen.«

Antonio kam zum Sofa und ließ sich neben ihr nieder. »Du sollst zur Ruhe kommen, langsame Spaziergänge machen oder solche Dinge. Abnehmen und auf jeden Fall regelmäßig Insulin nehmen.«

Lucie spürte mit jeder Faser ihres Körpers, wie ernst es ihm war.

»Wir brauchen dich noch …« Seine Stimme klang belegt.

Tränen stiegen ihr in die Augen. Wie hatte sie ihm gegenüber so ungerecht sein können? Doch was sollte sie tun? Sie konnte hier unmöglich weg. Außerdem ging es ihr doch gut. Meistens. Natürlich hatte sie morgens so pelzige Füße, und das mit den Augen war sehr ärgerlich. Aber das waren eben die Begleiterscheinungen des Alterns. Wie die Falten und die unschönen Dellen an Oberschenkeln und Bauch. Leider.

»Wir haben es doch gut hier«, meinte sie zaghaft. »Die sind doch alle nett …«

»Mir geht es nicht gut damit, wie die Blandel dich ausnutzt. Damit ist jetzt Schluss!« Antonio wirkte auf einmal sehr müde. »Bitte versprich mir, dass du das nicht mehr mit dir machen lässt! Und dass du dich aus allem raushältst, was mit den Blandels zu tun hat. Diese Familie tut uns nicht gut. Wir können nichts dafür, dass Monsieur Blandel dieses zänkische Weib geheiratet hat!«

Lucie lächelte. Antonios Wortwahl war direkt alttestamentarisch.

»Versprichst du mir das?«, insistierte er.

Sie nickte. Wenn sie nur hierblieben, würde sie dieses kleine Versprechen mit Leichtigkeit halten können.

»Und du reduzierst deine Zusatzjobs, wie bügeln und putzen.« Er blickte sie streng an.

Lucie lächelte. Reduzieren war ja, Gott sei Dank, ein weiter Begriff.

Sonntag, 3. August

Es war ein wunderschöner Morgen gewesen. Früh schon sehr warm, so wie er es liebte. Léon Legrand stand auf der Pont St. Louis, die die Ile de la Cité mit der Ile St. Louis verband. Zu seiner Rechten, die Rückseite von Notre-Dame, der Chorraum mit seinen Verstrebungen. Links von ihm lag das *Café Le Flore en l'Ile*, im Winter bekannt für die beste *chocolat à l'ancienne*. An kalten Tagen würde er dort unter dem Heizstrahler auf der Terrasse sitzen – vor sich ein kleines Silberkännchen mit dickflüssiger Schokolade, daneben ein etwas größeres mit heißer Milch – und die Mischung herstellen, die genau richtig war. Nicht zu dunkel, nicht zu hell. Heute lockten *les glaces de Berthillon*. Es hatte sich bereits eine lange Schlange Touristen gebildet, die geduldig auf ihre Eistüte warteten, sodass Legrand dahinter nicht erkennen konnte, ob an den Tischen draußen noch ein Platz frei war.

Er blickte hinunter auf das Wasser. Wie tausend Kristalle reflektierten die kleinen Wellen die Sonnenstrahlen. Er war endlich in Paris! Nicht mehr als Tourist, sondern als Mitarbeiter der bekannten *Brigade Criminelle*, auch liebevoll *»la Crim«* genannt. Davor hatte er acht Jahre in Lyon gearbeitet. Inzwischen kannte er auch die meisten Kollegen am Quai des Orfèvres. Sein Chef, François Lambert, war für drei Wochen im Urlaub, und Legrand durfte ihn bereits vertreten, vermutlich aufgrund des Empfehlungsschreibens aus Lyon. Am heutigen Sonntag hatte er seinen ersten Bereitschaftsdienst.

Legrand drängte sich durch die Schlange der Eishungrigen. Die Terrasse war leider voll besetzt. Er betrat das Café und fand noch einen Tisch in der hinteren Ecke, direkt unter der Tafel mit den Tagesgerichten.

Am Nachbartisch bestellte eine Gruppe Deutscher das Touristenmenü. Der indische Kellner hatte Mühe, die in schlechtem Englisch vorgetragenen Änderungswünsche zu verstehen.

Legrands Telefon klingelte. Die zentrale Büronummer. Es würde wohl nichts aus dem Entrecôte werden, mit dem er geliebäugelt hatte.

»*Oui?*«

»Monsieur Legrand, Sie vertreten Monsieur Lambert und haben heute Rufbereitschaft?« Er erkannte die Stimme der jungen Frau, doch ihm fiel kein Gesicht dazu ein.

Legrand bejahte.

»Ich muss Sie bitten, augenblicklich am Quai Saint Bernard zu erscheinen. Eine Wasserleiche. Sie sollen die Ermittlungen leiten.«

Eineinhalb Stunden später betrat Commissaire Legrand den Tatort. Eine Wasserleiche war nichts auf leeren Magen – da musste man gut gestärkt sein. Das Entrecôte mit Bohnen hatte er sich nicht nehmen lassen.

Der Kommissar zeigte dem uniformierten Polizisten an der Absperrung seinen Dienstausweis, um durchgelassen zu werden. Die Kollegen hatten alles großräumig abgeriegelt und mit den Absperrbändern auch einen Weg zum Ufer markiert. Auf der Pont Sully standen Schaulustige.

»Er ist jetzt da«, hörte er den Beamten in sein Funkgerät sprechen. Legrand ging am Kinderspielplatz und den seltsam geformten Skulpturen vorbei. Auf dem Wasser konnte er das Boot der *Brigade de Sapeurs-Pompiers* erkennen. Die Feuerwehrtaucher trugen trotz der Hitze rot-gelbe Neoprenanzüge. Legrand war froh, nicht selbst in der schmutzigen Brühe schwimmen zu müssen.

»Da bist du ja.« Jean-Christian Chevalier kam ihm entgegen. »Wir hatten schon überlegt, dich auf die Vermisstenliste zu setzen.«

Chevalier war einer der wenigen Kollegen, die wie Legrand im August keinen Urlaub bekommen hatten. Beide waren Anfang dreißig und hatten keine Familie.

Sie durchquerten einen kleinen Park, der zwischen den Gebäuden der Université Pierre et Marie Curie und dem Seineufer lag. Chevalier informierte ihn kurz über den Stand der Ermittlungen: Heute Vormittag gegen elf Uhr hatten Touristen von den Bateaux Mouches aus einen Körper in der Seine entdeckt und den Notruf gewählt. Die Polizisten vor Ort hatten sofort reagiert. Das ganze Programm war nötig gewesen: die *Sapeurs-Pompiers* für die Bergung der Leiche, die *Brigade Speciale* zur Spurensicherung, die Gerichtsmedizin für die Ermittlung der Todesursache und natürlich die *Crim* für die Leitung und Koordination aller Ermittlungen. Weil Legrand so lange auf sich warten ließ, hatte man Chevalier gerufen. Er hatte sofort mit zwei Kollegen begonnen, die Touristen zu befragen.

Inzwischen waren sie an der Stelle angelangt, wo die Taucher die Leiche an Land gebracht hatten: Ein Platz in Form eines Halbkreises, angelegt wie ein Amphitheater, bot die Bühne für die Leichenschau. Legrand konnte die wilde Lockenpracht der energischen Gerichtsmedizinerin Madame Pistre erkennen, die neben dem leblosen Körper kniete. Nachdem er die Stufen hinabgestiegen war, blickte Madame Pistre ihn kurz an. »Ach, Sie!«, sagte sie statt einer Begrüßung und schien sich einen Kommentar wegen seines späten Erscheinens nur mühsam verkneifen zu können. Chevalier hatte sie wohl schon begrüßt, denn sie nickte freundlich in seine Richtung.

»Wir müssen die Leiche hier schnell aus der Hitze schaffen«, rief sie. Legrand erinnerte sich schmerzhaft daran, dass sie immer mehr schrie als sprach.

»Sie sehen, kein Schaumpilz«, fügte sie nach kurzem Druck auf den Brustkorb hinzu. »Die Dame ist nicht ertrunken, sondern vermutlich vorher schon zu Tode gekommen.«

»Wie?«, hakte Legrand gleich nach.

Madame le Docteur sah ihn strafend an.

»Wie alt?«, versuchte er es noch einmal

»Schwer zu sagen, zwischen dreißig und vierzig, schätzungsweise.« Madame Pistre stand auf. »Wenn Sie etwas Spezielles in Augenschein nehmen möchten, die Fotos wurden schon gemacht.«

Die Tote war circa einen Meter siebzig groß, schlank, hatte blondes, schulterlanges Haar und war bekleidet. Das Gesicht war aufgedunsen, die Augen geschlossen. Lippen, Nase und Stirn waren dunkelrot und blutverschmiert. Legrand schluckte. Es sah so aus, als würde der hintere Teil des Schädels fehlen. Rechts, zwischen Hals und Schulter, war ein tiefer Einschnitt zu sehen. Die Haut war fleckig und an den Händen völlig verschrumpelt. An einem Finger trug sie einen Diamantring.

»Waschhaut«, kommentierte Isabelle Pistre seinen Blick. »Im Gesicht vermutlich Schleifspuren. Zum jetzigen Zeitpunkt lässt sich nicht sagen, ob diese Verletzungen die Todesursache waren oder später entstanden sind.«

»An was denken Sie?«

Ungeduld schwang in ihrer Stimme: »Schiffsschrauben zum

Beispiel.« Sie deutete mit der Hand auf die Seine, ohne hinzusehen. »Hier ist doch ’ne Menge los.«

»*Sûrement*«, beeilte Legrand sich zu sagen und wandte sich der Kleidung der Toten zu. Eine Jeans, die wohl mal weiß gewesen war, und ein rotes Poloshirt.

»Hatte sie Papiere bei sich? Sonst irgendwas?«

Der Kriminaltechniker zeigte ihm einen Schlüssel, den er bereits in einer durchsichtigen Tüte gesichert hatte.

»Den brauche ich.« Legrand nahm das Tütchen entgegen. »Und auch den Ring, bitte.«

»Kein Mobiltelefon, kein Portemonnaie, nichts«, ergänzte Chevalier. »Die Taucher suchen noch nach einer Handtasche oder Ähnlichem. Aber schau mal, wie grün das Wasser ist. Absolut keine Sicht. Bevor wir nicht wissen, wo sie ins Wasser geworfen wurde und welchen Weg die Leiche genommen hat …«

»Sonst noch was?«, rief Madame Pistre.

»Das frage ich Sie. Besondere Merkmale?« Legrand blieb hartnäckig.

»Dazu muss ich sie auf dem Tisch haben und entkleiden.« Die Gerichtsmedizinerin gab sich immer weniger Mühe, ihre Ungeduld zu verbergen.

»Todeszeitpunkt? Ungefähr?« Irgendetwas musste sie doch schon wissen. Ihr Blick hätte töten können.

»Ich brauche dann noch den Zahnbefund von Ihnen.« Legrand trat zurück, damit die Leiche für den Transport verpackt werden konnte. Er sah sich um. Vor ihm lag der Fluss im Sonnenlicht. Rechts befand sich in einiger Entfernung eine gut befahrene Brücke. Er betrachtete die Strömung. Es hätte gut sein können, dass jemand die Leiche von der Pont d’Austerlitz in die Seine geworfen hatte. Eigentlich war es Wahnsinn. Wer hier, mitten im Zentrum von Paris, eine Leiche entsorgen wollte, würde sie doch bestimmt nicht in die Seine werfen. Er musste damit rechnen, dass er dabei gesehen wurde. Und dass die Leiche wieder auftauchte. Der Mörder musste außerordentlich ortsunkundig gewesen sein oder in vollkommener Panik gehandelt haben.

Auf der anderen Uferseite lagen zwei große Boote. Auf dieser Seite befanden sich die Einsatzkräfte der *Brigade Fluviale.* Wenn nicht ein Autofahrer etwas bemerkt hatte, ein Anwohner oder ein Passant, so aber doch bestimmt jemand, der sich auf einem der Boote befunden hatte. Legrand seufzte. Das bedeutete viel Fußarbeit. Wie gut, dass er die Urlaubsvertretung des Chefs war und nun andere dafür losschicken konnte. Chevalier zum Beispiel.

Eine uniformierte Kollegin trat auf ihn zu. Groß und dunkelhaarig, niedliche Sommersprossen.

»Monsieur Legrand?«

Er nickte.

Sie stellte sich vor, und er hatte den Namen gleich wieder vergessen, aber doch noch mitbekommen, dass sie Mitarbeiterin der *Brigade Fluviale* war.

»Wir suchen jetzt im Umkreis von fünfhundert Metern alles nach Hinweisen darauf ab, wo die Leiche ins Wasser geworfen wurde. Stromaufwärts.«

»Ja, danke.«

»Ist Ihnen der Knopf aufgefallen, Monsieur?«

»Welcher Knopf?« Legrand bemerkte, dass sie zudem schöne grüne Augen hatte. Er hätte sich doch den Namen merken sollen.

»An ihrem Poloshirt. Die Kleidung, die sie trägt, ist teuer. Eine Escada-Jeans. Das Hemd von Ralph Lauren. Aber der oberste Knopf ist etwas anders. Und wurde von Hand angenäht.«

»Schschscht!« Augenblicklich erstarb das Gemurmel, das im Laufe der letzten halben Stunde stetig angeschwollen war, bis es dem Messner von Notre-Dame zu unruhig wurde und er über die Lautsprecher an die Heiligkeit des Ortes erinnerte.

Nun waren wieder nur die schlurfenden Schritte der vielen Besucher zu hören, die im Halbdunkel über den Boden der Kathedrale schlenderten. Eine Frau sprach weiter mit leiser Stimme in ihr Telefon. Lucie überlegte, sie daran zu erinnern, dass man sich in einer Kirche befand, dem Ort, an dem man Gott begegnete – bevorzugt in der Stille. Doch ein Blick in deren Gesicht hatte genügt, um zu wissen, dass es sich um einen unbelehrbaren Menschen handelte, der hoffentlich bald weitergehen würde.

Lucie hatte den Tag mit der Familie verbracht, David hatte mit ihr geübt: ein Piks in die Fingerkuppe, um etwas Blut für den Zuckertest zu gewinnen. Anhand des Wertes musste sie die Dosis Insulin bestimmen, das sie nun vor jeder Mahlzeit spritzen sollte. Antonio war besorgt und bemüht gewesen und Natalie vermutlich noch immer von schlechtem Gewissen geplagt, obwohl David seiner Frau ständig versicherte, dass Lucie nichts besseres hatte passieren können als dieser Besuch im Sportstudio. Eine Meinung, die Lucie nicht teilte. Das behielt sie jedoch für sich. Lucie war nur froh, dass Arthur und Frédérique nichts davon erfahren hatten. Die beiden wären sonst noch auf die Idee gekommen, ihren Urlaub abzubrechen und nach Hause zu ihrer Mutter zu eilen. Nein, diese Überfürsorge war anstrengend. Und so hatte sie am frühen Abend kurzerhand erklärt, sie müsse jetzt in die Kirche – allein! Die Familie wusste, was das bedeutete, und hatte sie ziehen lassen.

Nun stand Lucie vor der Statue der heiligen Maria, ihrer Maria. Rechts konnte sie in den Chor mit dem wunderschönen

Chorgestühl aus Holz blicken und geradeaus in das Querschiff mit der großen bunten Rosette. Ihre Maria aus Stein trug eine prachtvolle Krone und das Jesuskind auf dem Arm. Sie wirkte sehr jung. Vor ihr auf dem langen Metallständer standen viele Kerzen, die ihr zu Ehren entzündet waren, mit den Wünschen und Gebeten der Gläubigen. Lucie wusste, was sie immer wieder an diesen Ort zog: Nicht nur die Schönheit der Kathedrale wirkte beruhigend auf sie. Die Kirche stand auf einem Kraftplatz, den schon die Kelten genutzt hatten, und endlich – zum achthundertfünfzigsten Jubiläum von Notre-Dame – hatte die Kirche neun neue Glocken bekommen, deren Geläut Lucie als Erquickung von Körper, Geist und Seele gleichermaßen empfand. Dieses Glockengeläut, das erst seit dem Frühjahr täglich auf der Île de la Cité ertönte, war angeblich genau so zum letzten Mal 1792 zu hören gewesen, bevor die alten Glocken im Tumult der Französischen Revolution zu Kanonenkugeln umgegossen worden waren, bis auf Emmanuel, die weiter im Nordturm ihren Dienst verrichtete. Lucie schauderte bei dem Gedanken, was das für raue Zeiten gewesen sein mussten, die selbst vor einem Gotteshaus nicht haltmachten. Später hatte Emmanuel zwar vier Begleiter bekommen, aber die waren ein notdürftiger Ersatz aus Eisen minderer Qualität gewesen, was sich im Klang deutlich niedergeschlagen hatte: Für ein musikalisches Ohr sei das Glockengeläut von Notre-Dame wie die Callas mit der Stimme der Castafiore, hatte die Pariser Presse befunden.

Am 23. März hatte Lucie dann auf der Pont St. Luis gestanden und mit Tränen in den Augen dem erhebenden Klang der neuen Glocken gelauscht.

Es hatte keinen Sinn, sich länger dagegen zu sträuben, sie würde nun auf ihre innere Stimme hören müssen, die ihr deutlich sagte, dass ihre Familie recht hatte. Sie war nicht Maria und nicht Jesus, sie musste nicht für das Heil der Menschen sorgen, die sie umgaben, sonst würde das am Ende nur dazu führen, dass die anderen sich sorgten. Und zur Last fallen wollte sie keinem! Es war an der Zeit, sich zu entscheiden.

»Gut, Maria«, betete sie. »Du sorgst für die Menschen im Haus und ich für meine Familie. Wobei, besser du sorgst für die Menschen im Haus und für meine Familie und ich fürs Putzen und die Wäsche.« Lucie zündete eine Kerze an. »Die ist für die Blandels und Vanessa. Mit der will ich nun wirklich gar nichts mehr zu tun haben!«

Montag, 4. August

Direkt nachdem Lucie vom Verteilen der Post am Montagmorgen wieder in ihre Loge gekommen war, legte sie ihre Kittelschürze ab und griff nach ihrer Handtasche. Sie nahm das Rezept, das David ihr ausgestellt hatte, von der Küchenablage, schloss die Wohnungstür ab und öffnete das große Holzportal. Eigentlich musste sie jetzt während ihrer Arbeitszeit im Gebäude erreichbar sein, doch wer sollte sonst für sie in die Apotheke gehen? In der Urlaubszeit war sowieso nicht viel los, und es würde ja auch nicht lange dauern.

Lucie trat unter die Arkaden. Der Platz war seit acht Uhr geöffnet, die Clochards von Nummer 1 hatten ihre Matratze an die Wand gelehnt. Der grüne Putzwagen der Stadt war schon vorbeigefahren, und die ebenfalls grün gekleideten Männer hatten die Straßen und Trottoirs gekehrt und abgespritzt. Seit Jahrzehnten war das Hotel unbewohnt, da die Besitzerin die Räume liebevoll restaurieren ließ. Doch solange sie nicht mit allem fertig war, wollte sie nicht vermieten. Bei einem Gebäudekomplex dieser Größe bedeutete das, dass man wieder von vorne würde anfangen müssen, wenn man irgendwann fertig werden würde.

Draußen vor dem Portal hingegen »wohnten« nun seit Jahren die SDF, die Wohnungslosen, und Lucie schnürte es die Kehle zu, wenn sie daran dachte, dass nur aufgrund schicksalhaft verteilter Vermögensverhältnisse eine alte Dame ein riesiges

Gebäude für sich allein besaß, während sich ein halbes Duzend Clochards die wenigen Quadratmeter vor dem Haus teilten.

Lucie verließ den Platz durch den Torbogen und gelangte in die Rue de Birague. Dem ersten Clochard, der im Winter vor vielen Jahren vor Hausnummer 1 »gezogen« war, hatte sie einen dicken Daunenschlafsack geschenkt.

Jetzt war sie erfreut, Paul in der Rue de Birague zu sehen. Er saß in einer Mauernische, vor *Si Petit*, der Boutique für Kinderkleidung, in der sie diese wunderschönen Kleidchen für Clara und Lina zum dritten Geburtstag gekauft hatte. Lucie war erstaunt, denn meist war Paul am Eingang der Metro St. Paul zu finden, wo er wie der Schutzpatron der Berufstätigen wirkte, die ihm morgens treppab einen Euro zusteckten und sich manchmal auch ein paar Minuten Zeit für ein kurzes Gespräch mit ihm nahmen. Paul grüßte freundlich wie immer, und Lucie gab ihm einen Euro.

Er wollte ein Gespräch mit ihr beginnen, doch sie sagte, sie müsse schnell weiter in die Apotheke, passierte den kleinen *Salon de Thé* mit der freundlich gelben Markise, der noch vor Kurzem ein Geschäft für Kleinigkeiten aus der Provence und dem Midi gewesen war, geführt von einer sehr netten Südfranzösin. Lucie überlegte, doch ihr fiel der Name nicht ein, und sie wurde sich bewusst, dass es doch schon mehrere Jahre her gewesen sein musste, seit diese ihr Geschäft aufgegeben und wieder in den Süden gezogen war.

Le Pressing, die Reinigung, hatte im August geschlossen, im *Café Crème* daneben saßen Touristen, um zu frühstücken. Ein schickes Resto, das sich nun schon zehn Jahre hielt, trotz hoher Preise. Die alten Bewohner des Quartiers jedoch fand man eher im *L'Arsenal* gegenüber, und Lucie konnte sich nicht erinnern, dass sich dessen Inneneinrichtung jemals geändert hätte. Lucie überquerte die Rue St. Antoine auf dem Zebrastreifen bei roter Ampel. Der morgendliche Verkehr im August war deutlich moderater als zu anderen Zeiten des Jahres.

Madame Blandels Apotheke befand sich in einem der schönsten alten Gebäude der Rue St. Antoine an der Ecke zur Rue du Petit Musc. Lucie freute sich darauf, Georgette zu sehen und zu erfahren, wie ihr Urlaub gewesen war.

Die Glasschiebetüren glitten auf, und Lucie ging an den mit Kosmetik, Nahrungsergänzungsmitteln und Sonnenschutzcremes bestückten Regalen vorbei bis zur Beratungstheke mit der alten Kasse. Sie schien heute Morgen die erste Kundin zu sein. Marie hatte sie wohl gehört und kam aus einem der hinteren Räume nach vorne zu ihr an die Theke.

»Ah, *bonjour*, Madame Lucie«, grüßte sie freundlich. »Sie möchten sicher mit Madame Blandel selbst sprechen.« Wie schön, dass Marie da war und nicht Vanessa, dachte Lucie. Marie wusste um die jahrelange Verbundenheit Lucies mit Georgette und gab ihr Raum. Lucie dankte, und Marie holte ihre Chefin aus dem Büro. Lucie freute sich zu sehen, dass Georgette, leicht von der Sonne gebräunt, erholter aussah als vor ihrem Urlaub. Doch ganz entspannt wirkte Madame Blandel nicht, als sie Lucie herzlich begrüßte und sich gleich für den wunderschönen Blumenstrauß bedankte.

»So ist es doch eine Freude, nach Hause zu kommen, meine liebe Lucie, wenn ich alles bei Ihnen in guten Händen weiß.« Lucie wurde vor Freude ganz rot. »Auch wenn mir einige Tage mehr in Deauville sicher gutgetan hätten«, schloss Georgette ihren Bericht. »Wie schön, dass Sie hier vorbeischauen.«

Womit Lucie wieder einfiel, weshalb sie eigentlich hier war, und sie das Rezept aus ihrer Handtasche holte und Madame Blandel auf den Tresen legte.

Georgette las sich die Angaben von David durch: »Muss ich das so verstehen, dass bei Ihnen ein Diabetes diagnostiziert wurde?«

Lucie erzählte von dem kleinen Schwächeanfall, der Diagnose im Krankenhaus und ihrer Familie, die das alles viel zu wichtig nähme.

»Da muss ich Ihrem Sohn leider beipflichten, meine liebe Lucie.« Georgette sah sie ernst an. »Sie sollten nach seinen Angaben abends das Langzeitinsulin spritzen und tagsüber vor den Mahlzeiten das andere. Hier gibt es eine Tabelle, die Ihnen helfen wird, den ermittelten Blutzuckerwert in Insulineinheiten umzusetzen. Hat er das mit Ihnen geübt?« Lucie nickte.

»Gut, dann schaue ich mal, was wir dahaben.« Georgette verschwand in den hinteren Räumen.

Lucie sah, wie Marie ein Regal mit Sonnenschutzmitteln auffüllte. »Arbeitet Madame Vanessa Blandel heute nicht?«, fragte sie.

»Ich glaube, Vanessa hat heute Urlaub.« Marie stellte die letzte Flasche Avène mit Lichtschutzfaktor 50 ins Regal.

Georgette war hinzugekommen, mit mehreren Packungen verschiedener Größe in der Hand. »Vanessa hat ein paar Tage freigenommen«, sagte sie schnell.

»Ach, dann wird Monsieur Justinien ja beruhigt sein«, sagte Lucie. »Er hatte sich ja schon Sorgen gemacht, als sie von Freitagnacht auf Samstag nicht da war.«

»Was meinen Sie?« Georgette legte die Packungen auf den Tresen und sah sie eindringlich an.

Lucie wurde rot. »Ist Vanessa nicht wieder da?« Sie räusperte sich. »Ich dachte nur, weil ich sie die letzten Tage nicht im Gebäude gesehen habe, aber gestern war ja auch Sonntag …«

»Wann haben Sie sie denn zuletzt gesehen?«, wollte Georgette wissen.

»Ich glaube am Freitagmorgen«, sagte Lucie schnell. »Aber das geht mich ja alles nichts an. Sind das die Sachen?«

»Sie haben Glück, Lucie, wir haben tatsächlich ein Blutzuckermessgerät da, inklusive der Teststreifen. Das Insulin selbst werden wir Ihnen heute liefern lassen. Es muss immer gut gekühlt bleiben.«

»Ich weiß. Das Mittel, das mir David dagelassen hat, habe ich im Kühlschrank liegen. Er hat gesagt, das reicht noch bis Ende der Woche.«

»Sehr gut«, lobte Georgette. »Und um auf Ihre Frage nach Vanessa zurückzukommen. Ehrlich gesagt, weiß ich nicht, wo sie ist. Sie ist heute Morgen nicht bei der Arbeit erschienen, ohne sich abzumelden. Ich mache mir Sorgen.«

Lucie sah es ihr an. »Hat denn Monsieur Justinien nichts erreichen können?«

Georgette schüttelte den Kopf. »Ich weiß von nichts. Ist Ihnen nichts aufgefallen?«

Lucie wurde wieder rot. Sie konnte doch der Schwiegermutter unmöglich von Vanessas Affäre berichten: »Wenn Sie vielleicht selbst einmal mit Monsieur de la Roche sprechen?«

»Ich denke, wir sollten uns nicht in die Dinge der jungen Leute einmischen«, meinte Georgette abschließend. »In unserem Alter dürfen wir uns jetzt um *unser* Wohlergehen kümmern. Das gilt ganz besonders für Sie, meine liebe Lucie. Achten Sie gut auf sich!«

Wieder zu Hause, fragte sich Lucie, wie sie das tun sollte, auf sich achten. Sie hatte gelernt, wie man auf andere achtete oder auf einen pflegeintensiven Fußboden. Aber sich selbst so wichtig zu nehmen? Außerdem war heute das Polieren der Messinggriffe dran. Nun hatte sie ja schon einen Morgenspaziergang gemacht. Ihr Blick fiel auf den *Figaro*, der noch ungelesen auf dem Esstisch lag. Lucie goss sich eine Tasse Kaffee ein, griff nach der Zeitung und überflog die ersten Seiten. An einer Randnotiz blieb sie hängen:

UNBEKANNTE TOTE AUFGEFUNDEN

Am Sonntag, den 3. August, gegen 10.50 Uhr, fanden Touristen in der Seine, zwischen Pont Sully und Pont d'Austerlitz, eine im Wasser treibende Frau.
Der hinzugerufene Notarzt konnte nur noch den Tod feststellen. Zur Identität der Frau liegen bislang keine Anhaltspunkte vor.
Die unbekannte Tote wird wie folgt beschrieben:
circa dreißig bis vierzig Jahre alt, schlank, halblanges blondes Haar.
Sie trug ein rotes Poloshirt und eine weiße Hose.
Auffällig am Poloshirt war ein abweichender Knopf.

Hinweise, welche zur Identifizierung der Toten führen, nimmt jede Polizeidienststelle oder das Zeugentelefon entgegen.

Daneben stand eine achtstellige Nummer mit Pariser Vorwahl. »Heilige Maria!« Lucie ließ die Zeitung sinken. Die Tote aus der Seine war Vanessa. Daran bestand kein Zweifel. Sie hatte zwar nicht gesehen, wie Vanessa am Freitag gekleidet gewesen war, aber Lucie selbst hatte einige Tage zuvor deren rotes Poloshirt gebügelt und den fehlenden Knopf durch einen schlichten weißen Hemdknopf aus ihrer Nähschatulle ersetzt. Vanessa hatte sich furchtbar darüber aufgeregt, dass der Faden, mit dem Lucie den Kreuzstich genäht hatte, nicht rot, sondern weiß gewesen war. Lucie hatte keinen roten Faden mehr gehabt und das weiße Garn passend zum Knopf, nicht zum Shirt ausgesucht. Die Zeit, die sie für diese kleine Ausbesserung gebraucht hatte, hatte sie nicht einmal in Rechnung gestellt. Sie hatte gedacht, Vanessa damit eine Freude zu machen. Das war nicht der Fall gewesen. Vanessa hatte erklärt, so sei das Shirt für sie nicht mehr zu tragen. Und doch konnte es sich bei der Leiche nur um Vanessa handeln. Ob Justinien die Zeitung las? Hätte sie ihm nicht die volle Wahrheit sagen müssen, als er sich Hilfe suchend an sie gewandt hatte? Seine Offenheit hatte sie mit Beschwichtigungsversuchen beantwortet. Würde seine Frau noch leben, wenn sie gleich Alarm geschlagen hätte? Doch war diese Affäre mit dem Fitnesstrainer bis dahin nur eine Vermutung gewesen. Und wenn sie gar nichts getan hätte? Wenn sie das Schlafzimmer nicht aufgeräumt, sondern Justinien es selbst so vorgefunden hätte, hätte er dann die richtigen Schlüsse gezogen? Heilige Maria, was soll ich tun? Hätte, hätte … Es half alles nichts. Vanessa Blandel war tot, ihr Mann Witwer, ihre Tochter Halbwaise. Wie war es dazu gekommen? Das hieß, dass es sich nicht mehr um eine kleine hässliche Affäre handelte, sondern um einen Mord. Den sie vielleicht hätte verhindern können. Spätestens als Justinien sie am Samstagmorgen nach Vanessa gefragt hatte, hätte Lucie de la Roche informieren müssen. Sie hatte doch gewusst, dass etwas nicht stimmte. Wie sollte sie das je wiedergutmachen? Nun würde die Polizei auftauchen. Lucie erschrak. Wenn es sich um einen Mord handelte, hatte sie vielleicht sogar wichtige Beweise vernichtet. Und selbst dabei Spuren am Tatort hinterlassen.

»Heilige Maria, ich bin mitschuldig an dem, was passiert ist. Ich muss Vanessas Mörder finden!«, entfuhr es ihr. »Bevor die Polizei noch glaubt, ich hätte versucht, Spuren zu verwischen …«

Gestern hatte Legrand die Presse informiert. Chevalier hatte er mit der Befragung der Anwohner und der Zusammenfassung der Ergebnisse des Zeugentelefons beauftragt. Die Überprüfung der Vermisstenliste hatte nichts ergeben.

Legrand saß im Büro seines Vorgesetzten François Lambert. Dessen Familienfoto hatte er in der Schublade verschwinden lassen, den Ventilator so hingestellt, dass die Luft angenehm über sein Gesicht strich, aber der Stapel Papiere vor ihm nicht zu flattern begann.

Die Mappe mit den protokollierten Zeugenaussagen des gestrigen Tages lag unberührt vor ihm. Leider hatten die Nachforschungen der *Brigade Fluviale* noch nichts ergeben. Solange nicht bekannt war, wo genau die Leiche in die Seine geworfen worden war, und keine Spuren vor Ort gesichert werden konnten, würde die Überführung des Mörders schwierig sein. Auch fehlten noch nähere Informationen zur Todesursache. Legrand hatte versucht, die Gerichtsmedizinerin telefonisch zu erreichen, doch vergeblich. Er blickte aus dem Fenster. Die Seine floss ruhig dahin, die Häuser am gegenüberliegenden Ufer spiegelten sich darin. Zwei zarte Wolkenschleier zogen über den Himmel, sonst war es friedlich am Quai des Orfèvres.

Wer war die unbekannte Tote? Die Identität der Leiche zu klären hatte momentan höchste Priorität. Chevalier musste sich um den Zahnbefund kümmern und damit die Pariser Zahnärzte abklappern.

Doch was, wenn es sich um eine Touristin handelte? Das war denkbar. Wer würde eine Pariserin direkt vor der Haustür in den Fluss werfen? Es wirkte so stümperhaft. Die letzte Leiche, die die Polizei aus der Seine geborgen hatte, war vom Mörder in fünf Teile zerlegt worden, diese waren dann auf zwei Sporttaschen verteilt und mit Steinen beschwert worden, bevor sie im Wasser versenkt worden waren. Zumindest hatte Chevalier das erzählt. Damals hatte die Identifizierung drei Monate gedauert, und erst danach war es gelungen, den Mörder zu überführen. François Lambert kam allerdings schon in drei Wochen wieder. Legrand blieb also nicht viel Zeit, um der Pariser Crim zu beweisen, was in ihm steckte.

Sein Telefon klingelte. »Commissaire Legrand, wo stecken Sie?«

Legrand vermutete, dass die Stimme zu Monsieur de la Roche gehörte, dem obersten Leiter der *Brigade Criminelle.*

»Na, ist ja auch egal. Ich habe gehört, dass gestern einiges los war auf der Seine. Wir hatten eben die Morgenkonferenz. Ich wurde informiert, dass Sie Monsieur Lambert vertreten?«

Merde, er hatte die Konferenz vergessen, die sein Chef ihm bei der Übergabe eingeschärft hatte. Wieso hatte die Sekretärin ihn nicht erinnert?

»*Oui.*« Er merkte selbst, wie er kleinlaut wurde.

»Ich nehme an, Sie haben einen guten Grund, weshalb Sie verhindert waren. Der aktuelle Mordfall?«

»*Oui.*«

»Wann werden Sie mich in Kenntnis setzen?«

»Sofort.«

»Gut, dann erwarte ich Sie in meinem Büro.«

De la Roche hatte aufgelegt.

Fieberhaft überlegte Legrand, was er dem obersten Chef vorweisen konnte. Ob bei den Zeugenaussagen doch etwas dabei war?

Er rief nochmals beim *Institut médico-légal* an und landete wieder nur auf dem Anrufbeantworter.

Entnervt wählte er die Nummer von Chevalier.

»Was macht das Zeugentelefon?«, blaffte er in den Hörer, ohne sich gemeldet zu haben.

»Nicht viel. Du bekommst heute Abend eine Zusammenstellung. Meiner Ansicht nach ist bisher nichts Brauchbares dabei.«

»Und die *Brigade Fluviale?*«

»Ist noch bei der Auswertung der Strömung. Die Schleusen am Port de Plaisance sind am Samstag geöffnet worden. Das könnte den Weg der Leiche beeinflusst haben. Und die Auswertungen der Spurensicherung dauern, wie du weißt. Von den Zahnärzten bisher auch nichts. Die Mitarbeiter der Universität haben am Wochenende nicht gearbeitet. Solange wir den Zeitraum, wann sie ins Wasser geworfen wurde, nicht weiter eingrenzen können, erwarte ich mir da nicht viel.«

Missmutig legte Legrand auf.

»Entrez!«, rief de la Roche, als Legrand kurz darauf an seine Tür klopfte.

Legrand war erstaunt, den Chef seines Chefs nicht allein vorzufinden. Ihm gegenüber saß eine attraktive junge Frau.

»Mademoiselle Aurélie Petit«, stellte de la Roche sie vor, »macht bei uns ab heute zwei Monate lang ein Praktikum. Ich habe beschlossen, sie Ihnen zur Seite zu stellen. Und jetzt berichten Sie mal.« Mit einer freundlichen Geste lud de la Roche ihn ein, neben Mademoiselle Petit Platz zu nehmen. Legrand hatte keine Gelegenheit, die Blondine genauer in Augenschein zu nehmen, doch das würde er später nachholen.

Er erzählte von der gestrigen Entdeckung durch die Touristen, dem Stand der Ermittlungen, dass es bisher keine Hinweise auf die Identität der Leiche gab, bis auf einen Schlüssel und einen Diamantring, der nicht graviert war, wie Legrand inzwischen von der Kriminaltechnik erfahren hatte.

Siedend heiß fiel ihm ein, dass er den Ring allen Pariser

Juwelieren vorlegen lassen konnte und ein Foto des Schlüssels den Schlüsseldiensten.

»Vielleicht kann ich weiterhelfen«, sagte de la Roche gerade. »Doch das muss streng vertraulich und mit Fingerspitzengefühl behandelt werden. Zunächst lassen Sie überprüfen, ob die Leiche eine Rose als Tattoo auf dem linken Schulterblatt trägt. Wenn ja, könnte es sich um Madame Vanessa Blandel handeln, wohnhaft an der Place des Vosges, Nummer 3. Wenden Sie sich an die Gardienne, Madame Ferreira. Mademoiselle Petit wird Sie begleiten.«

De la Roche nickte ihr freundlich zu.

»Noch etwas: Den Ehemann, Monsieur Blandel, befragen Sie bitte erst, wenn wir vollkommen sicher sein können, dass es sich bei unserer Toten wirklich um seine Frau handelt. Und ich möchte immer auf dem Laufenden gehalten werden. Melden Sie sich, sobald es etwas gibt.« Das klang abschließend.

Mademoiselle Petit erhob sich, Legrand tat es ihr gleich und fügte noch hinzu: »Die gute alte Hausmeisterin, eine sprudelnde Quelle von Gerüchten über all das, was im Haus passiert oder auch nicht.«

De la Roche lächelte verschmitzt: »Schauen wir mal, wie weit Sie kommen.«

Lucie hatte *»le plan 2«* aus ihrer Handtasche geholt und auf ihrem Esstisch ausgebreitet. Der Stadtplan, der an jeder Metrostation kostenlos zur Verfügung gestellt wurde, bot einen guten Überblick über das Pariser Verkehrsnetz, auf der einen Seite waren zusätzlich die Metrolinien, auf der anderen das Busnetz aufgezeichnet. Die Seine beschrieb einen sanften Bogen, von links unten bis zur Mitte ansteigend und nach rechts unten wieder abfallend, wo sie sich gabelte. Das blaue Band teilte das Zentrum in *rive gauche* und *rive droite*, und ähnlich einer politischen Gesinnung war es dem Pariser sehr wichtig, ob er links oder rechts der Seine wohnte. Lucie drehte den Plan so, dass *rive droite* tatsächlich rechts lag, und betrachtete die Stelle unterhalb der Inseln mit dem skizzierten Gebäude von Notre-Dame genauer. Oben war die Pont Sully als dünner Strich eingezeichnet, unten die Pont d'Austerlitz, rechts führte der Kanal, der Port de Plaisance, wie ein blauer Ast in Richtung Bastille.

Lucie faltete den Stadtplan wieder zusammen und beschloss, dem ärztlichen Rat Davids zu folgen und spazieren zu gehen. Das würde ihr guttun, ihr helfen, dem Wirrwarr der inneren Stimmen Herr zu werden und ihre Gedanken zu ordnen. Schließlich sollte sie ja gut für sich sorgen. Sie hatte nun Mittagspause und etwas Zeit, wenn sie das Essen ausfallen ließ. Sollte sie nicht ohnehin abnehmen?

Lucie hängte ihre Kittelschürze an den Haken, packte eine kleine Flasche Badoit in die schwarze Handtasche und machte sich auf den Weg. Unter den Arkaden tummelten sich Touristen, und auf den Rasenflächen der Place des Vosges hatten sich Menschen jeden Alters niedergelassen. Ein fröhliches Durcheinander an Stimmen, Sprachen und bunter Sommerkleidung hatte den Park bevölkert. Lucie drückte sich an einer Reisegruppe vorbei in Richtung Rue de Birague.

Die Sonne brannte immer noch unerbittlich vom Himmel, und die Luft roch nach Staub und Hitze. Lucie entschied sich für das Trottoir links der schmalen Straße, das im Schatten lag. Vor dem kleinen Bistro *Chez Pierro* auf der anderen Seite war jeder Tisch in der Sonne besetzt.

Ein Mord in ihrem Haus, das war nicht vorstellbar. So etwas las man in der Zeitung, oder man hörte von mafiösen Machenschaften im Radio oder Fernsehen, aber das passierte doch nicht im eigenen Umfeld. Und schon gar nicht bei ihr zu Hause! Sie kannte jeden Menschen, jeden Stein, jede Stufe, wusste, wie wer zu nehmen und wie welches Material zu behandeln war. Natürlich gab es Streitigkeiten zwischen manchen Nachbarn und selbst innerhalb mancher Familien. Es gab wohlgehütete Geheimnisse, die sie erahnte, weil sie vieles sah aus ihrer Loge. Aber ein Mord?

Der Asphalt der Rue St. Antoine hatte sich aufgeheizt, und Lucie hätte die Straße überqueren können, um drüben im Schatten der Häuser Richtung Bastille weiterzugehen, doch dann wäre sie bei Georgette vorbeigekommen, der sie unmöglich mit der Nachricht vom Tode Vanessas unter die Augen treten konnte. Die achtjährige Julie würde ohne Mutter auskommen müssen, mit einem Vater, der sie zwar abgöttisch liebte, aber nur Büro und Zahlen im Kopf hatte. Lucie wusste nicht, ob sie auf ihrem schattenlosen Weg stärker von oben oder von unten gegart wurde. Was sollte nur aus dem armen Kind werden? Madame Georgette war noch viel zu eingebunden in ihrer Apotheke und viel mehr Geschäftsfrau als Großmutter. Wer würde dem Kind das Unfassbare beibringen? Lucie traute nur Julies Tante Florine das nötige Fingerspitzengefühl für diese heikle Aufgabe zu. Wie würde sie dem Mädchen das erklären? Was gab es zu erklären? Was genau war denn geschehen?

Lucie erreichte die Schatten spendenden Platanen des kleinen Platzes vor *Les Coiffeurs de la Rue*. Zwischen den Bäumen war alles zugeparkt mit Mopeds, Vespas und sonstigen motorisierten Zweirädern. Die alte Rostlaube ohne Nummernschild, der das Vorderrad fehlte, stand immer noch da, seit mindestens sechs Monaten schon. Lucie hatte eine Wette mit Antonio laufen, bis wann sich der Elektroschrott dort halten würde, bevor sich die Stadt erbarmte, ihn zu entsorgen. Der ehemalige Besitzer schien das nicht mehr für seine Pflicht zu halten. Vielleicht war das ja seine Auslegung von *liberté*, dachte Lucie. *Fraternité* schien ihn hingegen weniger zu interessieren.

Hier unter den Platanen fiel ihr das Gehen deutlich leichter. Sie kam zur Bastille und blickte nach oben. Der Engel auf der Siegessäule strahlte golden vor dem tiefblauen, weiten Himmel. Dieses Bild hatte etwas Tröstliches, wie eine Verheißung, dass am Ende doch das Gute siegte. Der Geist der Freiheit …

Lucie überquerte die laute, stark befahrene Straße und passierte das *Café Français*. Die Markise war heruntergezogen und um die kleinen Bistrotische drängten sich die Menschen. Auch hier war jeder Platz besetzt.

Die Polizei wusste noch nicht, dass es sich bei der Toten um Vanessa handelte. Eigentlich hätte Lucie bei dieser Telefonnummer anrufen müssen. Sie könnte auch heute Abend Monsieur de la Roche ansprechen, wenn er nach Hause kam.

Aber was würde passieren, wenn die Polizei ihre Spuren in der Wohnung von Madame Blandel fand? Das könnte so aussehen, als habe sie den Kalender mit den Kreditkarten geklaut oder, noch schlimmer, selbst etwas mit dem Tod von Vanessa zu tun.

Hinter der Siegessäule sah Lucie die Opéra Bastille, ein großes modernes Gebäude mit einer runden Fassade aus grauen und gläsernen Quadraten, das zwar nichts von dem Charme eines Palais Garnier besaß, sich für Lucies Geschmack aber doch irgendwie gut in die architektonischen Gegebenheiten der anderen Gebäude einfügte. Es war funktional, ausgestattet mit einem ausgetüftelten System, das hervorragende Akustik garantieren sollte, doch die Fachwelt bemängelte genau diese. Lucie hingegen konnte sich nicht beschweren, schlecht gehört zu haben, als Antonio ihr zum letzten Geburtstag Karten für »La Bohème« geschenkt hatte: italienisch gesungen, mit französischen Übertiteln. Lucie war hingerissen gewesen, tief berührt, sie hatte es nicht geschafft, ihre Tränen zurückzuhalten, und ihnen schließlich, als Mimi starb (die ja eigentlich auch Lucia hieß), freien Lauf gelassen.

Lucie überquerte den Boulevard Henri IV und erreichte den Boulevard Bourdon. Neben dem Bürgersteig schossen unzählige Autos vorbei.

Vielleicht war Vanessas Tod ein Unfall gewesen? Dass sie einen Spaziergang gemacht hatte, dabei ins Wasser gefallen war und nicht schwimmen konnte, schien zugegebenermaßen unwahrscheinlich, aber nicht unmöglich. Also vielleicht Notwehr? Hatte Vanessa das Leben eines Menschen bedroht, der dann um sich geschlagen und sie unglücklich getroffen hatte? Doch warum hätte Vanessa jemanden bedrohen sollen? Unvorstellbar, dass ein Mensch einem anderen bewusst das Leben nehmen konnte. Dazu gehörte doch schon einiges. Wie seelenlos musste jemand sein, der zu so etwas fähig war? Und wie musste solch ein Mensch danach empfinden? Empfand er überhaupt noch? Nach diesem Schritt, der durch nichts in der Welt mehr rückgängig gemacht und geheilt werden konnte. Wenn er nur einen Funken Liebe in sich trug, musste ihn tiefe Reue erfassen und seine Schuld sein Gesicht brandmarken wie das von Kain.

Auf Höhe der Rue Mornay überquerte Lucie den Boulevard Bourdon und erreichte die Fußgängerbrücke, die sich über den Port de Plaisance spannte. Sie betrat die Brücke und sah auf das Wasser hinab. Es musste die Hitze sein, die ihre Gedanken Karussell fahren ließ.

Das Hafenbecken war im August mit bunten Booten übersät. Hochmoderne Motorjachten lagen neben alten Holzkähnen mit Häkeldecken in den Fenstern, und in einiger Entfernung war die Schleuse zu erkennen. Ob Vanessa auf einem der Boote gewesen und von dort ins Wasser gefallen war?

An der Mauer führte eine Eisentreppe nach unten. Davor befand sich eine große Metalltür, die jedoch sofort nachgab, als Lucie sich dagegenlehnte. Überdeutlich hörte sie jeden ihrer Schritte auf den Stufen.

Die Geschichte von Kain und Abel zeigte leider auch, dass die Menschen von Anfang an keine Unschuldslämmer gewesen waren, sondern aus niederen Motiven sogar bereit waren, Hand an den eigenen Bruder zu legen. Lucie schauderte trotz der Hitze. Wie gut, dass sich Arthur und David so gut verstanden. Kain war eifersüchtig auf Abel gewesen, weil er glaubte, dass Gott Abel mehr liebte. Was für eine traurige Geschichte, zuerst benachteiligt und dann ganz verstoßen zu werden. Lucie empfand Mitgefühl mit einem Mörder, wie sie erstaunt feststellte.

Sechs Meter weiter unten gelangte sie auf den Quai. Der Uferweg war breit, aus massivem Stein und führte an den Kähnen vorbei. Das Wasser war dunkelgrün und schmutzig. Man konnte keine zehn Zentimeter tief sehen. Es roch vermodert. Eine eklige Vorstellung, in solch einem Gebräu zu ertrinken.

Lucie richtete ihren Blick auf die gegenüberliegende Seite des Kanals, während sie sich weiter der Schleuse näherte. Vor der Gendarmerie standen Pkw, was bedeutete, dass man dort mit dem Auto direkt bis vor die Schleusen fahren konnte. Lucie wusste, dass der Zugang nachts mit einer Schranke gesichert war, doch wenn jemand den Schlüssel hatte, hätte er eine Leiche im Kofferraum bis ans Wasser fahren und dort entsorgen können. Eine gute Idee wäre es allerdings nicht gewesen, denn unter den Bootsbesitzern hätte bestimmt jemand etwas davon mitbekommen.

Ob Eifersucht der Grund gewesen war, so wie bei Kain? Wer war auf wen eifersüchtig gewesen? Chantal auf Vanessa, Said auf Justinien, Justinien auf Said, Vanessa auf Chantal? Wer brachte wen dann aus Eifersucht um? Chantal Vanessa, um sich der alleinigen Liebe Saids sicher sein zu können? Das konnte sich Lucie irgendwie nicht vorstellen. Dieses junge Ding, das nur zu erahnen schien, was ihr Verlobter sonst noch anstellte.

Über die großen Schleusentore führte ein schmaler Steg. Lucie war erstaunt, hier eine Fußgängerampel zu sehen. Sie zeigte grünes Licht. Beim Überqueren hielt sich Lucie an dem warmen, rostig-rauen Eisenhandlauf fest. Vermutlich war die Ampel dazu gedacht, Spaziergänger kurz vor der Schleusenöffnung zu warnen. Konnte Vanessa das vielleicht übersehen haben, und als das Wasser sich tosend seinen Weg bahnte, war sie mitgerissen worden? Doch wer ging hier schon spazieren? Lucie sah weit und breit keine Menschenseele, nicht einmal einen Hundebesitzer, der seinen geliebten Terrier Gassi führte.

Das Becken zwischen beiden Schleusen lag unter zwei Brücken: einer Steinbrücke, die sich in einem schönen Bogen über das Wasser spannte, und einer weiteren, die Lucie von ihrer Position aus noch nicht genauer erkennen konnte. Neben dem Wasser führte ein schmaler Steinsteg unter der Brücke hindurch, vor dem ein Verbotsschild stand. Ein gehendes Männchen, rot eingekreist und durchgestrichen. Es wird wohl nicht die Todesstrafe darauf stehen, wenn ich hier jetzt weitergehe, dachte Lucie. Doch ganz sicher konnte man nicht sein nach dem, was Vanessa passiert war.

Unter der Steinmauer war es nach dem hellen Sonnenlicht sehr dunkel. Lucies Augen mussten sich erst an die anderen

Lichtverhältnisse gewöhnen. Vorsichtig tastete sie sich den schmalen Steinsteg zwischen Brückenmauer und Seine vorwärts. Die Wand war kalt und feucht. Zu ihrer Erleichterung fand sie einen Handlauf aus Metall, an dem sie sich festhalten konnte. Sie spürte die Stellen, an denen die glatte Farbe abgeblättert war und rauer Rost ihre Hand streifte. Wieso stellen sie ein Verbotsschild auf und bringen gleichzeitig einen Handlauf an? Das passte zur realistischen Einschätzung der Einwohner seitens des französischen Staates.

Es stank nach Urin. Nachdem sich ihre Augen an das Dunkel gewöhnt hatten, nahm Lucie ein Messingschild an der gegenüberliegenden Mauer wahr: Pont Morland, stand darauf. Über dem Schild, etwa in zwei Metern Höhe, befanden sich gebündelte dicke Stromkabel, die von einem zum anderen Ende der Brücke geführt wurden.

Wie war das mit den Seelen der Ermordeten? Ob Vanessas Seele den Weg in den Himmel fand? Ein Engel war sie nicht gerade gewesen.

Lucie zuckte zusammen, als sie lautes rhythmisches Rattern hörte, das wie die Achterbahn auf den Tuilerien klang, wenn dort Jahrmarkt war. So schnell, wie es gekommen war, war es wieder vorbei, vermutlich die Metrolinie 5 Richtung Place d'Italie.

Der Weg unter der Brücke hindurch war etwa sechs Meter lang. Die braunen Steine waren schmutzig, und an zwei Stellen liefen kleine Rinnsale die Wand hinunter und über den Fußweg in das Wasser. Wenn Vanessa glatte Schuhe angehabt hatte und sich für einen Moment nicht am Handlauf festgehalten hatte, hätte sie hier leicht ausrutschen können. War sie vielleicht betrunken gewesen? Was hätte sie überhaupt hier suchen sollen? Ihren Mörder? Tat ihre Seele das immer noch? Lucie bekam Gänsehaut. Womöglich geisterte Vanessa hier herum, bis der wahre Mörder gefunden worden war und seine gerechte Strafe bekommen hatte. Was war in so einem Fall gerecht? Zunächst sollte erst einmal die Wahrheit ans Licht kommen. Das würde auch Vanessas Seele guttun.

Es war kurz vor vierzehn Uhr, als Martine in ihr Büro zurückkam und die Tür hinter sich schloss. Ihr blieben fünf Minuten, um sich auf das Coaching-Gespräch mit ihrem amerikanischen Mentor vorzubereiten. Sie ließ sich auf ihren Schreibtischsessel sinken, schloss die Augen, versuchte tief durchzuatmen und ruhig zu werden. Zu aufgewühlt war sie noch von dem Zusammenstoß eben mit Justinien.

Hatte er ihr nicht selbst den ersten Termin am Montagmorgen zugesagt? Doch seine Sekretärin hatte bis zehn Uhr alles abgeblockt, mit der Begründung, dass Justinien erst alle Vertriebsdirektoren sprechen und für den Besuch von Peter Smith, dem obersten Finanzchef, am Donnerstag vorbereiten wollte. Das Meeting zur Bildung des Centers of Competence – ihr Projekt – müsse warten. Vielleicht sogar bis Freitag. Doch die Zeit drängte, und sie wollte bei der Konferenz am Donnerstag dabei sein und dort schon Ergebnisse präsentieren können. Die Gelegenheit, dem Finanzchef des Konzerns zu zeigen, was sie draufhatte, wollte sie sich nicht entgehen lassen. Silvie hatte gesagt, sie würde versuchen, Martine gegen Mittag für eine halbe Stunde einzuplanen. Dann aber war Justinien plötzlich verschwunden und weder über sein Sekretariat noch auf dem Handy erreichbar. So war Martine nichts anderes übrig geblieben, als abzuwarten. Spätestens wenn er an ihrer Bürotür vorbei auf die Toilette gehen würde, würde sie ihn zu fassen bekommen.

Vor einer Viertelstunde war es endlich so weit gewesen. Sie

hatte ihn auf dem Gang gesehen und nach ihm gerufen. Als er nicht reagierte, war sie aufgesprungen und in den Flur geeilt.

»Justinien, warte!«, sagte sie noch einmal laut, als sie drei Meter hinter ihm war. Er drehte sich um und sah sie an. Die Bewegung wirkte genervt.

»Was ist?«, fragte er mit aggressivem Unterton. Er sah blass aus und wirkte wie ein verletztes, kämpfendes Tier. Sie war überrascht. Waren die Zahlen wirklich so schlecht? War seine Position gefährdet?

»Ich muss mit dir heute noch über Sofia sprechen.«

»Das hat Zeit bis Freitag!« Er wollte sich umdrehen.

»Ich finde, wir sollten Peter Smith am Donnerstag den Status vorstellen«, sagte Martine schnell.

»Wir? Sollten?« Justiniens Gesichtsfarbe wechselte von bleich zu rot, bevor er brüllte: »Die Prioritäten hier setze immer noch ich! Und jetzt gehe ich pinkeln! Auf dein Projekt und deine Profilneurose!«

Das hatte gesessen. So hatte sie ihn noch nie erlebt. Sonst war er immer gefasst und niveauvoll. Sie war in ihr Büro geflohen und hatte die Tür hinter sich zugeworfen. Hoffentlich hatte niemand diese öffentliche Ohrfeige mitbekommen. Welche Schmach!

Es war vierzehn Uhr. Sie musste Bill anrufen. Martine wählte die Nummer ihres Mentors.

Seine Sekretärin stellte sie durch.

»How's life in Paris?«, fragte Bill.

Alles ganz wunderbar, erzählte sie und plänkelte etwas über das Wetter und die Hitze. Weil sie immer noch nicht ganz konzentriert war, vergaß sie ganz, nach seinen Kindern zu fragen. Er kam zur Sache und wollte wissen, was ihr Sofia-Projekt mache. Martine wusste, dass ihn das nicht nur als Mentor interessierte.

Das Controlling der einzelnen Produktlinien in den verschiedenen Ländern sollte europaweit zusammengefasst und nach Sofia verlagert werden. Bill wollte Martine als Chefin dieser neuen Organisation sehen. Sie würde personell weiter an Justinien berichten, fachlich aber an Bill. Sie hätte in dieser Funktion deutlich mehr Einfluss auf Justinien, und Bill damit auf die europäische Organisation. Deshalb hatten beide ein großes gemeinsames Interesse am Erfolg und Fortgang des Projektes. Rein formal konnte Bill Justinien nicht vorschreiben, wen dieser auf den neu geschaffenen Posten zu setzen hatte. Daher war es gut, wenn Peter Smith Martine in Aktion erlebte und einen guten Eindruck von ihr mitnahm. Bill würde sie im richtigen Augenblick ins Spiel bringen können, und Peter hätte eine positive Erinnerung.

»Sofia ist die richtige Wahl«, antwortete Martine auf Bills Frage. »Aber wir könnten weiter sein!« Sie spürte den Unmut, der seit Tagen in ihr brodelte. Seit Justiniens verfrühter Flucht aus dem Büro am Freitagabend. Und nun sein Ausbruch ihr gegenüber. Das war zu viel.

»Leider ist Justinien mit dem Besuch von Peter Smith am Donnerstag wohl etwas überfordert und setzt meines Erachtens die falschen Prioritäten. Er hat wohl Schwierigkeiten, die Vertriebschefs zusammenzubekommen.« Es sei ihr daher unmöglich, auf die Agenda zu kommen. Sie würde sich aber dennoch vorbereiten, und Bill solle im Flieger von USA nach Paris mit Peter Smith sprechen. Sie stehe jederzeit mit allen Informationen bereit.

Bill versicherte ihr, dass er dafür sorgen werde, dass sie ihren Termin mit Peter bekäme. Man müsse geschickt vorgehen. Er wolle Justinien daher nicht ausbooten. »Oder siehst du das Projekt als gefährdet an, Martine?«

Mit dieser Frage hatte sie gerechnet. Martine überlegte, ob sie Justinien den Dolchstoß versetzen wollte. Er selbst hatte damals kein Problem damit gehabt, sie an ihrer empfindlichsten Stelle zu treffen. Hatte sie nicht acht Jahre auf diese Gelegenheit zur Revanche gewartet?

»Sein Durchsetzungsvermögen scheint mir nicht das zu sein, was ich von meinem europäischen Finanzchef für Sofia brauche. Und es wäre fatal, wenn ein Projekt dieser Größenordnung an seinen Eheproblemen scheiterte ...«

»*Well* ...« Bill zögerte, und Martine grinste. Sie hatte richtig kalkuliert. Den Amis ging die Aufrechterhaltung der *Happy-family*-Fassade über alles, stellte sie doch angeblich den Garanten für die Stabilität des Mitarbeiters und seiner Leistung dar.

»*Well*, wenn das so ist, müssen wir vielleicht noch weiter denken, als ich bisher angenommen habe ...«

Endlich hatte sie die Brücke hinter sich, der Weg wurde deutlich breiter, und das grelle Tageslicht fiel auf die vor ihr liegende Szenerie. Keine Gefahr mehr zu verunglücken oder Geistern zu begegnen, der Weg war mindestens drei Meter breit und hell. Lucie atmete auf. Hinter dem zweiten Schleusentor war der Wasserpegel deutlich niedriger und mündete direkt in den Fluss. Lucie ging auf die Seine zu, unter der lichten Eisenbrücke hindurch, die wirkte, als habe Gustave Eiffel hier vor der Weltausstellung für seinen Turm geübt. Nach einem kurzen Zwischenraum folgte eine weitere Brücke, ein langweiliges Ungetüm aus Beton, über das die Autos stadtauswärts rauschten. Dahinter floss ruhig die Seine, glitzerte in der Sonne wie tausend Diamanten, und Lucie musste die Augen zukneifen und unwillkürlich lächeln. Sie blieb stehen und nahm einen Schluck

Wasser aus ihrer Flasche. Wie dicht in dieser wunderbaren Stadt doch Lärm und Schönheit, Hektik und Erhabenheit immer wieder beieinanderlagen.

Auf der rechten Seite des Kanals wurden die Quais nun breiter. Dort lagen die Boote der *Yachts de Paris*, einer Veranstaltungsfirma, die für betuchte Kunden romantische Feste organisierte. Vielleicht war Vanessa ja auf solch einer Feier gewesen und dann ins Wasser gefallen. Oder gestoßen worden? Das hätte aber doch jemand sehen müssen. Vor den Booten parkten Autos, obwohl Lucie gedacht hatte, der Bereich sei durch eine Schranke abgesperrt und nicht zugänglich. Sie beschloss, sich das später vor Ort anzusehen.

Auf der gegenüberliegenden Uferseite lag die Faculté des Sciences der Universität, hinter der Uferpromenade und der Wasserschutzpolizei. Direkt vor den Augen der *Brigade Fluviale* war Vanessa vermutlich nichts ins Wasser geworfen worden, vielleicht eher von der Pont d'Austerlitz, die linker Hand zu sehen sein musste, wenn sie auf dieser Seite der Quais weiterging. Ganz wohl war ihr dabei nicht, denn seit sie den verbotenen Weg angetreten hatte, war sie niemandem mehr begegnet. Sie nahm allen Mut zusammen, bog um die Ecke und erschrak: Vor sich sah Lucie etwas Dunkles hinter einer der Brückensäulen hervorragen. Sie zwang sich weiterzugehen – und atmete schließlich erleichtert auf. Eine alte Matratze. Daneben erkannte sie eine mit Kleidung gefüllte Plastiktüte von *Monoprix*. Gott sei Dank! Vermutlich nur ein Clochard, in dessen Schlafzimmer sie gerade eingedrungen war. Der Weg dahinter jedenfalls war zwar für Fußgänger ausgebaut, aber ein Auto hätte nicht hier fahren können. Die Brücke allerdings wäre eine Möglichkeit gewesen, doch irgendetwas sagte ihr, dass sie sich lieber nochmals die andere Seite der Quais ansehen und die Schranke überprüfen sollte. Lucie blickte auf ihre Taschenuhr. Ihre Mittagspause war so gut wie vorbei. Ihr war etwas schwummrig, vermutlich vor Hunger und von der Hitze, sie wollte jetzt so schnell wie möglich nach Hause. Aber für einen kurzen Abstecher auf die andere Seite würde es noch reichen, wenn sie sich beeilte.

Er könnte sie heute Abend zum Essen einladen, unter dem Vorwand, den Fall weiterbesprechen zu wollen. Das *Bofinger* würde sich dafür anbieten, und er würde Eindruck machen: Die älteste Brasserie von Paris mit wunderschöner Jugendstildecke und hervorragenden Meeresfrüchte. Sie könnten mit Austern beginnen.

Léon Legrand und Aurélie Petit gingen zu Fuß zur Place des Vosges. Er hatte erfahren, dass sie sich im letzten Studienjahr an der Polizeiakademie befand und in Paris während des Praktikums bei ihrer Tante wohnte. Legrand beglückwünschte sich insgeheim, genau jetzt und genau diese Ermittlungen zu leiten. De la Roche hatte ihm mit dem Hinweis auf Madame Blandel eine wunderbare Vorlage geliefert, und er würde sie in ein Tor verwandeln. Der Mörder würde gefunden sein, lange bevor Lambert aus dem Urlaub zurückkam. Wenn die Identität der Leiche tatsächlich so schnell geklärt werden konnte. Er hatte Madame Pistre eine Nachricht auf dem Anrufbeantworter hinterlassen, in der er sich nach dem Tattoo erkundigte. Dieses Mal hatte er eindringlich um Rückruf gebeten.

Nachdem sie die Rue St. Antoine überquert hatten, bogen sie links ab, in die Rue de Birague. Viele Touristen versuchten vergeblich, die Place des Vosges zu finden, der Zugang über die kleine Seitenstraße war nicht leicht zu entdecken. Legrand fragte sich, woher de la Roche den Hinweis auf Madame Blandel erhalten hatte. In der Vermisstenkartei wurde dieser Name nicht geführt, das hatte er überprüft.

»Die Place des Vosges gilt als einer der schönsten Plätze von Paris. Seine Blütezeit erlebte er im 17. Jahrhundert, bevor Louis XIV. den Regierungssitz nach Versailles verlegte und der ganze Hof mit dorthin umzog.« Legrand warf einen Blick auf Aurélie, während sie zügig weitergingen. Ihr blondes Haar glänzte in der Sonne.

»Davor wurden die *hôtels* im Marais von den Adligen bewohnt. Und besonders glücklich schätzen konnte sich, wer eines der *hôtels* an der Place Royale erworben hatte. Wir werden gleich durch den Pavillon du Roi unter den Arkaden eine schöne Sicht auf den Park haben«, dozierte Legrand weiter. Er konnte ihre Augen hinter der dunklen Sonnenbrille nicht erkennen, doch er war sicher, Aurélie zu beeindrucken. Er freute sich darauf, endlich einen Blick in die Hinterhöfe der *hôtels* werfen zu können, und das unter beruflichem Vorwand.

»Anfang des 17. Jahrhunderts wurde die Place Royal eingeweiht, aber erst um achtzehnhundert erhielt er seinen heutigen Namen, weil das Département Vosges als erstes seine Steuern zahlte. Schau mal, wie schön allein die Decken gestaltet sind. Und erst die Fassaden: *brique-et-pierre!*« Die schmale Gasse hatte sie unter die Arkaden geführt. Legrand deutete nach oben auf den Gewölbebogen. Dann kamen sie auf den Platz mit seinen Platanen und alten Kastanienbäumen. An jeder Ecke stand ein Springbrunnen. »Und in Hausnummer 6 hat Victor Hugo seine bedeutendsten Werke verfasst …« Doch Aurélie unterbrach ihn unwirsch: »*Der Glöckner von Notre-Dame* erschien 1831, bevor er hier lebte, und *Les Misérables* deutlich nach 1842, als er die Place des Vosges schon lange verlassen hatte und aus

Frankreich verbannt worden war.« Sie blickte sich um. »Ah, da vorne ist Hausnummer 3. Wir sind ja schließlich hier, um uns nach Madame Blandel zu erkundigen, und nicht zur Geschichtsvorlesung. Wie schade, die Boutique von Issey Miyake hat dichtgemacht. Na ja, die Clochards hier mit ihrem Müll direkt neben dem Nobelladen, das hat wohl nicht funktioniert.« Aurélie drückte den Knopf vor dem großen Holzportal von Nummer 3 und öffnete dann die Tür. »Was ist, Léon, kommst du?«

Lucie saß an ihrem Esstisch und hatte die Seite mit der Randnotiz der Polizei aufgeschlagen. Dass sie ihre Mittagspause etwas überzogen hatte, war kein Problem geworden. Im August war es nachmittags besonders ruhig. Allerdings fehlte ihr das Mittagessen, sodass sie die Fünfhundertgrammschachtel von *Jeff de Bruges* aus dem Kühlschrank holte und zusammen mit einer kleinen Glasschale vor sich auf den Tisch stellte. Natalie hatte die Pralinen am Freitag, als die Familie zum Abendessen zusammengekommen war, mitgebracht, um Lucie eine Freude zu machen. Seit Samstag hatte sich die Welt für Lucie geändert, und David würde seiner Frau in Zukunft sicher untersagen, Süßigkeiten für seine Mutter zu kaufen. Lucie seufzte. Sie öffnete die Packung und sog den Duft der Schokolade ein. Augenblicklich begann ihr Magen zu knurren. Sie wählte mit Bedacht elf Pralinen aus, die sie liebevoll in dem kleinen Schälchen drapierte, und stellte den Rest der Schachtel wieder in den Kühlschrank. Lange würden sich die Pralinen bei den sommerlichen Temperaturen selbst hier unten in der Wohnung nicht halten können. Ob sie auch bei so einem kleinen Stückchen Mittagessensersatz diese ganze Blutzuckerprozedur durchziehen musste?

Bluttropfen abnehmen, Teststreifen, warten, spritzen, wieder warten …

Lucie wollte nicht mehr warten und schob sich ein Stück »Dandy« in den Mund – Minzfüllung umhüllt mit Schokolade. Köstlich. Die Schokolade schmolz auf der Zunge, und die Minze wirkte wunderbar erfrischend. Augenblicklich ging es ihr besser, und sie nahm sich wieder die Zeitung vor.

Zwischen der Pont de Sully und der Pont d'Austerlitz war die Leiche gefunden worden. Lucie hatte nach ihrem Spaziergang am Canal du Midi noch kurz einen Abstecher ans Seineufer bei den *Yachts de Paris* gemacht. Irgendetwas hatte sie dort fast magisch angezogen. Die Schranke war offen gewesen, und Lucie bemerkte, dass sie auch gar nicht mehr richtig verschlossen werden konnte, denn das Schloss sah aus, als wäre es schon vor langer Zeit demoliert worden. So konnte wer wollte mit dem Auto dort die Quais hinunterfahren und ganz bequem direkt vor den Booten parken. Lucie war erstaunt gewesen, dass unter diesen Umständen das Ufer nicht mit Autos vollgestellt war, denn Parkhäuser in Paris waren teuer. Vielleicht hatte es sich noch nicht rumgesprochen. Lucie war an den zwei Booten der *Yachts de Paris* vorbeigegangen, bis sie nun von dieser Seite zu den Becken an der Schleuse gelangte. Dort befand sich ein großes verschlossenes Tor. Ihr war innerlich ganz nebelig geworden, als sie dort ins Wasser geschaut hatte, allerdings konnte das auch am Hunger liegen.

Komisch, dass die Leiche im Wasser gefunden worden war, an einer Stelle, wo sich viele Boote, Schiffe und Menschen tummelten. Lucie überlegte, was sie täte, wenn sie etwas loswerden wollte, um ein Verbrechen zu vertuschen. Dieses Ringbuch von Vanessa zum Beispiel. Am einfachsten wäre es sicher, es zurückzubringen. Wenn Justinien aber schon bemerkt haben sollte, dass es fehlte? Außerdem müsste sie dazu nochmals in die Wohnung. War Vanessa in die Seine zurückgebracht worden, dachte Lucie, die weiterhin mit dem Nebel zu kämpfen hatte. Das machte gar keinen Sinn, denn Madame Blandel war ja keine Nixe. Lucie wählte nun das Stück Gianduja, das in der Schale schon angeschmolzen war. Es tat sicher gut, dem Zuckermangel vorzubeugen, der offensichtlich daran schuld sein musste, dass sie einen solchen Unfug dachte.

Ins Wasser ging man doch nur, wenn man lebensmüde war oder sich taufen lassen wollte. Oder sich reinwaschen, wie die Inder im Ganges, auch so eine Schmutzbrühe. Vielleicht war es dem Mörder ja um diese Art von Symbolik gegangen?

Lucie hörte das Hoftor gehen. Sie schlug die Zeitung wieder zu und blickte in Richtung Tür. Durch die Gardine konnte sie einen großen Mann und eine schlanke Frau erkennen. Sie waren fremd im Haus, das sah Lucie an der Art, wie sie sich bewegten. Normalerweise würde Lucie nun die Tür öffnen und freundlich fragen, ob sie helfen könne, aber der Spaziergang und das entgangene Mittagsmahl hatten sie wohl doch angestrengt, sodass sie sitzen blieb und eine weitere Praline auspackte.

In der Mitte des kleinen Innenhofs ragte ein Ahorn in die Höhe, umgeben von einem bunten Blumenbeet. Davor stand ein schmiedeeiserner Brunnen, so trocken wie der Farn neben ihm. Legrand ließ die pompöse Glastür zum Treppenhaus links liegen und ging auf eine kleine Tür mit Glasfenster zu. Auf dem Schild stand: Ferreira. Das musste die Gardienne sein.

Er klingelte.

»*J'arrive!*«, hörte er eine Stimme von drinnen. Durch den Vorhang hinter dem Glasfenster versuchte er, etwas von der

Loge zu erkennen. Er spähte gerade auf den runden Esstisch, als eine ältere Dame in Kittelschürze öffnete.

»Léon Legrand, *Police Judiciaire, Brigade Criminelle*«, stellte er sich vor. »Und das ist meine Praktikantin, Mademoiselle Petit.« Legrand hatte den Eindruck, dass es nötig war, die Grenzen abzustecken, bevor Aurélie auf die Idee kam, die Führung an sich zu reißen. »Ich nehme an, Sie sind die Gardienne. Madame Ferreira?«

Die Gardienne war drei Köpfe kleiner als er und blickte zu ihm hoch. Ihre strahlend blauen Augen waren von Lachfalten umgeben, das weiße Haar trug sie sehr ordentlich zu einem Dutt gesteckt, der ihrer Gesamterscheinung eine elegante, fast damenhafte Ausstrahlung gab. Nur die Kittelschürze passte nicht ins Bild.

Aurélie nahm ihre Sonnenbrille ab und lächelte gewinnend. Die Gardienne bat beide herein. Das Zimmer diente offensichtlich als Wohn- und Esszimmer gleichzeitig. Direkt neben der Tür stand eine Couch, die mit einer Decke geschont wurde. Ein lindgrün lackierter Wohnzimmerschrank füllte die ganze rechte Wand. In einem der Fächer stand eine weiße Mariengestalt mit Krone, vor der ein Teelicht brannte.

»Nehmen Sie doch Platz«, forderte die Gardienne sie auf und setzte sich ihnen gegenüber. Der Stuhl war hart. Auf dem Tisch stand eine Schale Pralinen, daneben lagen *Le Figaro* und ein Kugelschreiber. War das nicht belgische Schokolade?, fragte sich Legrand, *Jeff de Bruges*, köstlicher und noch cremiger als die französischen Pralinen.

»Darf ich Ihnen etwas anbieten?«, fragte die Gardienne.

»Nein danke, sehr freundlich.« Aurélie klang bestimmt.

»Madame Ferreira, *ich*«, Legrand warf Aurélie einen warnenden Blick zu, »ich möchte mich mit Ihnen über Madame Blandel unterhalten. Vanessa Blandel lebt doch hier im Haus?«

Die Gardienne zögerte mit ihrer Antwort. »Ja, die Familie wohnt hier«, sagte sie schließlich. »Warum?«

»Nun«, Legrand überlegte, vielleicht wenigstens um ein Glas Wasser zu bitten, wenn er schon auf die Pralinen verzichten sollte. »Wir würden gerne wissen, wann Sie Madame Blandel das letzte Mal gesehen haben.«

»Warum interessieren Sie sich für Madame Blandel?« Ihre großen blauen Augen blickten ernst.

De la Roche wollte die Angelegenheit diskret behandelt wissen, bis Klarheit herrschte. »Das darf ich Ihnen zum jetzigen Zeitpunkt nicht sagen.« Er konnte nicht widerstehen, beugte sich nach vorne und meinte mit verschwörerischer Miene: »Sonst müsste ich Sie töten.« Legrand lachte über seinen Witz, während die Frauen betreten schwiegen.

»Also, wann haben Sie Vanessa Blandel das letzte Mal gesehen? Oder kann ich sie vielleicht selbst sprechen?«

»Ich weiß nicht, wo sie jetzt ist.« Die Gardienne wurde rot. »Vor dem Wochenende habe ich sie gesehen. Am Freitagmorgen.«

Legrand öffnete sein Notizbuch: »Erzählen Sie mir von der Begegnung.«

Sie schwieg und strich mit der rechten Hand über die Tischdecke, als wolle sie eine nicht vorhandene Falte glätten.

»Madame Blandel stand am Badezimmerfenster«, sagte sie schließlich.

Legrand versuchte sich die Situation vorzustellen. »Und was hat sie dort gemacht?«

Die Gardienne errötete erneut. »Sie hat die Morgensonne genossen.«

»Aha.« Musste er sich Madame Blandel als Romantikerin vorstellen?

»Geht das etwas genauer?«

»Sie stand am Balkongeländer im ersten Stock und hat so getan, als sähe sie mich nicht. Ich kam gerade vom Postverteilen aus dem Hinterhaus«, erklärte sie.

»Und Sie haben nicht miteinander gesprochen?«

»Nein.« Sie schüttelte den Kopf.

»Was geschah dann?«

»Gegen halb zehn ist ihr *Bekannter* gekommen.« Die Art, wie sie das Wort Bekannter betonte, drückte Missbilligung aus.

»Und weiter?« Legrand notierte sich Datum und Uhrzeit.

»Danach habe ich Madame Blandel nicht mehr gesehen …«

»Und den Bekannten?«

»Ich bin danach im Hinterhaus gewesen und habe dann in Beaubourg Blumen gegossen. Für eine ehemalige Bewohnerin, die im Urlaub war.« Die Gardienne nahm den Kuli in die Hand. »Insofern ist es möglich, dass ich den Bekannten oder auch Madame Blandel verpasst habe.«

»Den Namen dieses Mannes kennen Sie nicht zufällig?«

Sie schwieg und sah zum Wohnzimmerschrank.

»Wie er aussah?«

Da hieß es doch immer, eine Gardienne wisse über alles Bescheid, was im Haus vor sich ging. Vermutlich fühlte sich Madame Ferreira in ihrem Berufsethos angegriffen, und es war für sie eine Schande, dass sie nicht mit dem Namen aufwarten konnte.

»Er war kleiner als Sie und *mieux en forme*.« Madame Ferreira lächelte verschmitzt, und Aurélie grinste breit. Legrand hatte das Gefühl, dass sich beide Frauen gegen ihn verbündeten, und wurde ärgerlich:

»Aber was Madame Blandel für eine Frau war, werden Sie wohl wissen«, sagte er scharf.

Die Gardienne stand auf und ging zum Fenster. »Ich kannte sie kaum …«, sagte sie leise.

Er glaubte ihr kein Wort: »Als Gardienne?«

»Sie ist erst von einem Jahr hier eingezogen«, verteidigte sie sich.

»Und das reicht Ihnen nicht, um einen Menschen einzuschätzen?« Legrand schüttelte ungläubig den Kopf.

»Nein, Monsieur le Commissaire, das reichte in diesem Fall nur, um mir eine sehr persönliche Meinung zu bilden. Die Polizei ist doch sicher an Fakten, nicht an Meinungen interessiert.«

Wieder grinste Aurélie. Legrand überlegte gerade, die Praktikantin zu fragen, ob sie das Gespräch weiterführen wolle, da klingelte sein Handy. Auf dem Display sah er die Nummer von Madame Pistre.

»Na endlich!«, blaffte er.

»Monsieur le Commissaire!« Die Gerichtsmedizinerin brüllte wieder unüberhörbar. »Seit heute Morgen liegt mein Bericht auf Ihrem Schreibtisch. Sie erwarten nicht, dass ich Ihnen nun auch noch das Lesen beibringe?«

Legrand sah, dass die Gardienne errötete. Aurélie gab sich offensichtlich gar keine Mühe, ihr Grinsen zu verkneifen.

»Was ist mit dem Tattoo?«

»Auch das steht bereits in meinem Bericht«, schallte es aus dem Telefon. Offensichtlich konnte jeder im Raum verstehen, was Madame Pistre zu sagen hatte. Doch Legrand verspürte wenig Lust, an den Quai des Orfèvres zurückzukehren, um sich dort kundig zu machen. Vielleicht hätte er doch die Mappe öffnen sollen, in der er die Zeugenaussagen vermutet hatte. Andererseits, wie konnte Madame Pistre so sicher sein, was auf seinem Schreibtisch lag? Zudem er momentan im Büro von Lambert saß.

»Madame le Docteur«, Legrand bemühte sich, einen versöhnlichen Ton anzuschlagen, »Ihr Bericht hat leider den Weg zu mir nicht gefunden. Vielleicht könnten Sie so freundlich sein und mir Ihre Ergebnisse kurz vorstellen?«

Madame Pistre seufzte. »*D'accord*. Die Leiche trägt das beschriebene Rosentattoo auf der linken Schulter. Wie ich bereits vermutet hatte, konnte ich die flohstichartigen Einblutungen an der Mundschleimhaut auch an den Augenbindehäuten finden. Ich muss Ihnen nicht sagen, was das heißt …«

Legrand stand auf und stellte sich etwas weiter entfernt zur Marienstatue: »Wenn Sie vielleicht dennoch die Güte hätten?«

Aurélie verdrehte die Augen.

»Das heißt, dass die Dame erstickt ist.« Wie konnte eine so kleine, drahtige Person wie Pistre so ein Organ haben? »Die Ergebnisse der toxikologischen Untersuchung kann ich Ihnen allerdings erst am Mittwoch zukommen lassen. Dieser Befund ist bis dahin vorläufig.«

»Der Todeszeitpunkt?«, fragte Legrand und erkannte im gleichen Moment, dass er in Anwesenheit der Gardienne zu viel gesagt hatte.

»Schwer zu sagen, denn Wasserleichen verwesen langsamer. Wir wissen allerdings nicht, wie lange sie nach dem Tod noch an Land zugebracht hat. Ich würde sagen, am Freitag, irgendwann im Laufe des Tages.«

Legrand betrachtete die Gesichter der beiden Frauen, die konzentriert lauschten. Er brauchte sich keine Mühe mehr zu geben, irgendetwas zu verbergen.

»Vielen Dank, Madame.«

»Ich habe noch etwas, was Sie interessieren dürfte.« Jetzt klang Madame Pistre fast begeistert: »Ich habe Sperma gefunden!«

Madame Ferreira errötete bis unter die Haarwurzeln.

»Wie das?« Bei dem vom Wasser aufgequollenen Fleisch

konnte Legrand sich nicht vorstellen, dass es Körperöffnungen geben sollte, die nicht durchspült worden waren.

»Sie hat einen Gebärmutterknick. Da ist so etwas möglich. Wenn sie kurz vor ihrem Tod Geschlechtsverkehr hatte.«

»Ein Sexualdelikt?« Endlich hatte er einen Anhaltspunkt!

»Das wäre ein voreiliger Schluss«, kommentierte Madame Pistre. »Diese Aussage lässt sich aus der Autopsie momentan noch nicht ableiten. Zumal die Leiche bekleidet war.«

»Der Mörder hätte die Frau nach der Tat wieder ankleiden können«, beharrte Legrand. »Wenn er ein schlechtes Gewissen hatte ...«

»Das ist Psychologie und fällt in Ihren Verantwortungsbereich.« Madame Pistre klang spöttisch.

Legrand bedankte sich und legte auf. Er brauchte jetzt dringend etwas Süßes. Drei Frauen auf einmal waren wirklich zu viel.

»Darf ich Ihnen doch etwas anbieten?«, fragte die Gardienne jetzt. »Ein Glas Wasser?« Legrand nickte dankbar. Sie verschwand in der Küche. Legrand hörte sie am Wasserhahn hantieren.

»Um sicherzugehen, dass es sich wirklich um Madame Blandel handelt, könnten wir Madame Ferreira den Schlüssel und den Ring zeigen«, flüsterte Aurélie ihm zu.

Madame Ferreira kam mit zwei Wassergläsern zurück. Legrand trank sein Glas in einem Zug leer. »Also gut, Madame Ferreira. Sie lesen den *Figaro*. Vielleicht haben Sie die Kurzmeldung bemerkt. Gestern wurde aus der Seine eine Leiche geborgen.« Legrand stellte das Glas ab. »Wir haben Grund zu der Annahme, dass es sich dabei um Vanessa Blandel handelt. Kennen Sie diesen Ring?« Er zeigte ihr ein Foto des Diamantrings auf seinem Smartphone. Ein Kollege der Kriminaltechnik hatte ihm alle Fotos der derzeitigen Ermittlungen geschickt.

Madame Ferreira betrachtete das Bild auf dem Display eingehend und nickte dann langsam.

Legrand steckte sein Telefon wieder in die Tasche: »Wir haben es mit einem Mord zu tun, denn Madame Blandel wird sich nicht selbst erwürgt und dann in die Seine transportiert haben. Vielleicht sind Sie der letzte Mensch, der sie lebendig gesehen hat – außer ihrem Mörder. Wobei erst zu beweisen wäre, dass es sich hierbei nicht um ein und dieselbe Person handelt.« Legrand sah, dass seine Worte Wirkung zeigten. »Sie verstehen also, dass Sie uns alles sagen müssen, was Sie wissen.« Er griff in die Schale mit den Pralinen. »Was bestand für eine Beziehung zwischen Madame Blandel und ihrem Bekannten? Sie müssen doch mehr darüber wissen!«

»Der Bekannte ist wohl so ein Fitnesstrainer, der auch Einzelstunden gibt.« Madame Ferreira faltete die Hände wie zum Gebet.

»Und ihr Ehemann?« Legrand hatte die Praline ausgewickelt und steckte sie in den Mund.

»Der war auf Dienstreise. Den habe ich erst am Samstagmorgen gesehen.«

»Aha.« Die Praline schmeckte köstlich. »Und Ihre sehr persönliche Meinung zur Ehe der Blandels?«

Die Gardienne lächelte. »Sie meinen bezüglich der Spuren, die Sie an Madame Blandels Körper gefunden haben? Nun, die führen wohl mit ziemlicher Sicherheit zu ihrem sportlichen Bekannten.«

Oje, jetzt wusste die Polizei schon, dass die Tote aus der Seine Vanessa Blandel war. Zwar war sie diesen Legrand und seine Assistentin noch mal losgeworden, ohne zu viel preisgeben zu müssen, aber Lucie war sicher, dass es nicht lange dauern würde, bis dieser Commissaire die Wohnung der Blandels auf den Kopf stellen lassen würde. Sollte er selbst nicht darauf kommen, würde seine Praktikantin ihm sagen, dass es zu tun war. Dort würden die Kriminaltechniker nicht mehr viele Spuren des Tête-à-Têtes finden – dafür hatte Lucie gesorgt –, aber stattdessen nun die ihrigen. Im besten Fall würden Monsieur Blandel und Monsieur Frank, der Hausverwalter, darüber informiert werden, dass sie unbefugt Wohnungen betrat. Was würde Monsieur de la Roche dann von ihr denken? Oder die anderen Hausbewohner? Würde man ihr noch vertrauen? Ihr blieb nicht mehr viel Zeit, herauszufinden, wer Vanessa getötet hatte. Vielleicht hatte sie einen kleinen Vorsprung gewonnen, indem sie Legrand den Namen von Said Kahla vorenthalten hatte. Aber er hatte die ganze Organisation der *Police Judiciaire* auf seiner Seite. Und was hatte sie, in diesem Kampf von David gegen Goliath? Vanessas Terminkalender! Bisher hatte sie das noch für ein Problem gehalten und nicht gewusst, wie und wann sie dieses schwarze Buch unbemerkt wieder in die Wohnung zurückschmuggeln sollte. Nun jedoch konnte es ihre Rettung sein.

Der Polizei konnte sie es nicht geben, denn dann hätte sie beichten müssen, dass sie in der Wohnung gewesen war. Mit dem Mord an Vanessa hatte ihre gut gemeinte Eherettungsaktion eine besondere Brisanz bekommen, weil sie womöglich wichtige Spuren vernichtet und damit die Arbeit der Polizei behindert hatte. Im schlimmsten Fall würde der Commissaire glauben, sie habe etwas mit dem Mord zu tun. Selbst Monsieur de la Roche, den sie seit Jahrzehnten kannte und besonders schätzte, konnte sie unmöglich beichten, dass sie den Schlüssel zu Blandels Wohnung so genutzt hatte. Gerade ihm nicht, der ihr damals die Stelle als Gardienne vermittelt hatte! Es war eine Frage der Ehre.

Lucie würde selbst aktiv werden müssen.

Sie hatte eben erst den 1. August aufgeschlagen und dort nachgelesen, was Vanessa geplant hatte, da stand schon Antonio in der Tür. Er arbeitete gerade auf der großen Baustelle bei Les Halles und hatte daher zurzeit einen kurzen Heimweg, besonders, wenn er die Metro nahm. Schnell schlug sie das Buch zu.

»Wie schön, dass du dich schonst.« Er lächelte sie an, beugte sich zu ihr herunter und gab ihr einen Kuss auf die Stirn. »Ich hatte schon befürchtet, dich am Bügelbrett vorzufinden.«

»Nein, heute keine Bügelwäsche. Ich habe sogar einen Spaziergang gemacht.« Lucie errötete, was Antonio Gott sei Dank nicht sehen konnte, denn er war schon auf dem Weg in die Küche. Mit einer Flasche Wasser kam er zurück und sah sie aufmerksam an. »Sehr erholsam kann das nicht gewesen sein …«

Lucie spürte, wie ihr Gesicht brannte. Antonio wusste ja noch nicht, was heute alles passiert war: dass Vanessa tot aufgefunden worden war, dass Lucie in Schwierigkeiten kommen konnte, weil sie in der Wohnung sowohl Spuren vernichtet als auch wichtiges Beweismaterial an sich genommen hatte, ja, dass ihr Spaziergang in Wirklichkeit dem Zweck gedient hatte, mehr über die Umstände von Vanessas Tod herauszufinden, obwohl sie ihm doch versprochen hatte, sich aus allem rauszuhalten, was mit den Blandels zu tun hatte. Sein liebevoll besorgter Blick machte es ihr unmöglich, ein Wort über all das zu verlieren, was sie wirklich beschäftigte. Antonio hatte sich auf den Stuhl ihr gegenüber sinken lassen und nahm einen Schluck Wasser.

»Es war heiß.« Lucie blickte ihm tapfer in die Augen.

»Dann solltest du jetzt nicht kochen«, entschied Antonio und stand auf. »Ich gehe duschen, und dann lass uns etwas essen gehen.«

Lucie lächelte. So groß, dass es ihm den Appetit verschlug,

war die Sorge um seine Frau dann wohl doch noch nicht. Vielleicht konnte sie ihm später beim Essen in Ruhe von den Ereignissen des Tages berichten, zumindest in Auszügen.

Als sie das Wasser rauschen hörte, holte sie Vanessas Fitnessstudioausweis aus dem Terminkalender und steckte ihn in ihre Handtasche. Vanessa war am Abend des 1. Augusts verabredet gewesen. Sie hatte leider nicht eingetragen, mit wem, aber Lucie wusste nun, wo: *19 Uhr, Hotel Le Meurice, Bar*. Und dort würde sie sich mit Antonio umsehen, nach ihrer abendlichen Insulinspritze.

»Wir sollten aber noch den Zahnbefund mit Madame Blandels Zahnarzt abklären. Damit würden wir dem Ehemann die Qual der Identifizierung ersparen«, sagte Aurélie, als sie wieder unter den Arkaden standen. »In mehr als sechzig Prozent der Fälle kommt der Täter übrigens aus dem direkten Umfeld der Opfer.« Sie setzte ihre Sonnenbrille wieder auf.

Und mit dieser neunmalklugen Göre hatte er Austern essen wollen? Die hätte ihm doch glatt erzählt, dass momentan nicht Saison war, weil man sich außerhalb der Monate mit »r« befand.

Legrand verwies sie mit dem Auftrag, den Zahnarzt von Madame Blandel selbst ausfindig zu machen, an Chevalier. Sie schien zunächst erstaunt, dass er sie nicht zurück zum Quai des Orfèvres begleitete.

»Ich verstehe«, sagte Aurélie dann. »Du möchtest auf Monsieur Blandel warten. Soll ich nicht doch lieber bleiben? Ich meine, wegen der Vorschriften. Und wäre es nicht gut, das Ergebnis des Zahnbefunds abzuwarten? Monsieur de la Roche schien es sehr wichtig zu sein, Monsieur Blandel nicht grundlos zu beunruhigen.«

Legrand konnte sich nicht erinnern, in seinem Leben jemals

einer so unattraktiven Frau begegnet zu sein. Wie konnte in dieser traumhaften Verpackung so viel Kleingeistigkeit stecken? Eine eklatante Disharmonie zwischen äußerer Erscheinung und innerem Wesen. Er nahm sich vor, diese Praktikantin gehörig zurechtzustutzen. Ihre zukünftigen Kollegen würden es ihm danken. Was sollte aus der französischen Polizei werden, wenn man weiblichen Intelligenzbestien wie ihr gestattete, sich breitzumachen?

»Kümmere du dich um die Zahnärzte! Für die Befragung brauche ich einen erfahrenen Kollegen an meiner Seite, kein junges Häschen!«

Nun war er sie los und hatte eine knappe halbe Stunde später stattdessen ein 1664 Kronenbourg an seiner Seite. An der Bastille war es gewohnt laut, doch der lärmende Verkehr war ihm lieber als das Geschwätz seiner Kollegin. Jetzt genoss er den Blick auf die Colonne de Juillet, die an die Julirevolution von 1830 erinnerte. Der goldene Engel, der den Geist der Freiheit symbolisierte, schimmerte im warmen Abendsonnenschein. Legrand nahm einen tiefen Zug aus dem Bierglas und lehnte sich entspannt zurück. Unter den Platanen standen Motorroller auf den breiten Trottoirs, dahinter floss der Verkehr auf mehr als sieben Spuren. Genau ließ sich das nicht sagen, denn die Stadt hatte darauf verzichtet, die Fahrbahnen mit Markierungen zu trennen. Legrand war froh, hier nicht Auto zu fahren. Als Neu-Pariser verfügte er nicht über das Christophorus-Gen, das einen intuitiv in die passende Lücke des Verkehrsflusses gleiten ließ, ohne einen Blinker zu setzen, und das wohl gleichzeitig andere Fahrer davon abbrachte, dieselbe Lücke anzusteuern. So rollten die Fahrzeuge dahin, hintereinander, nebeneinander, bis es zum Stillstand kam – eine rote Ampel, an die sich die meisten Fahrer erst hielten, wenn unter lautem Hupen die Wagen aus Richtung des Boulevard Beaumarchais in den Kreisel drängten.

Es war an der Zeit, Monsieur Blandel anzurufen. Legrand zog den Zettel aus der Tasche, auf den die Gardienne die Nummer notiert hatte, mit dem Hinweis, dass sie nur in absoluten Ausnahmesituationen dazu berechtigt sei, diese weiterzugeben. Monsieur Blandel sei ein sehr beschäftigter Geschäftsmann und dürfe nur in dringenden Familienangelegenheiten gestört werden. Légrand fand, dass man das Ableben seiner Frau wohl als solche bezeichnen konnte. Er würde nicht lange um den heißen Brei herumreden.

»*Oui.*« Die Männerstimme klang ungeduldig und abweisend.

»*Bonsoir*, Monsieur Blandel, hier spricht Commissaire Léon Legrand. Wir haben Ihre Frau gefunden. Ich muss Ihnen jedoch …«

»Wo ist sie?«, unterbrach ihn Monsieur Blandel gereizt.

Legrand hielt sich ein Ohr zu, damit er trotz des Lärms etwas hören konnte. Seine Geduld war am Ende. Erst diese Praktikantin und jetzt dieser Wichtigtuer. »Am Quai de la Rapée. Im *Institut médico-légal*«, meinte er knapp.

»Ich kann Sie nur schlecht hören, Monsieur Legrand. Wo sagten Sie?«

»Im Kühlraum!«, brüllte Legrand. Blandel würde ihn bei dem Lärm sowieso nicht verstehen. Die jungen Mädchen vom Nachbartisch sahen zu ihm rüber. Legrand winkte dem Kellner, um zu zahlen.

»Monsieur Legrand, könnten Sie vielleicht einen ruhigeren Ort für dieses Gespräch aufsuchen?«

»Ich bin dabei«, rief Legrand entnervt und legte auf.

Er zählte die Münzen ab, legte sie auf den Tisch, schnappte

sein Handy und machte sich auf den Weg zu Bofinger. In der Rue de la Bastille war es deutlich ruhiger. Er drückte die Wahlwiederholung.

Blandel war sofort dran: »Habe ich Sie richtig verstanden: Sie sind Kommissar und glauben, meine Frau gefunden zu haben. Wo?«

»Monsieur Blandel, ich habe leider keine guten Nachrichten für Sie. Wir haben sie gefunden. In der Seine. Gestern Mittag.« Legrand wich einem Haufen Hundekot aus.

»Ist sie …« Blandel stockte.

»Ja, da war nichts mehr zu machen.« Besser, man konfrontierte den Ehemann gleich mit der ganzen Wahrheit, als diese hübsch harmlos zu verpacken. Der traurigen Realität würde er sich ohnehin stellen müssen. So konnte er damit umgehen wie ein Mann.

Justinien Blandel sagte kein Wort. Legrand konnte nun das goldene B auf dunkelrotem Stoff der heruntergelassenen Markise erkennen. B für Bofinger. Blandel schien Zeit zu brauchen, um diese Nachricht zu verarbeiten.

»Woher wissen Sie, dass es sich bei Ihrer Toten um Vanessa handelt?«, fragte er schließlich leise.

»Oh, Monsieur de la Roche kam auf den Gedanken. Aufgrund des Tattoos, wobei Sie mich nicht fragen dürfen, woher der Chef die Hautmalereien Ihrer Frau kennt …« Legrand war nun an der Theke angelangt, auf der Hummer, Langusten, Austern und Krebse auslagen. »Außerdem haben wir ihren Diamantring und den Wohnungsschlüssel bei ihr gefunden.« Eine Meeresfrüchteplatte mit Sauerkraut wäre gut. Oder die Schlachtplatte. Das brachte ihn auf eine Idee:

»Das Beste wird sein, Sie kommen morgen ins *Institut médico-légal*, um Ihre Frau zu identifizieren. Und danach aufs

Kommissariat am Quai des Orfèvres. Dann können wir uns in Ruhe unterhalten.« Légrand ging davon aus, dass der Anblick seiner toten Frau Justinien Blandel so mitnahm, dass er danach jede Frage wahrheitsgemäß beantworten würde.

»Monsieur Legrand, natürlich werde ich meine Frau identifizieren, wenn sie die Tote sein sollte. Doch mehr geht nicht. Sie können Ihre Fragen gerne jetzt telefonisch stellen. Ich werde mir die Zeit nehmen. Der Rest der Woche ist allerdings verplant, und vor nächster Woche wird Ihnen meine Sekretärin keinen Termin geben können.«

Das war doch unglaublich! Zu blöd, dass Aurélie nicht hier war. Die würde womöglich den Paragrafen zitieren können, der Blandel dazu verpflichtete, sobald als möglich auszusagen.

»Monsieur Blandel, wir gehen von Mord aus. Ihnen ist hoffentlich bewusst, dass es ernst zu nehmende Konsequenzen für Sie hat, wenn Sie unsere Ermittlungen boykottieren?«, schnaubte Legrand.

»Monsieur le Commissaire, ich stehe zu Ihrer Verfügung. Fragen Sie mich – jetzt.«

Legrand war völlig überrumpelt. »Ja, also: Wann haben Sie Ihre Frau das letzte Mal gesehen?«

»Am Donnerstagmorgen, Monsieur le Commissaire. Danach war ich auf Dienstreise und bin erst am späten Freitagabend nach Hause gekommen. Vanessa war nicht zu Hause, die Betten waren frisch bezogen. Es fehlte nichts, keine Kleidung, keine Taschen, zumindest soweit ich das beurteilen kann. Ihr Handy habe ich nicht gefunden und auch nicht den Kalender mit den Kreditkarten.«

»Heute ist Montag, und Sie haben Ihre Frau nicht als vermisst gemeldet. Warum?« Legrand stand nun vor der großen Fensterfront von Bofinger.

»Vanessa ist«, Blandel verbesserte sich, »... war eine selbstständige Frau. Ich konnte keine Anzeichen einer Gefährdung erkennen. Ich habe am Samstagabend Monsieur de la Roche aufgesucht und um Rat gefragt. Er ist ein alter Freund der Familie.«

Legrand fragte sich, ob Blandel ihm damit drohen wollte.

»Können Sie sich vorstellen, wer Ihre Frau umgebracht hat?«

»Ich habe nicht die geringste Ahnung«, antwortete Blandel. »War es das?«

»Sie müssen die Leiche trotzdem identifizieren!«

»Hätten Sie das lieber heute Abend um dreiundzwanzig Uhr oder morgen früh um sieben Uhr?«

Was wollte ihm dieser Mann eigentlich beweisen? Dass er die Zeiten und Regeln vorgeben konnte?

»Sowohl als auch, Monsieur Blandel.« Legrand warf einen Blick auf die Speisekarte, die draußen im Schaukasten hing. Elsässische Schlachtplatte wäre wirklich mal wieder nett. »Wie war Ihre Ehe?«, fragte er scheinbar beiläufig. »Wurde sie regelmäßig vollzogen?«

Blandel schwieg.

»Monsieur Blandel?«

»Finden Sie nicht, dass Ihre Fragen etwas zu weit gehen?«

»Monsieur Blandel, es handelt sich um einen Mordfall. Wir können gar nicht weit genug gehen!«

»Monsieur le Commissaire, wir haben eine Ehe geführt, wie man sie eben führt. Reicht das jetzt? Ich habe hier noch zu tun.«

»Eines noch: Ihre Frau hat sich gerne körperlich mit einem Fitnesstrainer betätigt. Sie wissen davon?«

»Sie meinen den Angestellten des Fitnessstudios? Ein Maghrébin, aber fragen Sie mich nicht nach dem Namen. Der hat sich das *Personal Training* gut bezahlen lassen ...«

Herkunft und Hautfarbe des Bekannten hatte die Gardienne

ihm verschwiegen gehabt, wurde Legrand damit deutlich. Ob das Absicht gewesen war? Seine Frage nach dem Namen hatte sie auch nicht beantwortet: »In welchem Studio arbeitet er doch gleich?«

»Im *Espace Vit'Halles*. Dort trainiert Vanessa regelmäßig. Ich meine, *hat* sie regelmäßig trainiert. War es das dann?«

»Vorerst, ja. *Je vous remercie.*« Legrand legte auf. Jetzt hatte er sich die Schlachtplatte verdient.

Als sie eineinhalb Stunden später das Hotel *Le Meurice* betraten, war Lucie nicht weniger beeindruckt als Antonio. Glücklicherweise hatte sie sich noch frisch gemacht und umgezogen. Durch eine Glasdrehtür hatten sie über den roten Teppich die Vorhalle durchquert und standen nun in einem gigantischen Raum. »Das sind mindestens vierhundert Quadratmeter«, flüsterte er.

Antike Marmorsäulen, um die sich goldene Lichterketten rankten, säumten im Abstand von zwei Metern den Raum. Am Flügel in der Mitte saß ein Pianist und spielte Chopin. Große Palmen dienten als Raumteiler. Im vorderen Bereich gruppierten sich mit rotem Samt bezogene Sessel einladend um kleine runde Porzellantische. Dahinter lag das Restaurant.

Lucie blickte nach oben. Um die riesige runde Glaskuppel herum fassten goldene Jugendstilornamente den Nachthimmel wie Bilderrahmen ein. Die Ecken der Decke waren mit vier großen Blättern verziert, aus denen Lichter funkelten. Riesige Kronleuchter tauchten den Saal in sanftes Licht.

»Schau mal den Fußboden an«, raunte Antonio. »Wie viel Arbeit da dahintersteckt …« Unmengen kleiner Mosaiksteine waren zu geschmackvollen Blumenmustern verarbeitet worden.

Nachdem Lucie sich wieder gefasst hatte, bemerkte sie einen

Kellner am Eingang des von den Palmen abgeschirmten Restaurants, der dafür zuständig war, die Gäste in Empfang zu nehmen und sie zu ihrem Tisch zu führen. Lucie fragte ihn, wo die Bar zu finden sei.

Er wies über ihre linke Schulter in den Nebenraum. Wenn sie wünschten, könnten sie den Aperitif aber auch an den Tischen im Wintergarten einnehmen.

»Von mir aus können wir auch gleich essen, Schatz.« Antonio blickte in Richtung eines Tisches, an dem gerade serviert wurde.

»Erst möchte ich mit dir anstoßen!« Lucie bedankte sich und ging voran zur Bar, die direkt an den Kuppelsaal angrenzte und nur durch die Säulen und geöffnete Glastüren davon getrennt war.

»Dann wird das Ganze ja noch teurer«, raunte Antonio.

Clubatmosphäre in der Bar. Die spärliche Beleuchtung zeigte mit Jagdszenen bemalte Wände im Dämmerlicht. Dunkles Holz und Messing herrschten vor. Der Tresen nahm die gesamte rechte Wand ein.

Antonio hatte sicher recht. Sie war nicht bereit, ein halbes Monatsgehalt für eine Mahlzeit auszugeben. Und das nur, um zu erfahren, was Vanessa am Freitagabend hier gemacht hatte. Nein, sie würden einen Aperitif nehmen, und essen konnten sie später in der Brasserie auf der Rue St. Antoine.

»Ein kleiner Schluck wird uns bestimmt entspannen. Lass uns vorne im Wintergarten Platz nehmen«, entschied Lucie und ließ sich dort genüsslich in einen der roten, samtenen Sessel unter der Glaskuppel sinken. Auf dem Tisch vor ihr lag eine braune Karte, die golden schimmerte. »Le Bar Fontainebleau« stand darauf. Antonio nahm widerstrebend ihr gegenüber Platz.

»Na komm, ein Gläschen werden wir uns ja wohl noch leisten können!« Lucie griff zur Karte und revidierte ihre Meinung augenblicklich, als sie die Preise sah. Sie hatte vorgehabt, einen Cocktail zu bestellen, doch unter vierundzwanzig Euro war nichts zu haben. Lucie blätterte weiter. Eine Flasche Mineralwasser kostete mehr als ein *Coc au vin* bei *La Fontaine Sully* in der Rue St. Antoine. Dann machte sie sich einen Scherz daraus, das teuerste Getränk zu suchen: eine Flasche Dom Pérignon für eintausenddreihundert Euro. Lucie reichte Antonio die Getränkekarte und sah sich in der Halle um. Gegenüber saßen drei elegant und teuer gekleidete ältere Damen, an dem Tisch daneben ein braun gebranntes Pärchen. Er alt und dick, sie jung, spindeldürr und mit so hohen Absätzen, dass Lucie sich beim besten Willen nicht vorstellen konnte, wie man darauf laufen konnte.

Der Kellner nahm die Bestellung des Nachbartisches auf. Ein leiser Pfiff war Antonios Kommentar zur Karte. Lucie überlegte, wie sie es anstellen konnte, den Barkeeper nach Vanessa zu fragen, ohne dass Antonio es mitbekam. Ihrem Mann jetzt von dem Fund der Leiche zu erzählen, machte überhaupt keinen Sinn. Das wäre ein weiteres gutes Argument für ihn, sich außerhalb des Zentrums zur Ruhe zu setzen, wenn die Kriminalität in Paris jetzt offensichtlich auch vor ihrer Haustür nicht mehr haltmachte. Außerdem war Antonio hungrig, und da war nicht mehr lange gut Kirschen essen mit ihm. »Wir können bei *La Fontaine Sully* zu Abend essen, wenn du möchtest.«

Antonio ließ die Karte sinken. »Und wozu dann der ganze Umweg hierher?«

»Es ist immer gut, etwas Neues kennenzulernen.« Lucie lächelte ihn an. »Außerdem haben wir übermorgen Hochzeitstag. Lass mich dich von meinem Bügelgeld auf eine Kleinigkeit einladen.« Lucie blickte in Richtung Bar, wohin der Kellner mit der Bestellung der Damen verschwunden war. »Was nimmst du denn?«

»Einen Porto. Das wird wohl der teuerste meines Lebens …« Antonio seufzte.

»Wunderbar.« Lucie hatte die rettende Eingebung und griff nach der Karte. Sie musste etwas anderes wählen als ihr Mann. Ein Cocktail war sicher gut geeignet. »Piña colada.« Das war das Zeug, das Natalie gern trank.

Der Kellner glitt auf sie zu und fragte sie nach ihren Wünschen. Lucie bewunderte seine Fähigkeit, genau den richtigen Moment abgepasst zu haben. Sie gaben die Bestellung auf, und Antonio berichtete von seinem Tag auf der Baustelle, wo er junge Männer aus Osteuropa anleiten musste, die kaum ein Wort Französisch verstanden. »Und dann diese Hitze!«

Nachdem der Kellner die Getränke gebracht hatte, erhob Antonio sein Glas und blickte ihr in die Augen: »Auf deine Gesundheit, mein Schatz!«.

Die Piña colada schmeckte nicht schlecht. Etwas zu süß, aber schön erfrischend. Lucie ließ sich tief in den Sessel sinken und blickte zur Decke. Über ihr funkelte es, und in diesem Moment begann der Pianist wieder zu spielen. Es tat gut, sich einen Moment auszuruhen.

Zwei junge, leicht bekleidete Frauen auf extrem hohen Absätzen tauchten auf und ließen sich an der Theke nieder. Ihre Aufmachung hatte Ähnlichkeit mit der Vanessas.

»Wo bist du eigentlich spazieren gegangen?«, wollte Antonio wissen.

»Och, so in der Nähe der Bastille.« Lucie hoffte, die Beleuchtung sei schwach genug, damit er nicht sah, wie ihr die Röte ins Gesicht schoss. Sie versteckte sich hinter dem Cocktailglas und sog am Strohhalm. »Die Piña colada schmeckt irgendwie komisch. Ich gehe mal an die Theke.«

»Lass mich doch einen Kellner rufen«, sagte Antonio, als sie sich erhob, und gab ein Handzeichen in Richtung Bar. »Danke, ich mache das schon.« Lucie griff nach Glas und Handtasche und ging schnell los in Richtung Theke. Antonio blieb Gott sei Dank sitzen.

Lucie hoffte, dass Vanessa am Abend des 1. Augusts hier gesehen worden war. Dann wäre sie raus aus der Geschichte. Zwar nicht ganz reingewaschen, da sie sich immer noch im Besitz des Ringbuches mit den Kreditkarten befand, aber raus aus der Verpflichtung, Licht in das Dunkel um diesen Mord zu bringen. Andererseits war das hier ein hoch spannendes Rätsel, und sie hätte nur zu gern gewusst, wie sich die Geschichte zugetragen hatte. Hatte Said Kahla vielleicht tatsächlich diese schwarzen Tücher verwendet, um Vanessa zu erwürgen? Er sah zwar nicht aus wie ein Unschuldslamm, aber ein Mörder? Konnte man Menschen ansehen, ob sie das Potenzial zum Mörder hatten? Hatte das nicht jeder? Ein sehr unangenehmer Gedanke. Nein, sie wollte lieber davon ausgehen, dass Vanessa hier gewesen war und danach abends an der Seine einen Spaziergang gemacht hatte. Mit wem? War sie ins Wasser gestoßen worden? Egal, es wäre Aufgabe der Polizei, das herauszufinden. Lucie hätte nichts damit zu tun und die schwarzen Tücher und die Champagnerflasche auch nicht.

Als sie die Bar betrat, war sie froh, dass es hier drinnen dunkler war als draußen im Kuppelsaal. So hatte sie die Möglichkeit, Vanessas Foto zu zeigen, ohne dass Antonio, der leider von seinem Platz aus eine ganz gute Sicht auf die Theke hatte, alles mitbekam. Sie stellte ihre Tasche auf den blank polierten Tresen, ein paar Hocker von den zwei jungen aufgedonnerten Frauen entfernt, und nahm den Barkeeper in Augenschein. Der schlanke Mann Anfang dreißig mit mittellangen dunklen Haaren und Ohrring im linken Ohr war gerade mit dem Shaker beschäftigt, fing ihren Blick auf und beugte sich ihr nun entgegen.

Lucie nahm ihren ganzen Mut zusammen. Hilf mir, heilige Maria, es könnte meine Rettung sein, betete sie. Dann hob Lucie ihr Glas und deutete darauf. »Dort drüben am Tisch sitzt mein Bruder.« Der Barkeeper blickte zu Antonio, der denken musste, dass Lucie einfach nur auf den Tisch gezeigt hatte, an dem sie saß. »Er ist völlig aufgelöst, weil seine Tochter verschwunden ist. Ich bin nun nach Paris gekommen, um ihm bei der Suche zu helfen.« Lucie öffnete ihre Handtasche und nahm Vanessas Studioausweis heraus. »Ich fürchte, dass meine Nichte durchgebrannt ist und sich hier mit jemandem getroffen hat. Wenn ich Ihnen jetzt ein Foto von ihr zeige, bitte ich Sie, es ganz unauffällig anzusehen. Mein Bruder ist noch so erschüttert und in seiner Ehre getroffen, dass er mit dem Thema heute Abend nicht mehr konfrontiert werden sollte.« Lucie schob den Ausweis unter ihren Cocktail. Der Barkeeper goss den Inhalt des Shakers in ein Glas, drapierte es mit Früchten und stellte es für die Kellner bereit. Dann griff er, ohne eine Miene zu verziehen, mit beiden Händen nach Lucies Cocktail, nahm Glas und Foto entgegen, drehte Antonio den Rücken zu und studierte das Bild eingehend. Lucie fragte sich, ob er öfter solche Geschichten aufgetischt bekam. Wie einfach sie das Blaue vom Himmel gelogen hatte, war fast beängstigend, doch darüber musste sie später nachdenken.

»Haben Sie die Frau gesehen? Sie war am 1. August gegen neunzehn Uhr hier verabredet.« Lucie beugte sich in gespannter Erwartung über den Tresen. Dass sich der Barkeeper so lange Zeit mit der Antwort ließ, nahm sie als positives Zeichen. Die beiden Blondinen beobachteten die Szene interessiert.

Endlich ließ er das Bild sinken. »Ich habe am Freitag gearbeitet, kann mich aber nicht an das Gesicht erinnern. Das heißt jedoch nichts, denn ich sehe hier jeden Tag so viele Menschen … Und sie hätte am Tresen sitzen müssen, um mir aufzufallen. Was hatte sie denn an?«

Lucie zuckte mit den Achseln. »Vermutlich eine weiße Jeans und ein rotes Polohemd.« Ein Kellner kam angeschossen und stellte die vorbereiteten Cocktails aufs Tablett. Der Barkeeper sprach ihn an und zeigte ihm das Foto von Vanessa. Doch auch der Kellner winkte ab. »Frag Luc«, sagte er. »Ich schicke ihn dir.«

Lucie warf einen schnellen Blick zu Antonio, der in Ruhe seinen Porto trank und von Weitem zusah. Ein weiterer Kellner glitt heran. Lucie war erstaunt, wie schnell sich diese Spezies bewegen konnte, ohne hektisch zu wirken. Er war nur wenig größer als sie und hatte dunkle, wache Augen, die das Foto aufmerksam ansahen. Parallel hörte er sich die erfundene Geschichte über Antonio an und sagte schließlich. »Es tut mir leid, aber diese Dame war nicht hier.« Ob er sich ganz sicher sein könne, wollte Lucie wissen und sah sich nach Antonio um, der aufgestanden war. Lucie wurde es heiß.

»Wenn Luc sie nicht erkennt …« Der Barkeeper erklärte Lucie, dass es keinen Menschen gäbe, der ein so gutes Gedächtnis für Gesichter habe wie Luc.

Antonio kam auf sie zu.

»Vielen, vielen Dank«, sagte Lucie schnell. »Kann ich bitte das Foto wiederhaben?«. Gerade noch rechtzeitig ließ sie den Ausweis in ihre Tasche gleiten. »Und die Rechnung.«

Luc verschwand in Richtung Kasse. Lucie atmete auf.

»Ist es so schwer, meiner Frau ein neues Getränk zu mixen?«, fragte Antonio da schon den Barkeeper. Der zog die Augenbrauen hoch, sagte aber nichts. Lucie schoss das Blut ins Gesicht, und ihre Knie wurden weich.

In dem Moment kam Luc mit der Rechnung. Lucie ließ sich das kleine Silbertablett geben, klappte das feste Papier hoch und legte schnell einen Schein hinein. »Stimmt so«, sagte sie.

Luc bedankte sich und lächelte Antonio an: »Jugendlicher Leichtsinn! Das wird schon wieder mit Ihrer Tochter!«

Georgette war schon lange zu Hause und hatte versucht, es sich auf dem Sofa bequem zu machen, doch das wollte nicht so recht gelingen. Ihr Rückblick auf den heutigen Tag war positiv. Er war dahingeplätschert in einer schon vergessen geglaubten Harmonie mit den Angestellten, und einige alte Nachbarn des Quartiers hatten nur mal eben reingeschaut, um sie wieder zu Hause zu begrüßen. Isabelle und Marie waren selten gut gelaunt gewesen und hatten sich im Erzählen ihrer Urlaubsanekdoten übertroffen. Doch tief im Innern blieb Georgette unruhig. Was war mit Vanessa? Vor allem: Wo war sie? Ihr Verschwinden war doch äußerst merkwürdig. Welche Rolle spielte ihr Sohn dabei? Er wirkte noch verschlossener als sonst.

Auf dem Tisch stand der imposante Strauß Rosen von Lucie. Trotz des frischen Wassers ließen sie die Köpfe hängen. Georgette hatte sich sehr darüber gefreut, Lucie heute Morgen zu sehen. Ein Diabetes war sicherlich nicht tragisch, wenn sie die Sache ernst genug nahm, um sich an die Vorgaben zu halten. Doch dafür war Lucie nicht geboren. Weder nahm sie sich selbst wichtig genug, noch kümmerte sie sich wirklich um Vorgaben, auch wenn sie nach außen hin sehr zuvorkommend wirkte. Nein, Lucie ging es immer um das Wohl der anderen, und dafür wäre sie auch bereit, jede Vorsichtsmaßnahme außer Acht zu lassen.

Als das Telefon klingelte, war Georgette schneller dran als sonst.

»*Oui?*«

»Maman«, sagte Justinien mit zitternder Stimme, »reg dich jetzt bitte nicht auf. Ich …« Die Stimme versagte ihm, und Georgette war alarmiert.

»Was ist?«

»Sie ist tot, Maman.«

Georgette atmete tief aus. Nun hatte sie Gewissheit. Doch ihre Unruhe blieb.

»Was ist geschehen?«, fragte sie.

»Man weiß es nicht. Sie haben sie in der Seine gefunden.« Seine Stimme klang gepresst.

»In der Seine?« Wie war sie dorthin gekommen?

Justinien schwieg.

Eine Wasserleiche …

»Wie geht es dir?«, wollte seine Mutter wissen.

»Geht so«, sagte er.

Ein echter Verlust konnte der Tod ihrer Schwiegertochter für Justinien nicht sein, doch das würde er natürlich leugnen. »Wie kann ich dir helfen?«, fragte Georgette.

»Im Moment gar nicht.«

Georgette überlegte, was zu tun war. Sie musste ihre Mitarbeiterinnen informieren, denn die Polizei würde irgendwann in der Apotheke auftauchen und Fragen stellen. Sie musste herausfinden, wann und wie Vanessa gestorben war, wenn sie keine bösen Überraschungen erleben wollte. Tuut! Ein lautes Freizeichen kam aus dem Telefon. Georgette erschrak. Die Polizei würde auch Justinien in die Mangel nehmen. Ob sie ihn verdächtigen würden, Vanessas Leiche in die Seine geworfen zu haben? Das blieb abzuwarten. Ihn direkt zu diesen Dingen zu befragen, könnte seine Gefühle verletzen, doch ein Alibi wäre nötig. Ob er eines hatte? Vielleicht konnte sie über Florine erfahren, wie es um Justinien stand. Dazu würde sie sich Zeit mit ihr nehmen. Ein gemeinsamer Besuch im Ballett vielleicht. Die Opéra nationale de Paris hatte zwar Sommerpause, aber vielleicht gab es einen Abend des Freundeskreises der Förderer der Oper. Im Zweifelsfall würde sie Justinien da raushauen und für ihre Kinder da sein. Wie immer.

Etwas zu mager für seinen Geschmack war die ansonsten attraktive Blondine, die sich als Chantal vorstellte. Legrand stand an der Theke im Eingangsbereich des *Espace Vit'Halles* in Beaubourg. Es war etwas später geworden als geplant im Bofinger. Schuld war diese fantastische Crème brulée, die mit genau der richtigen Konsistenz serviert wurde: nicht zu flüssig, nicht zu fest, gut warm und mit perfekter Karamellkruste, die in Platten zerbrach, wenn man den Löffel hineinsteckte, und dabei herrlich krachte.

Legrand hatte Aurélie damit beauftragt, eine Akte über Monsieur Blandel zusammenzustellen, und ihr von dem Gespräch berichtet, worauf Aurélie am liebsten gleich das Fitnessstudio unter die Lupe genommen hätte. Seufzend hatte er sich dann selbst zu später Stunde dorthin auf den Weg gemacht. Seine Assistentin sollte sich zuerst mal am Schreibtisch mit mühsamer Kleinarbeit die Hörner abstoßen, während der Leiter der Ermittlungen den Überblick behielt und sich die wichtigsten Knotenpunkte selbst vornahm.

Der Commissaire hielt Chantal nun den Dienstausweis unter die Nase. Neben den durchsichtigen Gefäßen voll bunter Mineralgetränke stand eine Kaffeemaschine.

»Wie kann ich Ihnen helfen?«, fragte Chantal und mit einem Blick auf die Uhr. »Wir schließen in einer Viertelstunde.«

Legrand fragte, ob Vanessa Blandel zum Kundenstamm gehöre. Er hatte den Eindruck, dass sich Chantals Gesichtsausdruck beim Nennen des Opfernamens augenblicklich änderte.

»Da muss ich mal in unseren Daten nachsehen«, sagte sie und beugte sich über den Computer. »Wie war der Name noch mal?«

»Vanessa Blandel.«

»Ja, hier haben wir etwas. Wenn Sie mal schauen möchten.« Chantal drehte den Bildschirm so, dass Legrand einen Blick darauf werfen konnte. Er sah das Foto einer gepflegten Blondine. Tja, davon war nun nicht mehr viel übrig. Daneben sah Legrand, wann Madame Blandel das letzte Mal das Fitnessstudio betreten hatte. Am 27. Juli um 18:51 Uhr. Getrunken hatte sie ein isotonisches Getränk. Und das Studio um 21.39 Uhr wieder verlassen. Sicher gab dieser PC noch eine Menge weiterer Daten preis, wenn man Chantal danach fragte, doch was ihm das für die Lösung dieses Falls bringen sollte, wusste er noch nicht. »Könnten Sie mir bitte alles, was Sie über Vanessa Blandel gespeichert haben, ausdrucken und mitgeben?«

»Gerne.« Chantal betätigte einige Knöpfe auf der Tastatur, und der Drucker neben ihr begann zu arbeiten. »Darf ich Sie fragen, weshalb Sie sich für Madame Blandel interessieren?« Als Chantal den Namen aussprach, wirkte sie noch verkrampfter. Sie reichte ihm den Stapel mit den Ausdrucken, worauf er alle Anwesenheitstermine erkannte.

»Madame Blandel ist tot«, sagte Legrand, und Chantals Gesichtszüge entspannten sich. War die Blandel so eine unangenehme Kundin gewesen?

»Oh, wie bedauerlich«, sagte Chantal, bemüht, ein Lächeln zu unterdrücken.

»Ja, der Ehemann ist ebenso geknickt wie Sie«, bemerkte Legrand. »Sagen Sie, Chantal, ist einer Ihrer Trainer Maghrébin?«

»Wieso?« Chantals Entspanntheit war jäh in sich zusammengefallen.

»Nun, laut Aussage von Zeugen hatte Madame Blandel regelmäßig Besuch von einem dunkelhäutigen *Bekannten.*« Legrand bemerkte, dass er das Wort genauso betonte wie die Gardienne. »Muss ein echter Schwerenöter gewesen sein«, fügte er zwinkernd hinzu. »Zuletzt hat er sie wohl am Tag ihres Ablebens beglückt …«

Chantals Lippen glichen nun einem schmalen Strich: »Wie gesagt, Monsieur le Commissaire, wir schließen jetzt.« Sie schaltete den Computer aus und räumte Unterlagen zusammen.

In diesem Augenblick kam ein dunkelhäutiger Mann die Treppe hoch, gefolgt von einer Traube Frauen mittleren Alters, die offensichtlich seinen Po betrachteten. Die Frauen verließen das Studio: »*Ciao*, Chantal. *A bientôt!*«, rief eine Dunkelhaarige, und Chantal knipste wenige Sekunden ein strahlendes Lächeln an. Der Maghrébin trug eine weite Sporthose und hatte ein Handtuch über die Schultern und den nackten, gut gebauten Oberkörper gehängt. Legrand bewunderte den Sixpack, der aussah wie gemalt, und zog unwillkürlich den Bauch ein.

»Was geht?«, fragte der Trainer mit Blick auf Legrand und ging dann zu Chantal. Er beugte sich hinunter, wie um ihr einen Kuss zu geben, doch sie wich ihm aus.

Legrand sah seinen Moment gekommen: »Commissaire Legrand, *Police Judiciaire, Brigade Criminelle.*« Er hielt dem Mann seinen Ausweis unter die Nase.

Dann ging alles sehr schnell: Der Trainer rannte so fix um den Tresen herum und zur Tür hinaus, dass Legrand viel zu perplex war, um ihn aufzuhalten.

»Said!«, rief Chantal und wollte hinter ihm her, doch Legrand packte sie am Arm.

»Und jetzt bitte noch den Nachnamen!«, sagte Legrand. »Und dann dürfen Sie mir erst mal einen Kaffee machen!«

Chantal kehrte hinter die Theke zurück und machte sich tatsächlich an der Kaffeemaschine zu schaffen. Dabei drehte sie ihm den Rücken zu.

Legrand setzte sich auf einen der Barhocker und klappte sein Notizbuch auf.

Sein Handy klingelte. »Ich bin's, Aurélie. Ich bin gerade auf dem Weg zu dir mit den Unterlagen …«

Legrand hörte im Hintergrund lautes Fluchen.

»Ganz erstaunlich, was man unterwegs so findet … Du wirst dich freuen …«

Als Florine am Montagabend gegen zehn Uhr in ihre Wohnung kam, blinkte das Lämpchen am Anrufbeantworter. Sie hängte ihre große Tasche an die Ballettstange und ging zum Schreibtisch in der dunkelrot gestrichenen Nische unter dem Fenster. Fünf Nachrichten zeigte das Display an. Sie drückte einen der Knöpfe, setzte sich auf den Sessel und begann im Halbdunkel ihre Schuhe auszuziehen. Eine synthetische Stimme verkündete, sie sei einer der glücklichen Gewinner bei einer Verlosung. Florine löschte den weiteren Text. Dann kamen zwei Anrufe in Folge, bei denen keine Nachricht hinterlassen worden war. Florine streckte die Beine aus und kreiste mit den Füßen. Sie stand auf, um an der Stange noch ein paar Dehnübungen zu machen. Justiniens Stimme ertönte, mit der Bitte um sofortigen Rückruf. Am Wochenende hatte sie vermieden, mit ihm zu sprechen. Etwas in seinem Tonfall ließ sie nun aufhorchen und augenblicklich zum Telefon zurückkehren. Der fünfte Anruf kam auch von Justinien. »Vanessa ist tot aufgefunden worden. In der Seine.« Dann versagte ihm die Stimme, und es klickte in der Leitung. Florine erstarrte. Angst kroch in ihr hoch. Vanessa tot aufgefunden. Damit hatte sie nicht gerechnet. Ihr Hals war trocken, und sie hatte das Gefühl, nicht genug Luft zu bekommen. Florine warf einen Blick auf die Uhr und ging dann in die Küche. Sie drehte den Hahn auf und ließ das Wasser laufen, bis es kalt genug war. Dann nahm sie ein Glas aus dem Schrank und hielt es unter den Strahl. Sie trank es in einem Zug leer, füllte es ein zweites Mal und ging langsam zurück ins Wohnzimmer. Jetzt konnte sie sich nicht länger zurückziehen. Ihr Bruder brauchte ihren Beistand. Das überfällige Gespräch musste endlich stattfinden.

Ihr Herz klopfte bis zum Hals, als sie Justiniens Nummer wählte. Er war sofort dran. *»Oui?«*

Sie meldete sich.

»Du hast meine Nachricht gehört?«

Sie bejahte. Dann schwiegen beide. Florine trank, verschluckte sich und musste husten. Sie stellte das Wasserglas auf den Tisch. »Wie geht es dir?«, brachte sie schließlich hervor.

»Ich muss sie identifizieren.« Seine Stimme zitterte.

Sie zog ihre Füße an, stellte sie auf die Stuhlkante und schlang den linken Arm um ihre Beine. Was genau nahm ihn so mit? War es der Verlust, war es der Fund, oder war es der Zustand der Leiche? Hatte er Angst oder trauerte er?

»Ich bedaure, was geschehen ist«, sagte sie aus tiefstem Herzen. Was ihnen allen angetan worden war. Er schwieg. Er wusste, dass Vanessa es auch seiner Schwester in den letzten Jahren nicht leicht gemacht hatte. Doch wusste er, wie weit sie gegangen war?

Bevor Vanessa Justinien geheiratet hatte, waren sie Freundinnen gewesen. Doch bei Männern hatte die Freundschaft für Vanessa aufgehört.

Florine ließ den Bleistift senkrecht mit der Radiergummiseite nach unten auf die Tischplatte fallen. Er sprang leicht wieder hoch, und sie fing ihn auf. Nach der Hochzeit hatte sie ihren Zweck erfüllt gehabt für Vanessa. In jeder Hinsicht, dachte Florine bitter.

»Hast du es Julie gesagt?«, fragte sie.

»Nein. Das mache ich, wenn sie wieder da ist. Momentan bleibe ich bei der Version, dass ihre Mutter verreist ist.«

Das war gut. Julie sollte am Samstag wiederkommen. Florine konnte nicht einschätzen, wie ihre Nichte reagieren würde.

»Sie wird dich brauchen, Justinien.«

Ob er wusste, wie sehr? Ob er die ganze Bedeutung ihrer Worte ermessen konnte?

»Und dich«, entgegnete er.

Als was? War ihr nun nicht die Rolle der bösen Hexe zugewiesen worden? Vanessa hatte ganze Arbeit geleistet. Ob er diese Frau vermisste?

»Fehlt sie dir?« Florine kaute auf dem Nagel ihres Daumens.

»Sehr.« Er seufzte.

Sie schämte sich augenblicklich für die Frage, und ihr wurde noch deutlicher, wie vorsichtig sie in diesem Gespräch sein musste. Ihrem eigenen Bruder gegenüber, den sie so sehr liebte.

»Ich bin froh, dass sie in ein paar Tagen wiederkommt.« Er klang erleichtert.

Florine war verwirrt. Dann begriff sie. Er hatte nicht an seine Frau, sondern an Julie gedacht, und Florine fiel ein Stein vom Herzen.

»Ich meinte Vanessa …«, sagte sie leise.

»Oh …« Das war ihm offensichtlich unangenehm.

Was wusste er, und was vermutete er? Und wenn er etwas wusste, was für eine Rolle spielte er dann in dieser Geschichte? Jedes Nachfragen wäre Anklage oder Verletzung gewesen. Also schwieg sie.

»Ich glaube nicht«, antwortete er schließlich.

Er war immer schon ehrlicher gewesen als sie alle. Hatte das etwas mit Ehre zu tun oder mit Wahrheit?

Dienstag, 5. August

Endlich ein Tropfen Blut. Lucie hatte sich vorschriftsmäßig in die Fingerkuppe gestochen – sie hatte unwillkürlich an Dornröschen denken müssen –, die Fingerspitze zusammengequetscht und so einen dunkelroten Tropfen produziert. Der Teststreifen saugte das Blut schnell auf, und sie schob ihn in das Blutzuckermessgerät.

»Ich sag es ja«, meinte Antonio kauend, »Paris ist ein gefährliches Pflaster … In Meudon hingegen ist die Welt noch in Ordnung.« Er blickte auf. »Selbst dein Freund ist heute in der Zeitung …«

Lucie starrte auf das Display und wartete. Das dauerte ja Stunden!

»Du weißt gar nicht, wie gut du es hast, dass du einfach so drauflosessen kannst!«, maulte sie, als sie sah, wie Antonio sein Croissant in den Milchkaffee tauchte und abbiss, während seine Aufmerksamkeit wieder bei der Lektüre des *Figaro* war.

256 mg% – das bedeutete wie viel Insulin nun genau? Lucie suchte nach der passenden Einheit in der Tabelle und zog die Spritze auf.

Antonio sprach mit Blick auf die Zeitung weiter: »Monsieur de la Roche kann einem direkt leidtun. Vermutlich das Sommerloch, weshalb sie die Sache so aufbauschen.«

Lucie hatte inzwischen ein Stück ihres Bauches freigelegt. Sie sollte sich ins Fettgewebe spritzen, hatte David gesagt und es ihr vorgemacht. Leider war davon am Bauch reichlich vorhanden. Lucie griff mit links beherzt zu und drückte mit rechts deutlich vorsichtiger die Nadel in die Haut. Das war immer ein unangenehmer Moment, bevor die Metallspitze sich durch den Hautwiderstand gebohrt hatte. Sobald er überwunden war, ging es schnell. Lucie war froh, als sie die Spritze wieder herausziehen und ihren Bauch bedecken konnte.

»Interessiert dich das gar nicht?«, fragte Antonio und nahm noch einen Schluck Kaffee.

»Doch, wenn ich dann auch mal was zu essen bekomme!«

»Entschuldige!« Antonio legte ihr ein Croissant auf den Teller und goss ihr Milch in die Boule mit dem schwarzen Kaffee.

Lucie hatte wirklich keine Lust, nun vor jedem kleinen Bissen an diese blöde Spritzprozedur zu denken. Dafür fand sie die Croissants heute besonders gut, außen knusprig blättrig, innen pappig und warm. Herrlich. Ihr fiel ein, dass David gesagt hatte, sie müsse nun noch eine Viertelstunde warten. Es war zum Mäusemelken!

»Die haben eine Frau aus der Seine geborgen und nun den Chef de la Brigade Criminelle gefragt, ob er an einen Serientäter glaubt. Aber Monsieur de la Roche war souverän wie immer: Hintergründe seien bisher nicht bekannt. Es sei noch nicht mal sicher, dass es sich um einen Mord handele.« Antonio faltete die Zeitung zusammen. »Wirklich schade um die jungen Dinger! Das Leben ist doch viel zu schön, um ins Wasser zu gehen, nicht wahr?« Er stand auf. »Besonders, weil ich dich habe«, strahlte er sie an und drückte ihr einen Kuss auf die Wange. »Ich weiß nicht, wann ich heute komme, es kann später werden.«

Als Antonio gegangen war, schlug Lucie schnell den Artikel

auf. Eine halbe Seite hatte der *Figaro* dem Thema gewidmet. Etwas Neues stand nicht darin. Lucie war froh, dass Antonio keinen Zusammenhang zu Vanessa hergestellt hatte. Für ihn war das Thema Madame Blandel wohl aus der Welt, solange sie das Glück seiner Familie nicht tangierte.

Der Marsch mit Antonio gestern Abend vom Hotel *Le Meurice* bis zu *La Fontaine Sully* war kein Zuckerschlecken gewesen. Antonio, gereizt, weil hungrig, und hochgradig irritiert vom Kommentar des Kellners Luc, hatte sie um Erklärung gebeten. Sie verstehe das auch nicht, hatte sie gelogen. Vielleicht verwechsle der Kellner Antonio ja mit jemandem. Überzeugend hatte sie nicht auf ihn gewirkt. Ihm ruhig von Vanessas Ermordung zu erzählen, wurde so immer schwieriger. Bloß keine Lügen mehr, dachte Lucie. Die Zehn Gebote hatten schon ihren Sinn. Sie vereinfachten das Leben ungemein. *Du sollst nicht töten*, zum Beispiel.

Es klingelte an der Tür. Durch den Vorhang konnte Lucie Monsieur Rosenberg mit seinem Yorkshireterrier erkennen.

»Ah, *bonjour*, Fifi!« Sie beugte sich hinunter, um ihn zu streicheln, und er sprang an ihr hoch.

»*Non*, Fifi. *Ça ne se fait pas!*«, wies Monsieur Rosenberg den Hund zurecht. »Entschuldigen Sie.«

»*Bonjour*, Monsieur, was kann ich für Sie tun?«, fragte Lucie.

Monsieur Rosenberg war ein Mann mittlerer Größe mit schulterlangem wallenden Haar und klugen braunen Augen, die sie durch die Hornbrille ansahen: »Ich komme, um meine Hemden abzuholen …«

»Oh, Monsieur …« Lucie wurde rot. »Die sind leider noch nicht ganz fertig geworden. Ich bringe sie heute Mittag vorbei.«

Monsieur Rosenberg zögerte: »Ist gut, eines reicht auch erst mal, aber das muss ich wirklich heute Abend für das Konzert haben.«

»Ich weiß«, sagte Lucie. »Sie können sich wie immer auf mich verlassen. Ich hänge ein Hemd gegen dreizehn Uhr an Ihre Garderobe, wenn Sie nicht da sein sollten.«

»Oder vielleicht doch bitte zwei. Dann könnte ich wählen.«

Lucie sagte zu und verabschiedete Hund und Herrchen. Jetzt musste sie schnell machen! Sie hatte noch eine nasse Wäsche der Enkelkinder in der Maschine. Natalie wollte zwar seit Sonntag nicht mehr, dass Lucie die Wäsche für die ganze Familie machte, aber das hatte Lucie sich nicht nehmen lassen. Das Telefon klingelte, und Maria, die Gardienne von Nummer 9, war dran. »Na, was hat sie zu den Rosen gesagt?«

Lucie klemmte das Telefon zwischen Ohr und Schulter, nahm die nasse Wäsche der Kinder aus der Waschmaschine und stopfte sie in den Trockner.

»Wer? Welche Rosen?« Lucie hatte jetzt wirklich keine Zeit für Ratespiele oder Plaudereien am Telefon. Sie stopfte die weißen Hemden des Pianisten in die Trommel. Heute Abend hatte Abram Rosenberg ein bedeutendes Konzert im *Théâtre des Champs-Elysées*, und er hatte Lucie vor ein paar Tagen gebeten, die Hemden bis zum Montagabend fertig gewaschen und gebügelt zu haben, damit er noch entscheiden konnte, welches Hemd er anzog. Das wäre gestern Abend gewesen. Durch ihren Zusammenbruch im Fitnessstudio und ihre Nachforschungen um Vanessa hatte Lucie ganz vergessen, seiner Bitte nachzukommen.

Lucie schloss die Trommel. Sie wählte das Programm ohne Vorwäsche, um Zeit zu sparen, mit sechzig Grad.

»Na, Madame Blandel. Die Blumen aus der Ambroisie!«

Darum ging es also. »Das meinst du!« Lucie hatte es bisher

versäumt, sich zu bedanken. »Vielen Dank dafür. Sie hat sich sehr gefreut.«

Maria war damit nicht zufrieden. »Du hättest ja auch mal vorbeikommen können.«

»Ich habe gerade so viel um die Ohren …«

»Ja, ich verstehe schon. Dann nichts für ungut.« Das Klicken in der Leitung besagte, dass Maria aufgelegt hatte, vermutlich beleidigt. Lucie seufzte. Darum wollte sie sich nun nicht auch noch kümmern. Sie ging ins Wohnzimmer und stellte das Telefon in die Ladestation. Über dem Sofa lagen frische Bettwäsche, Laken und Tischwäsche und warteten darauf, gebügelt zu werden. Seit gestern schon. Hätte sie gestern diesen Spaziergang nicht gemacht … Vom Besuch im *Le Meurice* hatte sie sich irgendwie mehr erwartet. Nun wusste sie wenigstens, dass Vanessa nicht dort gewesen war. War sie vorher zu Tode gekommen, oder hatte sie den Termin nur ausfallen lassen? Lucie ärgerte sich, im entscheidenden Moment am Freitag nicht da gewesen zu sein: als Vanessa das Gebäude verlassen hatte. Oder Said Kahla, oder beide zusammen. Ob sie da noch lebte, musste für den Trainer von großer Wichtigkeit sein. Immerhin war wohl der Champagner nicht die Todesursache gewesen, denn beim Gespräch des Commissaires mit der Ärztin hatte diese vermutet, Vanessa sei erstickt. Da sie aber erst am Mittwoch das Ergebnis der toxikologischen Untersuchung bekam, konnte Gift nicht ganz ausgeschlossen werden.

Sie zog Vanessas Terminkalender aus dem Regal. Wie weit war die Polizei wohl inzwischen? Was hatten sie erfahren? Wann würden sie hier wieder auftauchen? Wie viel Zeit blieb ihr noch? Vielleicht konnte sie ja vorsichtig in Erfahrung bringen, was mit jemandem passierte, der Spuren vernichtet hatte. Unauffällig natürlich.

Heute war der 5. August. Was hätte Vanessa heute gemacht? Um zehn nach neun hätte sie einen Termin mit Monsieur Hilier, wer auch immer das war, um vierzehn Uhr einen Termin mit einem Notar, in Rot umkreist, direkt davor »Beratung«, und um neunzehn Uhr Theater. Ob Vanessa mit Justinien dorthin gegangen wäre? Lucie blätterte zurück bis zum 1. August. Zwischen Sport um halb zehn und dem Hotel *Le Meurice* am Abend war der Nachmittag frei gewesen.

Am 31. Juli war Vanessa um zehn Uhr beim Frisör gewesen und um sechzehn Uhr bei der Kosmetik. Unter den Aufgaben für den Tag stand: »Lucie Hemden – überzahlt – Monsieur Frank«. Was sollte das denn heißen? Hatte Vanessa sie etwa tatsächlich beim Hausverwalter anschwärzen wollen? Lucie überlegte, ob Monsieur Frank ihr untersagen würde, für die Hausbewohner zu bügeln und zu putzen. Jede Gardienne tat das, um ihr Gehalt aufzubessern. Monsieur Frank wusste sicher davon, auch wenn sie das nie miteinander abgesprochen hatten. Dennoch beschlich Lucie ein ungutes Gefühl. Wenn Vanessa sich schon bemüht hatte, gegen die Gardienne Informationen zu sammeln, dann doch bestimmt erst recht über Menschen, die ihr nutzen konnten. Was hatte Vanessa dem Hausverwalter gesagt und vor allem: Würde das Konsequenzen für Lucie haben? Wie gern hätte sie mit Antonio darüber gesprochen!

Lucie klappte das Ringbuch zu. Sie würde früh genug davon erfahren, falls Vanessas Beschwerde Konsequenzen haben sollte. Viel wichtiger war es jetzt, mit dem Bügeln zu beginnen. Dann konnte sie sich direkt danach den Hemden des Pianisten zuwenden.

Lucie steckte das schwarze Buch in ihre Handtasche. Wer wusste schon, wozu sie es noch brauchen würde. Dann holte sie

Wasser, um die trockenen Laken vorzubereiten. Im Moment konnte sie nichts anderes tun, als Gott zu vertrauen, dass er ihr den nächsten Hinweis geben würde.

Über Nacht war der Zeuge Said Kahla zum Hauptverdächtigen geworden. Aurélie war genau im richtigen Moment aufgetaucht, das musste Legrand leider zugeben. Und hatte ihm natürlich unter die Nase gerieben, dass die Vorschrift, Zeugen zu zweit zu befragen, schon ihren Sinn habe. Was Legrand aber am meisten fuchste, war, dass Aurélie ihm nicht verriet, wie sie es geschafft hatte, einen trainierten Kleinkriminellen, aufgewachsen in den Pariser Banlieues, so schnell zu überwältigen und ihm dann auch noch auf dem Silbertablett zu liefern. Allein konnte ihr das unmöglich gelungen sein – oder doch? Aurélie schien wirklich eine Killermaschine zu sein, die man sich am besten vom Leib hielt.

Während Said Kahla sich in Polizeigewahrsam befand, war Legrand bei sengender Hitze unterwegs zur Place des Vosges, um mithilfe der Gardienne die letzten Fragen zu klären. Legrand freute sich schon darauf, wie Monsieur de la Roche ihm dazu gratulieren würde, seinen ersten Mordfall in der Capitale in nur zwei Tagen gelöst zu haben. Das empfahl ihn als Aspiranten auf eine dauerhafte Leitungsposition.

Legrand wurde sich seiner Sache noch sicherer, als die Gardienne die Tür öffnete und ihn anstrahlte. »*Bonjour*, Monsieur Legrand. Welch freudige Überraschung.« Mit solch einer herzlichen Begrüßung hatte Legrand nicht gerechnet. Hatte er gestern so einen positiven Eindruck hinterlassen? Er war sich dessen gar nicht bewusst gewesen. »Wo ist denn Ihre Assistentin?«

»Mademoiselle Petit hat Telefondienst.« Legrand freute sich, dass er Aurélie so elegant ausgebremst hatte. »Sie müssen heute mit mir vorliebnehmen.«

»Bedaure, Monsieur Legrand, aber ich habe leider keine Zeit für Sie. Die Arbeit ruft …« Sie nahm ein Laken in die Hand, legte es über den Tisch und fing an, es mit Wasser zu beträufeln.

»Nur eine Frage: Seit wann hat Madame Blandel Said Kahla zu Hause empfangen?«

Die Gardienne schwieg beharrlich. Als das ganze Laken mit Wasser benetzt war, drückte sie ihm zwei Zipfel in die Hand.

»Gehen Sie zwei Schritte nach hinten. Und dann kräftig ziehen.«

Legrand sah ein, dass er anders nicht weiterkommen würde. Glücklicherweise konnten weder Aurélie, de la Roche, seine Kollegen noch seine Mutter ihn so sehen. »Jetzt zusammenfalten!«, kommandierte die energische kleine Person. Legrand legte mit Madame Ferreira das erste Laken zusammen.

»Said Kahla?« Sie drückte ihm gleich ein weiteres in die Hand.

»Madame Blandels Fitnesstrainer.« Legrand packte es an den Enden und machte zwei Schritte nach hinten. »Der *Bekannte.*« Legrand grinste.

»Vor ungefähr drei Monaten muss er zum ersten Mal hier gewesen sein.« Sie verteilte Wasser auf dem Tuch. »Gibt es etwas Neues von der Autopsie?«

»Bisher nicht, aber wir werden mithilfe der modernen Medizin den Nachweis erbringen können, dass die Spermaspuren von Monsieur Kahla stammen.« Legrand frohlockte. »Er ist jetzt in Polizeigewahrsam. Ein böser Junge. Vorbestraft wegen vielen Körperverletzungsdelikten, kleineren Diebstählen. Sein Bewährungshelfer meinte, seit einem halben Jahr habe er sich gefangen und verkehre in anderen Kreisen als früher – wie wir hier ja sehen.«

Die Gardienne forderte ihn wieder auf, an dem Laken zu ziehen. »Dann wird Ihr Chef sehr zufrieden mit Ihnen sein«, bemerkte sie. »Hat Monsieur Kahla alles zugegeben?«

»Natürlich nicht!«

Sie falteten das zweite Laken.

»Aber das wird er tun, wenn ich alles zusammengetragen habe.«

»Was sagt er denn?«, wollte Madame Ferreira wissen.

»Er behauptet, Madame Blandel habe nach den gemeinsamen körperlichen Aktivitäten am Freitag einen Termin in einer Erbschaftsgeschichte gehabt. Wissen Sie von dem Tod nahestehender Verwandter von Madame Blandel?«

Die Gardienne drückte ihm erneut zwei Ecken in die Hände – diesmal von einer cremefarbenen Tischdecke. »Nein. Wie bereits gesagt, kannte ich Madame Blandel kaum, aber das hätte ich mitbekommen müssen. Und wenn nur durch die Post.«

»Ich wusste, dass er das Blaue vom Himmel herunter fantasiert.« Nach langen Verhören hatte Said Kahla um zwei Uhr nachts seine Affäre mit Madame Blandel gestanden und von ungewöhnlichen Sexualpraktiken berichtet. Das machte ihn zum Tatverdächtigen Nummer eins.

»Es ist doch offensichtlich, dass diese Sexgeschichte außer Kontrolle geraten ist. Die müssen Hypoxyphilie praktiziert haben, in Verbindung mit klassischen Fesselspielen.«

»Ist das eine Krankheit?« Die Gardienne träufelte wieder Wasser auf das Tuch.

»Äh, nein.« Legrand versuchte, die richtigen Worte zu finden: »Die Kontrolle der Atemzufuhr beim Geschlechtsverkehr, zum Beispiel durch das Verwenden von Plastiktüten, soll die Intensität des körperlichen Lustempfindens steigern.«

»Sie müssen stärker ziehen!«, befahl die Gardienne.

»Dabei passieren aber viele Unfälle. Vermutlich ist Madame Blandel so zu Tode gekommen, und Said Kahla hat dann Panik bekommen und ist abgehauen.« Legrand zog am Laken, so wie sie es wünschte.

»Wenn nun aber Monsieur Blandel früher nach Hause gekommen wäre oder jemand anders die Wohnung betreten hätte, bevor es dunkel war, dann hätte er doch die Leiche sehen müssen«, warf Lucie ein. »Er hätte sie am helllichten Tag an meiner Loge vorbei nach draußen schaffen müssen. Spätestens dort hätten ihn Passanten gesehen. Das Risiko wäre der Mörder nicht eingegangen.«

Dieses Mal riss Legrand so heftig am Laken, dass es der Gardienne entglitt. Da hatte sie ihn auf eine Schwachstelle in seiner Theorie hingewiesen. Glücklicherweise hatte er seine Überlegungen nicht mit Aurélie geteilt!

»Das ist natürlich nur meine ganz persönliche Meinung.« Die Gardienne bückte sich, um ihr Ende des Lakens aufzuheben. »Damit möchte ich Sie keineswegs verärgern ...«

Andererseits musste Said Kahla gewusst haben, dass Monsieur Blandel auf Dienstreise war. Legrand würde ihn dazu befragen. Und dann hätte die Leiche den ganzen Tag unbemerkt dort liegen können und er hätte sie am Abend abholen können.

»Ich bin ganz und gar nicht verärgert, verehrte Madame Ferreira, sondern eher amüsiert. Selbstverständlich ist mir der Gedanke auch schon gekommen, doch dafür gibt es bestimmt eine ganz einfache Lösung!« Legrand überlegte. Wie hatte der Fitnesstrainer die Leiche unbemerkt aus dem Haus schaffen können?

»Seine Sporttasche! Als sie ihn am Freitagmorgen gesehen haben, hatte er da eine Sporttasche dabei?«

Sie falteten die Tischdecke.

»Ich denke schon.« Die Gardienne rollte die Decke zusammen. »Ja, er hatte immer eine große Sporttasche dabei.«

»Sehen Sie. Er hätte sie erstickt haben und dann in die Sporttasche legen können.«

»Und zusammenfalten wie dieses Tuch? Ich weiß nicht …« Lucie Ferreira drückte ihm ein blaues Laken in die Hand. »Zumal so eine Leiche bestimmt schwer ist, so ohne Körperspannung.«

»Und sich gut verbiegen lässt«, ergänzte Legrand. »Zumindest bevor die Leichenstarre einsetzt. Die Tasche wäre dafür groß genug gewesen?«

»Bei doppelter oder dreifacher Faltung …?«

Legrand war nicht sicher, ob die Gardienne sich über ihn lustig machte.

»Monsieur Kahla wäre jedenfalls stark genug gewesen«, beharrte der Commissaire.

Die Gardienne beträufelte den Stoff. »Ich glaube, Monsieur Kahla hatte gar kein Motiv«, sagte sie schließlich, offensichtlich nicht in der Lage, die Tragweite der Worte, die sie eben aussprach, zu erfassen. »Sie machen sich etwas vor. Sie sehen das zu einseitig! Und jetzt bitte wieder ziehen.« Legrand zerrte an dem Tuch »Mit mehr Gefühl, Monsieur Legrand. Oh, entschuldigen Sie bitte, das ist natürlich wieder nur meine ganz persönliche Meinung.«

Jetzt hatte Legrand genug. »Zu einseitig? Wenn es ein Unfall war, also Totschlag, braucht er kein Motiv. Aber dem sportlichen Herrn wäre auch ein geplanter Mord zuzutrauen: Sie hätten mal seine Verlobte sehen sollen, als sie davon erfuhr. Deshalb hat er auch zunächst alles abgestritten. Wie sie sagte: ›Aber du hast mir doch versprochen, das zu beenden.‹ Und wie er dann schließlich winselte: ›Ich habe es ja versucht, aber sie hat mich erpresst!‹ Haha! Und jetzt kommt das Schärfste!« Legrand zog kräftig an dem Laken. »Diese Chantal ist nicht nur seine Verlobte, sondern auch seine Chefin. Wenn sie ihn rauswirft, bekommt er ein echtes Problem.« Genüsslich grinsend fügte er hinzu: »Mit seinem Bewährungshelfer …«

Sie legten das Laken zusammen. »Ist diese Ärztin denn sicher, dass Madame Blandel erwürgt wurde?« Ihr Tonfall war nun endlich angemessen vorsichtig.

»Sie ist sicher, dass die Leiche alle Erstickungsmerkmale aufweist. Beim Verwenden einer Plastiktüte hätte es keine Würgemale geben müssen. Da sie auch einen tiefen Einschnitt zwischen Hals und Schulter hat und die Hälfte des Schädels fehlt …« Legrand beendete den Satz nicht, denn die Gardienne war erblasst. So war das meistens mit den Frauen: Sie dachten, sie könnten mitreden, aber wenn sie mit der grausamen Realität konfrontiert wurden, verschlug es ihnen doch die Sprache. Nun ja, Isabelle Pistre war die Verkörperung der Gegenthese.

»Das heißt, vergiftet wurde sie sicher nicht?«, fragte Lucie. Sie wickelte das Laken auf und legte es zu den anderen in den Wäschekorb. Im Vergleich zu vorher wirkte sie jetzt nachdenklich. »Ich meine, hätte man ihr auch Gift in den Champagner mischen können?«

Legrand war verblüfft, welches Arsenal von Gemeinheiten offensichtlich in Madame Ferreiras Fantasie eine Rolle spielte. Zudem fragte er sich, wie sie auf Champagner kam. Said Kahla hatte, als die Dämme gebrochen waren, heute Nacht davon erzählt, dass er mit Madame Blandel immer zuerst Champagner getrunken hatte.

»Wieso Champagner? Sie wissen schon, dass Sie sich strafbar machen, wenn Sie mir nicht alles sagen, was Sie wissen!« Er blickte sie streng an und setzte sich an den Tisch.

Lucie wurde wieder rot. »Wie ist das eigentlich, wenn jemand danach Spuren beseitigt hätte, glauben Sie, er hat dann etwas mit dem Mord zu tun?«

»Selbstverständlich hat er das.« Legrand klappte sein Notizbuch auf. »Bitte setzen Sie sich. Sie wollen mir jetzt aber nicht sagen, dass Sie Beweismittel vernichtet haben, oder?«

Madame Ferreira setzte sich tatsächlich folgsam an den Tisch.

»Also, hier habe ich notiert …« Er blätterte in seinem Notizbuch zu der Seite mit den Aussagen der Gardienne im gestrigen Gespräch.

»Sie sagten, Madame Blandel posierte am Fenster, um neun Uhr dreißig kam der ›Bekannte‹, danach waren Sie im Hinterhaus und gossen dann Blumen in Beaubourg.« Legrand sah von seinen Notizen auf. »Möchten Sie hierzu etwas ergänzen? Die Vernichtung von Beweismitteln zum Beispiel?« Legrand lachte.

Die Gardienne hatte den Blick gesenkt und schüttelte den Kopf.

»Wie lange konnte der Trainer unbemerkt das Haus verlassen?«

Madame Ferreira stützte ihr Kinn auf beide Fäuste, und Legrand bemerkte wieder das intensive Blau ihrer Augen, ganz außergewöhnlich für ihr Alter und ihre Herkunft.

»Vermutlich zwischen elf und zwölf Uhr. Gegen halb eins muss ich wieder da gewesen sein.«

»Dann hätte Monsieur Kahla auch eine Leiche in der Sporttasche an Ihrer Loge vorbeitragen können, ohne dass Sie es mitbekommen hätten«, rekapitulierte er, »und sie entweder direkt ins Auto bringen oder im Keller zwischenlagern können, um sie danach im Dunkeln abzuholen und dann in der Seine verschwinden zu lassen. Waren Sie an dem besagten Tag im Keller?«

»Nein«, sagte die Gardienne. Er notierte es im Notizbuch.

»Doch um nachts in das Gebäude zu kommen, müsste er den Code wissen. Die Hoftür ist nachts gesichert«, warf sie ein.

»Hätte er diesen Code von Madame Blandel erfahren können?« Legrand sah den Tathergang vor seinem inneren Auge.

»Ja«, sagte Madame Ferreira, doch es klang zögerlich.

Legrand klappte den Notizblock zu. »Gut, dann zeigen Sie mir jetzt doch mal die Kellerräume. Dafür werden wir wohl kaum einen Durchsuchungsbefehl brauchen …« Er stand auf. »Wobei ich meine Kollegen von der Kriminaltechnik heute noch in die Wohnung schicken werde, um sie nach Spuren abzusuchen.«

Die Gardienne stand ebenfalls auf und ging zur Tür.

»Die Keller sind unverschlossen?«

Madame Ferreira nickte. Wunderbar. Das bekräftigte seine Theorie. Sie öffnete die Tür und ging voraus in den Hof. Vor der Kellertür drehte sie sich nach ihm um. »Und diese Erbschaftsgeschichte wollen Sie nicht weiterverfolgen?«, fragte sie.

Legrand war sich noch nicht ganz sicher, ob er sich über ihr Interesse und Engagement freuen oder über ihre Neugierde und Beharrlichkeit ärgern sollte. Immerhin war sie dieses Mal wesentlich auskunftsfreudiger gewesen als im Beisein von Aurélie – oder kam ihm das nur so vor?

»Das lassen Sie mal meine Sorge sein. Mademoiselle Petit ruft gerade alle Notare von Paris an, um das abzuklären. Eine schöne Aufgabe für sie.« Er grinste: »Ich garantiere Ihnen aber jetzt schon, solch einen Termin hat es nicht gegeben!«

Vielleicht sollte er die Kriminaltechnik zunächst das Auto von Said Kahla auf Spuren hin auseinandernehmen lassen, bevor sie die Wohnung unter die Lupe nahmen. Das ergab wohl Sinn. Legrand griff nach seinem Handy.

Das Herz schlug Lucie bis zum Hals, als sie die Nummer wählte.

»Notariat Bernard, was kann ich für Sie tun?« Eine Frauenstimme mit portugiesischem Akzent. Lucie atmete auf. Sie stellte sich als Kripobeamtin vor, die an einem Mordfall arbeite und für ihren Chef, Léon Legrand, alle Notare in Paris anrufen müsse. »Sagt Ihnen der Name ›Vanessa Blandel‹ etwas?« Die Sekretärin verneinte. Lucie bedankte sich und fragte sie daraufhin wie nebenbei, aus welchem Ort in Portugal sie stamme. »Aus Oliviera de Barreiros.«

»Wirklich?«, rief Lucie begeistert. »Ich komme aus Pindelo.« Die Sekretärin wirkte gleich viel auskunftsfreudiger. Sie könne noch mal nachsehen wegen Madame Blandel. Laute klassische Musik dröhnte aus dem Hörer. Während Lucie wartete, ließ sie ihren Blick durch das Zimmer schweifen. Sie musste dringend mal wieder die Lacktüren des Schranks polieren. An der Marienstatue blieb sie hängen. Welche Schönheit, Anmut, Reinheit. Eine Kerze wagte sie nicht mehr anzuzünden, nach allem, was sie in den letzten vierundzwanzig Stunden erfunden hatte. Sie drehte der Jungfrau Maria den Rücken zu, wartete und versuchte ruhig zu atmen. Jeden Moment rechnete sie damit, dass der ganze Schwindel aufflog.

Sie hatte Legrand allein Keller und Treppenhaus inspizieren lassen. Was, wenn er herausfand, dass sie die Tücher weggeworfen hatte, mit denen Vanessa vielleicht stranguliert worden war? Denn eine Tüte hatte nicht herumgelegen. Oder dass sie die Flasche entsorgt hatte, in der vielleicht doch Gift gewesen war … Legrand hatte sehr deutlich gemacht, dass er sie dann mit zur Verantwortung ziehen würde. Sollte Said tatsächlich der Mörder gewesen sein, dann hatte sich Lucie wie befürchtet der Spurenvernichtung am Tatort schuldig gemacht. Es blieb ihr also gar nichts anderes übrig, als das Gegenteil zu beweisen und dieser Erbschaftsgeschichte nachzugehen. Die Zeit drängte. Immerhin war es Legrand innerhalb kürzester Zeit gelungen, die Identität des Fitnesstrainers ausfindig zu machen. Von ihr hatte er diese Informationen nicht bekommen …

Am 1. August konnte Vanessa keinen Notar aufgesucht haben, selbst wenn sie einen Termin in einer Erbschaftssache gehabt hatte, denn solche Termine mussten von langer Hand geplant werden, und das hätte sie sicher in ihrem Kalender notiert. Doch der heutige Notartermin konnte ein Hinweis sein. Sie hatte den 5. August aufgeschlagen und den Termin rot umkreist gesehen, mit Namen und Adresse des Notars. Die Telefonnummer hatte Lucie schnell im Telefonbuch gefunden. Dann hatte Antonio angerufen: »Es wird leider spät werden heute Abend. Ein Wasserrohrbruch beim Fluten der Leitungen … Rechne nicht vor Mitternacht mit mir.«

Durfte sie in diesem Fall noch einmal lügen, um an die Informationen zu kommen? Schon jetzt war die Liste für die nächste Beichte deutlich länger als sonst. Sie musste, denn im Gegensatz zur Polizei konnte sie nicht einfach fragen, ob sich Madame Vanessa Blandel in einer Testamentssache an den Notar gewandt hatte – diese erfreue sich nämlich besonderer Aktualität, da besagte Dame vorgezogen hatte, zu lange in der Seine zu baden. Besonders ein Notar würde sich bei den Antworten bedeckt halten, wenn er erfuhr, dass hier die Hausmeisterin anrief. Als Madame Blandel selbst konnte sie sich auch nicht ausgeben. Dazu wusste sie zu wenig, und immer noch klang manchmal etwas ihr portugiesischer Akzent durch, wenn sie Französisch sprach.

Jetzt hatte sie ihn bewusst einsetzen können.

»Es hieß, Madame Blandel habe heute einen Termin um vierzehn Uhr«, sagte Lucie, als die Sekretärin wieder ans Telefon kam.

»Ja, da ist etwas. Georgette und Vanessa Blandel und Monsieur Lenoir. Madame Vanessa Blandel hatte davor noch um einen Beratungstermin um dreizehn Uhr gebeten. Um vierzehn Uhr fand ein Beurkundungstermin statt. Bei dem Termin um dreizehn Uhr hatte ich notiert, dass es sich um eine schwierige Erbschaftsangelegenheit handelt. Deshalb habe ich sie Monsieur Thierry zugeteilt. Der Termin wurde kurzfristig abgesagt.«

Lucie war überrascht. Wie hatte Vanessa absagen können, wo sie doch im Kühlraum der Gerichtsmedizin lag. »Wann?«

»Gestern«, sagte die Sekretärin. »Gestern hat Madame Blandel angerufen.«

Lebte Vanessa etwa noch? Aber wer war dann aus der Seine geborgen worden? War bei der Identifizierung etwa ein Fehler unterlaufen? Kommissar Legrand würde sie das direkt zutrauen. »Vanessa Blandel hat gestern angerufen?«

»Nein«, widersprach die Sekretärin. »Madame Georgette Blandel!«

Das ergab Sinn, jetzt, wo Vanessa nicht mehr lebte. Also hatte Georgette es inzwischen auch erfahren. Lucie mochte gar nicht daran denken, wie es werden würde, wenn sie ihr das nächste Mal begegnete. Sie hatte immer noch das Gefühl, für Georgettes Kinder mitverantwortlich zu sein, seit deren Vater damals ums Leben gekommen war. Die Kinder waren noch so klein gewesen. Lucie musste sich jetzt konzentrieren:

»Wissen Sie, was beurkundet werden sollte?«, fragte sie. Wollte

Georgette Vanessa etwas vererben? Warum war dann nicht Justinien dabei, sondern ein Monsieur Lenoir? War das bei dem französischen Erbrecht überhaupt möglich? Und wer war dieser Lenoir?

»Das kann ich Ihnen leider nicht sagen«, meinte die Sekretärin. Lucie seufzte.

»Aber ich kann versuchen, es in Erfahrung zu bringen.«

»Das wäre wunderbar!«, sagte Lucie und gab ihr ihre Telefonnummer. »Das ist meine Privatnummer«, fügte sie noch hinzu. »Ich arbeite nur noch Teilzeit.« Das war zumindest nicht ganz gelogen. Die Sekretärin zeigte sich angetan, dass die französische Polizei so etwas ermöglichte. Und das einer Ausländerin. Lucie wurde ganz schlecht. Sie bedankte sich herzlich und legte schnell auf.

Vielleicht hatte Said Vanessa mit dem Champagner vergiftet, den sie, Lucie, weggeschüttet hatte. Oder sie mit diesen schwarzen Tüchern erwürgt, denn das Motiv war handfest. Eine Erpressung, so wie Madame Blandel es mit der Gardienne vermutlich auch noch vorgehabt hatte. Vielleicht hatte Lucie aber auch Spuren beseitigt, die Said entlastet hätten. Ja, er war anscheinend kein unbeschriebenes Blatt, wenn Legrand von Bewährungshilfe sprach. Aber wie hätte er die Leiche wegbringen sollen? Diese Sporttaschengeschichte war doch zu albern, und Legrand verfolgte damit eine fixe Idee, die ihn nicht zum Ziel bringen würde. Der Kalender hingegen könnte Said weiter entlasten. Doch Legrand hatte ihr klargemacht, dass Lucie selbst in die Schusslinie geraten würde, wenn sie das Buch der Polizei geben würde. Ganz zu schweigen davon, wie Antonio reagieren würde, wenn er erfuhr, wie tief seine Frau schon in die ganze Sache verwickelt war, von der er noch gar nicht wusste. Heute Abend würde es auch keine Gelegenheit geben, vorsichtig zu erzählen, dass Madame Blandel im wahrsten Sinne des Wortes wieder aufgetaucht war.

Draußen ging die Tür zum Treppenhaus. Lucie sah Monsieur Rosenberg mit Fifi, auf dem Weg zum Mittagessen bei *Chez Marianne*. Fifi blieb kurz stehen, um Wasser aus dem Napf zu trinken, den Lucie ihm bei dem Wetter in den Hof gestellt hatte. Normalerweise wäre sie herausgekommen, um ein paar Worte mit beiden zu wechseln, nein, um Fifi zu streicheln und mit Monsieur Rosenberg über das Wetter, die Politik oder die Kunstszene zu sprechen. Jetzt aber ging sie schnell in die Küche, um nach der Waschmaschine zu sehen. Viel Zeit blieb ihr nicht bis dreizehn Uhr. Lucie öffnete die Trommel und erschrak.

Vor ihr lag ein nasser, rosa gefärbter Haufen. Und dann sah sie die Ursache: Sie hatte eine rote Unterhose der Zwillinge in der Trommel vergessen.

Die kleinen Sünden bestraft der liebe Gott sofort, dachte Lucie und seufzte.

Silvie hatte Martine angerufen und ihr mitgeteilt, dass Justinien sie um vierzehn Uhr sprechen wollte.

»Nanu, ist denn schon Freitag?«, konnte Martine sich nicht verkneifen. Hatte Bill vielleicht schon heute Morgen angerufen, um zu fragen, was das Controlling-Projekt mache? Aufgrund der Zeitverschiebung war das eigentlich nicht möglich. Aber vielleicht direkt nach dem Gespräch mit Martine gestern. Schlappschwanz, dachte sie. Sie verachtete Justinien dafür, dass er auf Druck mit sofortigem Gehorsam reagierte. Wie damals, als ihn diese kleine Apothekenhelferin unter Druck gesetzt hatte. Martine hatte ihn immer anders sehen wollen. Als geradlinigen Menschen, der einem stärkeren Wind standhalten konnte.

Als sie sein Büro betrat, stand er auf und kam hinter seinem Schreibtisch hervor. Er bat sie in die Besprechungsecke an den runden Verhandlungstisch und nahm erst Platz, als sie sich gesetzt hatte. Diese perfekten Manieren im Gegensatz zum gestrigen ausfallenden Auftritt machten sie argwöhnisch. Noch mehr irritierte sie allerdings, dass sein Verhalten bei ihr Wirkung zeigte und sie milder stimmte. Als sie ihn kennengelernt hatte, waren es unter anderem seine vollendeten Umgangsformen gewesen, die sie fasziniert hatten. Martine bemerkte, dass Justinien immer noch nicht besser aussah. Er hatte dunkle Ringe unter den Augen. Ob seine Tochter krank war? Wenn Bill, ihr Mentor, vor ihr sitzen würde, würde sie nach seinen Kindern fragen. Bei ihm war ihr das Befinden seiner kleinen Nervensägen völlig gleichgültig. Bei Justinien hingegen war ihr nichts egal. Immer noch nicht. Und sie hatte doch so sehr an ihrer professionellen Fassade gearbeitet. Sie wollte ihn fragen, wie es ihm ging. Doch sie widerstand der Versuchung. Es war an ihm, persönlichere Töne anzuschlagen und sich zu entschuldigen. Sie würde das heutige Gespräch rein auf der professionellen Ebene führen. Schon allein um einem Ausbruch wie dem gestrigen vorzubeugen.

Heute hatte sie auch keine Präsentation dabei. Sie würde die Informationen für ihn nicht mehr so aufbereiten, wie er sie am besten aufnehmen konnte. Jetzt würde er sich auf ihren Stil einstellen müssen. Sie hatte genug Kooperationsbereitschaft bewiesen. Den Job als Controllerin konnten ihr, wenn nötig, auch andere beschaffen. Martine wartete, dass Justinien beginnen würde, Fragen zu stellen. Er würde auf dem Laufenden sein wollen, wenn die Amis nach dem Status des Projektes fragten. Nachdem er jedoch immer noch nichts sagte, begann sie:

»Das Einstellungsteam ist seit heute Morgen komplett und

hat angefangen zu arbeiten. Sie kontaktieren die Unis und schalten Anzeigen.« Martine war gespannt, wie Justinien auf ihren Alleingang reagieren würde, denn sie hatte ohne seinen Auftrag und ohne seine Kenntnis begonnen, ihr Projekt allein durchzuziehen. Wenn er sie dafür zurechtweisen würde, könnte sie mit Recht behaupten, dass er sich gegen den Fortgang des Projektes stelle. Doch er schlug nur ein Bein über das andere, faltete die Hände und stützte sich mit einem Ellbogen auf die Tischplatte.

»Ich habe zwei Spezialisten aus Paris nach Sofia geschickt und aus der bulgarischen Personalabteilung drei weitere Mitarbeiter bekommen. Nun müssen Controlling-Mitarbeiter aus jedem Land ausgesucht werden, die die neuen Kollegen in Sofia trainieren.«

Spätestens an dieser Stelle rechnete sie zumindest mit Rückfragen, doch er schwieg. Er blickte auf seine Hände, und seine Stirnfalte wirkte tiefer denn je.

»Ich gehe von vier bis sechs Wochen Training aus. Für die Mitarbeiter, deren Aufgaben verlagert werden, müssen neue Jobs gefunden werden.«

Und das war schwer. Martine fragte sich, was Justinien Peter Smith sagen würde, wenn der fragte, wie sie das bewerkstelligen wollten. In den USA konnte man in diesem Fall Mitarbeiter einfach entlassen.

»Ich habe eine Anfrage bei der Rechtsabteilung laufen«, fuhr sie fort, »die überprüfen, inwieweit wir Auflösungsverträge anbieten können. Gleichzeitig lasse ich berechnen, was uns solche Aufhebungsvereinbarungen kosten würden.« Martine war stolz darauf, dass sie auch hier vorausschauend dachte, doch Justinien reagierte nicht darauf. Er hatte begonnen an seinem Ehering zu drehen. Ja, darum drehte sich ja alles bei ihm. Sie wurde ärgerlich, weil sie den Eindruck hatte, dass er ihr gar nicht zuhörte. Er war hier schließlich auch gefordert. Es ging um seine Organisation! Und wenn alles gut ging, würde das zu einer Reduzierung der Kosten um fast zwanzig Prozent führen und die gesamte Profitabilität wieder sicherstellen.

»Von dir brauche ich die Unterstützung der Controller der einzelnen Länder und dafür so schnell wie möglich eine Telefonkonferenz. Allerspätestens am Freitag.«

So direkt angesprochen, zeigte er nun doch wenigstens eine Reaktion. »Also Freitag.« Er sah sie an. »Was willst du von Peter Smith, Martine?«

Mit dieser Frage hatte sie nicht gerechnet. Bevor sie anfangen konnte nachzudenken, welche Antwort darauf klug oder angemessen wäre, sagte sie: »Bill meinte, ich sollte ihn kennenlernen.«

»Aha«, sagte Justinien und sah wieder auf seine Hände. »Dann lass dich von Silvie auf die Agenda setzen.«

Er sah sie an und wirkte auf einmal sehr müde. »Wenn es dir um den Controller-Job geht, ist das unnötig. Wir haben dich schon vor drei Wochen darauf geplant.«

Sie wusste nicht, wie sie reagieren sollte. Zu dementieren hätte sie nicht angemessen gefunden. Es ohne Erklärung stehen zu lassen, war nicht einfach. »Danke«, sagte sie schließlich, und es kostete sie Überwindung.

Er schien sich auch überwinden zu müssen.

»Wegen gestern«, begann er, »es ist wohl im Moment etwas viel alles …« Er sah in die Ferne. Silvie stecke ihren Kopf zur Tür herein.

»Monsieur Bourdon ist da …«

»Gleich!«

Silvie verzog sich.

»Martine, meine Frau ist tot. Seit Sonntag. Ich möchte im Moment nicht mehr dazu sagen, doch ich finde, du solltest das wissen.«

Lucie war in der Mittagshitze losgerannt, zu *Monoprix*, um Entfärber zu kaufen. Auf dem Rückweg über die Rue St. Antoine fiel ihr ein, dass sie noch kein Geschenk für Antonio für den morgigen Hochzeitstag hatte. Sie beschloss, ihm einen Geschenkkorb bei *Lenôtre* zu bestellen. Das war zwar nicht sehr einfallsreich und würde sie wertvolle Zeit kosten, aber Antonio würde sich freuen, und vielleicht konnte sie den morgigen Tag mit ihm nutzen, um in Ruhe über all das, was geschehen war, zu sprechen. Lucie ging in Richtung Bastille und bog links ab, als sie an den kleinen Platz kam, wo immer noch der kaputte Motorroller unter den Platanen stand.

Als sie das Delikatessengeschäft betrat, kam ihr angenehm kühle Luft entgegen. Die gepflegte Dame mit der weißen Schürze hinter der Theke nahm Lucies Bestellung entgegen. *Foie gras*, Champagner, Porto, Trüffelpralinen, Hartwurst, Likör, Hartkäse. Als Lucie die Kuchen, Torten und Törtchen in der Auslage sah, wurde sie schwach und gab noch eine exotische Fruchttorte und ein *Mille-feuilles*-Praliné in Auftrag. Morgen sollte ein genussvoller und süßer Tag werden! Beim Anblick der köstlichen Speisen bemerkte sie, wie hungrig sie war, und nahm ein Lachssandwich und einige *macarons* mit, die sie selbst als Nachtisch essen wollte. Geschenkkorb und Torten wollte sie am Abend um achtzehn Uhr abholen. Das passte gut, denn Antonio würde ja sehr spät kommen.

Ihr Sandwich kauend, mit den *macarons* in der Tasche, verließ sie das Delikatessengeschäft und wandte sich nach links, um über die Rue des Tournelles zurück nach Hause zu gehen.

Les Coiffeurs de la Rue, der Frisörsalon von Jean-Bastian, war erst kürzlich vergrößert worden, und Lucie bestaunte die geschmackvolle Inneneinrichtung hinter der großen Glasfront. Das Mauerwerk an der Wand war freigelegt worden, und der grobe Kalksandstein bildete einen gelungenen Kontrast zu dem eleganten Holzfußboden. Terrakottatöpfe mit saftig frischen Grünpflanzen standen auf blank polierten Stahlsäulen. Die Holzstühle vor den Spiegeln waren gepolstert und wirkten gemütlich. Der ganze Raum war großzügig und schien angenehm kühl. Jean-Bastian unterhielt sich gerade mit einer jungen Dame an der Kasse, und auch seine Angestellten waren mit Kundinnen zugange. Die rothaarige Dame verabschiedete sich, und Jean-Bastian geleitete sie zur Tür. Lucie war immer wieder angetan von seinen Umgangsformen. Vanessa hatte am Tag vor ihrem Verschwinden einen Termin bei ihm gehabt. Kurz entschlossen betrat Lucie den Salon, während ihr einfiel, dass sie sich wieder erst hätte spritzen müssen, bevor sie das Sandwich hätte essen dürfen. Bei den *macarons* würde sie es besser machen. Die mussten sowieso erst in den Kühlschrank.

Als Jean-Bastian Lucie erkannte, begrüßte er sie herzlich und fragte, wie es Antonio gehe. Antonio hatte vor zehn Jahren in dem Salon die ersten Installationstätigkeiten erledigt und Jean-Bastian war hochzufrieden mit seiner Arbeit gewesen. Auch beim jetzigen Umbau war Antonio dabei gewesen und hatte erzählt, wie angetan Jean-Bastian von seiner Zuverlässigkeit, Pünktlichkeit und Präzision gewesen war. Lucie dankte der Nachfrage. »Wir haben morgen Hochzeitstag«, erzählte sie. Er warf einen Blick in seinen Terminplan. »Das ist natürlich etwas kurzfristig, aber keine Angst«, sagte Jean-Bastian, »wir kriegen das hin. Sie haben Glück. Gerade hat mir eine Kundin abgesagt.« Er gab seiner Assistentin den Auftrag, ihr schon mal die Haare zu waschen.

»Haare waschen?«, fragte Lucie entgeistert.

»Ein Trockenschnitt ist bei der Struktur nicht möglich«, erwiderte Jean-Bastian entschieden. »Außerdem brauchen Ihre Haare dringend eine kleine farbliche Auffrischung. Da vorne am Fenster ist ein Platz frei. Ich bin gleich wieder da.« Er machte Anstalten, im hinteren Raum zu verschwinden.

»Jean-Bastian, ich will keine Auffrischung. Ich wollte Ihnen nur ein paar Fragen stellen, zu Vanessa Blandel.«

»*Mon Dieu!*«, rief er aus. »Wie lange sind Sie nun verheiratet?«

»Zweiundvierzig Jahre. Was hat das mit Vanessa zu tun?«

»Valérie«, wendete er sich an seine Assistentin. »Einmal durchspülen mit SOS-repair und dann die Extreme drauf, fünf Minuten einwirken lassen. Gut durchspülen. Dann rufst du mich«, und er eilte ins Nachbarzimmer.

Lucie ergab sich in ihr Schicksal, sonst würde mit Jean-Bastian wohl kein vernünftiges Wort zu wechseln sein. Es dauerte eine Weile, bis Valérie sie von allen Haarnadeln befreit hatte, aber dann genoss Lucie das warme Wasser auf der Kopfhaut und die anschließende Massage. Mit einer kühlen Kompresse aus Zitronenmelisse ließ sie sich völlig entspannt vor dem Spiegel in den bequemen Stuhl direkt am Fenster sinken und betrachtete draußen die Spatzen, die neben einem parkenden roten Motorroller Brotkrümel aufpickten.

»Was machen wir denn?« Jean-Bastian war hinter ihr aufgetaucht, griff nach einem Kamm mit groben Zinken, kämmte ihr langes Haar, fuhr mit den Fingern hindurch, und seine Augen begannen verdächtig zu glitzern.

»Nur die Spitzen schneiden«, sagte Lucie bestimmt.

»Sie würden bestimmt auch mit einem Pagenkopf hinreißend aussehen«, schwärmte der Frisör. »Es ist schade, dass Sie diese Haarpracht in einem Dutt verstecken!«

»Sie meinen wie die Frisur von Madame Blandel?«

»Nein, die Farbe von Madame Blandel bekommen Sie nicht von mir!«, sagte er entschieden. »Das würde Ihre Haare viel zu sehr strapazieren! Bei Ihnen dachte ich mehr an eine Auffrischung des weißen Grundtons mit einem Hauch von Lila-Glanz.«

Augenblicklich dachte Lucie an die Wäsche mit einem Hauch von Rosa. Es war bereits deutlich nach dreizehn Uhr, und sie hätte Monsieur Rosenberg die Hemden wie versprochen schon lange an die Tür hängen müssen. Andererseits würde der Pianist sich bestimmt nicht vor siebzehn Uhr für das Konzert ankleiden, und sie musste dringend mehr über Vanessas Tod herausfinden. »Vanessa Blandel war am einunddreißigsten Juli bei Ihnen?«

Jean-Bastian überlegte. »Das könnte hinkommen«, sagte er. »Dieses Platinblond hat ihre Struktur gekillt. Aber sie hat darauf bestanden. Ich hatte ihr geraten, noch ein paar Monate zu warten.« Er schüttelte wieder den Kopf. »Sieht es sehr schlimm aus?«, fragte er besorgt.

»Ja«, sagte Lucie.

»Bei Ihnen werde ich mich durchsetzen«, verkündete Jean-Bastian. »Sie gehen mit einer vernünftigen Frisur hinaus!«

Er begann Strähnen abzuteilen und hochzustecken.

»Nur die Spitzen schneiden«, wiederholte Lucie, dieses Mal eine Spur schärfer. Nachdem das Thema Frisur für sie erledigt war, wollte sie nun endlich zum Grund ihres Besuches kommen. »Jean-Bastian, als Vanessa das letzte Mal hier war, war sie da irgendwie anders?«

Nachdem er alle oberen Haare hochgesteckt hatte, kämmte er die unterste Schicht und zückte die Schere.

»Nein«, sagte er. »Sie wollte wieder nur diesen kurzen Pagenschnitt. Mit Dauerwelle und Strähnen. Platinblond.«

»Nur die Spitzen!«, sagte Lucie. »Ich meine sonst so«, fuhr sie fort, »hat sie über irgendetwas Wichtiges gesprochen?«

Jean-Bastian nahm die unterste Strähne zwischen Zeige- und Mittelfinger und schnitt routiniert an der Kante seiner Finger entlang. »Ich habe doch so ein schlechtes Gedächtnis«, sagte Jean-Bastian. »Ich kann mir nie merken, was meine Kundinnen mir erzählen …« Zehn Zentimeter ihres nassen Haares fielen auf den Boden.

»Vanessa Blandel wurde ermordet.« Lucie sah, dass es wirkte. Jean-Bastian wäre fast der Kamm aus der Hand gefallen.

»Was?« Er blickte Lucie durch den Spiegel an. »Wie? Wann? Warum?«

»Das versuche ich ja gerade herauszufinden.« Lucie griff nach ihrer Tasse Espresso. »Und ich dachte, Sie könnten mir dabei behilflich sein …«

»Wer hat sie denn gefunden?«

»Touristen. In der Seine.« Lucie trank einen Schluck.

Jean-Bastians Augen weiteten sich. »Und wie lange hat sie dort gelegen?«

»Wahrscheinlich von Freitag bis Sonntag.«

»*Mon Dieu!*«, rief Jean-Bastian und hätte sich fast mit der Hand, in der sich die Schere befand, an den Mund gefasst. »Die Haare müssen grün gewesen sein! Ich habe ihr so abgeraten … Aber sie wollte auf die Dauerwelle …« Er schwieg entsetzt. Dann fing er sich wieder und nahm die nächste Strähne zwischen Zeige- und Mittelfinger. Er schnitt, und eine lange Haarsträhne fiel zu Boden.

»Nur die Spitzen!«, sagte Lucie.

»Ja, natürlich.« Jean-Bastian teilte eine neue Strähne ab. Lucie war immer wieder erstaunt, wie schön es war, ihm beim Schneiden zuzusehen. Jean-Bastian und seine Schere wurden eins, und man konnte sich diesen Mann in keinem anderen Beruf vorstellen. »Warum?«, fragte er.

»Vielleicht kann Ihr Gedächtnis in diesem Fall eine Ausnahme machen?« Lucie lächelte ihn auffordernd an.

»Wenn wir danach noch eine kleine Tönung hineingeben, glänzt Ihr Haar auch wieder stärker …« Jean-Bastian schien ganz in das Schneiden der Haare vertieft.

»Okay.« Lucie gab nach.

»Erst war nichts Besonderes dabei«, sagte er. »Ich glaube, es ging mal wieder darum, dass sie ihre Schwiegermutter vom betreuten Wohnen in so einer noblen Appartementanlage im Südwesten von Paris überzeugen wollte und dass ihr Mann so täte, als sei er der einzige arbeitende Mensch der Welt. Neu war, dass sie sagte, die Vater-Mutter-Kind-Zeit sei jetzt vorbei. Ihre Tochter sei über den Sommer in England. Sie selbst wollte noch eine Geldangelegenheit klären und dann erst verreisen.«

Das war es. Lucie spürte, dass sie auf Gold gestoßen war. »Was für eine Geldangelegenheit war das?«

Jean-Bastian überlegte. »Das hat sie nicht gesagt …«

»Eine Erbschaft?« Lucie bekam vor Aufregung einen trockenen Mund.

Jean-Bastian schüttelte den Kopf. »Ich glaube nicht. Ich glaube, es ging um mehr als um Geld. Sie wirkte verletzt und trotzig zugleich. Und so, als ob sie jemandem etwas beweisen müsse.« Jean-Bastian hatte aufgehört zu schneiden. »Ich kann Ihnen das nicht besser beschreiben. Aber wenn Sie fragen, was anders war: Sonst wirkte Madame Blandel auf mich sehr pragmatisch und nutzenorientiert.« Eine Falte bildete sich auf seiner Stirn. »Vom Gefühl her würde ich sagen, sie stand vor einem alles entscheidenden Schritt. Und dabei wirkte sie fast fatalistisch.« Seine Augen weiteten sich, und die Schere in seiner Hand war vergessen. »Als ahnte sie schon ihren Untergang.«

Dieser Affentanz ist doch albern, dachte Georgette. Warum scheute sie sich so davor, ihre Mitarbeiterinnen über Vanessas Tod zu informieren? Es waren wohl die Umstände. Und die Befürchtung, was die sensible Marie daraus machen würde. Ein Ohnmachtsanfall hätte Georgette nicht in Erstaunen versetzt. Doch seit Justinien Georgette gestern Abend informiert hatte, waren viele Stunden vergangen, in denen die Kriminalpolizei sicherlich fleißig recherchiert hatte. Das bedeutete, sie würden sich einen Eindruck vom Arbeitsumfeld des Opfers verschaffen wollen. Jeden Moment konnte ein Commissaire hereinkommen und unangenehme Fragen stellen. Sie war es Marie und Isabelle schuldig, sie rechtzeitig zu informieren, bevor die Polizei von den beiden Mitarbeiterinnen sinnvolle Antworten auf seltsame Fragen erwartete. Georgette seufzte. Sie saß in ihrem kleinen Büro hinter den Verkaufsräumen und hatte schon zehn Minuten keinen Kundenverkehr mehr gehört. Der Zeitpunkt war gekommen. Sie ging rüber ins Labor, wo Isabelle offensichtlich eine Creme mischte und Marie mit dem Mörser zugange war. Hier war es ein paar Grad kühler.

»Hättet ihr einen Moment Zeit, in mein Büro zu kommen? Es geht um Vanessa.«

Die beiden legten augenblicklich die Arbeit nieder, und Georgette meinte zu spüren, wie sie hinter ihrem Rücken Blicke tauschten.

»Setzt euch«, sagte sie, als Marie und Isabelle im Büro standen. Isabelle nahm auf dem gepolsterten Stuhl ihr gegenüber

Platz, Marie öffnete den hellen Holzklappstuhl, der an der Wand gelehnt hatte.

Georgette hätte es bevorzugt, wenn die sensiblere der beiden auf dem robusteren Stuhl gesessen hätte. Dabei hatten sich die beiden Frauen gestern doch noch gewünscht, Vanessa solle nie wiederkommen, und dieser Wunsch war nun im Handumdrehen erfüllt worden … Vermutlich reagierten sie dankbar auf die Nachricht.

»Was ist mit Vanessa?«, fragte Isabelle. Auch Marie sah Georgette mit erwartungsvollen Augen an.

»Sie wurde gefunden«, antwortete Georgette. Maries Miene verdunkelte sich leicht, Isabelle wirkte aufmerksam interessiert.

»Am Sonntagmittag. In der Seine.«

»Ist da denn Baden erlaubt?«, fragte Marie.

Als ob Verbote für Vanessa ein Thema gewesen wären. Selbst grobe Gesetzesverstöße hätte ihre Schwiegertochter in Kauf genommen, um eigennützige Ziele durchzusetzen.

Maries Pupillen verengten sich plötzlich. Sie hatte verstanden.

»Weiß man mehr zu den Hintergründen?«, fragte Isabelle.

Marie war aschfahl.

»Tief ausatmen!«, befahl Georgette. Sie goss schnell etwas aus der *Evian*-Flasche, die auf dem Schreibtisch stand, in das danebenstehende Glas und reichte es Marie. »Trink!«

Maries Hand zitterte stark, als sie das Glas zum Mund führte. Sie nahm kleine Schlucke.

Als Georgette den Eindruck hatte, den Ohnmachtsanfall abgewehrt zu haben, wendete sie sich an Isabelle.

»Mein Sohn hat mich gestern Abend in Kenntnis gesetzt. Die Polizei hat sich der Sache angenommen. Ich rechne damit, dass sie auch hierherkommen werden. Den Stand der Ermittlungen kenne ich nicht.«

In dem Moment klingelte die Ladenglocke.

»Ich gehe schon«, meinte Isabelle und erhob sich.

Marie sah Georgette an. »Mein Beileid«, sagte sie.

»Danke«, sagte Georgette. Das gehörte wohl auch dazu.

Diese ganzen Beileidskarten, die sie nach Sophies Tod bekommen hatte. Die Leute wussten gar nicht, wovon sie sprachen, wenn sie das Wort Leid in den Mund nahmen. Das Bild der toten Sophie tauchte vor Georgette auf, wie sie in dem Bett lag und die Haut immer mehr wie Wachs aussah. Es war eine Erlösung gewesen, und Georgette hasste das Schicksal dafür. Florine fiel ihr ein, die sie gestern Abend nicht erreicht hatte. Ob Justinien schon mit ihr gesprochen hatte? Sie hoffte es. Georgette nahm den Hörer in die Hand und bemerkte dann, dass Marie immer noch im Zimmer saß.

»Geht es wieder?«, fragte Georgette, doch der Klang ihrer Stimme war nicht mitfühlend, sondern ungeduldig, wie sie selbst merkte, und das verfehlte seine Wirkung nicht.

Marie erhob sich langsam. »Ich gehe dann ins Labor«, sagte sie, und Georgette nickte.

Als sie allein war, wählte sie Florines Nummer. Heute Abend war eine *conférence* mit John Neumeier im Palais Garnier. Trotz Sommerpause. Dorthin wollte sie Florine mitnehmen. Die Liebe zum Ballett war doch etwas, das sie beide verband. Darauf konnte man aufbauen. Georgette dachte daran, dass Florine sie von allen ihren Kindern am wenigsten gefordert hatte. Als Mittlere war sie einfach mitgelaufen. Je mehr du für ein Kind geben musst, je mehr schlaflose Nächte du seinetwegen hast, desto mehr wächst es dir ans Herz. War das nicht seltsam? Oder war Sophie Georgette einfach ähnlicher gewesen als ihre sanfte ältere Schwester, die Georgette als Kind und Jugendliche manchmal zu langsam und umständlich gewesen war?

Zu Hause meldete sich nur der Anrufbeantworter. Georgette wählte die Handynummer.

Wie viel hatten Sophie und Justinien ihr abverlangt. In irgendeiner Weise hatten sie wohl alle mit dem Tod von Vanessa zu tun. Nur Florine nicht. Ein Grund mehr, sich heute einen schönen Abend mit ihr zu machen und zu erfahren, wie es um Justinien stand.

»*Oui?*«, meldete sich Florines Stimme.

»Ich bin's«, sagte Georgette, »hat Justinien dich erreicht?«

»Ja«, sagte Florine, und es klang, als wisse sie Bescheid. Georgette war erleichtert, dann musste sie am Telefon nicht viele Worte darum machen.

»Ich habe Karten für John Neumeier heute Abend«, sagte sie. »Kommst du mit?«

Diese Untergangsgeschichte war wohl Jean-Bastians Künstlernatur zuzuschreiben. Doch das Thema eines entscheidenden Schrittes, den Vanessa tun wollte, ließ Lucie nicht mehr los. Wem wollte Madame Blandel etwas beweisen? Was genau wollte sie denn beweisen? Eine Aussage, viel zu vage, als dass sie damit wirklich etwas hätte anfangen können. Dennoch fühlte es sich so an, als sei dies die richtige Spur, die es zu verfolgen galt. Leider hatte Lucie für diese Information eindeutig zu viel bezahlt. Sie würde fast zwanzig Stunden bügeln müssen, um das Geld wieder reinzuholen. Das war aber noch gar nichts im Vergleich zu dem, was sich jetzt auf ihrem Kopf befand. Jean-Bastian hatte recht behalten. Ihr weißes Haar leuchtete jetzt lila. Zudem waren die Haare nun mindestens fünfzehn Zentimeter kürzer, ließen sich aber Gott sei Dank noch zu einem Dutt hochstecken. Wo Antonio ihre langen Haare doch so sehr liebte. Lucie mochte sich seinen Blick gar nicht vorstellen. Wie gut, dass er heute erst im Dunkeln nach Hause kommen würde.

Lucie bog eilig um die Ecke der Rue du Pas de la Mule auf die Place des Vosges. Was konnte dieser entscheidende Schritt Vanessas gewesen sein? Gab es einen Zusammenhang mit ihrer Ermordung? Der Weg quer über den Platz war der kürzeste. So dicht, wie der Rasen mit Jugendlichen und Touristen bevölkert war, musste es nach drei Uhr sein. Lucie blickte auf ihre Taschenuhr. *Mon Dieu!* Kurz nach vier! Dabei war es noch so heiß! Kiesel knirschten unter ihren eiligen Schritten. Fast wäre sie über einen kleinen Jungen gestolpert, der einem Ball hinterherrannte.

Hoffentlich hatte Monsieur Rosenberg seine Hemden noch nicht vermisst. Das galt es nun als Erstes in Ordnung zu bringen. Alles Weitere würde sie später lösen müssen und das Risiko eingehen, dass Legrand mit der Spurensicherung in Blandels Wohnung stand, bevor sie selbst den Mörder dingfest gemacht hatte. Wie lange würden sie dann für die Auswertung der Spuren brauchen? Wie lange hatte sie noch Zeit, bis der Kommissar feststellen würde, dass Lucie in der Wohnung gewesen war? Sie öffnete das große Eichenportal, danach die Tür zu ihrer Loge und eilte durch das Wohn- und Esszimmer in die Küche.

Schwungvoll riss sie die Entfärberpackung auf, und ein Teil des Pulvers landete auf der Waschmaschine. »*Zut alors!*« Jetzt ganz ruhig, dachte sie. Mit zitternden Händen faltete sie die Anleitung auseinander und legte sie auf der Waschmaschine ab. Dann las sie laut vor, was zu tun war, und befolgte jeden Schritt. Das Pulver war genau für eine Wäschetrommel bemessen, daher kehrte sie auch noch die verschütteten Reste zusammen und ließ sie in die Waschmittelschublade rieseln. Sie stellte dreißig Grad ein und startete das Programm.

»So eine Hektik«, schimpfte Lucie, »und das alles, weil dieser sensible Künstler nicht in einem Rollkragenpullover spielen kann!«

Erschöpft ließ sie sich auf einen Stuhl am Esstisch fallen. Dabei bemerkte sie das Blinken des Anrufbeantworters. Drei neue Nachrichten. Alle von derselben Nummer. Monsieur Rosenberg, wie sie unschwer erkennen konnte. Sie wollte gerade den Knopf drücken, um das Band abzuhören, als das Telefon klingelte und sie mit Monsieur Rosenberg verbunden war.

»Wo sind meine Hemden?«, brüllte er ins Telefon.

»In der Waschmaschine«, erwiderte Lucie wahrheitsgemäß.

»Was?« Der Pianist japste hörbar nach Luft, und Lucie nutzte den Moment, um einen Vorschlag zu unterbreiten.

»Es tut mir leid. Treten Sie doch in einem schwarzen Rollkragenpullover auf. Das ist doch auch sehr klassisch und gleichzeitig *en vogue.*«

»Bei sechsunddreißig Grad im Schatten?«, krächzte Monsieur Rosenberg, und Lucie durchzuckte der Gedanke, dass er besser seine Stimme schonen sollte, doch dann besann sie sich, dass er ja nur Klavier spielen musste.

»Ein T-Shirt mit V-Ausschnitt? In Schwarz. Das ist Ihre Farbe!« Sie wollte schon mal vorbauen, sollte das mit dem Entfärben nichts werden. Schwarze Hemden waren für einen Künstler bestimmt tragbarer als rosa. Andererseits war Letzteres die Farbe der Noblesse.

»Was halten Sie eigentlich von Rosa?«, fragte sie vorsichtig, als am anderen Ende der Leitung kein Wort mehr zu hören war.

»Lucie!«, brüllte der Künstler, nun wieder ganz bei Stimme. »Ich werde jetzt zu Ihnen kommen und mir das Hemd für heute Abend persönlich bügeln, wenn Sie dazu nicht in der Lage sind! Aber das wird für Sie ein Nachspiel haben, das verspreche ich Ihnen!« Und damit knallte er den Hörer auf die Gabel.

Eine *conférence* mit John Neumeier … Florine Dupont betrachtete den Postberg auf ihrem Schreibtisch. Sie hatte mechanisch den Briefkasten geleert und warf nun die neuen Wurfsendungen auf den vorhandenen Stapel. Zwei Kuverts rutschten herab und fielen zu Boden. Sie überlegte, alles ungelesen in den Müll zu werfen. Das würde jedoch Mahnungen nach sich ziehen und noch mehr Briefe. »*Ma sage femme*«, hatte Jacques sie genannt. Als liebevolles Wortspiel mit ihrer Tätigkeit als Hebamme, die auch Berufung war. Um auszudrücken, dass er sie für eine *kluge* Frau hielt, wie sie dachte. Was war sie doch naiv gewesen. Langweilig war sie ihm wohl geworden, *sage* im Sinne von *brav*, nicht *klug*.

Den Speicher des Anrufbeantworters konnte sie jedenfalls löschen. »Hi, Florine, ich würde gerne heute mit dir …« Ihre beste Freundin Camille. Florine drückte weiter. »Hallo, Florine, ich wollte dir erzählen …« Julie. Sie löschte auch diese Nachricht sofort. »Guten Tag, Madame Dupont …« Weiter. »Florine, ruf mich doch bitte mal …« Camille. »Tante Florine, kannst du mich bitte …« Julie. »Florine, warum rufst du nicht mehr an …« Noch mal Julie. Florine ging das Band durch, bis sie alle zehn Nachrichten gelöscht hatte. Dann schaltete sie den Anrufbeantworter aus und zog das Telefonkabel aus der Buchse. Wieso wollte ihre Mutter heute Abend mit ihr ausgehen? Das war schon lange nicht mehr vorgekommen. Genauer gesagt, seit Jacques Tod nicht mehr. Litt sie auch so sehr unter der Einsamkeit, dass sie hätte schreien mögen? Oder hatte es etwas mit Justiniens Frau zu tun, die von Georgette sonst duldsam ignoriert wurde? So wie lästige Insekten, die leider zum Leben dazugehörten, von denen man sich aber den Sommer nicht verleiden ließ. Florine wünschte sich manchmal den lebenstüchtigen Pragmatismus ihrer Mutter. Ob sie ihn heute Abend ertragen könnte? Vermutlich hatte Georgette schon eine Lösung für Justinien und Julie parat.

Vom Schreibtisch lächelte sie das fröhliche Kindergesicht aus dem roten Bilderrahmen an. Das Foto war letztes Jahr in Disneyland entstanden. In der Warteschlange vor Peter Pan. »Ich will nach Nimmerland mit dir fliegen, und du bist meine Wendy«, hatte Julie begeistert ausgerufen. »Und da spielen wir dann bis zum Ende der Ferien!«

Wie gern wäre Florine das gewesen. Einen kurzen Augenblick sonnte sie sich in dieser Leichtigkeit.

»Deine Eltern würden dich aber sehr vermissen, mein Schatz«, hatte sie dann gesagt und dabei an Justinien gedacht.

»Papa nehmen wir mit«, hatte Julie laut überlegt. »Glaubst du, der könnte Peter Pan sein?«

»Ja, das würde ihm guttun«, hatte Florine lächelnd beigepflichtet und sich ihren Bruder ohne seine ernste Stirn und seinen fordernden Job vorgestellt.

»Ich glaube eigentlich nicht.« Julie kletterte auf die Stange, die den Strom der wartenden Zuschauer lenkte. »Der hat keine Zeit, weil er Geld verdienen muss.« Julie klemmte die Stange zwischen die Knie und ließ sich kopfüber hängen. »Und Maman hat keine Zeit, weil sie Geld ausgeben muss …«, plauderte sie munter weiter. »Essen wir später Zuckerwatte?«

Florine war kurz erstarrt, ihre eigenen Gedanken aus diesem Kindermund zu hören. Julie merkte doch hoffentlich nicht, wie wenig ihre Tante von Vanessa hielt. Doch genauso schnell, wie das Thema zu einem solchen geworden war, war es auch wieder vergessen.

Nach dem unbeschwerten Tag hatte Florine Julie jedoch wieder bei ihr abgeben müssen – bei der Mutter, die keine war – und mit dem Leben und seinen Ungerechtigkeiten gehadert.

Florine starrte auf den Stapel Briefe. Ende der Woche würde es noch schwerer werden, die Tür hinter sich zu schließen. Sie nicht zu öffnen. Sich zurückzuziehen, wenn ein Kind kam, das mit ihr Puzzle spielen wollte. Mensch ärgere dich nicht. Ein Kind, das die Verlockung mit sich brachte, Familie zu spüren, nachdem ihre eigene gestorben war.

Die roten Umschläge waren leicht von den anderen zu unterscheiden. Florine öffnete einen der beiden und überflog die Zeilen. Dabei lag ein gemaltes Bild, das ein Pferd auf einer Koppel unter einer großen Sonne darstellte.

Sie würde ihrer Mutter absagen. Sie musste erst Klarheit über die Situation gewinnen.

Jahrelang hatte Julie darum gebeten, Reiten lernen zu dürfen, doch Vanessa hatte keine Lust gehabt, sich darum zu kümmern. Letztes Jahr hatte Florine sich eine Woche Urlaub genommen und war mit ihrer Nichte in die Bretagne gefahren, auch um selbst Trost zu finden. Julie hatte gestrahlt, als sie stolz auf dem Pony saß.

Florine riss den anderen Brief auf. Weitere Bilder und der Wunsch, ihre Tante möge doch mal wieder schreiben oder anrufen. Im letzten Brief die Frage, ob Florine nicht mehr an sie denke. Florine ließ das Blatt Papier sinken. Neben ihr im Regal standen die Kisten, in denen sie alle Bilder und Briefe von Julie aufbewahrte.

Nicht an dich denken, Kind? Ich denke an nichts anderes …

Lucie sah auf ihre alte Taschenuhr. Halb fünf. Dann packte sie ihre Handtasche, den Schlüssel und eilte aus der Wohnung. Auf der Place des Vosges würde sie untertauchen können. Wie gerade eben erlebt, war er um diese Zeit dicht bevölkert. Wenn Monsieur Rosenberg sie hier suchen wollte, wäre Lucie die berühmte Nadel im Heuhaufen – zumal mit ihrer neuen Haarfarbe, die noch keiner kannte. Allerdings handelte es sich dabei nicht gerade um Tarnfarbe. Sicherheitshalber ging Lucie bis an das andere Ende des Parks, fand glücklich ein kleines freies Plätzchen auf der Bank unter den Platanen und ließ sich darauf nieder. Neben ihr saß ein älterer Herr, der *Le Monde* las, und daneben eine junge Mutter, die ihrem Kind beim Aufsammeln der kleinen Kieselsteine zusah. Lucie hatte den Eindruck, es habe sich ein wenig abgekühlt, aber vermutlich fröstelte sie nur, weil sie sich in ihrer eigenen Hausmeisterloge nicht mehr sicher fühlte. Das Rasenstück vor ihr war leer. Eine Art Zaun aus zu Halbkreisen gebogenen Eisenstäben umsäumte das Grün und trennte es von dem Kiesweg davor. Die Wiese weiter hinten war vom Parkwächter heute freigegeben worden, und man hätte meinen können, es handele sich um die Liegefläche einer gut besuchten Badeanstalt. Lachen, Kreischen und Musik waren bis hierher zu hören.

Lucie fragte sich, warum sie sich in diese Situation gebracht hatte. Warum hatte sie nicht heute Vormittag Monsieur Rosenberg gesagt, dass sie seine Hemden aus Versehen verfärbt hatte, und dann direkt alles unternommen, um den Schaden zu beheben? Sie hatte dem Pianisten die Hemden bereits für gestern versprochen gehabt. Normalerweise hielt sie sich an Absprachen. Was hatte sie alles unternommen, um Vanessas Terminwünschen gerecht zu werden! Monsieur Rosenberg war da deutlich weniger anspruchsvoll und eigentlich ein sehr angenehmer Hausbewohner. So etwas hatte sie sich noch nie geleistet. Lucie seufzte. Vermutlich waren diese ganzen Verwicklungen ein Hinweis der Jungfrau Maria, dass sie wieder auf den Pfad der Tugend zurückkehren sollte.

Nun saß sie auf dieser Bank im Schatten. Vor ihr zeichnete die Sonne durch das Laubdach kleine Muster auf den Boden.

Abram Rosenberg hatte mit Konsequenzen gedroht. Was, wenn er tatsächlich zu Monsieur Frank ging und sich beschwerte? Das Bügeln der Wäsche für die Hausbewohner gehörte nicht zu ihrem Arbeitsvertrag, deshalb konnte ihr aus dieser Verfehlung eigentlich kein Strick gedreht werden. Sie hätte in ihrer Loge für die Belange der Hausbewohner ansprechbar sein müssen und hatte heute fast zwei Stunden gefehlt. Sollte der Boden durch Vanessas Anschuldigungen bereits bereitet sein, konnte Monsieur Rosenbergs Wut bei Monsieur Frank giftige Früchte tragen. Was erst geschehen würde, wenn er erfuhr, dass sie Vanessas Kalender hatte mitgehen lassen, mit sämtlichen Kreditkarten …

Auf der Bank schräg gegenüber saß ein junges Liebespaar und küsste sich stürmisch.

Es hatte alles mit dieser blöden Affäre angefangen. Insofern geschah es diesem Said ganz recht, wenn Legrand ihm zu einem unfreiwilligen Rückzug in eine Gefängniszelle verhalf. Andere gingen dafür ins Kloster und nannten es *retraite*. Das konnte ihm zu ganz neuen Einsichten über sein Leben verhelfen. Lucie lächelte. Sollte der Fitnesstrainer ruhig noch etwas in Polizeigewahrsam schmoren, wo er sich laut Aussage des Commissaires befand. So brachte er auch keine weiteren Ehen in Gefahr. Doch verurteilt werden durften Said Kahla nicht, dachte Lucie, da er es praktisch nicht gewesen sein konnte. Er hätte Vanessa in die Seine beamen müssen.

Der Springbrunnen zu ihrer Seite plätscherte munter vor sich hin. Lucie beobachtete, wie das Wasser aus der kleineren Schale in die große perlte und von dort in vielen kleinen Strahlen durch die Löwenmünder seinen Weg ins unterste Becken fand. Das Leben ging immer weiter vorwärts und nicht zurück. Das musste sie jetzt auch.

Lucie holte Vanessas Terminkalender aus ihrer Handtasche und schlug den 29. Juli auf. Nachmittags hatte Madame Blandel einen Kosmetiktermin gehabt, wie Lucie inzwischen mehrfach gelesen hatte. Das *Institut de Beauté* von Madame Pasteur befand sich fünf Minuten entfernt in der Rue des Tournelles. Lucie konnte die ihr verbleibende Zeit bis zur Abholung des Geschenkkorbes nutzen, um dort nach Madame Blandel zu fragen. Dieses Mal ohne sich eine Behandlung aufschwatzen zu lassen. Sie würde nur ein kurzes Gespräch führen, und wenn die Kosmetikerin nichts wusste – *tant pis*.

Lucie stand auf und verließ den Platz über die Rue des Francs-Bourgeois.

Madame Pasteur war im ganzen Marais bekannt. Eine ungewöhnliche Frau. Sehr gut aussehend, blondes dickes langes Haar, immer sehr schick gekleidet, schlanke Figur und dazu eine tiefe, rauchige Stimme. Am ungewöhnlichsten war laut Erzählungen der Leute ihre Wohnung. Alles schwarz. Fußböden, Möbel, selbst die Küche und das Bad mit schwarzen Waschbecken und Armaturen. Nur die Wände waren weiß. Man munkelte, dass dies der Rahmen sein sollte, in dem sie selbst als Kunstwerk gesehen werden wollte. Als Farbklecks und Hingucker, ohne Dinge, die von ihrer vollkommenen Schönheit ablenkten.

Lucie hatte den Laden bisher immer nur durch die Fensterscheibe betrachtet. Heute wagte sie zum ersten Mal einzutreten. Sie kam mit einer Mission und würde ganz bestimmt ohne eines der sündhaft teuren Cremetöpfchen wieder gehen. Sie würde einfach direkt zur Sache kommen.

Die Türglocke kündigte Lucies Besuch an, doch das war gar nicht nötig, denn Madame Pasteur stand in ihrem Verkaufsraum und telefonierte. Sie schien erregt zu sein und schenkte

Lucie keine Beachtung. Lucie nutzte die Zeit, um sich etwas im Laden umzusehen. Hinter dem großen antiken Schreibtisch, der offensichtlich zum Verkaufstresen umfunktioniert worden war, stand eine Reihe großer Rosenholzregale. Darauf waren Cremetöpfe und Parfumflakons ansprechend dekoriert. Links stand ein Sekretär, der mit Lippenstiften in allen Rotabstufungen bestückt war.

»Das bedaure ich, Monsieur Hilier. Ich hätte Ihnen die Unterlagen schon vor ein paar Tagen in die Post gelegt, aber meine Mutter ist gestürzt …«

An der rechten Wand war ein schmiedeeisernes Kunstwerk in die freigelegte Steinwand eingearbeitet worden. Über den Stangen hingen, kunstvoll drapiert, edelste Dessous. Lucie kam sich plötzlich doppelt so dick vor.

Ein Telefon begann zu klingeln. Lucie sah, dass es auf einer Steinsäule, neben einer Vase mit langstieligen Rosen lag, die am Durchgang zu den Behandlungsräumen stand.

»Entschuldigen Sie bitte, Monsieur Hilier. Ich bekomme gerade einen Anruf. Das könnte das Krankenhaus sein.«

Madame Pasteur legte den Hörer des Festnetzapparates auf den Rosenholztisch und war mit zwei Schritten bei ihrem Handy.

»*Oui?*«, sagte sie.

Lucie warf einen Blick auf die Uhr. Kurz vor fünf.

»Non, Sandrine!« Die Kosmetikerin wurde laut. »Kein Piercing. Egal wo. Ende der Durchsage!« Sie unterbrach die Leitung und eilte zurück zum Tisch. Lucie sah den Moment gekommen, um auf sich aufmerksam zu machen.

»Madame?«, sagte sie gut hörbar.

Madame Pasteur warf ihr einen unwirschen Blick zu und hatte schon wieder den Hörer in der Hand.

»Da bin ich wieder. Entschuldigen Sie bitte die Unterbrechung …« Dann schwieg sie, da offensichtlich ihr Gegenüber einiges zu sagen hatte.

»Ich wollte Sie nur nach Vanessa Blandel fragen. Der Termin. Ich muss nämlich gleich los«, wagte Lucie mit gedämpfter Stimme einen letzten Versuch.

Mit dem Namen Blandel hatte sie plötzlich Madame Pasteurs Aufmerksamkeit. Diese nahm sie nun fest in ihren Blick, wie um zu sagen: »Sie bleiben, bis ich Zeit für Sie habe.«

»Ich bitte Sie vielmals um Verzeihung«, sprach die Kosmetikerin atemlos in den Hörer. »Und ich habe keine Erklärung dafür, dass Madame Blandel nicht gekommen ist. Ich werde Ihnen heute noch Unterlagen schicken und kann Sie nur um einen weiteren Termin bitten.« Madame Pasteur hielt die Muschel zu und meinte an Lucie gewandt:

»Was ist mit Vanessa? Wo steckt sie? Und wann bekomme ich endlich diese Unterlagen?«

Lucie blickte die Kosmetikerin verwirrt an.

»Ich kann mir vorstellen, wie voll Ihr Terminkalender ist, Monsieur Hilier«, sprach diese nun wieder ins Telefon. »Aber Sie dürfen mir glauben, diese Creme wird die Kosmetikwelt revolutionieren.« Und an Lucie gewandt, während sie die Hörmuschel wieder verdeckte: »Hat Vanessa Sie nun geschickt oder nicht?« Dabei deutete sie auf einen Flyer, der auf dem Tisch lag. Lucie erkannte den Pfirsich darauf und nickte.

Martine hielt den Eiffelturm fest in der Hand. Das Gold war an den meisten Stellen schon abgeblättert. Ein kitschiges Souvenir, an dem ihre Schlüssel hingen, die von ihrem erfolgreichen Leben erzählten. Mercedes Cabrio, Wohnung im achten Arrondissement, ein Coupon aus der Spielbank in Monaco, ein Foto der Familie. Justinien hatte ihr diesen Schlüsselbund gekauft, nachdem sie gemeinsam den Eiffelturm erklommen hatten.

»Ich schenke dir einen Ring und daran hängt das bedeutendste Bauwerk der Welt«, hatte er gesagt. Sie hatte ihn strahlend angenommen und fest damit gerechnet, dass sie bald einen anderen Ring bekommen würde und mit ihm den bedeutendsten Mann der Welt. Für sie war er das immer gewesen.

Bei der Erinnerung musste Martine jetzt lächeln. Lange hatte sie sich die Gedanken daran nicht mehr zugestanden. Doch wirklich losgelassen hatte sie ihn auch nicht. Der Schlüsselbund in ihrem Besitz war einer der sichtbaren Beweise dafür. Martine stand auf und ging ans Fenster. Sie blickte aus dem dreiunddreißigsten Stock auf die umliegenden flacheren Bauten, dahinter alles überragend und auf Augenhöhe *La Grande Arche*. Sie dachte an Justinien, wie er ihr gesagt hatte, er werde heiraten, doch nicht sie, sondern diese andere. Dieses ordinäre Luder, das ihn irgendwie herumbekommen hatte, mir ihr ins Bett zu steigen. Und ihm dann gleich erfolgreich ein Kind angehängt hatte. Von hier oben hatte sie damals springen wollen, doch dann war sie lieber in die USA gegangen, um ihn zu vergessen und an ihrer Karriere zu basteln. Letzteres war ihr gelungen.

»Ich finde, das solltest du wissen«, hatte er gesagt, als er ihr von Vanessas Tod erzählt hatte. Er wollte sie wieder, die alte Vertrautheit zwischen ihnen. So einfach war das gewesen. Martine war wieder zurück und schneller am Ziel, als sie zu hoffen gewagt hatte. Sie ging an den Schreibtisch zurück und konnte nicht aufhören zu lächeln.

Lucie öffnete die Tür der Waschmaschine. Der Stoff war wieder so gut wie weiß – fast weiß, sozusagen, aber die Nähte leuchteten in einem hellen Rosé. Ob man das auf der Bühne unter dem Jackett sah? Wohl eher nicht. Aber der Pianist würde es sehen. Egal, sie musste versuchen zu retten, was zu retten war. Sie zog zwei der Hemden aus der Maschine, warf sie in den Trockner und stellte das Kurzprogramm ein. Mehr konnte sie für Monsieur Rosenberg im Moment nicht tun. Jetzt musste sie schnell diese Unterlagen von Vanessa besorgen und zu Madame Pasteur bringen. Wenn sie nur wüsste, um was es sich dabei handelte! Der Pfirsich hatte sie an den Flyer erinnert, den sie in Vanessas Küche am Tag ihres Verschwindens gesehen hatte. Offensichtlich hatte Vanessa einen Termin mit einem Monsieur Hilier gehabt, der sehr erbost war, dass sie nicht erschienen war. Und die Kosmetikerin spielte in dieser Geschichte wohl auch eine Rolle, sonst hätte er sich nicht bei ihr beschwert. So als hätte Madame Pasteur selbst diesen Termin vereinbart. Lucie hatte sich also darauf eingelassen, dieses Spiel als Vanessas Laufbote zu spielen und die gesuchten Unterlagen beizubringen, denn so kam sie vielleicht an wertvolle Informationen. War das die Sache, mit der Vanessa es allen beweisen wollte? Mit einer Creme, die sie freikaufen sollte aus den Verflechtungen und Abhängigkeiten der Familie Blandel?

Es war höchste Zeit, ihre Loge zu verlassen, bevor Monsieur Rosenberg klingelte, dem sie nichts bieten konnte außer einem zerknitterten Hemd in nassem Babyrosa.

Hatte Legrand nicht angedeutet, er würde die Spurensicherung in die Wohnung schicken? Was würde die dort machen? Lucie bedauerte, nicht irgendwann im Laufe der letzten Jahrzehnte mit Monsieur de la Roche darüber geplaudert zu haben, was die Aufgaben seiner Mitarbeiter waren und wie sie dabei vorgingen. Nun konnte sie sich nur auf ihren gesunden Menschenverstand verlassen, der ihr sagte, dass Kriminaltechniker sicher nicht allein auftauchten und sie einiges an Geräten dabeihaben mussten – das würde sie also hoffentlich rechtzeitig mitbekommen. Dennoch musste sie vorsichtiger sein als beim letzten Mal. Sie griff in der Küche nach Einweggummihandschuhen, nahm dann im Esszimmer den Schlüssel der Blandelschen Wohnung aus dem Kasten und ging ins Treppenhaus. Durch das Fenster im ersten Stock spähte Lucie in Richtung des Rosenbergschen Appartements. Sie meinte eine leichte Bewegung hinter dem zweiten Fenster erkannt zu haben. Schnell zog sie die Handschuhe über, schloss Blandels Wohnung auf und ließ die große Holztür hinter sich zufallen. Dass sie einmal in diesem Flur Zuflucht suchen sollte, hätte sie vor ein paar Tagen noch nicht für möglich gehalten.

Die Luft war wieder stickig. Lucie widerstand dem Impuls, die Fenster zu öffnen. Stattdessen gab sie sich zehn Minuten, um den Prospekt zu finden und zu verstehen, worum es hier ging.

In der Küche hatte sie das Faltblatt mit dem Pfirsich am Freitag gesehen, als sie den Champagner weggegossen hatte. In der Spüle stand eine Tasse Espresso, sonst waren alle Arbeitsflächen leer. Lucie war versucht, ins Schlafzimmer zu gehen. Sie erwartete, von der gleichen Szenerie empfangen zu werden wie am 1. August. Doch das Bett war gemacht, und es hing nur eine von Justiniens Hosen über dem stummen Diener. Ihr wurde fast ein wenig unheimlich, so unbewohnt, wie die Wohnung wirkte. »Du hast nicht mehr viel Zeit«, sagte eine warnende Stimme in ihr. Sie musste gezielter vorgehen. Sollte sie Vanessas Handtaschen durchsuchen oder das Büro? Sie entschied, die Taschen auf dem Rückweg unter die Lupe zu nehmen, und eilte ins

Arbeitszimmer. Ihr blieben nur wenige Minuten, in denen sie das Geheimnis um diesen Kosmetikpfirsich lösen musste.

Auf dem Schreibtisch stand ein halb volles Glas Rotwein, daneben lagen einige ungeöffnete Briefe, alle an Justinien adressiert.

Sie betrachtete das Regal. Die Ordnerrücken waren nicht wie bei ihr zu Hause bunt beschriftet, sondern einheitlich mit gebürstetem Aluminium verkleidet. Wahllos zog sie einige Ordner aus dem Regal und stellte sie nach kurzem Blättern wieder zurück. Lucie ließ sich auf den Schreibtischsessel fallen. Dann zog sie die oberste Schublade auf. Stifte, Locher, Post-its – alles ordentlich. Die zweite Schublade enthielt Papiere. Sie fand einen DIN-A4-Umschlag eines Labors. Das konnte etwas sein. Unterlagen aus dem Kosmetiklabor, die sie Madame Pasteur bringen konnte. Vorsichtig zog sie eine schmale Mappe aus dem Umschlag und klappte sie auf. Lucie las und hielt die Luft an. »Das glaub ich nicht«, flüsterte sie und wollte das Dokument schnell wieder verschwinden lassen, als habe sie sich die Finger daran verbrannt. Hektisch warf sie die Mappe zu. Dabei fiel das Weinglas um, und die rote Flüssigkeit ergoss sich über das Papier und stürzte von der Tischplatte, mitten auf den hellen Seidenteppich. »Heilige Maria!« Ihr wurde ganz schlecht. Was war zu tun? Salz auf den Teppich? Oder Weißwein? Sie brauchte dringend Antonios Hilfe. Vielleicht gab es eine Expressreinigung, die den Teppich in drei Stunden wieder sauber bekam, bevor Justinien auftauchte. Jetzt, im August? Lucie eilte in die Küche, nahm wahllos eine Flasche Weißwein aus dem großen Weinschrank, fand glücklich den Korkenzieher und goss schließlich einen großen Schwung auf den blutroten Fleck, der langsam heller wurde. Doch das würde nicht reichen. Allein konnte sie den Teppich nicht unter dem großen Schreibtisch hervorziehen, dafür war beides zu schwer. Gleichzeitig musste sie sich irgendetwas für das Dokument überlegen, von dessen Existenz sie nichts wissen durfte. Schlimmer hätte es nicht mehr kommen können …

Das musste ein Irrtum sein. Als sie auf dem Boden kniete, um den Schaden genauer zu inspizieren, hörte sie den Schlüssel im Schloss. Und wenige Momente später, in denen sie, unfähig etwas zu denken oder zu tun, erstarrt dagesessen hatte wie das Kaninchen vor der Schlange, ging die Bürotür auf. Monsieur Justinien Blandel war nach Hause gekommen.

Georgette betrat den hellen sandfarbenen Teppichboden und ging zu ihrem runden Esszimmertisch, um ihre Tasche abzustellen. Sie mochte Teppiche nicht. Als Apothekerin war ihr die Vorstellung, wie viele Milben sich dort eingenistet hatten, ein Graus, ganz abgesehen von den Krankheitskeimen und dem Staub, dem selbst mit dem besten Sauger nicht beizukommen war. Wie viel angenehmer waren Holzfußböden, die gewischt werden konnten und eine ganz andere Atmosphäre verbreiteten. Holz lebte. Sie hätte den Boden herausreißen lassen und durch Paneele oder Parkett ersetzen können, doch irgendwie war dieses Appartement immer nur eine Zwischenlösung geblieben. Heimisch war sie nicht geworden.

Georgette zog ihre Schuhe aus und brachte sie in den Schuhschrank. Dann betrat sie die kleine Küche, um sich ein Glas kühlen Orangensaft zu holen, der ihr bei der Hitze guttun würde.

Auch den Geruch der Wohnung mochte sie immer noch nicht. Ihre geliebten Antiquitäten hatte sie nicht mitnehmen können, weil sie nicht zu stellen gewesen wären. Außer dem Bad und der Küche bestand das Appartement nur aus einem sechs Meter hohen Raum. Das geräumige Wohnzimmer war zur Hofseite hin über zwei Etagen komplett verglast. Eine weitere Wand wurde von der Treppe eingenommen, die hoch zur

Galerie führte, wo Georgette ihr Schlafzimmer untergebracht hatte. Es gab eine kleine Küche, und neben dem Eingangsbereich war gerade genug Platz für Garderobe und Vitrine. Charmant war einzig der kleine Dachgarten, den man durch die Küche erreichen konnte und der einen vergessen ließ, dass man sich mitten in Paris befand. Doch dort war es jetzt noch zu heiß, sodass Georgette mit dem Glas Orangensaft in der Hand wieder zum Esstisch ging und sich niederließ.

Ein Blick auf die Uhr sagte ihr, dass die Conférence im großen Haus in einer Stunde beginnen würde. Wollte sie wirklich noch dorthin gehen? Florine hatte ihr mit einer für sie untypischen Heftigkeit abgesagt. Vielleicht hatte Georgette auch falsche Erwartungen gehabt, nachdem sie die letzten drei Jahre kaum etwas mit ihrer Tochter unternommen hatte.

Wenn, dann müsste sie sich jetzt schnell fertig machen. Dafür sprach, dass sie sich fast sicher sein konnte, Octavien de la Roche dort zu treffen. Dem hätte sie nebenbei einige Fragen zum Stand der Ermittlungen stellen können. Andererseits hätte das vielleicht schlafende Hunde geweckt, und das durfte sie auf keinen Fall tun. Sie musste Justinien schützen, ohne zu wissen, was er getan hatte und was er wusste – fragen durfte sie ihn nicht.

Georgette schob den Gedanken von sich und öffnete die Handtasche. Sie hatte unterwegs eine Ausgabe des Immobilienanzeigers mitgenommen, in der eine Wohnung ihr Interesse geweckt hatte. Sie lag in Neuilly, gut geschnitten, mit drei Schlafräumen. Das sollte genug Platz sein. Sie musste schließlich an ihre Zukunft denken. Hier würde sie es nicht mehr lange aushalten. Diese Enge, dieses alberne Wohnkonzept, als sei sie eine junge Studentin, für die das Schlafen auf einer Galerie ein Abenteuer war. Sie hatte es so satt.

»Agence Etoile« hieß die Immobilienagentur. Georgette wählte die Nummer und vereinbarte einen Termin für den kommenden Vormittag. Sie gab schon einmal ihre Vorstellungen durch. Dieses Mal würde sie mehr Zeit haben, um etwas Passendes zu finden.

Als sie auflegte, hatte sie einen Moment lang das Gefühl, wieder die Zügel in der Hand zu halten. Anknüpfen zu können an ihre alte Stärke. An die des Mädchens, das von Vater und Großvater gelobt worden war wegen ihrer Tapferkeit und Einsatzbereitschaft. Sie hatten gewusst, dass die Apotheke in gute Hände übergeben worden war.

Wenn Justinien jetzt keinen Fehler machte, würde doch noch alles gut werden.

Lucie spürte, wie die Farbe aus ihrem Gesicht wich. Eine unheilvolle Stille breitete sich aus. Justinien stand immer noch wie angewurzelt in der Tür. Ihm schienen die Worte zu fehlen. Lucie blickte von ihm zum malträtierten Teppich und wieder zurück.

Sie hielt diese Stille nicht länger aus. »Wenn Sie mir vielleicht kurz mit dem Teppich helfen würden …«

Justiniens Mund klappte auf.

»Ich meine ja nur, dass ich ihn dann schnell in eine Reinigung …«

»Bitte?« Justinien sah aus, als ringe er mit aller Gewalt um Fassung.

»Ich wollte nur …« Was sollte sie ihm sagen? Die Dokumente Ihrer Frau suchen? Und dabei bin ich aus Versehen auf etwas noch viel Wichtigeres gestoßen. Bekleidet mit diesen Einweghandschuhen …

Genau in diesem Moment sah sie, dass Justiniens Blick auf den Schreibtisch fiel. O Gott. Sie wusste, dass sie das Gleiche dachten. Sein Gesicht wurde aschfahl. Er musste sich an den Türrahmen lehnen. Lucie wollte nicht wissen, was sie eben erfahren hatte, wollte es ausradieren.

Sie stand auf. Niemand würde ein Sterbenswörtchen von ihr erfahren. Das musste er doch wissen.

»Ich wollte nur nach dem Rechten sehen …«, stammelte sie.

»Offensichtlich.«

Lucie fuhr ein Schauer über den Rücken. Seine Stimme war weder laut noch zornig, sondern kalt.

»Ich gehe dann wohl besser«, flüsterte sie, den Fluchtweg im Auge.

»Lucie, Sie werden diese Wohnung nie wieder betreten!«

Ihre Nackenhaare stellten sich auf. »Ja. Natürlich«, sagte sie und schlich zur Tür.

Florine schrie laut auf. Der Fisch hatte ihren Ehering geschluckt. Ganz deutlich hatte sie gesehen, wie das große Maul sich nach vorne geschoben hatte, und danach war ihr Ring weg! Der Fisch lag wie tot auf dem trockenen Sand, mit starren, ausdruckslosen Augen. Doch Florine war sicher, dass sich der Ring in seinem Maul befand. Diese blassen Augen erinnerten sie an etwas. Sie kam näher und streckte die Hand nach ihm aus. Da sprang er hoch und biss zu.

Als Florine aufwachte, zitterte sie am ganzen Körper. Ihr war kalt, und sie hörte aufdringliche Stimmen und schrille Musik. Über sich sah sie die Stuckdecke, den gezackten Riss in der Mitte, und auch das kam ihr bekannt vor. Sie schloss die Augen wieder und horchte nach innen. Dumpf und schmerzlos, wie mit Nebel durchwoben fühlte sich ihr Körper an. Fremd und unheimlich. Sie versuchte sich zu erinnern, was geschehen war. Ihr Ring. Gott sei Dank, er war noch da.

Der Fisch war ihr unheimlich gewesen, und sie konnte sich vorstellen, was er ihr sagen wollte. Doch das wollte sie nicht hören.

Sie blickte sich um und sah, dass der Fernseher lief. Werbung. Daher der Lärm. Sie musste während der Siebzehn-Uhr-Nachrichten eingeschlafen sein. Zu viele durchwachte Nächte, zu viele Geburten und dann noch die Tanzkurse.

Florine griff nach der Fernbedienung und schaltete das Display aus. Stille. Kein Laut war zu hören. Es war direkt unheimlich. Als habe sich die Welt durch die Austrahlung der Nachrichten verändert.

Sie trat ans Fenster und betrachtete den Hinterhof, das Kopfsteinpflaster, das kleine Häuschen, in dem sich die Garage befand. Alles wie leer gefegt, keine Menschenseele weit und breit.

Sie ging in die Küche, um sich ein Glas Wasser zu holen. Die Unruhe in ihrem Bauch ließ nicht nach. Sie musste wieder ein Gefühl für ihren Körper bekommen.

Florine nahm einen Schluck und ging an die Stange, um sich zu dehnen. Aus dem Spiegel starrte sie eine Fremde an. Sie rollte erst den linken Fuß auf bis zur Spitze, dann den rechten. Wechsel in die erste Position, und das Gleiche von vorne. Es half nichts. Die Füße gehorchten, doch sie fühlten sich nicht an wie ihre eigenen.

Vielleicht halfen Übungen am Boden. Placement. Erdung. Sie legte sich auf den Bauch. Beine, Bauch und Po anspannen, Füße flexen. In dieser Position konnte die Stuckdecke runterbrechen, ohne dass sie es rechtzeitig merken würde. Über ihr zusammenschlagen, sie unter sich begraben … Sie drehte sich auf den Rücken, um rechtzeitig reagieren zu können. Wie war das nach dem Tod? Lag man dann mit seinem Bewusstsein in diesem Körper, der sich so taub und schmerzlos anfühlte wie ihrer jetzt, im Dunkeln in einer Kiste, allein mit all der Angst und den Würmern, die einen fraßen? Oder im Wasser mit den Fischen, die plötzlich unerwartet zubissen, besonders, wenn man etwas zu verbergen hatte? Was für eine dumme Vorstellung, im Grab mit jemandem vereint zu sein. Jeden Moment konnte die Erde aufhören sich zu drehen, weil zu viel geschehen war, was nicht hätte sein dürfen, konnte durchs All stürzen und auf der Sonne verglühen …

Florine hoffte inständig, dass sie zu einer Geburt gerufen würde. Doch heute waren ihre Kolleginnen im Dienst. Sie konnte heute Nacht nicht allein bleiben, die Angst brachte sie sonst um. Sie dachte an ihre liebe Freundin Camille, doch die würde von ihr wissen wollen, was geschehen war. Justinien hatte genug mit sich selbst zu tun. Allein auf die Straße gehen konnte sie jetzt noch viel weniger.

Jean-Claude fiel ihr ein. Der Retter in der Not. Er hatte ihr schon öfter zur Seite gestanden seit der Beerdigung. Sie würde ihn fragen, ob er bei ihr übernachten konnte. Im Gästezimmer oder neben ihr auf der Couch. Wie zu Studienzeiten. Rotwein trinken und die Nacht durchquatschen. Er würde nichts falsch verstehen. Ihre Beziehung war geklärt. Das würde guttun. Jean-Claude war nur ein Mann und würde deshalb keine unangenehmen Fragen stellen, sondern sie mit seinen Anekdoten aufheitern. Hoffentlich war er nicht verreist.

Florine stand auf und holte ihr Telefon.

Nachdem Lucie tief gedemütigt Justiniens Wohnung verlassen hatte, wäre sie im Treppenhaus fast mit Monsieur Rosenberg zusammengestoßen, der sich offensichtlich auf dem Weg zu seinem Konzert befand. Die erwartete Standpauke blieb aus. Stattdessen ignorierte er sie völlig. Kein Mensch wollte mehr etwas mit ihr zu tun haben. Sie war allein auf der Welt und fühlte sich wie damals als Kind in der Klosterschule, wenn sie bestraft wurde. Nicht durch Schläge, sondern durch Liebesentzug. Sie hatte sich stundenlang in die Ecke setzen und schämen müssen, mit dem Kopf Richtung Boden.

Immerhin trug Monsieur Rosenberg ein schwarzes T-Shirt mit V-Ausschnitt und sah damit hervorragend aus.

Im Hof begegnete ihr eine Gruppe Männer in weißen Overalls mit dem Aufdruck »*Police*« auf dem Rücken. Sie trugen Metallkoffer und fragten nach der Wohnung von Monsieur Blandel. Lucie hätte sich denken müssen, dass Justinien früher nach Hause kommen würde, wo Legrand seine Kollegen doch schon angekündigt hatte! Ob Justinien das mit Rotwein übergossene Dokument nun aus der Wohnung schaffte? Vermutlich würde er die Nacht im Hotel verbringen müssen.

In ihrer Loge angekommen, widerstand Lucie dem Impuls, Antonio anzurufen. Sie wagte kaum, der Muttergottes unter die Augen zu treten, griff aber nach dem Rosenkranz und setzte sich. Dabei bemerkte sie, wie hungrig sie war. Für diese Insulinprozedur hatte sie jetzt überhaupt keinen Nerv. Dann würde sie heute eben ohne Essen ins Bett gehen!

Lucie nahm die erste Perle in die Hand. »Gelobet seist du, Maria, voll der Gnaden.« Was hätte Maria in ihrer Situation gemacht? Sie wäre niemals in eine solche gekommen. Das war das unpraktische an Heiligen. Doch Jesus musste wissen, wie sich das anfühlte, von aller Welt verlassen und verraten zu sein. Dieser Gedanke hatte etwas Tröstliches. Er kannte die Tiefen menschlichen Daseins. Auch er war unschuldig ans Kreuz genagelt worden. Lucie musste lächeln. War sie wirklich ganz unschuldig? Hing sie am Kreuz? In gewisser Weise schon. Für heute hatte sie jedenfalls genug von der Welt und beschloss, ins

Bett zu gehen, sich die Decke über den Kopf zu ziehen, sich am besten tot zu stellen und zu hoffen, dass sie morgen aus diesem Albtraum erwachen würde, und alles wäre wieder gut.

Lucie ging ins Schlafzimmer, um sich zu entkleiden. Hier würde sie auch ihre Ruhe haben, sollten die Polizisten noch etwas wollen. Sie würde einfach die Tür nicht öffnen. Eigentlich war sie froh, dass Antonio heute später kam. Er hätte ihr sofort angesehen, dass etwas nicht stimmte. Was sie gerade erlebt hatte, war zu peinlich, um es mit ihm zu teilen. Im Bad beim Zähneputzen vermied sie, in den Spiegel zu sehen. Das leuchtende Lila war jetzt nicht auch noch zu ertragen.

Als Lucie sich ins Bett legte, tat ihr Justinien schon fast wieder leid. Dieses Dokument musste ihn erschüttert haben. Hoffentlich konnte er es in einer Aktentasche mit aus dem Haus nehmen und es geriet nicht in offizielle Hände.

Justinien war nicht der Vater von Julie! Das besagte der Vaterschaftstest, den Lucie in Justiniens Schublade gefunden hatte, datiert auf den 25. Juli. Lucie glaubte zu wissen, dass Justinien seine Tochter abgöttisch liebte und alles für sie tun würde. Wirklich alles? Hatte er Vanessa zur Rede gestellt, und vielleicht mehr als das?

Das Dokument war der Beweis, dass Said nicht Vanessas erster Fehltritt gewesen war. Ob Justinien das immer mitbekommen hatte? Ganz ohne Verdacht konnte er nicht gewesen sein, denn sonst hätte er diesen Test nicht machen lassen. Jetzt, wo Julie acht Jahre alt war. Vanessa musste also schon in den ersten Ehejahren fremdgegangen sein. Nein, davor!

Lucie setzte sich hin und versuchte, sich zu erinnern, wie das damals bei dieser Hochzeit gewesen war. Georgette hatte durchblicken lassen, dass ihr Sohn ihre Angestellte Vanessa deshalb heiratete, weil diese ein Kind von ihm erwartete. Lucie hatte nicht den Eindruck gehabt, dass Georgette mit seiner Wahl glücklich gewesen war.

Auf ihrem Nachttisch stand ein Glas Wasser. Sie trank es in einem Zug leer, verschluckte sich und hustete.

Seit wann wusste er es? Wann waren ihm Zweifel gekommen? Und was hatte Justinien mit diesem Test bezweckt?

Also noch mal von vorne: Justinien hatte aus irgendeinem Grund einen Vaterschaftstest in Auftrag gegeben, denn er war der Adressat des Briefes gewesen. Das Ergebnis war negativ und damit der Nachweis erbracht, dass Julie nicht seine Tochter war. Angenommen, er hatte Vanessa zur Rede gestellt und vielleicht sogar das Thema Scheidung angesprochen, dann hätte es für Vanessa schlecht ausgesehen. Kein Unterhalt für sich, nur für das Kind. Nein. Nicht einmal für das Kind! Sie hätte ohne Geld dagestanden. Wie hätte Vanessa darauf reagiert? Hätte sie ihn angefleht und ihm vorgespielt, sie liebe nur ihn? Hätte sie ihre offensichtlich vorhandenen Verführungskünste eingesetzt? Vielleicht. War sie stattdessen zum Angriff übergegangen und hatte gedroht, dass Justinien Julie nicht mehr sehen dürfe? Rechtlich wäre das problemlos durchsetzbar, denn er hatte ja keine Ansprüche dem Kind gegenüber. Damit hätte Vanessa Justinien ins Mark getroffen. Um jeden Preis hätte er verhindert, dass Julie ihm entzogen wurde. Um jeden? Hätte er dafür auch gemordet? Oder vielleicht so etwas wie eine Ablösesumme bezahlt? War das die Geldsache, die sie noch hatte klären wollen, oder war es dabei doch um diese Kosmetikgeschichte gegangen?

Lucie drehte sich auf die Seite.

Vermutlich hatte Vanessa mehrere Eisen im Feuer gehabt und Verführung und Erpressung kombiniert. Solange das Machtverhältnis in dieser Zone ausgeglichen war – er brachte das Geld, sie das Kind –, konnten beide, nüchtern betrachtet, von einer Weiterführung dieser Verbindung profitieren. Kritisch wurde es nur, wenn diese Balance kippte. Das Pendel konnte zugunsten einer Richtung ausschlagen, wenn Vanessa anders an Geld gekommen war und Justinien daher nicht mehr brauchte. Oder zur anderen, wenn sie aus der Welt geschafft wurde und er die Tochter für sich allein hatte, von der jeder dachte, es sei seine leibliche. Insofern hatte Vanessas Tod für Justinien deutliche Vorteile.

Lucies Laken klebte an ihrem Körper. Diese Hitze ließ ja keinen vernünftigen Gedanken zu. Justinien, ein Mörder? Sie kannte ihn noch als gut erzogenen kleinen Jungen. Als Jugendlicher wirkte er ernst und in sich gekehrt. Viel verschlossener als ihr David. Und jetzt? Übermäßig pflichtbewusst und etwas farblos. Völlig vernarrt in seine Tochter. Seiner Frau gegenüber sehr neutral. Sie konnte sich nicht an kleine Gesten der Verliebtheit oder Wertschätzung erinnern. Fast geschäftsmäßig professionell hätte sie seine Haltung beschrieben. Aber am Samstag hatte er nach Vanessa gesucht. Er hatte Lucie befragt und dabei wirklich besorgt gewirkt. Oder war das alles nur Theater gewesen, um sich abzusichern und den Verdacht von sich zu lenken?

Wie wohltuend wäre es, mit de la Roche über die ganze Sache reden zu können, doch Lucie wusste zu viel, und Monsieur de la Roche unterlag nicht dem Beichtgeheimnis. Es wäre entsetzlich, wenn Julie ihrem Vater weggenommen würde, jetzt, wo sie schon keine Mutter mehr hatte. Das leidvolle Schicksal, im Heim aufzuwachsen, wollte Lucie ihr unbedingt ersparen, selbst wenn diese Heime heute nicht mehr so waren, wie Lucie sie kennengelernt hatte.

Sie sollte nun besser Kraft sammeln für den morgigen Tag:

Antonio würde sie mit neuer Haarfarbe sehen, und Lucie würde sich entschuldigen müssen – bei Monsieur Rosenberg und bei Justinien Blandel!

Gleich würde er sterben. In ihr. Florine verachtete ihn dafür. Sie verachtete alle Männer dafür. Für diese Schwäche. »Du bist so schön. Du bist so wunderschön.« Für diese Lüge. Für diese nassen Küsse. Er lag auf ihrem Rücken. So war es zu ertragen. So musste sie sein lustvoll verzerrtes Gesicht nicht sehen. Keine Küsse auf ihren Lippen. Keine fremde Zunge, die in ihren Mund einbrach. Nur in ihr Ohr. Sie spürte den Schleim, der es bedeckte. Der ihre Haare verklebte. Sie ekelte sich. Vor dem kurzen Anflug von Lust, den sie verspürte.

Es hatte doch so gut angefangen. Wie früher. Sie hatten geredet, gelacht, und sie hatte ihn gebeten, bei ihr zu bleiben.

»Du bist so gut.« Er wurde schneller. Alles tat ihr weh. Sie bemühte sich, sich seinem Rhythmus anzupassen. Hoffentlich war es gleich vorbei. Florine dachte an die stumme Frau in dem Film, die vergewaltigt worden war. Gleich zweimal hintereinander. Er wurde langsamer. Fummelte von hinten an ihrem Busen herum. Sie hasste es. Dadurch dauerte es noch länger. »Du glaubst gar nicht, wie lange ich mir das schon wünsche, mein Engel«, keuchte er.

War das der Preis für die Geborgenheit? Für den kurzen Moment des Gehaltenwerdens in starken Armen? Ihr Freund Jean-Claude – auch nur Träger eines erigierten Penis.

Er zuckte zusammen, stöhnte und hörte auf, sich zu bewegen. »Entschuldige.« Schwer wie ein nasser Sack lag er auf ihr.

Florines Unterleib brannte. Sie sehnte sich nach einer Dusche, wollte diese klebrig schleimige Masse loswerden. Den schweren Schweiß. Seine Hitze. Das war er nun, der Reiz des

Unbekannten? Das hatte Jacques gesucht? Der Mann erdrückte sie fast mit seinem Gewicht. Endlich rollte er sich auf die Seite. Der Schmerz war vorbei, nicht einmal Genugtuung, nur Leere. Jetzt hatte sie auch noch ihren besten Freund verloren.

Lucie konnte nicht schlafen. Sie blickte auf den Radiowecker: 22.52 Uhr. Noch mindestens eine Stunde, bis Antonio kam.

Wenn Justinien nicht der Vater von Julie war, wer dann? Der Heilige Geist wohl kaum. Lucie dachte daran, wie sie als Schülerin der Klosterschule Schwester Martha auf eine Unstimmigkeit gleich zu Beginn des Neuen Testamentes angesprochen hatte. Laut Matthäusevangelium waren es vierzehn Generationen von Abraham bis David und vierzehn weitere von David bis Jesus Christus, der »aus dem Hause und Geschlechte Davids« war. Lucie liebte diese Zahlensymbolik. Das vorletzte Glied in dieser Kette hätte jedenfalls Maria sein müssen. War sie aber nicht. In einer von Männern dominierten Gesellschaft und Kirche kam diese Rolle Josef zu, der ja angeblich nicht an der Zeugung beteiligt gewesen sein sollte. War nun der Heilige Geist oder Josef der Vater? Schwester Martha hatte Lucies Frage mit vierzehn Tagen Schulausschluss und Extraschichten im Klostergarten beantwortet. Kurze Zeit später war Lucie ganz geflogen, auch aus dem Heim, das absoluten Gehorsam gefordert hatte, eine lange Kindheit und Jugend hindurch. Die Kirche hatte wohl keinen Raum für Frauen, die der Wahrheit auf den Grund gehen wollten. Onkel Pedro, ihr Patenonkel und Priester, konnte sie nicht aufnehmen und hatte ihr die Stelle als Kindermädchen bei einer wohlhabenden Arztfamilie in Paris vermittelt. Er hatte Verständnis dafür gehabt, dass sich ihr Drang nach Freiheit des Denkens in den engen Klostermauern nur noch potenziert hatte, und vermutet, die Beschäftigung mit dem wirklichen Leben würde sie zur Ruhe kommen lassen. In Paris hatte sie Antonio kennengelernt. Und mit ihm den Traum der eigenen Familie gelebt. Und erst viel später Gottessohn und Menschensohn mit der Weisheit des Herzens verstanden, die innerhalb der Klostermauern wenig verbreitet gewesen war.

Lucie seufzte, als sie an die verheerende Situation in der Wohnung der Blandels dachte. Justinien hatte nicht so geklungen, als freue er sich auf ein Wiedersehen mit ihr. Eiskalt war er gewesen, ganz anders als am Samstag. Vielleicht war sein Nachfragen am Samstag Teil des Planes gewesen, um den Verdacht von sich zu weisen. Hatte er vielleicht nur überprüfen wollen, ob Lucie etwas von den Todesumständen mitbekommen hatte? Hatte er in ihrem Gesicht nach den Zeichen gesucht, von denen er gesprochen hatte? Hatte Lucie bereits da etwas gesehen, was sie nicht hätte sehen dürfen? Hatte Justinien vielleicht den Champagner vergiftet? Aber dann hätte es Said auch erwischen müssen. Justinien hätte das Gift auch in jedes andere Lebensmittel mischen können. Wieso dachte sie eigentlich immer an Gift, wo Vanessa doch erstickt war? Es war schon ein seltsamer Zufall, dass der Termin des Vaterschaftstests so nah am Tag des Mordes lag …

Jean-Bastian hatte erzählt, dass Vanessa vor einem entscheidenden Schritt gestanden hatte. Um Geld war es auch gegangen. Wenn sie durch diese Kosmetiksache an Geld gekommen war, dann brauchte sie Justinien nicht mehr. Sie hätte ihn verlassen und die Tochter mitnehmen können. Das hätte Justinien sicher verhindern wollen. Ein viel stärkeres Motiv als das von Said, der seine Chantal schon wieder beruhigt hätte. Justinien hätte mindestens genauso viele Möglichkeiten gehabt, Vanessa unbemerkt in die Seine zu schaffen. Lucie musste herausfinden, ob er eine davon genutzt hatte. Morgen würde sie damit anfangen. Sie wollte gerade endlich in das Reich der Träume hinübergleiten, als ein entsetzlicher Gedanke sie durchfuhr. Die Einzige, die Justiniens Motiv kannte, war sie selbst. Er wusste, dass sie es wusste. Wenn er bereit gewesen war, für seine Tochter zu morden, dann würde er das auch ein zweites Mal tun.

Mittwoch, 6. August

Lucie war zu spät aufgewacht, und als sie an die Ereignisse des gestrigen Tages dachte, wäre sie am liebsten wieder unter der Decke verschwunden. Neben sich fand sie das Bett leer und dachte schon, Antonio sei vergangene Nacht gar nicht zu Hause gewesen. Wenn einen wie Hiob das Unglück erst einmal heimgesucht hatte, ließ es sich ja immer noch steigern. Doch dann hatte sie die Hose gesehen, die er gestern angehabt hatte – sogar ordentlich über den Stuhl gehängt –, und auch seine Seite des Bettes sah benutzt aus. Ein wohlig warmes Gefühl breitete sich in ihr aus. Wie gut, dass es Antonio gab und dass sie sich auf ihn verlassen konnte. Die Muttergottes sorgte für sie und ihre Familie, auch wenn die äußeren Umstände seit Kurzem etwas chaotisch wirkten. Es war an der Zeit, sich zu besinnen und heute Vormittag einen Rosenkranz zu beten, um Abstand zu den eigenen selbstverantworteten Stürmen im Wasserglas zu bekommen. So ungefähr hätte das ihr Onkel Pedro, der Priester, ausgedrückt.

Lucie hatte schnell den geblümten Morgenmantel übergeworfen und die großen grünen Tonnen vor das Holzportal gerollt, gerade noch rechtzeitig für die Müllabfuhr. Dann war sie schnell wieder hineingehuscht, in der Hoffnung, niemand habe ihre unangebrachte Aufmachung gesehen.

Der Anrufbeantworter blinkte. Bestimmt war das Antonio,

der ihr einen Gutenmorgengruß hinterlassen hatte und ihr sagte, auf welcher Baustelle er war und wann er nach Hause käme. Lucie freute sich auf seine dunkle, warme Stimme, bevor sie bemerkte, dass nicht die Seite mit den Sprachnachrichten leuchtete, sondern ein Fax eingegangen war. Nanu. Erwartete Antonio eine Rechnung?

Sie legte ein Papier ein und beobachtete, wie es sich langsam durch das Gerät arbeitete, begleitet von einem knarrenden Summen. Der Briefkopf erschien, und Lucie erkannte das Logo ihres Hausverwalters, das heutige Datum und dann, fettgedruckt, die Zeile mit dem Betreff. Fristlose Kündigung. Ein seltsames Dokument, das sich surrend weiter herausschob. Vermutlich ein Irrläufer. Sie würde Monsieur Frank informieren müssen, dass er es nochmals an den richtigen Adressaten schicken konnte.

Dann stach ihr der Name Blandel ins Auge, und unter dem Logo sah sie ihren eigenen: Lucie Ferreira. Sie spürte ihr Herz bis in die Arme pochen, die auf einmal ganz pelzig wurden, wie früher in der Schule, wenn sie an der Tafel abgefragt worden war.

Endlich gab das Telefon die Seite frei. Lucie setzte sich und las. Monsieur Justinien Blandel habe den Hausverwalter gestern über folgende Tatbestände in Kenntnis gesetzt: unbefugtes Betreten der Wohnung, dabei fahrlässige Beschädigung von Wertgegenständen und Verletzung des Postgeheimnisses. Diese Vorwürfe wögen so schwer, dass Monsieur Frank gezwungen sei, sie von ihrer Tätigkeit als Gardienne zu entbinden und sie binnen zwei Wochen auf die Straße zu setzen.

Lucie ließ das Blatt sinken und starrte durch die Fensterscheibe auf den Hof. Die Margeriten unter dem Ahorn, die sie zu Beginn des Sommers gepflanzt hatte, ließen die Köpfe hängen. Bald war die Herbstbepflanzung dran. Doch die sollte sie nun ja nicht mehr vornehmen dürfen. Nicht mehr dieses kleine Stückchen Erde bepflanzen und verschönern, das doch so etwas wie ihr Garten war. Nicht mehr aus den Wohnungen im zweiten Stock auf den geliebten Platz hinunterblicken und die Platanen im Wandel der Jahreszeiten betrachten, die Kinder, die im Sommer auf der Wiese spielten, lachen hören und die Sonne warm auf ihrem Gesicht spüren. Nie mehr die Abenddämmerung die Ziegelfassade in orange-goldenes Licht tauchen sehen, Monsieur Rosenberg zu seiner neuen CD gratulieren, die ganzen Bewohner des Hauses, ihre große Familie, in die Nachtgebete einschließen können, weil sie nicht mehr Teil ihres Lebens waren und sie nicht wusste, was ihnen begegnete.

Lucie wischte sich eine Träne von der Wange. Dann sollte Monsieur Frank sich doch nach einer anderen Gardienne umsehen. Der würde schon noch merken, dass er sich damit keinen Gefallen tat und dass es nicht leicht sein würde, einen Ersatz für sie zu finden.

Sie musste sich den praktischen Gegebenheiten stellen. Doch wie sollte sie innerhalb von zwei Wochen eine neue Wohnung finden? Die sie sich mitten in Paris nicht leisten konnten. Gut, dann würde sie eben eine andere Stelle als Gardienne suchen. Es gab zwar keine Gegend in Paris, die mit der Place des Vosges mithalten konnte, aber die Stadt war groß und hatte Unmengen an Gebäuden, die versorgt werden mussten.

Doch Hausmeisterinnen wurden immer seltener gesucht, weil heute die Türen durch Codes gesichert und Nebenkosten gespart wurden. Sie war alt. Sollte Antonio recht behalten, dass es nun Zeit war, das Zentrum ihres Lebens zu verlassen und am Stadtrand auf das Sterben zu warten?

Lucie spürte weitere Tränen ihre Wange herunterlaufen und sah, wie sie auf das Faxpapier tropften.

Papperlapapp. Sie würde sich doch nicht von ein paar Franzosen niederschmettern lassen. Als Portugiesin hatte sie in ihrer Kindheit und Jugend weitaus Schlimmeres kennengelernt und bisher allen Widrigkeiten getrotzt. Je schwieriger die Umstände, desto wichtiger waren Haltung und Besonnenheit. Sich am Widerstand stärken, würde Onkel Pedro das nennen. Erst eine Dusche, dann ein Kaffee, und dann würde die Welt schon wieder anders aussehen!

Legrand war sauer. Da arbeitete er seit zwei Tagen fast rund um die Uhr an diesem Fall und dann das: De la Roche hatte ihn gestern am frühen Abend auf dem Handy angerufen und darauf hingewiesen, dass Said Kahla freigelassen werden müsse. Mehr als vierundzwanzig Stunden dürfe die Polizei ihn nicht festhalten, wenn keine Flucht- oder Verdunkelungsgefahr bestünde, und die würde er hier nicht sehen. Die Theorie der Leiche in der Sporttasche hatte ihn ebenso wenig überzeugt wie das Verbergen im Keller.

»Stimmt es, dass Sie die Kollegen der Kriminaltechnik angewiesen haben, Monsieur Kahlas Auto zu untersuchen, bevor Sie Spuren im Umfeld des Opfers sichern ließen?«, hatte der Chef ihn gefragt. »Ich hatte Sie ausdrücklich gebeten, mich immer auf dem Laufenden zu halten! Wir können nur froh sein, dass Blandel seine Frau inzwischen identifiziert hat! Sonst wäre auch das nur Vermutung!«

Legrand fragte sich, ob Aurélie Monsieur de la Roche darauf angesprochen hatte, doch sie schien tatsächlich den ganzen Tag mit diesen Notariatstelefonaten beschäftigt gewesen zu sein.

Legrand hatte daraufhin die Spurensicherung in Blandels Wohnung geschickt und Monsieur Blandel darüber informiert, dass er die Nacht vermutlich im Hotel werde verbringen müssen. De la Roche hatte Legrand ausdrücklich darauf hingewiesen, dass er sich das gesamte Umfeld des Opfers ansehen solle, bevor er seinen ganzen Eifer auf einen einzelnen Mordverdächtigen konzentriere. Als ob das so einfach wäre! Diese Gardienne, Madame Ferreira, die eigentlich deutlich mehr wissen müsste, schien ihn dabei direkt auszubremsen.

Nach dem äußerst unerfreulichen Gespräch mit dem Chef hatte Legrand gestern eine andere Nachbarin befragen können, während die Kriminaltechniker in der Wohnung der Blandels beschäftigt waren: Madame Richard, eine ältere Dame mit Dackel, deutlich auskunftsfreudiger als Lucie Ferreira. Vanessa Blandel sei eine durch und durch unmoralische Person gewesen, mit einem schwachen Ehemann, der sich von ihr zum Affen habe machen lassen. Die Tochter sei völlig vernachlässigt worden, fast schon verwahrlost, sodass man sich fragen müsse, wann das Jugendamt endlich einschreite. Einzig die Tante habe sich ab und zu um das Kind gekümmert, der Mann sich vor seiner Frau in die Arbeit geflüchtet. Die Schwiegermutter traue sich schon gar nicht mehr ins Haus, vor Scham über die Umstände.

Sicher musste man bei diesen Aussagen eine gehörige Portion Tratsch abziehen. Übrig blieb aber der Eindruck einer wenig harmonischen Ehe, und das konnte auch Madame Ferreira nicht entgangen sein.

Legrand hatte erfahren, dass die Schwiegermutter auch zugleich die Chefin der Ermordeten gewesen war. Die Apotheke befand sich in der Rue St. Antoine. Nach dem Gespräch mit de la Roche hatte der Commissaire heute Morgen sein Büro am Quai des Orfèvres gemieden, ebenso wie den Platz an der Bar des *Soleil d'Or*, wo sich Kollegen zum Frühstück tummelten.

Schlecht gelaunt und ohne Kaffee im Magen, hatte er sich gleich auf den Weg ins Marais gemacht.

Ärgerlich stieß Legrand die Tür zum *L'Arsenal* an der Rue St. Antoine, Ecke Rue de Birague, auf. Sein Magen knurrte, und er brauchte Koffein. Er ging zielstrebig auf die Bar zu. Hinter dem Tresen stand wohl der Besitzer, ein Mann um die sechzig mit weißen, kurz geschorenen Haaren und einem ebensolchen Vollbart. Er war im Gespräch mit einem Gast, der ebenfalls am Tresen stand, und nahm Legrand gar nicht zur Kenntnis.

»Einen kleinen Schwarzen und ein Croissant«, bestellte Legrand mit lauter Stimme, um deutlich zu machen, dass er sich nicht weiter übersehen lassen würde.

Der Mann mit dem Habitus des Chefs nickte seinem etwa vierzigjährigen Gast zu, der weiter von dem Tor sprach, das im gestrigen Länderspiel gegen Spanien erzielt worden war, bewegte sich jedoch gleichzeitig zur großen Kaffeemaschine hinter sich und wendete sich ihr nun doch noch zu. Er betätigte den Knopf, und während der Fußballfan weiterredete, stellte er eine Untertasse auf den Tresen, legte einen Kaffeelöffel daneben und stellte die Zuckerdose dazu. Das Geräusch des Mahlwerks, der Geruch von frischem Kaffee und die Aussicht auf das Croissant, das in Reichweite in einem Korb auf dem goldenen Tresen stand, stimmten Legrand etwas milder.

Er ging noch einmal den gestrigen Abend durch. Zähneknirschend hatte er Said Kahla vor Mitternacht wieder laufen lassen müssen, nicht ohne ihn vorher gründlich verhört zu haben. Doch der war bei seiner Geschichte geblieben: Er hätte mit Vanessa Blandel Sex gehabt. Das einzig Ungewöhnliche sei gewesen, dass sie es dieses Mal nicht bis zum Exzess getrieben habe (man musste wohl schon Fitnesstrainer und im entsprechenden Alter sein, um da mithalten zu können), sondern ihm bald erklärt habe, sie müsse jetzt noch eine dringende Erbschaftssache klären, und deshalb solle er sich vom Acker machen, was ihm wohl auch entgegengekommen sei, da er immer größere Schwierigkeiten hatte, das Verhältnis vor seiner Verlobten geheim zu halten. Er hatte immer wieder versucht, die Affäre zu beenden, doch dann hatte Vanessa gedroht, Chantal davon zu berichten, die dann vermutlich die Verlobung gelöst hätte, womit er auch seine berufliche Zukunft aufs Spiel gesetzt hätte. »Sie hatte noch einen Termin!«, beteuerte Said immer wieder, einen Termin, bei dem es um sehr viel Geld gegangen sei, denn er sei Vanessa wichtig gewesen.

Nachdem de la Roche der Konzentration der Ermittlungen auf Monsieur Kahla widersprochen hatte, war nun wieder Basisarbeit angesagt: Legrand hatte Chevalier gebeten, sich eine Gästeliste der Feiern auf den *Yachts de Paris* am Freitagabend geben zu lassen und die aufgeführten Personen zu befragen, ob ihnen etwas Ungewöhnliches aufgefallen sei. Auch die Mitarbeiter, die in den Räumen der Universität mit Blick auf die Seine saßen, sollten befragt werden. Chevalier sollte Aurélie in diese Aufgabe einbinden, sobald sie mit den Notaren fertig war. Irgendjemand musste doch etwas gesehen haben!

Der Barbesitzer hatte Legrand den Kaffee hingestellt. Der Commissaire trank ihn schwarz, in einem Zug. Dann nahm er sich ein Croissant. Er biss hinein und rief Aurélie an, die schon eine ganz heisere Stimme hatte, aber bisher noch keinen Notar gefunden hatte, der am 1. August einen Termin mit Vanessa Blandel gehabt hatte.

»Wenn du keinen Notartermin findest, dann überprüfe, ob es irgendwo ein Testament mit dem Opfer als Begünstigter gibt!«, wies er sie an, bevor er wieder in das Croissant biss. Er hörte, wie Aurélie schluckte. »Das wird einige Tage dauern«, sagte sie.

»Das ist eben der Unterschied zwischen kriminalistischer Theorie an der Uni und der wahren Praxis«, sagte Legrand und legte auf.

Er glaubte Said Kahla sowieso kein Wort. Dennoch musste er nun wohl Madame Blandels Arbeitsplatz genauer unter die Lupe nehmen. Die Apotheke befand sich schräg gegenüber, und das leuchtende grüne Kreuz war durch die Glasscheiben gut zu erkennen. Legrand legte einige Münzen auf den Tresen und verließ das Lokal.

Heute war ein guter Tag. Das hatte Georgette schon beim Aufwachen gedacht. Heute vor einem Jahr und elf Monaten hatte sie alles verloren. Hier kam ihre zweite Chance auf ein selbstbestimmtes Leben.

Der alte schmiedeeiserne Fahrstuhl zuckelte langsam mit ihr und Isabelle ins fünfte Stockwerk des renovierten Altbaus. Sie war nach Neuilly gefahren, um sich die großzügige, helle Vierzimmerwohnung anzusehen. Davor hatte sie Marie angerufen, um ihr zu sagen, dass sie heute etwas später in die Apotheke kommen würde. Marie hatte ängstlich gefragt, was sie tun solle, wenn die *Police Judiciaire* käme. »Die werden Ihnen schon sagen, was sie wollen«, hatte Georgette geantwortet und Marie mit den Worten beruhigt, dass sie selbst bald kommen würde. Sie hätte nur noch eine Kleinigkeit zu erledigen.

Diese Kleinigkeit würde ihr ganzes Lebensgefühl verändern. Raus aus diesem ungeliebten Appartement, das nie ein Zuhause geworden war. Um nicht so viel Zeit zu verlieren, hatte sie der Agentur die Anforderungen gestern schon telefonisch durchgegeben und heute gleich einen Vor-Ort-Termin vereinbart.

Dort hatte Isabelle Ciceron, eine Frau Anfang dreißig, sie in Empfang genommen. Isabelle trug ein viel zu enges T-Shirt mit hochgeschlossenem Kragen, das ihren großen Busen betonte. Die langen Haare hatte sie zu einem Knoten hochgesteckt, und eine markante Hornbrille sollte wohl das kompetente Image abrunden. Ihr Auftreten war selbstbewusst und für Georgettes Geschmack etwas zu dominant.

»Hier können Sie die Garderobe einrichten. Man will ja, dass alles gleich aufgeräumt ist, wenn man nach Hause kommt!« Isabelle führte Georgette durch den Flur mit Parkettboden und Stuckdecken in das sonnendurchflutete Wohnzimmer.

»Und hier können Sie tagsüber das Sonnenlicht genießen, wenn Sie sich dann zur Ruhe setzen oder auch schon mal am Wochenende.«

Warum dachte eigentlich jeder darüber nach, wann sie sich zur Ruhe setzen würde? Sie betrachtete die Stellmöglichkeiten für die Möbel. Atmosphäre hatten die Räume, keine Frage. Julie würde es hier auch gefallen.

Die Küche war ansprechend und zweckmäßig eingerichtet.

»Und hier ist sogar ein belüfteter Lebensmittelschrank.«

Tatsächlich war an die Küche, an einer der Außenwände, ein kleiner Schrank angebaut, ein Durchbruch durch die Wand, der nach Norden lag. An der Rückseite gab es nur ein paar Lüftungsschlitze. Ein wunderbarer Ort, um Gemüse aufzubewahren. Das könnte man dem Au-pair-Mädchen alles beibringen.

Das geräumige Schlafzimmer lag direkt neben dem zweckmäßigen Badezimmer. Kalkspuren in der Badewanne, aber denen würde Lucie schon zu Leibe rücken. Das Kinderzimmer hatte ein eigenes kleines Bad und war hell und freundlich. Im

Gegensatz zu den anderen Zimmern war hier Teppichboden, doch der ließ sich ersetzen. In dem weiteren Zimmer, ebenfalls mit Bad, konnte das Au-pair-Mädchen untergebracht werden. Es war etwas kleiner, aber absolut ausreichend.

Isabelle bemühte sich nach Kräften, die Wohnung anzupreisen, doch Georgette hatte schon lange abgeschaltet. Auch die Lage war gut. Fünf Minuten zu Fuß zur Metro Linie 1. Justinien hätte die Möglichkeit zu einem echten Neuanfang und mehr Zeit für seine Tochter, wenn die lange Anfahrt ins Büro entfiel. Julie könnte mit der Metro ins *Lycée Charlemagne* fahren, denn Neuilly lag fast genau in der Mitte zwischen dem Marais und La Défense. Und auch von der *Clinique du Belvédère* im Süden, in Boulogne-Billancourt, dem Arbeitsplatz von Florine, war die Entfernung noch angenehm, sodass diese sich vielleicht ab und an direkt nach der Arbeit um ihre Nichte kümmern konnte. Das mit dem Teppich würde man noch verhandeln müssen.

»Besonders praktisch ist auch der Fahrstuhl«, sagte Isabelle gerade. »Diese Wohnung verbindet das Flair des Altbaus mit dem Komfort eines Neubaus. Das wird für Sie wichtig werden, wenn Sie einige Jahre hierbleiben wollen. Auch das Treppensteigen wird im Alter nicht leichter.« Isabelle holte einen kurzen Moment Luft.

»Oh, die Wohnung ist nicht für mich«, sagte Georgette und lächelte. »Sie ist für meinen Sohn und seine Tochter. Ich selbst bevorzuge es, mich mit Treppensteigen fit zu halten.«

Sie genoss es, dass Isabelle einen Moment lang nichts einfiel.

Kaltes Wasser über den Kopf, das musste helfen. Keine halbe Minute hielt sie es aus, dann drehte Lucie das Wasser wieder angenehm warm. Sich selbst zu bestrafen half jetzt auch nicht.

Lucie stand unter der Dusche, wusch sich die Haare und war erfreut zu sehen, dass sich das Wasser lila verfärbte, bevor es den Abfluss hinabgurgelte. Ein Zeichen der Hoffnung, dass sie bald ihre alte Haarfarbe wiederhaben würde. Sie hätte gern jemanden gehabt, mit dem sie ihren Kummer teilen konnte. Doch die Gardienne Maria war vermutlich noch beleidigt wegen der Blumen. Außerdem war deren Lust am Dramatisieren momentan nicht das, was Lucie brauchte.

Sie drehte das Wasser ab und öffnete die Duschkabine.

Ihre Kinder wollte sie nicht mit ihrer Situation belasten, und Antonio … Ja, dem würde sie erst ganz viel erklären müssen.

Lucie griff nach dem Handtuch und frottierte erst kurz die Haare, dann die Haut.

Genau das würde sie tun, später, wenn er von der Arbeit kam und sie gemeinsam ganz viel Zeit und Ruhe hatten. Ihm erzählen, was sich innerhalb der letzten drei Tage alles ereignet hatte. Und dann?

Ehrlicherweise musste sie Justiniens Schilderung bestätigen. Sie konnte keinen plausiblen Grund anführen, weshalb sie die Wohnung betreten hatte, ganz abgesehen von allem, was dann passiert war.

Vor dem Spiegel kämmte sie sich und schlang ein Handtuch um die nassen Haare.

Anders würde sich die Sache natürlich verhalten, wenn sie nachweisen konnte, dass sie die Wohnung hatte betreten müssen. Zum Beispiel, um einen Mörder zu überführen. Das Wort eines Gewaltverbrechers galt vor Monsieur Frank bestimmt weniger als das seiner langjährigen Gardienne. Doch konnte sie irgendwie immer noch nicht glauben, dass Justinien ein Mörder sein sollte. Dieser brave kleine Junge.

Ob die Polizei gestern in der Wohnung etwas gefunden hatte? Lucie bekam ganz weiche Knie. Was, wenn sie Lucies Fingerabdrücke sichergestellt hatten und Justinien nun durch seinen Anruf bei Monsieur Frank nachweisen wollte, dass Lucie in der Wohnung unbefugt ein und aus ging, und dadurch der Verdacht auf sie gelenkt werden würde?.

»Frühstück«, hörte sie plötzlich Antonios Stimme. Er war wieder da! Sie machte innerlich einen Luftsprung vor Freude und rief: »Ich komme gleich!« Doch da sie hörte, wie in dem Moment das Telefon klingelte, wusste sie nicht, ob Antonio sie wahrgenommen hatte. Also schlüpfte sie schnell in ihren Bademantel und eilte ins Wohnzimmer. Jetzt würde alles gut werden. Gemeinsam würden sie eine Lösung finden.

Antonio stand da, das Telefon in der Hand, mit erstauntem Gesichtsausdruck.

»Sie müssen sich verwählt haben«, sagte er gerade, »Sie sind hier nicht bei der *Brigade Criminelle.*« Dann nahm er Lucie wahr und lächelte sie zärtlich an.

»Meine Frau?«

Er hielt die Muschel zu.

»Ein Notariat. Die willst du nicht sprechen, oder?«, flüsterte er.

»Doch.« Sie nahm ihm den Hörer aus der Hand und meldete sich.

»*Bonjour!*«, rief die Notariatssekretärin erfreut.

Antonio holte einen Korb für das Gebäck aus der Küche.

Über Neuigkeiten im Fall Blandel wollte die Sekretärin Lucie informieren.

Ihre Lieblingscroissants – *aux amandes* – von ihrem Lieblingsbäcker. Lucie presste den Hörer so dicht wie möglich an ihr Ohr, hoffend, Madame Agostinho möge bald fertig sein mit ihrem Bericht und vor allem nicht so ins Telefon schreien, denn sie war sicher, dass Antonio mithören konnte. Lucie überlegte, ob sie sagen sollte, der Zeitpunkt sei ungünstig, doch das wäre auffällig gewesen.

Antonio stellte den Korb mit den süßen kleinen Teilchen auf den Esstisch.

»Bei dem gestrigen Termin handelte es sich um das Überschreiben einer Apotheke«, berichtete die Sekretärin.

Lucie starrte Antonio an, der einen riesigen Strauß roter Rosen aus dem Papier wickelte. Das Handtuch, das sich auf ihrem Kopf befunden hatte, glitt zu Boden. Der Hochzeitstag! Sie hatte den Hochzeitstag vergessen! Deshalb war er auch da. Er hatte sich freigenommen, wie jedes Jahr.

»Madame Georgette Blandel wollte die Apotheke Monsieur Lenoir überschreiben, der wohl bereits mehrere davon besitzt«, sprach die Sekretärin weiter, als Lucie nichts sagte. »Vanessa Blandel sollte als Geschäftsführerin für die Apotheke eingesetzt werden.«

Lucie sah, wie Antonio das Papier zusammenknüllte.

Der Geschenkkorb und die Torte warteten noch bei *Lenôtre*. Sie hatte nach dieser infernalen Begegnung mit Justinien glatt vergessen, beides abzuholen, und stand nun mit leeren Händen da.

Antonio nahm den Strauß in die Hand, als sein Blick nochmals den Esstisch streifte. Lucie wurde schlecht.

»Dieses Konstrukt wurde so aufgesetzt, weil Vanessa Blandel keine Apothekerin ist und daher keine eigene Apotheke führen darf.«

Lucie hörte es und nahm wie in Zeitlupe wahr, dass sich Antonios Blick nun auf das Fax auf dem Esstisch richtete. Er las, kniff die Augen zusammen, nahm das Blatt in die Hand, las, während sich auf seiner Stirn eine steile Falte bildete – sein Gesicht ein einziges Fragezeichen.

Lucie glitt das Telefon aus der Hand.

Heute Nacht hatte Justinien erkannt, dass er Martine brauchte. Eine unruhige Nacht, die er im Hotel *Le Meurice* verbracht hatte. Justinien war durch die vielen Dienstreisen gewohnt, in fremden Hotelbetten zu schlafen. Nicht angenehm, ein notwendiges Übel, die Nächte waren unwichtig. Doch in dieser Nacht hatten Kriminaltechniker seine Wohnung auseinandergenommen.

Vor fünf Minuten hatte Justinien Silvie gebeten, Martine in sein Büro zu bestellen und alle anderen Termine zu verschieben. Nun wartete er und ging in seinem Büro auf und ab. Unruhe hatte ihn erfasst, und Martine war die Einzige, die ihm jetzt noch helfen konnte.

Was für eine Ungeheuerlichkeit der Gardienne, in seinen Privatsachen zu schnüffeln. Das hätte er Lucie niemals zugetraut. Er hatte in ihr immer eine Vertrauensperson gesehen. Nun rannte ihm die Zeit davon. Selbst mit einer außerordentlichen Kündigung saß Lucie immer noch in ihrer Loge, wenn dieser einfältige Commissaire das nächste Mal vorbeikam. Lucie hatte den Vaterschaftstest gesehen, da war er sich sicher. Sie würde ihre eigenen Schlüsse ziehen, denn sie war eine intelligente Frau. Bisher hatte er seine Gardienne auch für diskret gehalten, aber das Verhalten gestern ließ ihn daran zweifeln. Lucies Wissen konnte fürchterliche Konsequenzen nach sich ziehen. Commissaire Legrand würde nicht lange auf sich warten lassen und ihn dann mit unangenehmen Fragen konfrontieren. Was Justinien darauf antwortete, musste wohlüberlegt sein, denn es würde Auswirkungen haben. Der Test war ein schlagkräftiges Motiv. Er hatte wirklich mehr als genug Gründe gehabt, seine Frau umzubringen. Und sein Alibi war ein echtes Problem. Martine öffnete die Tür und kam herein.

Er begrüßte sie herzlich und bat sie Platz zu nehmen. Er selbst blieb zunächst stehen, setzte sich ihr dann aber doch gegenüber in der Sitzecke. Wie sollte er dieses schwierige Gespräch nur beginnen? Er schwieg.

»Kann ich irgendetwas für dich tun?«, fragte sie schließlich und sah ihn mitfühlend an.

Es musste funktionieren. Silvie war an jenem Freitagabend wie immer schon um kurz nach fünf gegangen. Keiner hatte ihn das Bürogebäude verlassen sehen, außer Martine.

»Ja«, sagte Justinien. »Kannst du dich an den 1. August erinnern?«

Sie sah ihn fragend an.

»Letzten Freitag«, erklärte Justinien. Eine Ungeheuerlichkeit, die er von ihr verlangen wollte. Doch blieb ihm eine andere Wahl? Schadete es jemandem? »Du könntest mir helfen, wenn du dich daran erinnern würdest, dass wir bis gegen dreiundzwanzig Uhr an deinem Projekt gearbeitet und erst dann das Gebäude verlassen haben.« Er brauchte sie, um Schaden von seiner Tochter abzuwenden. War das verwerflich?

Es dauerte einen Moment, bis Martine begriff.

»Du willst ein Alibi …«, sagte sie leise.

Madame Ferreira hatte wohl Herrenbesuch. Legrand spähte durch die Vorhänge der Glastür der Loge und klingelte erneut, diesmal mit mehr Nachdruck. Er konnte den Rücken eines Mannes erkennen, etwa 1,80 Meter groß, mit gelichtetem Haupthaar. Legrand pochte energisch ans Fenster.

Nun sah er die Gardienne, die hinter dem Mann hervortrat und zur Tür kam. Sie öffnete. Derangiert sah sie aus: Das ehemals weiße Haar, das sie sonst sehr elegant hochsteckte, hing nass über einem alten, rosa geblümten Bademantel. Ihre resolute, ja damenhafte Ausstrahlung war perdu. Direkt alt wirkte sie so. Keine adäquate Toilette, um Herrenbesuch zu empfangen. Einen Moment lang war er zu perplex, um etwas sagen zu können.

»Es ist momentan etwas unpassend. *Au revoir*, Monsieur.«

Sie wollte die Tür gerade wieder zumachen, als er einen Schritt vortrat. »Dauert nicht lange.« Auf ihre momentane Befindlichkeit konnte polizeiliche Ermittlungsarbeit leider keine Rücksicht nehmen. Zumal sie sich ja auch Zeit für diesen anderen Herrn nahm. Ob die zwei miteinander …? Es ging ihn ja eigentlich nichts an, aber …

Der Mann hatte sich umgedreht und sah ihn feindselig an. Madame Ferreira machte keine Anstalten, sie einander vorzustellen, also musste Legrand das wohl selbst tun.

»Léon Legrand, *Police Judiciaire, Brigade Criminelle.*«

Das wirkte. Der Mann wurde blass.

»Madame Ferreira war so freundlich, mich im Mordfall Vanessa Blandel zu unterstützen.« Eine höfliche Floskel. Eigentlich hätte er sich deutlich mehr Kooperation erwartet. »Nun ja«, fügte er, mit einem Seitenblick auf die Gardienne, jovial hinzu, »wenn man sich auch des Eindrucks nicht erwehren kann, sie wisse mehr, als sie preisgibt.«

Er streckte dem Herrenbesuch die Hand entgegen. »Mit wem habe ich das Vergnügen?«

Der Mann rührte sich nicht. Dann sagte er langsam: »Ich denke ich weiß, was Sie meinen.« Und mit einem kurzen Blick zu Madame Ferreira ging er zur Tür und verließ ohne ein weiteres Wort die Wohnung.

Nun kam Bewegung in die alte Dame. »Antonio!«, rief sie und eilte zum Portal. Sie würde doch nicht in dieser Aufmachung durch Paris rennen!

Legrand hatte eben in der Apotheke mächtig Eindruck gemacht. Die kleine Apothekenhelferin hatte ihn ehrfürchtig angesehen, als er seinen Dienstgrad nannte. »Commissaire der *Brigade Criminelle.*« Sie wäre auch sofort bereit gewesen, alle seine Fragen zu beantworten, wäre nicht die zweite, weitaus resolutere Angestellte dazugekommen – ein richtiger Besen, wie Legrand sich gedacht hatte –, die ihm erklärt hatte, die Chefin sei erst gegen elf Uhr wieder da, und sie selbst sei nicht befugt, Auskünfte zu geben. Als sei man nicht berechtigt, über Verhaltensweisen einer Kollegin nach deren Ableben zu sprechen. Legrand hatte bald einsehen müssen, dass er nicht viel weiter kommen würde. Immerhin hatten die beiden Damen bestätigt, dass die Chefin auch gleichzeitig die Schwiegermutter des Opfers war. Eine hochbrisante Kombination. Als Tatverdächtige kam sie nur leider nicht infrage, da sie bis Sonntagnacht im Urlaub gewesen war, in Deauville, wie jedes Jahr um diese Zeit. Nun gut, dann würde er eben vorerst dem Ehemann auf den Zahn fühlen. Der ging aber nicht an sein Handy. Legrand hatte die Mappe, die Aurélie über Monsieur Blandel zusammengestellt hatte, auf seinem Schreibtisch am Quai des Orfèvres liegen lassen. Alles was darin stand, würde ihm sicher auch Madame Ferreira sagen können. Je mehr er wusste, bevor er Blandel befragte, desto besser, denn Blandel war ein ausgebuffter Geschäftsmann. So viel war im ersten Telefonat mit ihm deutlich geworden. Legrand musste gut vorbereitet sein. Und er war nicht mehr willens, sich von Madame Ferreira mit weniger als der ganzen Geschichte abspeisen zu lassen!

Die Gardienne kam schwer atmend wieder zurück und sah

im Moment nicht so aus, als sei irgendetwas von ihr zu haben. Ihre Augen schimmerten feucht. Sie ging zum Esstisch und nahm ein Blatt Papier in die Hand, das sie schnell zusammenfaltete und in der Tasche ihres geblümten Bademantels verschwinden ließ. Legrand bemerkte einen Strauß roter Rosen auf dem Tisch.

»Wer war denn Ihr Rosenkavalier?«, fragte er neugierig. Die Gardienne presste die Lippen zusammen und verschränkte die Arme.

»Ich würde mich jetzt wirklich gerne anziehen«, sagte sie ruhig.

»Ich habe nichts dagegen«, antwortete Legrand. »Mich werden Sie allerdings erst wieder los, wenn Sie mir alle Fragen zu Monsieur Blandel beantwortet haben. Und die Geschichte, dass Sie ihn nicht kennen würden, können Sie mir nicht auftischen!«

Sie verschwand im Schlafzimmer, und er blickte sich in der Loge um. Der Raum war wirklich sehr klein, und auf dem Sofa lag schon wieder Bügelwäsche. Das Bügelbrett war zwischen Sofa und Schrankwand geklemmt. Der Esstisch stand zwei Meter vor dem Sofa. Neben den roten Rosen stand ein Frühstückskorb mit frischen Croissants. Eigentlich hätte Madame Ferreira ihm eines davon anbieten können.

In dem Moment klingelte sein Handy. Er wollte es zunächst ignorieren, ging dann aber doch ran.

Aurélie hatte ein Notariat gefunden, dem der Name Vanessa Blandel etwas sagte. Doch der Termin sei nicht am 1., sondern erst am 5. August gewesen.

Madame Ferreira betrat das Zimmer – nun in Kittelschürze, mit noch offenem Haar – und ging zur Haustür, die sie mit einer auffordernden Geste öffnete.

Legrand ignorierte Lucie, setzte sich an den Tisch und fragte

Aurélie nach weiteren Einzelheiten. »Nichts bekannt. Es ging nur um ein Beratungsgespräch. Aber eine Sache war merkwürdig. Die Sekretärin fragte mich, ob ich eine Kollegin habe, die Madame Ferreira heißen würde. Eine Frau mit diesem Namen hat bei ihr angerufen und sich als Mitarbeiterin der Kriminalpolizei ausgegeben. Das sei ihr allerdings heute Morgen seltsam vorgekommen, als sie dort privat zurückgerufen habe. Sag mal, könnte das unsere Gardienne sein?«

Legrand hatte genug gehört. Eine Frechheit. Madame Ferreira hatte der Polizei alles zu sagen, was sie wusste, und nicht auf eigene Faust Nachforschungen anzustellen! Was dachte sie sich eigentlich? Wahrscheinlich war ihre momentane Geknicktheit auch inszeniert. Auch das Verhalten dieses Rosenkavaliers war mehr als verdächtig.

»Ich kümmere mich darum«, sagte er und legte auf.

»Bitte gehen Sie jetzt.« Madame Ferreira sah aus, als würde sie gleich zusammenbrechen, da am Türrahmen. Welch schauspielerische Glanzleistung. Das sollte vermutlich an sein Mitleid appellieren, wie die Tränen in ihren schönen blauen Augen.

»Ich werde hier noch lange nicht weggehen, Madame Ferreira, und Sie setzen sich jetzt zu mir an den Tisch!«, donnerte Legrand. »Sie haben gewaltig Dreck am Stecken. Das wird Konsequenzen haben! Behinderung der Polizeiarbeit! Wer weiß, was Sie wirklich mit diesem Mord zu tun haben. Setzen Sie sich!«

Die Gardienne schloss die Tür wieder, kam zurück und ließ sich auf den Stuhl ihm gegenüber sinken.

»Und jetzt sagen Sie mir alles, was Sie wissen!«

Sie antwortete nicht. Tränen rannen über ihre Wangen.

»Wir können das Gespräch auch auf dem Kommissariat fortsetzen«, sagte er. »Meine Mitarbeiterin hat erfahren, dass Sie im Namen der Polizei Nachforschungen anstellen.«

Die Gardienne holte ein Taschentuch aus ihrer Kittelschürze und tupfte sich die Tränen ab.

Legrand bemühte sich, hart zu bleiben und nicht auf dieses Theater reinzufallen.

»Sie werden mir augenblicklich sagen, wo Sie noch überall herumgeschnüffelt haben! Den Notar kennen wir schon …«

Lucie schnäuzte sich. »Ich war an der Bar im Hotel *Le Meurice*«, sagte sie. »Und für weitere Fragen wenden Sie sich bitte an Monsieur Blandel.«

Georgette sah das grün leuchtende Kreuz schon von Weitem. Sie kam aus der Metro St. Paul über die Rue St. Antoine und steuerte auf ihre Apotheke zu. In Gedanken war sie noch bei dem Maklertermin. Am besten, sie zeigte die Wohnung zuerst Julie. Wenn sie ihre Enkelin begeistern konnte, dann wäre Justinien nicht mehr das Problem. Georgette hatte noch drei Tage, um sich mit den Schulen vor Ort vertraut zu machen, sollte ihre Enkelin einen Schulwechsel bevorzugen. Am Samstag kam Julie zurück. Das Wochenende würde sie benötigen, um die Sache mit ihrer Mutter zu verdauen. Justinien würde ihr das schonend beibringen. Und am Montag könnte sie mit ihrer Enkelin einen kleinen Ausflug nach Neuilly unternehmen.

Vor der Apotheke blieb Georgette einen Moment stehen. Sie betrachtete die Auslagen im Schaukasten, die Beschriftung des Türrahmens. Den Eingang hatte sie vor gut zwei Jahren neu gestalten und mit Plexiglas einkleiden lassen. Dahinter lagen Lichter, und abends leuchtete der Rahmen gleichmäßig grün. Das machte sich gut an dem historischen Gebäude, professionell und einladend. »Georgette Blandel und ihr Team aus Pharmazeuten, PTAs und Biostheten heißt Sie herzlich willkommen, von Montag bis Samstag zwischen 8.30 und 20.00 Uhr.« Darunter Telefon und E-Mail-Adresse.

Wer genau hinsah, konnte die Umrisse der Buchstaben, die sie entfernt hatte, vor ihrem Namen erkennen. Georgette kniff die Augen zusammen. »Sophie und«. Die Prägung war da, nur die schwarze Farbe nicht. Doch wahrscheinlich sah niemand so genau hin. Alle hatten sie nicht hinsehen wollen, die jungen fröhlichen Leute, die ihre Tochter umringt hatten.

Die Bestellung für diese Arbeit hatte Georgette in Auftrag gegeben, als Sophie ihr Examen bestanden hatte. Es hatte eine Überraschung werden sollen.

Georgette sah Sophie vor sich, nachdem ihr das kostbare Dokument überreicht worden war. Dann inmitten der Diplomanten beim Ball. Sie hatte gestrahlt und überschwänglich gefeiert. Georgette sah sie, wie sie mit François tanzte, ihrem Kommilitonen, der offensichtlich ein Auge auf sie geworfen hatte. Welch schönes Paar! Bis zu diesem Arzttermin, der ihr Leben änderte. Und Georgette hatte mit ansehen müssen, wie einer nach dem anderen der sogenannten Freunde ihrer Tochter nicht mehr gekommen war. Junges Volk, das umfiel, wenn der Wind etwas härter wehte. Selbst die langjährige Schulfreundin hatte es am Ende nicht mehr ausgehalten. Aber eine Mutter musste es …

Georgette schüttelte den Kopf, um die Gedanken loszuwerden. Sie machte einen Schritt nach vorne, und die Glastüren glitten auf.

Marie kam aufgelöst hinter dem Tresen hervor. »Madame Blandel, wie gut, dass Sie da sind.«

»Der Schaukasten muss mal wieder abgestaubt werden …« Georgette fragte sich, welchem Gespenst ihre zart besaitete Mitarbeiterin dieses Mal über den Weg gelaufen war.

»Die Polizei war hier!«, verkündete Marie.

»Und?«

»Sie haben Fragen gestellt, zu Vanessa …« Maries Stimme klang bedeutungsschwer.

»Das war ja zu erwarten«, meinte Georgette ungerührt und sicher, dass Marie keine weitere Aufforderung zum Reden brauchte.

»Wir haben gesagt, sie sollen noch mal wiederkommen, wenn die Chefin da ist.« Marie stand vor ihr wie ein Schulmädchen, das nun Lob erwartete.

»Wir?«, fragte Isabelle, die aus dem Labor hinzugekommen war.

Marie errötete.

Georgette ging, gefolgt von den beiden Frauen, in ihr Büro, legte die Handtasche ab und nahm den Apothekerkittel vom Haken.

»Wie sahen sie denn aus?« Sie knöpfte die weiße Jacke zu.

»Der Commissaire war sehr groß«, sagte Marie.

Dann war es nicht Octavien de la Roche gewesen. Georgette lächelte. Er war zu klug, um sich in eine Ermittlung einzumischen, bei der er befangen war.

»Wie alt?«

»Etwa fünfunddreißig.« Noch so ein junger Knabe, der keine Ahnung vom Leben hatte. Nun, mit dem würde sie fertigwerden.

»Wann kommt er wieder?«

»Das hat er nicht so genau gesagt.« Marie nestelte an ihrem Knopf.

Georgette ging zurück in den Verkaufsraum. Der sollte nur kommen. Sie freute sich direkt darauf.

Lucie blickte grimmig in den Spiegel, als sie ihre Haare hochsteckte. Dieser unsensible Legrand war ja mal wieder zum völlig falschen Zeitpunkt aufgetaucht! Man nötigte andere Menschen doch nicht dermaßen, wenn sie offensichtlich gerade Privatsphäre brauchten. Dreimal zu klingeln! Und dann noch gegen die Tür zu pochen. Und sich nicht davon abhalten zu lassen, dass sie, noch im Bademantel, keine Zeit gefunden hatte, sich zurechtzumachen. Lucie war spät dran. Ein letzter Blick auf die Frisur. Die roten Augen konnten auch mit zu wenig Schlaf erklärt werden. Lucie nahm den Stapel Post auf den Arm und ging ins Treppenhaus. Sie würde sich nicht vorwerfen lassen, ab dem Zeitpunkt der Kündigung ihren Aufgaben nicht mehr nachgekommen zu sein. Hätte Monsieur Frank nicht erst mal mit ihr sprechen müssen, bevor er sie gleich vor die Tür setzte? Sie hatte doch von Anfang an nur helfen wollen! Gerade und besonders Justinien. Er kannte sie von klein auf. Wie oft hatte er bei ihr Zuflucht gefunden, sei es in Form eines Glases Milch, eines Pflasters, eines tröstenden Wortes. Kannte er keine Loyalität? War ihm ein Seidenteppich mehr wert als das Schicksal eines Menschen, der seine Kindheit und Jugend liebevoll begleitet hatte?

Lucie warf den letzten großen Umschlag ein und stieg die Treppe hinab.

Genauso Antonio! Musste er an ihrem Hochzeitstag beleidigt davonlaufen, nur weil sie, Lucie, nicht die Zeit gefunden hatte, ihm zu erzählen, was alles in den letzten drei Tagen passiert war? Mein Gott, es gab Ehepaare, die redeten am Tag nur zwei Sätze miteinander. Sie waren seit zweiundvierzig Jahren verheiratet, und er war doch kein hitziger Jungsporn mehr.

Lucie betrat ihre Loge. Wo steckte er nur? Ein weiteres Mal wählte sie seine Handynummer, doch er blieb »vorübergehend nicht zu erreichen«. Auf die Mailbox wollte sie ihm nicht sprechen. Wann ging »vorübergehend« vorüber?

Das alles hatte sie doch nur dieser dämlichen Vanessa zu verdanken! Mit deren Verschwinden hatte der ganze Ärger angefangen. Nein, eigentlich schon davor, als sie so freundlich war, deren Bügelwäsche bis ins Schlafzimmer zu bringen. Und als Dank, dass Lucie Justiniens Hemden zügig und gut gebügelt, ja sogar vor Ort zur Verfügung gestellt hatte, sorgte er dafür, dass sie obdachlos werden würde! Lucies Blick fiel auf die Jungfrau Maria. Nein, von der wollte sie heute auch nichts wissen, so schändlich, wie sie vom Himmel alleingelassen wurde. Um alles musste sie sich selbst kümmern! Hatte sie nicht in bester Absicht gehandelt, als sie die Ehe der Blandels retten wollte? Wie konnte Gott ihr so einen Strich durch die Rechnung machen? Der sollte sich allein um seine Menschheit kümmern. Schließlich hatte er diese unvollkommenen Geschöpfe selbst verbrochen.

Lucie biss in ein Croissant *aux amandes*. Sie konnte sehr gut ohne Antonio frühstücken, wenn der keinen Wert darauf legte! Was konnte sie denn dafür, dass sich dieser Legrand so ungehobelt verhalten hatte? Der Commissaire sollte seinen Job ab jetzt ruhig allein machen. Er würde schon noch sehen, was er davon hatte. Lucie holte Vanessas Kalender aus der Handtasche, die über der Stuhllehne baumelte. Wenn sie dieses Buch nicht mitgenommen hätte, wäre alles anders gekommen. Wenn sie diese Wohnung erst gar nicht betreten, ja am besten von vornherein das Bügeln der Hemden abgelehnt hätte. Der Termin im Hotel *Le Meurice* fiel ihr ein, die Telefonate mit dem Notariat, die Kosmetikerin und – besonders folgenschwer – das Wiedersehen mit Jean-Bastian. Sie hätte noch ihre ganz normale Frisur, keine »Auffrischung«, und würde mit Antonio einen wunderschönen Tag verbringen, irgendwo da draußen in dieser herrlichen Stadt Paris. Er hatte ihr gleich gesagt, dass sie sich da raushalten sollte, und recht behalten.

Eine Träne lief über ihre Wange. Sie wollte nicht mehr so weitermachen. Und sie wusste ja, dass diese Menschen ihre Gründe hatten, so zu handeln. Lucie betrachtete nachdenklich den Kalender und nahm ihn zum ersten Mal nicht als Informationsquelle, sondern als gelungenen Gegenstand wahr. Weiches, duftendes schwarzes Leder. Beide Seiten des Ringbuches konnten aufgeklappt werden und hatten Platz für Kreditkarten, la Carte Bleue, Eurocard Gold, Visa. Der Fitnessstudioausweis fehlte, aber Führerschein, Fahrzeugschein, Personalausweis und ein gefaltetes rosa Kärtchen waren da. All das kündete von dem eingebundenen Leben einer reichen Frau in den mittleren Jahren. War sie glücklich gewesen in diesem Leben?

Lucie zog das gefaltete Kärtchen heraus und klappte es auf. Ein Allergiepass. Das war interessant. Hatte diese angeblich so starke Frau etwa Schwächen gehabt? Eine Allergie? Lucie versuchte sich Vanessa mit geröteter Schnupfennase vorzustellen, im Frühjahr, wenn die Pollen flogen, doch es wollte ihr nicht gelingen, diese makellose Nase anschwellen zu lassen. Dann vielleicht Hausstaub. Das wäre auch eine gute Ausrede dafür, dass andere für sie putzen mussten … Nein, es war nichts so Profanes. Eine Penicillinallergie. Irgendwie wirkte Vanessa auf Lucie mit einem Mal nicht mehr ganz so kalt und abgebrüht, etwas verletzlicher und damit menschlicher. Lucie seufzte. Sie wünschte sich, noch mal von vorne anfangen zu können. In der Beziehung zu dieser Frau und zu allen anderen. All das loszuwerden, den Kalender und die Verstrickungen, es ungeschehen machen. Sie könnte das schwarze Buch in die Seine werfen, wie der Mörder die Leiche, und schon wieder kreisten ihre Gedanken um dieses Thema. Nein, sie musste der Heiligen Maria versprechen, nun wirklich die größeren Zusammenhänge Gottes Wirken zu überlassen und das Ermitteln der Polizei. Lucie würde sich selbst nur noch in den Dienst der kleinen Aufgaben stellen und wiedergutmachen, was sie angerichtet hatte: sich bei Monsieur Rosenberg und Justinien entschuldigen, die Hemden bügeln und endlich zurückbringen, den Kalender in einen Umschlag stecken und vor die Tür der Blandels legen. Letzteres vielleicht erst später, denn die Tür war von der Polizei versiegelt worden und Justinien seitdem nicht mehr zu Hause.

Sie würde weiter versuchen, Antonio zu erreichen, und zu *Lenôtre* gehen, um den Geschenkkorb zu holen, es gab schließlich einen Hochzeitstag zu feiern! Aber davor zündete sie eine Kerze für die Muttergottes an und schwor, sich ab jetzt aus anderer Leute Angelegenheiten herauszuhalten.

Legrand saß in Madame Blandels Büro, in das sie ihn gebeten hatte, nachdem er in die Apotheke gekommen war und ihr den Dienstausweis gezeigt hatte. Vermutlich wollte sie bei der Kundschaft keine Aufmerksamkeit erregen. So saß er nun auf der anderen Seite ihres Schreibtisches, auf einem unbequemen Stuhl.

Madame Blandel bot ihm ein Glas Wasser an. Sie war eine ältere, sehr gepflegte Dame, dezent geschminkt, mit modischer Frisur, Perlenkette und ebensolchen Ohrringen, und strahlte selbst in dem weißen Apothekerkittel noch Wohlstand aus. Vom Tode ihrer Schwiegertochter hatte sie durch ihren Sohn erfahren.

»Wann hatten Sie zuletzt Kontakt mit der Ermordeten?«, fragte Legrand.

»In der Woche vor meinem Urlaub.« Madame Blandel erhob sich und knöpfte den Kittel auf. »Ich verbringe die letzte Juli- und die erste Augustwoche seit Jahren in Deauville«, erklärte sie. »Das Klima zu dieser Zeit ist mir in der Stadt nicht zuträglich. Dieses Jahr war ich bis zum 3. August an der Küste.« Sie legte den Kittel ab, und darunter kamen eine cremefarbene Seidenbluse zum Vorschein und ein eleganter Stiftrock, der ihr bis kurz über die Knie reichte. »Ich hätte länger bleiben sollen …« Sie setzte sich wieder. »Andererseits braucht mein Sohn nun sicher meine Hilfe.«

»Erzählen Sie mir mehr über Madame Blandel.«

»Da gibt es nicht viel zu erzählen.« Die Apothekerin lehnte sich in ihren Schreibtischsessel zurück. »Vanessa kam mit siebzehn Jahren als Lehrling zu uns. Sie war eine hübsche junge Frau, und ich dachte, dass sie sich gut in unserer Kosmetikabteilung machen würde. Ihre Leistungen waren sicher nicht herausragend, und ihr Umgang mit den Kunden und Kolleginnen hätte herzlicher sein können, aber heute muss man nehmen, was man kriegen kann, und die Umgangsformen sind legerer geworden.«

Legrand zog sein kleines Büchlein hervor. Er überlegte, was er nun eigentlich erfahren hatte.

»Wann lernte Madame Blandel Ihren Sohn kennen?«

Die Apothekerin schien zu überlegen.

»Irgendwann im zweiten Lehrjahr. Ich vermute, sie wollte die familiären Bindungen zwischen uns stärken. Zu dem Zeitpunkt war ich mir sehr unsicher, ob ich sie nach der Lehrzeit in ein Arbeitsverhältnis übernehmen würde.«

»Warum?«, fragte Legrand.

Er hatte den Eindruck, dass die Apothekerin ihre Emotionen nun sehr stark kontrollierte. »Ich hatte Grund zu der Annahme, dass Vanessa Kosmetikartikel mitgehen ließ und sich an der Kasse bediente. Nachweisen konnte ich ihr das allerdings nie.«

Legrand machte sich dazu Notizen: »Und dann?«

»Vanessa verlagerte ihre Aktivitäten auf die Eroberung meines Sohnes. Als sie dann schwanger wurde, wusste er, was seine Pflicht war. Mein Sohn ist ein sehr aufrechter und anständiger Mensch. Er sorgt sehr gut für alle, die ihm anvertraut sind. Vanessa gehörte ab diesem Zeitpunkt dazu.«

Ihr Bericht wirkte sehr offen und völlig sachlich. Endlich eine Frau, die ihm nichts vormachte und auch keine Informationen zurückhielt. »Würden Sie die Ehe der beiden als glücklich bezeichnen?«

»Da bin ich überfragt.« Die Apothekerin schlug ein Knie über das andere. »Ich denke, dass Vanessa dort alles gefunden hat, was sie brauchte. Und Sie wissen ja, wie das ist, Monsieur le Commissaire.« Sie lächelte: »Was möchte ein Ehemann mehr, als seine Frau glücklich zu machen? Vielleicht hat er etwas viel gearbeitet und war öfter beruflich verreist. Doch ich denke, Vanessa war klug genug zu wissen, dass das bei einem erfolgreichen Mann dazugehört.«

Legrand trank einen Schluck Wasser, um sich zu sammeln. Er wusste zum jetzigen Zeitpunkt nicht, wie das zu alldem passte, was er bisher gehört hatte. Was hatte er denn gehört? Die Gardienne tat so, als wisse sie gar nichts, und die alte Dame mit dem Dackel hatte sich den Mund über Madame Blandels Affären zerrissen. Said Kahla hingegen hatte das Bild einer sexuell überaktiven Frau gemalt, die auch vor Erpressungen nicht zurückschreckte. Das wiederum passte zu den Diebstählen am Arbeitsplatz, von denen die Apothekerin berichtet hatte.

»Wir haben den Liebhaber Ihrer Schwiegertochter verhört, Madame Blandel. Was können Sie mir dazu sagen?«

»Ich habe ihn nicht verhört.« Sie lächelte. »Vielleicht möchten Sie mir etwas dazu sagen?«

»Madame Blandels Fitnesstrainer pflegte eine sexuelle Beziehung zu ihr. Denken Sie, Monsieur Blandel hat davon gewusst?«

»Das ist möglich«, meinte sie gleichmütig. »Ich denke, er wird diese Spielereien nicht ernster genommen haben, als sie waren. Sie haben zusammen eine Familie gegründet. Er arbeitet viel und ist sehr erfolgreich. Da ist es doch nur verständlich, wenn seine Frau, die diese Erfolge nicht vorweisen kann, auch ihre Quellen der Bestätigung sucht. Mein Sohn ist viel zu klug, um etwas dagegen zu haben.«

Legrand wusste nicht, was er davon halten sollte.

»Und Ihre Beziehung zu Madame Blandel?«

»Mein Sohn hat sie geheiratet, und ich habe sie eingestellt und hier weiter beschäftigt. Sie ist die Mutter meiner Enkeltochter und hat ein gutes Händchen für Kosmetik. Ist das Aussage genug?« Madame Blandel lächelte verbindlich.

»Diese Fakten sind mir bekannt«, sagte Legrand. »Aber ich spreche von Ihren Emotionen Ihrer Schwiegertochter gegenüber …«

Madame Blandel zog die Augenbrauen hoch: »Emotionen? Gefühlsduseleien sind unsere Sache nicht. Wir Blandels sind Menschen der Tat. Und wir wissen, was man von uns erwartet.«

Es war der Freitagabend gewesen, an dem Justinien früher gegangen war, weil er noch einen Termin gehabt hatte. Martine stand am Fenster ihres Büros und blickte auf das Kongresszentrum CNIT herunter, das heute von hier oben besonders hell und heimelig wirkte. Sie erinnerte sich noch gut, wie verärgert sie über Justiniens überstürzten Aufbruch gewesen war. Was war das für ein Termin gewesen? Hatte er dadurch irgendwelche Probleme zu befürchten? Vielleicht sogar mit der Polizei? Er hatte verstört gewirkt vor diesem Termin. Sie war tief beeindruckt, welches Vertrauen Justinien ihr entgegenbrachte. Er hatte sich mit dieser Bitte in ihre Hände gegeben. War er jetzt endlich frei dazu, nun, wo seine Frau nicht mehr lebte? Wie war sie ums Leben gekommen? Martine würde ihn behutsam fragen, was geschehen war.

Weiter war sie mit ihren Überlegungen nicht gekommen, denn das Telefon hatte geklingelt, und es gab Probleme in Sofia. Der Immobilienmakler wollte für die ausgesuchten Büroräume plötzlich den doppelten Preis. Martine hatte den Rest des Vormittags gebraucht, um dem guten Mann klarzumachen, dass er so mit der Russenmafia verhandeln konnte, aber nicht mit einem amerikanischen Konzern. Der Weltmarkt war schließlich kein Basar. Für einen Moment hatte sie schon alles gefährdet gesehen und befürchtet, ganz von vorne mit der Auswahl starten zu müssen. Schließlich hatte sie geblufft und behauptet, sein Konkurrent habe nur den halben Preis verlangt, und wenn er sich nicht mit siebzig Prozent des Verhandelten zufriedengäbe, betrachte sie das Geschäft als gestorben. Er hatte eingelenkt, und sie waren wieder bei der ursprünglichen Vereinbarung gelandet. Zwei Stunden später lehnte sie sich erschöpft in ihrem Bürostuhl zurück, als das Telefon wieder klingelte. Im Display sah sie Justiniens Nummer.

»Kommst du mit zum Essen?« Seine Stimme klang weich im Vergleich zu dem harten Englisch des Bulgaren. Es war ungewöhnlich, dass Justinien mittags essen ging. Ihr Gespräch vom Morgen fiel ihr wieder ein und seine Offenheit. Schon die ganzen letzten Tage. Sie spürte wieder diese tiefe Freude in sich. Vielleicht löste er sich langsam aus der Anspannung und Umklammerung seiner Ehe. Was war mit seiner Frau geschehen? War sie krank gewesen? Am Sonntag war sie verstorben, hatte Justinien gesagt. Martine dachte an das *Bistro du Faubourg* unten auf dem Platz, rechts vor der *Tour Égée*. Mittags würden sie wahrscheinlich nicht die Zeit haben, es wirklich zu genießen.

»Wie wäre es heute Abend?«

»Das eine schließt das andere ja nicht aus …«, sagte Justinien. »Treffen wir uns am Fahrstuhl?«

Ihr wurde warm. Sie stand auf. Vielleicht hatte sie sein Verhalten die ganze Zeit fehlinterpretiert. Er versuchte Signale zu senden, und sie reagierte nicht darauf. Den Job als Controllerin hatte er ihr auch schon vor drei Wochen besorgt, ohne ein Wort darüber zu verlieren. Justinien war ein Mann, der eben keine großen Worte machte. Er zeigte seine Zuneigung durch Taten. Und heute Morgen hatte er sich ihr gegenüber offenbart. Sie öffnete die Tür und machte sich auf den Weg zum Fahrstuhl. Dass diese Vanessa an seiner Seite eine Fehlbesetzung gewesen war, wusste jeder. Auch wie unglücklich er in der Beziehung sein musste, munkelte man auf den Gängen. Kein Foto seiner Frau schmückte den Schreibtisch, nur das der Tochter. Deutlicher ging es nicht, und niemand wusste besser als Martine, dass Justinien zu dieser Ehe gezwungen worden war.

Die meisten der an den Gang grenzenden Büros standen offen und waren in der Mittagspause verwaist. Warum hatte sich Justinien nicht schon lange von dieser Frau scheiden lassen? Zugegebenermaßen war das gar nicht so einfach, sondern nervenaufreibend, langwierig und teuer. Vielleicht hatte sie tatsächlich eine unheilbare Krankheit gehabt, und Justinien wäre der Letzte gewesen, der sie dann alleingelassen hätte. Das hatte er ja schon einmal bewiesen. Martine bog um die Ecke. Die besondere Vertrautheit, die sie mit Justinien verband, weil sie sich so lange und so gut kannten, war in den letzten Tagen um Justiniens Offenheit bereichert worden. Das war neu und hatte eine Bedeutung. Martine blieb wie angewurzelt stehen. Hatte er etwa für sie frei sein wollen? Hatte nicht er sie wieder aus den USA zurückgeholt? Und als er die Anziehungskraft zwischen ihnen nicht mehr ausgehalten hatte, etwa den Weg für eine gemeinsame Zukunft frei gemacht? So ungeheuerlich war dieser Gedanke, dass ihr schwindelig wurde.

Sie lehnte sich an die Wand und atmete tief ein und aus. Als sie am Ende des Gangs zwei Kolleginnen auf sich zukommen sah, ging sie langsam weiter in Richtung Fahrstuhl.

»Ah, da bist du ja!«, sagte Justinien erfreut und drückte den Knopf. Offensichtlich hatte er schon gewartet. Um ihn herum standen weitere Kollegen auf dem Weg zum Mittagessen und sichtlich darum bemüht, Justinien in ein Gespräch zu verwickeln. Die jüngeren traten verlegen von einem Fuß auf den anderen, denn es war ihnen nicht ganz geheuer, neben dem großen Boss zu stehen. »Darf ich dir Jean-Pierre vorstellen?« Justinien legte einem jungen, braun gebrannten Mann neben sich kurz die Hand auf die Schulter. Dieser sah Martine fest in die Augen. »Sehr erfreut«, sagte er dann.

Der Fahrstuhl kam und war schon zur Hälfte voll. Die französischen Kollegen ließen den Damen den Vortritt. Die anderen Europäer und Amerikaner drängten sich plump dazwischen. Jean-Pierre hatte sich neben Martine gestellt. »Das ist alles so spannend hier. Die ganzen unterschiedlichen Kulturen.« Er versuchte, sie in ein Gespräch zu verwickeln.

Die jungen Kolleginnen vom Gang hatten sich mit ihrem Chef, Philippe, dem Leiter des Rechnungswesens, um Justinien gruppiert. In diesem Umfeld war es unmöglich, mit ihm ein Wort unter vier Augen zu wechseln. Martine lächelte in sich hinein. Sie wusste, wie wenig Justinien von diesem ganzen Zirkus hielt.

»Das Zusammenarbeiten verschiedener Kulturen fördert ganz ungemein die Innovationsfähigkeit eines Unternehmens«, dozierte der junge Schnösel gerade. »Und das ist nicht nur für die Produktentwicklung notwendig, sondern für jeden Teil des Unternehmens. Auch für das Controlling.« Jean-Pierre sah sie auffordernd an, und Martine nickte. Sie würde ein Appartement in Sofia haben und am Wochenende nach Paris kommen. Da seine Frau gerade erst gestorben war, würden sie diskret sein müssen. Seltsam war allerdings, dass Justinien für Freitagabend ein Alibi brauchte. Sie würde ihn fragen, ob das in irgendeinem Zusammenhang mit seiner Frau stand, auch wenn sie sich ein wenig vor seiner Antwort fürchtete.

»Und wenn man in einem Schmelztiegel der Kulturen Changeprozesse managt, ist das parallel zum Tagesgeschäft kaum zu leisten ...« Was erzählte dieser Grünschnabel für einen Hochschulschwachsinn? Die Fahrstuhltüren glitten auf. Gleich würde sie erlöst sein. Martine wartete darauf, dass sich Justinien aus der Menschentraube löste, um mit ihr das Gebäude zu verlassen und zum Italiener zu gehen. Doch er bog mit der Meute zur Kantine ab. Einen kurzen Moment war Martine enttäuscht. Dann musste sie Justinien recht geben. Sie durften sich nichts anmerken lassen.

Jean-Pierre wich nicht von ihrer Seite. In der Schlange am Grill stellte er sich hinter sie. »Ich habe eben von Monsieur Blandel erfahren, dass Sie das interessanteste Projekt seines Bereiches betreuen«, sagte er. Martine bestellte ein Steak mit Bohnen. »Sie scheinen sein besonderes Vertrauen zu genießen.«

War das selbst für Fremde offensichtlich? Dann war es umso besser, dass sie bald den Job in Sofia haben würde und Justinien erst mal heimlich an den Wochenenden sah. Wenn er zu ihr käme, könnten sie ab und zu gemeinsam ans Meer fahren.

An der Kasse lächelte Justinien sie kurz an und blickte dann fragend in Richtung Jean-Pierre. Ihr wurde warm, und sie nickte zurück. Da war nur noch seine Tochter, die störte. Doch die ließ sich in einem Internat unterbringen. Weit weg am besten, wo es sich am Wochenende nicht lohnte, nach Hause zu fahren. Denn die Wochenenden sollten ihrer Liebe gehören. Eine Eliteschule in der Schweiz. Das ließe sich Justinien gegenüber gut verkaufen. Und in den Ferien gab es genug Zeltlager und Sprachreisen. Sie würden frei füreinander sein. Martine zahlte.

Am Tisch drängte sich die Blondine aus dem Rechnungswesen in Justiniens Nähe. Caroline hieß sie. Vermutlich Ende zwanzig. Martine versuchte, mit ihrem Tablett schneller zu sein, doch Caroline nahm neben Justinien Platz. Auch der Platz gegenüber war augenblicklich besetzt. Ärgerlich ließ sich Martine neben der blonden Konkurrentin nieder. Und zu ihrem Leidwesen blickte sie nun direkt in Jean-Pierres Gesicht auf der anderen Seite des Tisches.

»Erzählen Sie mir von Ihrem Projekt«, bat er mit einem gewinnenden Lächeln. Sie nahm einen Schluck Cola.

»Da sind mir leider die Hände gebunden.« Auch sie zeigte ihre Zähne. »Das ist alles *top confidential.*«

Während sie ihr Fleisch schnitt, verfolgte sie, wie Caroline sich nun ganz Justinien zuwandte und von einer Kundensituation erzählte. Dabei lachte sie. Völlig aufgesetzt, dachte Martine verärgert, und es versetzte ihr einen kleinen Stich, als sie sah, dass Caroline kurz seine Hand berührte. Ob das Absicht gewesen war? Doch Justinien schien sich offensichtlich nicht davon beeindrucken zu lassen, denn er sprach Jean-Pierre an und band auch die anderen am Tisch in das Gespräch ein. Martine liebte ihn dafür. Andererseits wirkte die Art, wie Justinien Caroline ignorierte, nicht entspannt, und diese ging erstaunlich vertraut mit ihm um, wenn man bedachte, dass die beiden beruflich kaum Berührungspunkte hatten.

Es war doch albern, darüber zu wachen, wer Justinien wie nahe kommen durfte, dachte Martine. Lieber dachte sie an das Alibi, das sie ihm geben würde. Martine konnte noch nicht wissen, was für eine Rolle es spielte und wer sie eventuell dazu befragen würde, doch wäre es sicher gut, möglichst bald eine Version des Abends abzustimmen. Sie würde sagen, dass sie mit Justinien noch gearbeitet habe, als es draußen schon lange dunkel war, denn an dem Abend sei die endgültige Entscheidung für Sofia gefallen, und das sei eine sehr schwere Geburt gewesen. Aus dem Stegreif würde sie eine Stunde über die Vor- und Nachteile referieren können, und das würde jeden, der fragte, abschrecken. Wer interessierte sich dafür, was Justinien an diesem Freitag gemacht hatte? Sie würde heute Abend alles mit Justinien besprechen, wenn sie dann in Ruhe essen gingen. Er würde ihr dankbar sein, doch das war das Mindeste, was sie tun konnte, besonders, wenn er tatsächlich beim Tod seiner Frau nachgeholfen haben sollte, um für Martine frei zu sein. Vielleicht sollten sie das Thema Alibi schon vorher bei einem Kaffee klären, denn dann konnten sie den Abend der gemeinsamen Zukunft widmen.

»Träumst du?«, fragte Justinien, als sie wieder auf dem Weg zurück ins Büro waren.

Sie lächelte.

»Was hältst du eigentlich von ihm?« Justinien hatte die Stimme gesenkt und deutete auf Jean-Pierre, der in der Traube zwei Meter vor ihnen lief. War er etwa eifersüchtig? Wie süß. Martine lächelte noch immer.

»Hast du später Zeit für einen Kaffee?«, fragte sie.

»Gute Idee. Ich melde mich.« Mit einem Kopfnicken bog er in Richtung seines Büros ab. Martine ging den Gang hinunter. Morgen sollten die Amerikaner kommen, und er nahm sich heute während des Tages für sie Zeit. Wie hatte sie diese ganzen Zeichen so lange übersehen können?

Dann würde sie eben erst die Hemden von Monsieur Rosenberg bügeln, wenn Antonio auf seinem Handy immer noch nicht erreichbar war. Sie hatte es oft genug versucht, jetzt war es an ihm, sich zu melden.

Lucie aß im Stehen das zweite Croissant *aux amandes*, das Antonio heute Morgen vom Bäcker geholt hatte, in dem Vorhaben, für sie ein gemeinsames Frühstück zu machen. Trotz des Zuckers kam ihr die Mandelfüllung heute leicht bitter vor. Der schöne Rosenstrauß stand auf dem Tisch. Es war nicht leicht, in Paris gute Rosen zu bekommen. Die Blumengeschäfte auf der Rue de Rivoli und auf der Rue St. Antoine boten nur schlechte Qualität zu überhöhten Preisen. Zweiundvierzig Blüten. Für jedes Jahr eine. Lucie hatte nachgezählt.

Sie war froh, dass noch kein Hausbewohner aufgetaucht war. Sie wäre heute nicht in der Stimmung, nett mit den Menschen zu plaudern.

Nachdem sie das Bügelbrett aufgebaut hatte, wollte Lucie die Hemden aus dem Trockner holen und bemerkte dabei, dass sie gestern nur zwei getrocknet hatte, um möglichst schnell damit fertig zu werden. Die anderen waren noch in der Waschmaschine. Sie hatte zwar gestern noch die Klappe geöffnet, damit der Stoff keine Stockflecken bekam, aber die Hemden müffelten nun dennoch etwas. Die Nähte waren immer noch rosa. Lucie überlegte, einen weiteren Entfärbungsversuch zu starten, entschied sich aber dagegen. Das würde nichts mehr bringen und den Stoff nur noch mehr strapazieren. Sollte sie gleich neue Hemden kaufen? Sie würde erst einmal bügeln und sich dann das Ergebnis ansehen, um zu entscheiden, wie weiter vorzugehen war.

Da der Stoff noch über genügend Grundfeuchte verfügte, brauchte sie das Bügeleisen nicht auf Dampf einzustellen. Als es richtig heiß war, zischte es auf seinem Weg über den verknitterten Stoff und schlug eine Schneise in die verwirrenden Berg-und-Tal-Muster. Wie wunderbar wäre es, alle Umstände der letzten Tage genauso ungeschehen zu machen, die Irrungen und Wirrungen zu glätten, alles zu bereinigen! Genau das würde sie im Kleinen nun Schritt für Schritt tun.

Es klingelte. Einen kurzen Moment freute sich Lucie, dass Antonio nun endlich kam, doch sie besann sich eines Besseren, denn er würde wohl seinen Schlüssel benutzen. O nein! Wer wollte denn jetzt etwas von ihr? Hoffentlich nicht Legrand oder Monsieur Rosenberg! Vor der Tür konnte sie eine Frauengestalt erkennen.

Lucie öffnete.

»*Salut.*« Maria begrüßte sie mit Küsschen links und rechts. Lucie fiel ein, dass die Gardienne aus Nummer 9 gestern beleidigt gewesen war, weil Lucie sich nicht wegen der Blumen für Georgette gemeldet hatte.

»Komm doch rein.« Lucie hoffte, dass dieser Umstand heute nicht nochmals Thema werden würde, denn in ihrer momentanen Verfassung würde sie weder das Fingerspitzengefühl noch die Lust aufbringen, Marias gekränkter Eitelkeit zu huldigen oder ihren Männergeschichten zu lauschen. In Marias

Universum drehte sich an manchen Tagen alles nur darum, den passenden Mann zu finden, um endlich eine Familie zu gründen.

»Neue Haarfarbe?« Ohne auf die Antwort zu warten, sprach Maria weiter: »Ich wollte euch zum Hochzeitstag gratulieren. Das ist für dich!«

»Oh.« Erst jetzt bemerkte Lucie das kleine Päckchen in Marias Hand, das diese ihr entgegenstreckte. Sie schluckte: »Vielen Dank!« Lucie räusperte sich. »Möchtest du einen Kaffee?«

»Gerne.«

Lucie ging in die Küche, legte das Geschenk auf die Ablage und öffnete die Schublade. »Gold, wie immer?«

Maria bejahte, während Lucie zwei goldene Kapseln aus der Schachtel holte.

»Arbeitet Antonio heute?«, fragte Maria aus dem Wohnzimmer.

Lucie schaltete die Kaffeemaschine an. »Wir feiern heute Abend«, rief sie, vielleicht eine Spur zu laut. Dann legte sie die Kapseln ein, stellte die Tassen bereit und packte das Geschenk aus.

»Echt silberne Bilderrahmen«, erklärte Maria, die jetzt im Türrahmen stand. »Ich dachte, ihr habt dafür mehr Verwendung als ich. Ich habe sie am Sonntag gefunden und dabei an Clara und Lina gedacht.«

»Wo hast du denn diese schönen Rahmen gefunden?«, fragte Lucie.

»Du wirst es nicht glauben! In der Papiertonne ... Ich vermute, Florine hat sie dort entsorgt, denn schau mal, die Fotos sind Aufnahmen von Jacques Dupont.«

Lucie drückte auf den Knopf, und die duftende dunkelbraune Flüssigkeit ergoss sich in die Tasse. »Bist du sicher, dass sie Florine nicht aus Versehen zwischen den Papiermüll geraten sind? Den Kaffee wie immer, halb mit Milch?«

Maria nickte. »Ganz sicher!«

Lucie freute sich doppelt, denn das Entsorgen der Bilder war der erste Schritt für Florine, um frei zu werden für eine neue Beziehung und ein neues Leben. Und die Bilderrahmen waren wirklich sehr schön. Sie würde Natalie um aktuelle Fotos der Zwillinge bitten. »Vielen Dank, Maria.« Lucie nahm die Gardienne kurz in den Arm. »Wie lieb von dir, an unseren Hochzeitstag zu denken!«

Lucie begleitete Maria ins Wohnzimmer und forderte sie auf, Platz zu nehmen, während sie sich wieder ans Bügelbrett stellte. »Es war so viel los die letzten Tage, sonst hätte ich mich gemeldet.«

Lucie legte ein neues Hemd bereit und griff wieder nach dem Bügeleisen.

»Sag mal, hast du gestern den Artikel im *Figaro* gelesen?«, fragte Maria.

»Momentan komme ich nicht zum Lesen.«

»Du hast doch so gute Kontakte zu Monsieur de la Roche. Hat er dir nichts gesagt?«

»Ich habe Monsieur de la Roche seit Tagen nicht mehr gesehen.« Lucie ließ das Bügeleisen über die Naht am Ärmel gleiten. Der Faden blieb leider rosa.

»Und Madame Blandel?«

»Am Montagmorgen in der Apotheke. Warum?« Lucie wendete das Hemd.

»Bist du sicher?« Marias Stimme klang erstaunt.

»Natürlich. Ich habe dir doch erzählt, dass sie sich über die Blumen gefreut hat.«

»Ich meine doch Vanessa!«, rief Maria. »Man munkelt, dass

sie seit Tagen nicht gesehen wurde. Heute Morgen habe ich Madame Richard gesehen, die ihren Dackel spazieren führte. Sie behauptet, weiß gekleidete Polizisten seien hier gewesen und hätten nach Vanessa gesucht.« Maria trank einen Schluck Kaffee. »Wobei man bei dieser Klatschbase nie weiß ...«

Lucie war rot geworden und hatte sich über das Hemd gebeugt: »Wann hast *du* Vanessa denn gesehen?« Manchmal war Angriff die beste Verteidigung.

»Ich habe sie am Freitagmittag gesehen, als ich dir die Blumen gebracht habe.«

»Wo?«

»Bei uns im Treppenhaus. Ich glaube, sie war auf dem Weg zu Florine. Sah blass aus und hat mich wie immer nicht gegrüßt.« Maria stellte die Tasse ab. »Mich würde es nicht wundern, wenn sie die Tote aus der Seine wäre. So unfreundlich, wie die immer war – vielleicht ist sie ja an den Falschen geraten? Dich ärgert sie doch auch immer wieder. Komm, Lucie, du musst doch was darüber wissen!«

Lucie seufzte: »Ich habe im Moment ganz andere Sorgen, als mich mit der Klatschpresse zu beschäftigen. Schau mal, die Naht hier ist rosa. Obwohl ich es schon mit Entfärber gewaschen habe!«

Maria sah sich das Hemd an: »Und wenn du es blau färben würdest?«

Lucie lachte: »Ich fürchte, das würde Monsieur Rosenberg nicht gefallen.«

Die Muttergottes konnte stolz auf Lucie sein, dass sie der Versuchung nicht erlegen war; denn Lucie hätte sich fragen können, was Vanessa bei ihrer Schwägerin Florine gewollt hatte. Sie tat es aber nicht.

Über den roten Teppich schritt Legrand ins Hotel. Er konnte sich gut vorstellen, dass Monsieur Blandel hier öfter verkehrte, nach all dem, was er in der Mappe, die Aurélie zusammengestellt hatte, über ihn gelesen hatte. Nach dem offenen und äußerst angenehmen Gespräch mit der alten Madame Blandel war Legrand in sein – beziehungsweise Lamberts – Büro am Quai des Orfèvres marschiert, um sich auf den aktuellen Stand zu bringen. Chevalier und Aurélie waren noch mit der Befragung der Gäste der Feiern beschäftigt, die Kriminaltechnik hatte noch keine Auswertung der Spuren aus Kahlas Auto und Blandels Wohnung für ihn. So hatte er sich die Mappe über Monsieur Blandel zu Gemüte geführt – ein toller Hecht, nach all dem, was in den Zeitungen über ihn geschrieben wurde. Madame Ferreira hatte gesagt, er solle an der Bar des Hotel *Le Meurice* nach ihm fragen. Legrand freute sich, dass sein Job ihm erlaubte, hier zu verkehren. An der Rezeption zeigte der Commissaire seinen Dienstausweis und verlangte den Chef der Bar zu sprechen. Legrand wurde von einer jungen Rezeptionistin mit hochgesteckten Haaren in den Wintergarten an einen Tisch geführt. Ob er einen Wunsch habe, fragte sie. Er hätte sich bei dieser Frau viele Wünsche vorstellen können, beschränkte sich dann aber auf einen Kaffee, denn er war schließlich im Dienst. Die Rezeptionistin bat ihn um einen Moment Geduld und entfernte sich.

Legrand nahm auf einem der Sessel Platz und sah sich um. Durch die Jugendstil-Glaskuppel fiel Tageslicht und erhellte den ganzen großen Raum. Offensichtlich war er zur Stunde des Nachmittagstees gekommen. Um ihn herum saßen ältere Damen, und auf den kleinen Tischen standen silberne Kännchen zwischen weißen Teetassen und köstlich aussehenden Törtchen. Legrand überlegte gerade, dass er sich noch ein gutes

Stück Kuchen auf Kosten des Hauses genehmigen könnte, als ihn ein schlanker Mann in Livree ansprach:

»*Bonjour*, Monsieur Legrand. Mein Name ist Alexandre Dumas. Sie wollten mich sprechen?« Das sollte der Chef der Bar dieses Hotels sein? Er hatte lange Haare und trug einen Ohrring im linken Ohr.

»Der Ältere oder der Jüngere?«, feixte Legrand.

»Ich habe mir den Namen nicht ausgesucht«, entschuldigte sich Monsieur Dumas. Hinter ihm tauchte ein kleiner Kellner auf, in der Hand ein Silbertablett.

»Setzen Sie sich doch, Monsieur Dumas«, sagte Legrand.

Der Kellner stellte behände die Kaffeekanne auf den Tisch, eine Tasse, Milchkännchen und Zucker dazu.

»Sie bitte auch gleich.« Von Laufburschen erfuhr man am meisten.

Der junge Kellner goss Kaffee ein und nahm Blickkontakt zu dem Langhaarigen auf, der kaum merklich nickte. Dann setzte er sich dazu.

»Wie heißen Sie?«, wollte Legrand wissen.

»Luc Rosellen.« Er hatte wache dunkle Augen.

Legrand zog ein Managermagazin aus seiner Tasche. Aurélie hatte die Ausgabe besorgt, die Justinien Blandel einen ganzen Artikel widmete. Legrand hatte ihn nur kurz überflogen. Der Tenor war, dass Monsieur Blandel als Franzose und kaufmännischer Leiter an der Spitze der Europazentrale eines amerikanischen Konzerns die Ausnahme bildete. Dass für die Grande Nation im Rahmen der Globalisierung doch noch Hoffnung bestand, wenn Männer wie Blandel für Kultur sorgten. Besonders hervorgehoben wurde sein ethisches Bewusstsein.

Legrand schlug die Seite auf, in der Justinien im DIN-A4-Format hinter seinem Schreibtisch abgelichtet war, und legte das Heft so auf den Tisch, dass die beiden Kellner es gut sehen könnten. »Kennen Sie diesen Mann?«

Alexandre Dumas nahm das Magazin in die Hand, betrachtete das Foto eingehend und reichte es dann seinem Kollegen. Luc Rosellen warf einen Blick darauf.

»Ich habe ihn schon hier gesehen.«

»Wann?« Legrand witterte eine Fährte.

»Schon öfter.«

»Letzten Freitag vielleicht? Das war der 1. August.« Luc überlegte.

»Der Tag, an dem fast die gesamte Belegschaft krank war. Ja …«

»Erzählen Sie!«

Luc suchte Blickkontakt zu Alexandre Dumas, der leicht den Kopf bewegte.

»Er kam zu mir an die Bar und bestellte ein Bier. Dann setzte er sich an den Tresen.«

»Um wie viel Uhr war das?« Legrand holte seinen Notizblock heraus und klappte ihn auf.

»Es muss kurz nach neunzehn Uhr gewesen sein, denn wir hatten gerade Schichtwechsel gehabt.«

Legrand notierte die Zeit. »Weiter!«

»Dann trank er das Bier …«

»War er allein?«

Luc blickte fragend zu Dumas, dessen Miene keine Regung zeigte.

»Ja.«

»Ist Ihnen irgendetwas aufgefallen?«

Luc zögerte. »Er schien auf jemanden zu warten. Er blickte immer wieder zur Tür. Das ist mir aufgefallen, weil er sich dazu umdrehen musste. Und dann sah er wieder auf seine Uhr.«

Dumas' Miene war immer noch versteinert.

»Möchten Sie etwas ergänzen, Monsieur Dumas?«, wandte sich Legrand nun direkt an ihn.

»Das kann ich leider nicht, auch wenn ich gerne würde.« Dumas griff nach dem Managermagazin. »Ich habe freitags immer meinen freien Abend.«

Legrand notierte sich, dass er das überprüfen musste, und wandte sich dann wieder an Luc, während Dumas offensichtlich begann den Artikel zu lesen, oder zumindest so tat.

»Weiter!«

Luc wirkte nun etwas verunsichert. Legrand fiel auf, dass er die ganze Zeit stocksteif auf dem Sessel saß.

»Ich fragte den Herrn, ob er jemanden erwarte.«

»Und?« Langsam nervte es, ihm alles aus der Nase ziehen zu müssen. Legrand nahm einen großen Schluck Kaffee. »Der ist übrigens sehr gut!«, meinte er in Richtung Dumas. »Vielleicht sollten Sie Ihrem Mitarbeiter auch einen bestellen, um seine Zunge etwas zu lösen ...«

»Die Mitarbeiter unseres Hauses kennen ihre Pflichten ...« Dumas ließ die Zeitschrift sinken und blickte Luc an. »Das schätzen unsere Kunden so an uns ...«

»Sie sind der Polizei gegenüber zur Auskunft verpflichtet!« Legrand wurde lauter.

»Selbstverständlich. Bitte ...« Dumas hatte sich an Luc gewandt.

Luc schien offensichtlich verstanden zu haben: »Nun, der Mann beantwortete meine Frage nicht, wirkte jedoch verärgert. Er setzte sich daraufhin an einen der Tische in der Bar, öffnete seinen Aktenkoffer und nahm einen Stapel Dokumente heraus.«

Legrand blickte Luc auffordernd an.

»Er las die Papiere durch und machte sich Notizen. Dabei sah er immer wieder zum Eingang.«

»Konnten Sie erkennen, was das für Dokumente waren?«

»Das weiß ich nicht. Das hat mich auch nicht zu interessieren.«

Dumas nickte, wie um zu sagen:« Der Rest auch nicht«.

»Könnte er dort auf eine Frau gewartet haben?« Legrand beugte sich vor und sah Luc fest in die Augen, um ihn dem Zugriff seines Chefs zu entziehen.

Luc hielt dem Blick stand. »Das wäre möglich.«

»Und, kam sie?«

»Circa zwei Stunden später setzte sich eine Frau zu ihm.«

»Seine Frau?« Legrand dachte an die Konsequenzen dieser Antwort. Wenn Justinien seine Frau am Mordabend im Hotel *Le Meurice* getroffen hatte und somit der Letzte war, der sie lebend gesehen hatte, stand er unter dringendem Tatverdacht.

»Das wäre möglich«, sagte Luc mit Blick auf Dumas.

Legrand würde Justiniens Alibi überprüfen.

»War diese Frau blond?«

»Ja …«

»Halblanges Haar?«

»Ja …«

Er machte sich Notizen.

»Wie würden Sie die Beziehung der beiden beschreiben?«

Luc schwieg einen Moment. »Hmm. Er wirkte zunächst verärgert und abgelenkt, doch im Laufe des Gespräches änderte sich das. Die beiden kannten sich auf alle Fälle, ob sie miteinander verheiratet waren, kann ich nicht sagen …«

»Kein Wunder, dass er verärgert war, wenn sie ihn zwei Stunden lang warten hat lassen …« Legrand lachte. »Den Manager des Jahres … Das sind diese Herren nicht gewöhnt …« Die beiden Kellner blieben ernst.

»Hat sie auch etwas bestellt?«

»Er hat für sie einen Drink bestellt.«

»Und dann?«, fragte Legrand ungeduldig.

»Sie unterhielten sich und haben eine Stunde später die Bar verlassen.«

»Gemeinsam?«

»Ja.«

Na, wenn das kein dringender Tatverdacht war. Legrand klappte sein Notizbuch zu und bedankte sich für das Gespräch. Er zog sein Handy heraus. Da Monsieur Blandel heute unter seiner Mobilnummer bisher nicht erreichbar gewesen war, würde Legrand Aurélie damit beauftragen, Blandel zum Verhör zu laden. Sie würde sich schon bis zu seiner Sekretärin durchfragen.

Luc war aufgesprungen, und auch Dumas erhob sich. »Wenn wir sonst nichts mehr für Sie tun können?«

»Ach doch. Bringen Sie mir doch bitte so ein Stück *Millefeuilles*-Praliné. Das sieht ja köstlich aus, da auf dem Nachbartisch.«

Heute trat Lucie mit einem wehmütigen Gefühl unter die Arkaden, um den bestellten Geschenkkorb von *Lenôtre* zu holen. Unvorstellbar, die Place des Vosges innerhalb der nächsten zwei Wochen zu verlassen! Ihre Heimat, die sie so sehr liebte. Lucie lauschte den gewohnten Geräuschen des Parks, hörte das Wasser rauschen, die Kinder rufen. Sie bog um die Ecke in die Rue de Birague und sah wieder Paul, den Clochard, in der Mauernische im Schatten sitzen. Ihn, als Teil des Marais, dort zu sehen, berührte sie tief. Ein Urgestein, wie jeder einzelne der Ziegel und Sandsteine der dreihundert Jahre alten Häuser. Lucie grüßte ihn und fragte, warum er zurzeit eigentlich nicht am Eingang der Metro St. Paul saß. Im August sei die Place des Vosges einträglicher, meinte er. Dann betrachtete er die Gardienne eingehend und fragte, ob es ihr nicht gut ginge.

Lucie wunderte sich, dass dieser Mensch so in sie hineinblicken konnte. Vermutlich Instinkt, der auf der Straße über Leben und Tod entschied.

»Mord und Totschlag in Paris«, sagte sie. »Antonio spricht schon davon, nach Meudon zu ziehen, weil er gestern Zeitung gelesen hat …« Sie wollte Paul nicht auf die Nase binden, dass sie gekündigt worden war und deshalb bald wegmusste.

»Ist es wegen der Leiche aus der Seine?«

»Ach, diese blöde Geschichte!« Lucie seufzte.

»Dann hab ich vielleicht was für dich …« Paul sah sich um.

»Was meinst du?« Lucie spürte den Drang, mehr zu erfahren.

»Na, ich hätte eine wichtige Information. Aber das kostet was.« Paul grinste.

»Warum gehst du damit nicht zur Polizei?«

Paul blickte sie abfällig an. Die SDF wurden von der Polizei geduldet, doch auf der Straße herrschten andere Gesetze. Da gab es keinen Schutz. Da bekam man nur Ärger, wenn man sich mit den Flics zu gut verstand.

»Also, was ist?«, fragte er.

»Ich will mit der ganzen Geschichte nichts mehr zu tun haben, tut mir leid.« Mit großer Selbstbeherrschung riss sich Lucie los und ging weiter Richtung *Lenôtre*. Sie hatte ein Versprechen gegeben, und das würde sie halten. Sie war stolz, der Versuchung ein zweites Mal nicht erlegen zu sein.

Wenn aber nun jeder so denken würde? Was wäre die Welt

für ein Ort, wenn sich keiner mehr um den anderen kümmerte? Und war Stolz nicht eigentlich eine Todsünde?

Lucie erhielt bei *Lenôtre* den Geschenkkorb und die Torte und nahm den gleichen Weg wieder zurück.

Jesus war auch nicht Zimmermann geblieben, sondern zu den Menschen gegangen und hatte dort gewirkt. Er sagte: *Was ihr einem meiner geringsten Brüder getan habt, das habt ihr mir getan*. Lucie hatte die christliche Pflicht, Paul zu fragen, was er sich von ihr wünschte.

Paul deutete auf seine Tragetasche: »Frische Wäsche und eine Dusche.« Sollte sie den Clochard wirklich mit in ihre Wohnung nehmen? Ganz geheuer war ihr das nicht. Zumal Antonio nicht da war, der dafür sicherlich kein Verständnis haben würde.

Und wenn dich jemand bittet, eine Meile mit ihm zu gehen, so gehe mit ihm zwei, stand in der Bibel. Täglich wusch Lucie Wäsche für viele Menschen, und hier war nun ein wirklich bedürftiger. Es war eine Frage der Nächstenliebe.

»Gut«, sagte Lucie. »Dann komm mit. Du kannst mir beim Tragen helfen.« Sie drückte Paul den Geschenkkorb in die Hand. Er strahlte und nahm schnell die Plastiktüte in die andere.

Hoffentlich waren sie fertig, bis Antonio nach Hause kam.

»Darf es sonst noch etwas sein?« Georgette lächelte.

Madame Vallet verneinte und holte ihr Portemonnaie aus der Handtasche. »Sie sehen gut aus heute. So fröhlich! Das freut mich.« Sie öffnete die Geldbörse und gab Georgette ein paar Scheine.

Georgette bedankte sich und reichte ihr das Rückgeld. »Noch eine Creme für die Beine. Das wird Ihnen bei diesen Temperaturen guttun.« Sie legte einige Pröbchen in die Tüte und reichte sie der Kundin.

Madame Vallet dankte und verließ die Apotheke.

Marie putzte die Schaukästen, und Isabelle war im Labor.

Es war ziemlich ruhig, da die meisten Kunden noch im Urlaub waren. Georgette nahm ein Tuch und ging zu dem Regal mit den Sonnencremes. Sie war es ihren Kunden schuldig, fröhlich auszusehen. Lebensfreude auszustrahlen. Sie kamen schließlich hierher, um ein gesundes, fröhliches, vor Leben sprühendes Gesicht zu sehen. Besonders, wenn sie krank waren. Man befand sich schon auf dem Wege der Besserung, wenn man einem fröhlichen Menschen begegnete und sich von dessen Schwung anstecken ließ. Ihr Geschäftscredo seit fast dreißig Jahren.

Sie räumte das Fach aus und stellte die Flaschen neben sich auf den Verkaufstresen.

Das Gespräch mit dem Commissaire war anregend gewesen. Sie war sicher, es im Sinne Justiniens geführt zu haben.

Es gab so viele Gründe, wieder fröhlich zu sein. Wieder in ihr Leben einzuziehen. Bei sich selbst zu wohnen. Für die Kunden. Für die Apotheke. Für sich. Und für ihren Vater.

Georgette wischte energisch das Fach aus. Sie dachte an ihre Wohnung an der Place des Vosges, die sie seit einem Jahr nicht mehr betreten hatte, wegen Vanessa. Unerträglich wäre es gewesen, diese dahergelaufene Göre in ihren eigenen vier Wänden thronen zu sehen. Die gar kein Gespür hatte für die Schönheit des alten Gebäudes. Sie hatte nicht sehen wollen, was Vanessa aus der geschmackvollen Wohnung gemacht hatte. Da ihre Schwiegertochter sie nicht einlud, war es nicht schwer gewesen, den Ort zu meiden.

»Georgette, glaube mir, es ist besser für dich, nicht daran erinnert zu werden«, hatte Vanessa gesagt und damit unmissverständlich zum Ausdruck gebracht, an was sie sie immer wieder erinnern würde. Georgette hatte das Feld geräumt, zu schwach, um dem etwas entgegenzusetzen. Feige Menschen nutzten die Situation, wenn der Gegner am Boden lag, um zuzutreten.

Sie stellte die Sonnencremes wieder zurück ins Fach. Eine nach der anderen, ordentlich in eine Reihe. Wie viel sie davon noch verkaufen würde? Der Sommer würde noch etwas andauern.

Ein milder Septembertag war es gewesen. Sie saß bei Sophie am Bett, die Schwierigkeiten hatte, Luft zu bekommen. Georgette hielt ihre Hand. Es war Zeit für die nächste Spritze.

Sophie nickte leicht. Sie wollte ihr etwas sagen. Georgette beugte sich hinunter und streichelte ihrer Tochter vorsichtig über die eingefallene Wange. »Das Fenster?«, flüsterte sie.

Georgette stand leise auf und öffnete die Flügeltüren. Es war so still, dass man die Tauben gurren hörte. Sie hörte die Hoftür klicken und danach Lucie mit lauter Stimme sagen: »*Bonjour*, Monsieur. Was kann ich für Sie tun?«

Sophie lächelte. Und ihre Mutter verstand, dass dies die letzte Möglichkeit geblieben war, am Leben teilzuhaben. Sophie sog die Geräusche in sich ein. Die Idylle. Den Frieden. Sie hustete. Georgette ging schnell zu ihr und legte ihr beruhigend die Hand auf die Brust.

Als der Husten abgeflacht war, nahm sie die Hand der Tochter wieder in ihre eigene. Dieser geliebte zerfallene Mensch. Es war um so vieles leichter gewesen, ihn auf die Welt zu bringen.

Georgette hätte schreien mögen. Stattdessen war sie zum Telefon gegangen und hatte in der Apotheke angerufen. Vanessa war am Telefon gewesen. »Ich bin heute nicht erreichbar«, hatte Georgette gesagt.

Kurz darauf war Sophie eingeschlafen.

Lucie hatte Pauls Kleidung in die Waschmaschine gesteckt und ihm frische Handtücher bereitgelegt sowie Antonios Bademantel, denn er würde mit der Dusche schneller fertig sein als die Maschine mit seiner Wäsche. Ganz sicher war sie sich dessen nicht mehr, denn sie hörte nun schon seit fast zwanzig Minuten das Wasser prasseln, dazwischen *»Ne me quitte pas!«*, noch herzzerreißender gesungen als von Jacques Brel zu seinen besten Zeiten. Wenn Antonio zu Hause gewesen wäre, hätte er vermutlich den Haupthahn abgedreht. Lucie wählte ein weiteres Mal seine Nummer, um sicherzugehen, dass er nicht plötzlich in der Tür stand, doch Antonio hatte sein Handy immer noch ausgeschaltet. Musste sie sich langsam Sorgen um ihn machen? Sie machte frischen Kaffee und stellte ein weiteres Gedeck auf den Tisch neben den schönen Geschenkkorb, den Antonio sofort sehen würde, wenn er nach Hause kam.

Stille im Badezimmer.

Lucie nahm einen der Bilderrahmen zur Hand, die Maria ihr gebracht hatte. Die Gravur bestätigte Marias Aussage, dass es sich um echtes Silber handelte. Florine hatte sie also in den Müll geworfen. Es war ja schön, dass sie wohl langsam bereit war, ihren Mann loszulassen, aber diese wertvollen Rahmen …

Lucie hörte die Badezimmertür und ging in die Küche, um den Kaffee zu holen.

Einen anderen Mann in Antonios Bademantel zu sehen, war seltsam, zumal Paul gut einen Kopf kleiner war und der gestreifte Stoff ihm bis fast zu den Füßen reichte. Um die Mitte herum war er fülliger als Antonio. Paul hatte den Gürtel aus den Schlaufen gezogen und fest um seinen Bauch geknotet. Lucie war froh, dass genug Stoff vorhanden war, um alles zu bedecken.

»Kaffee?«, fragte sie.

Paul nickte erfreut.

Sie bemerkte, dass er frisch rasiert war, und fragte nicht, ob er Antonios Rasiersachen verwendet hatte.

Paul blickte sehnsüchtig in Richtung Geschenkkorb: »*Foie gras!* Das habe ich ewig nicht mehr gegessen.«

»Tut mir leid! Ich kann dir nur Baguette mit Käse anbieten!«

»Gerne!« Paul setzte sich.

Lucie fand noch einen Camembert im Kühlschrank und sah, dass Antonio heute Morgen beim Bäcker auch für frisches Brot gesorgt hatte.

Sie nahm sich auch einen Kaffee und setzte sich Paul gegenüber. »Die Waschmaschine braucht noch einen Moment. Solange kannst du mir ja erzählen, was du gesehen hast.«

Lucies Blick fiel kurz auf die Statue der Jungfrau Maria, und sie verscheuchte den Gedanken an ihr Versprechen. Was sie hier tat, war richtig, denn sie half Paul, sich die belastenden Dinge von der Seele zu reden.

Paul brach sich ein Stück Baguette ab und tunkte es in seinen Kaffee: »Am Samstagmorgen fährt um kurz vor halb drei die letzte Metro. Die 5 von der Bastille zur Place d'Italie. Danach kann ich dann schlafen. Die Autos sind nicht so laut, und es fahren kaum welche.«

Er steckte das Baguette in den Mund und sprach kauend weiter: »Vorher sind die Partys, aber das Rattern der Metro ist am lautesten.«

»Welche Partys?« Lucie fragte sich, was diese Information von Paul mit dem Mord an Vanessa zu tun haben sollte.

»Die auf den *Yachts de Paris.*« Paul trank einen Schluck Kaffee. »Jedenfalls waren alle Gäste schon weg, und plötzlich kam gegen halb drei doch noch ein Auto an die Schleuse gefahren. Die konnten mich nicht sehen, weil ich auf der anderen Seite des Kanals schlafe.« Er brach ein weiteres Stück Baguette ab. »Erst dachte ich, dass vielleicht einer der Gäste was auf der Party vergessen hatte. Aber dann hab ich gesehen, wie der Fahrer etwas in die Seine geworfen hat. Wobei, sehen konnte ich nicht viel, eher habe ich es gehört.« Paul aß weiter.

»Und wie kommst du darauf, dass das etwas mit dem Mord zu tun haben könnte?« Lucie fand Pauls Beobachtung bisher sehr vage.

»Das habe ich gehört! Das klang so, wie wenn jemand eine Leiche über den Boden zieht. Sie war zu schwer. Das war kein starker Mann.«

Woher wollte Paul wissen, wie es klingt, wenn eine Leiche über den Boden gezogen wird, dachte Lucie.

»Ich hab gleich gewusst, dass es Ärger geben wird«, beharrte Paul. »Und am Sonntag sind sie dann alle auf der anderen Uferseite gewesen. Viel Polizei, Feuerwehr. Das ganze Programm. Die Leiche ist rübergetrieben worden, als die Schleusen geöffnet wurden.«

Lucie dachte an ihren Spaziergang zu den Schleusen. Die Matratze, vor der sie gestanden hatte, gehörte also Paul. Sie hatte gewusst, dass sie sich auf der anderen Seite umsehen musste, und war an den *Yachts de Paris* vorbei zur Schleuse gegangen. Lucie erinnerte sich, dass sie dort ein Unwohlsein gespürt hatte, das sie der Hitze und dem Hunger zugeschrieben hatte. Vielleicht hatte sie aber auch etwas nicht wahrhaben wollen: dass Vanessa hier versenkt worden war.

»Hast du sehen können, wie der Mörder aussah?« Lucie war jetzt sehr aufgeregt.

»Nein, aber ich habe das Auto erkannt.«

Lucies Handy klingelte. Im Display erschien Antonios Nummer. »Was heißt erkannt?« Lucie drückte den Anruf weg. Den ganzen Tag hätte er Zeit gehabt, sie zu erreichen – jetzt hatte sie beim besten Willen keine!

»Es war ein helles Auto. Was man nicht so oft sieht. So ein Mini-Kastenwagen und hinten mit einem Herz angesprüht, das im Dunkeln leuchtet. Und gestern habe ich es wieder gesehen, hier an der Place des Vosges, wie es in den Hof von Hausnummer 9 fuhr.«

Lucie schluckte. Sie kannte nur einen Menschen, der einen weißen Mini-Kastenwagen fuhr, allerdings ohne aufgesprühtes Herz.

»Bist du dir ganz sicher?«, fragte sie.

Paul nickte.

Ihr Telefon klingelte, und Justiniens Nummer erschien im Display. Martine nahm ab.

»Zeit für den Kaffee?«, fragte sie.

»Ich kann Silvie bitten, welchen zu besorgen. Kommst du bitte mal kurz in mein Büro?«

Viel lieber wäre sie mit ihm ins Café de la Place im CNIT gegangen. Ihr Herz schlug wieder schneller, und sie bekam feuchte Hände. Während sie über den Flur ging, überlegte sie, ob es wirklich sinnvoll war, heute Abend gemeinsam im Bistro du Faubourg zu speisen. Dort war die Gefahr, Kollegen zu treffen, zu groß. Es wäre zwar nicht ungewöhnlich, wenn sie mit Justinien dort ein Business-Dinner hätte – immerhin wusste jeder, dass sie an einem wichtigen Sonderprojekt arbeitete –, doch würde vielleicht jemand etwas von dem Gespräch aufschnappen können. Martine bog ab zur Toilette, um noch einen Blick in den Spiegel werfen zu können. Die Frisur saß. Sie zog ihre Lippen nach.

Besser wäre da vielleicht ein Asiate. Das *Blue Elephant* in der Nähe der Bastille, zum Beispiel. Das würde auch Justinien entgegenkommen, denn er wohnte nicht weit davon entfernt. Einen Moment dachte sie daran, dass morgen die Amerikaner kamen und es wichtig war, dass sie beide fit waren. Es wäre bestimmt klüger, das Essen auf morgen Abend zu verschieben. Doch da würden sie etwas mit den Amis machen müssen. Übermorgen? Sie hatte acht Jahre gewartet, da kam es wohl auf einen oder zwei Tage länger nicht an.

Sie betrachtete sich ein letztes Mal im Spiegel und ging dann weiter. Ehrlich gesagt wollte sie nicht länger warten.

Silvie hantierte mit einer Kaffeekanne und mehreren Tassen herum, als Martine das Vorzimmer betrat. »Kann ich?«, versuchte sie betont locker zu fragen, doch ihr Hals war trocken, und sie musste sich räuspern. Silvie nickte, und Martine machte die Tür auf. Das Herz klopfte ihr bis zum Hals.

»Bitte!« Justinien kam hinter dem Schreibtisch hervor und bot ihr einen Platz am Konferenztisch an. Sie setzten sich nebeneinander. Silvie kam mit einem Tablett herein.

»Wie ist dein Eindruck von Jean-Pierre?«, fragte Justinien.

Silvie stellte die Kaffeekanne auf den Tisch. Daneben Zucker und Milch.

»Ein ganz attraktiver Bursche …« Martine zwinkerte und spielte die Komödie mit.

Silvie verteilte die Tassen und stellte noch eine Schale mit Gebäck hin.

»Für dich vielleicht ein bisschen jung …«, meinte Justinien und goss ihr Kaffee ein. Martine lächelte, weil er sogar auf diese Schauspielerei eifersüchtig reagierte.

Silvie schloss die Tür hinter sich.

»Hast du ihn beim Essen fachlich abgeklopft?«

Nun war die Tür zu, und sie konnten offen reden, dachte Martine. »Wie wäre es mit dem *Blue Elephant?*«

Justinien sah etwas verwirrt aus.

»Wir können auch ins Bistro du Faubourg gehen, wenn du möchtest«, sagte Martine schnell. »Da könnten wir zwar draußen sitzen, aber es besteht die Gefahr, Kollegen zu treffen. Ich dachte, im Moment zu einem von uns nach Hause zu gehen ist zu gefährlich.« Das musste er doch einsehen. Offensichtlich dachte er darüber nach. Justinien rührte in seinem Kaffee. Martine kannte sein Schweigen, die Unfähigkeit, über sich und seine Gefühle zu sprechen. Besonders im professionellen Umfeld. Doch dieses Mal würden sie mehr miteinander reden müssen. Das würde sie ihm klarmachen. »Wir werden nicht nahtlos an früher anknüpfen können. Wir haben uns beide verändert. Die Situation hat sich verändert. Wir müssen zum Beispiel darüber reden, was wir mit deiner Tochter machen.«

Justinien ließ den Kaffeelöffel fallen. »Was geht dich meine Tochter an? Wovon redest du überhaupt?«

»Du hast doch heute Morgen …«

Justinien war mit einem Satz auf den Beinen. »Ah, jetzt verstehe ich …« Er ging schnell auf und ab. »Das ist der Versuch einer Erpressung. ›Justinien, ich helfe dir nur, wenn du mit mir ins Bett steigst. So wie früher.‹« Er schnaubte und blieb dann abrupt vor ihr stehen. »Ich kann dir gar nicht sagen, wie sehr ich von Frauen wie dir die Nase voll habe!«, brüllte er. Martine war auf ihrem Stuhl ganz klein geworden. Warum tat er ihr das an? Er hatte doch so viele Signale ausgesendet. Er hatte doch für sie frei sein wollen. Sah er denn nicht, dass sie ganz anders war als seine Frau? Er hatte sie doch um die Verabredung gebeten.

»Aber du wolltest doch mit mir essen gehen …«, sagte sie.

Er lachte höhnisch auf. »Ich wollte, dass du deinen neuen Assistenten für Sofia kennenlernst. Jean-Pierre wird dich begleiten. Und mit dem kannst du so viel essen gehen, wie du willst.« Er sah sie böse an. »Vielleicht kriegst du den ja auch rum, so wie mich damals. Deine Spezialität sind ja Männer, die noch nicht wissen, was sie wollen.«

Martine erstarrte. Eisige Kälte kroch über ihren Rücken, verteilte sich in Armen und Beinen. Gleichzeitig zog sich alle Wärme, alles Leben in ihrem Inneren zusammen. Ihr wurde schlecht. Mit letzter Kraft sprang sie auf, rannte aus dem Büro, vorbei an Silvie, über den Gang zur nächsten Toilette. Ihr Körper vibrierte, ihr Magen krampfte sich zusammen, sie hielt sich am Waschbecken fest, als der Raum um sie zu schwanken begann. Tief ausatmen, befahl sie sich und umklammerte den weißen Keramikrand. Sie würgte und musste sich übergeben. Einmal, zweimal. Dann wurde es langsam besser. Martine drehte den Wasserhahn auf und ließ das Wasser laufen. Lange. Dann wusch sie ihr Gesicht, und das Wasser lief weiter. Und weiter. Sie betrachtete, wie der Strahl ins Becken fiel, dort einen Kreisel bildete und schließlich gurgelnd abfloss. Hatte sie dazu nicht irgendwo mal etwas im Zusammenhang mit der Chaostheorie gehört? Sie erinnerte sich nicht mehr.

Er würde bezahlen und bitter bereuen. Sie blickte in den Spiegel. Es war endlich an der Zeit, die Rechnung zu begleichen! Das musste sie sich wert sein. Hatte er sie nicht zu einer Straftat angestiftet? Wofür brauchte Justinien das Alibi? Sie würde denjenigen finden, der sich dafür interessierte. Das Wasser floss noch immer, als sie die Tür öffnete.

Ein weißer Mini-Kastenwagen. Maria hatte gesagt, dass Vanessa am Freitag ihre Schwägerin besucht habe. Die Mosaiksteine fügten sich zusammen, auch wenn Lucie das Bild, das entstand, lieber nicht erkannt hätte. Florine war der einzige

Mensch, von dem Lucie wusste, dass er ein solches Auto fuhr, und sie spürte, dass es irgendwie passte, das Motiv des Wassers: tiefe Gefühle, Leben, Tod, sich reinwaschen, Erlösung …

Stimmte dann Saids Geschichte von der Erbschaftsangelegenheit? Wie konnte das mit Florine zu tun haben? Vanessa war nicht direkt mit ihr verwandt. Wenn es um ein etwaiges Erbe Georgettes gegangen wäre, dann hätte das Justinien und Florine betroffen, nicht Vanessa. Georgettes Mann war nun schon so lange tot, dass sein Erbe nicht mehr Thema sein konnte. Vanessas Eltern kannte Lucie nicht. Auch hätten diese nichts mit Florine zu tun gehabt. Vielleicht hatte Vanessa Florine nach einem guten Anwalt oder Notar für Erbschaftsangelegenheiten fragen wollen, denn damit hatte Florine durch Jacques' Tod leider Erfahrung.

Die Waschmaschine gab durch ein Piepen bekannt, dass Pauls Wäsche nun fertig war.

Lucie sah Florine vor sich, eine so aparte und zarte Frau, die als Kind Tänzerin hatte werden wollen, das schüchterne hübsche kleine Mädchen, ein Sandwich-Kind, das keine Ansprüche gestellt und keine Sorgen gemacht hatte. Dennoch war sie stark und zäh. Sie war die Hebamme bei der Geburt von Clara und Lina gewesen, und Natalie liebte sie dafür ebenso wie Lucie. Florine hatte nie eigene Kinder bekommen können, was eine große Tragödie für die sonst so glückliche Ehe mit ihrem Mann gewesen war. Vor eineinhalb Jahren war Jacques dann infolge eines Herzinfarktes gestorben, und auch das hatte Florine verkraften müssen. Als Julies Tante glich Florine all das aus, was das Kind daheim nicht an Nestwärme bekam. Wenn Julie aus England zurückkam, würde sie ihre Tante ganz besonders brauchen. Und Julie wiederum ersetzte Florine die Tochter, die sie selbst nicht hatte bekommen können.

»Kann ich vielleicht noch einen Kaffee haben?«, fragte Paul.

Lucie machte ihm einen. Maria hatte Vanessa auf dem Weg zu Florine gesehen. Vanessa war am Freitagabend nicht mehr im Hotel Le Meurice erschienen. Irgendwann dazwischen musste der Mörder zugeschlagen haben. Lucie konnte und wollte sich nicht vorstellen, dass Florine dazu hätte in der Lage sein sollen. Sie hatte auch überhaupt keinen Grund, selbst wenn es wirklich ihr Auto gewesen wäre. Sollte Justinien seine Frau umgebracht und sie danach mit Florines Auto an die Seine gefahren haben? Wie hätte er das tun sollen? Was war zwischen Vanessa und Florine vorgefallen? Was konnte das mit einer Erbschaft zu tun haben?

Die Waschmaschine piepte wieder. Lucie stand auf, weil sie Pauls Sachen in den Trockner geben wollte. Dabei fiel ihr Blick nochmals auf die schönen Bilderrahmen.

»Nein!«, entfuhr es Lucie, und sie ließ sich wieder auf den Stuhl sinken. »Heilige Maria!«

»Was ist los?«, fragte Paul, noch immer kauend.

Lucie nahm das Foto von Florines verstorbenem Mann in die Hand und betrachtete eingehend die Partie um Augen und Mund, das Grübchen am Kinn – genau wie bei Julie! Das war es: die Geldangelegenheit für Vanessa, die Herzensangelegenheit Florines. Diese Nachricht musste ihr den Dolchstoß versetzt haben.

Schwarz, dunkelgrau, blau, braun, matt bis glänzend, dazwischen zwei helle Freizeitanzüge. Die Jacketts hingen ordentlich nebeneinander an der unteren Stange des Kleiderschranks auf Rosenholzbügeln. Darüber in Weiß, Creme, Beige, Blau, mit langem oder kurzem Arm, die Hemden. Links die weißen und schwarzen T-Shirts. Rechts unten die Hosen mit Bügelfalte. Rechts oben die Pullover aus Kaschmir und Schurwolle. Links unten die Schubladen mit Strümpfen und Unterhosen.

Die Freude an Ordnung und Disziplin, Anmut und Ästhetik hatten sie geteilt, das Verständnis von Liebe wohl nicht.

Florine wusste nicht, wo sie anfangen sollte. Sie suchte seinen letzten Anzug, den sie gemeinsam bei *Le Bon Marché* gekauft hatten.

Er hatte angespannt gewirkt, jedoch versucht, es zu überspielen. Sie war froh gewesen, dass gleich der erste Anzug gepasst hatte. Sie nahm das Jackett vom Bügel und strich über den Stoff. In Anthrazit, leicht glänzend, von Ferraud. Am Po saß die Hose etwas knapp, doch das sah besonders gut aus und hatte ihr gefallen. Ihm auch. Wem noch? Mit wie vielen Frauen hatte er im Laufe der Jahre geschlafen? War ihm deshalb seine Kleidung so wichtig gewesen? Die Verpackung, um auf dem Markt der Eitelkeiten eine gute Partie abzugeben?

Florine nahm die Rolle mit den schwarzen Müllsäcken, riss den ersten ab, zog ihn auseinander, knüllte das Jackett zusammen und schob es hinein. Dann suchte sie die passende Hose, riss sie vom Bügel und stopfte sie hinterher.

Ich bin zwar verheiratet, Mädels, aber trotzdem ein toller Hecht. Hatte er den Ehering dabei anbehalten?

Sie packte einen ganzen Arm voll Jacketts aus dem Schrank, trug sie zum Bett, nahm die Bügel heraus und öffnete weitere Säcke. Wie hatte er ihr danach in die Augen sehen können? Sie stopfte die Hosen hinein. Dann die Hemden. Oder war alles ihre Schuld gewesen? Was hatte sie falsch gemacht? Die T-Shirts. War sie nicht liebevoll genug gewesen? Mit braunem Klebeband verschloss sie die Müllbeutel sorgfältig. War sie zu langweilig? Zu naiv? Nicht gut genug im Bett? Er hatte wohl eher eine erfahrene Schlampe gesucht. Sie zog die Schubladen heraus und leerte sie direkt in eine große Tüte.

Wie hatte sie es ihm besorgt? Der Schrank wurde leerer.

Warum war er dann bei Florine geblieben? Er hätte doch alles mit Vanessa haben können. Sogar eine Familie. In der Innenseite der Türen hingen die Krawatten. Mehr als fünfzig Stück. Jacques liebte Krawatten. So wie man Frauen nachsagte, Schuhe zu lieben. War es Mitleid gewesen, weil die arme Florine keine Kinder kriegen kann? Oder wäre ihm das Leben mit Kind zu anstrengend geworden? Wäre Vanessa auf die Dauer zu fordernd gewesen?

Da war Florine natürlich bequemer. Zu jedem besonderen Anlass hatte sie ihm eine Krawatte ausgesucht. Die dumme Kuh, die ihrem Mann jeden Wunsch von den Augen ablas. Fünfzehn Jahre lang. Die roséfarbene mit den eingewebten Blumenquadraten hatte sie Jacques zum letzten Valentinstag geschenkt. Die orange-golden gestreifte war aus Cannes. Beim Bummeln hatte er sie entdeckt und sich abends gefreut, als Florine ihn damit überrascht hatte.

Die rote stach ihr ins Auge. *Ich kann dir gar nicht sagen, Vanessa, wie sehr Florine mich langweilt.* Da war sie eine Woche in Berlin gewesen. Um auf andere Gedanken zu kommen. *Aber ich kann sie doch jetzt nicht verlassen. Wir haben doch gerade diese schöne Wohnung gekauft.* Ihr wurde schlecht. *Florine kocht so gut.* Es musste während Berlin gewesen sein. Sie kann herrlich massieren. *Aber meine Nächte verbringe ich lieber mit dir, Vanessa.* In der schwierigsten Phase ihres Lebens. *Mit einer echten Frau.* Nachdem die Untersuchungen ergeben hatten, dass Florine nie ein eigenes Baby haben würde. *Mit einer Frau, die Kinder kriegen kann.* Mit ihrer Freundin. Vor neun Jahren. Die wusste, dass Männer für einen Orgasmus ihre Seele verkaufen. Er hatte ihre Liebe verraten.

Lucie starrte auf das Bild. Wie musste Florine das getroffen haben. Sie, die keine Kinder bekommen konnte und sich immer welche gewünscht hatte. Und Jacques hatte ihre damalige Freundin Vanessa geschwängert. Wie konnte ein Mann dazu in der Lage sein? Wenigstens war er mit einem Herzinfarkt bestraft worden, und auch Vanessa lebte nun nicht mehr. Auch wenn es ganz und gar unchristlich von Lucie war, so zu denken. Und was sollte nun aus Julie werden? Sie war Vollwaise. Sie selbst, Lucie, hatte immerhin noch ihren geliebten Onkel Pedro und ihre Tante gehabt.

Jetzt musste Lucie Gewissheit haben, sie konnte nicht auf halbem Wege stehen bleiben.

»Was ist denn an dem Bild so Besonderes?«, wollte Paul wissen.

Lucie hörte wieder die Waschmaschine.

»Alles gut, ich muss nur gleich mal kurz weg«, sagte sie und ging in das Badezimmer. Sie nahm Pauls Wäsche schnell aus der Maschine, steckte sie in den Trockner und schaltete ihn an. Leider würde das Programm über eine Stunde dauern. Egal, dann musste Paul hier eben allein warten.

Lucie eilte zurück ins Wohnzimmer: »Paul, du lässt hier niemanden herein, verstanden? Ich bin gleich wieder da.«

Die Luft draußen war schwül. Von ferne hörte Lucie eine Polizeisirene, die Straße um die Place des Vosges war heute dicht befahren, und unter den Arkaden wimmelten die Menschen wie Ameisen, so als wollte jeder vor dem drohenden Gewitter noch schnell das Wichtigste erledigen und dann ins sichere Zuhause eilen. Lucie hätte fast ein Touristenpärchen angerempelt, das sich nicht der hektischen Betriebsamkeit anpasste, sondern verklärten Blickes an den Bögen vorbeiflanierte.

Im Park herrschte Aufbruchstimmung. Lucie hörte Rufe, durchmischt mit schnellen Schritten auf knirschendem Kies. Das Atmen fiel ihr immer schwerer, je näher sie dem Gebäude mit Marias Loge kam. Unheilvolles lag in der Luft und legte sich ihr wie ein Ring um die Brust. Oder waren es nur die vielen Menschen, die sie erdrückten? Lucie war froh, als sie im Hof von Hausnummer 9 angekommen war, wo es stiller wurde.

Vanessa hatte also, nach ihren Übungen mit Said, Florine gegen Mittag heimgesucht, um Julies Erbe einzufordern. Florine war so tief getroffen gewesen, dass sie Vanessa im Affekt getötet hatte. Und dann, als die Hebamme wieder zu sich gekommen war, hatte sie die Leiche vermutlich nachts aus dem Haus geschmuggelt und in die Seine geworfen. Eine vage Theorie, die ihr nicht behagte, die sie aber dennoch überprüfen musste.

Maria kam aus ihrer Loge: »Was machst du denn hier?«

Lucie ging nicht auf ihre Frage ein. »Sag mal, wo ist Florines Garage doch gleich?« Lucie blickte zum Treppeneingang, rechts am hinteren Ende des Hofes. Durch diese große Glastür musste Florine mit Vanessa herausgekommen sein. Maria zögerte einen Moment, bevor sie Lucie über das Kopfsteinpflaster nach hinten führte. Der Himmel zeigte noch blaue Flecken, doch dazwischen türmten sich bedrohliche Gewitterwolken.

»Hier ist es.« Maria deutete auf einen kleinen Schuppen, der zusammen mit zwei weiteren Häuschen im Hinterhof sicherlich eine heimelige Atmosphäre geschaffen hätte, hätten Sonne und Wolken nicht gerade ein bizarres Licht-und-Schatten-Spiel getrieben.

»Sag mal, Lucie, warum interessiert dich das?«

Lucie kannte diesen Hof, hatte aber nicht gewusst, wo Florine normalerweise ihr Auto parkte. Die Garage war verschlossen. Keine Möglichkeit, einen Blick hineinzuwerfen. Florines

Auto war zwar ein Mini-Kastenwagen, doch Lucie hatte darauf noch nie ein Herz wahrgenommen. Es bestand also Hoffnung, dass alles ein großes Missverständnis war. Sie schritt den Abstand zwischen Schuppen und Treppenhaus ab und hoffte, dass Florine nicht plötzlich auftauchen würde und sie fragte, was sie hier tat. War das nicht Verrat? Allein, dass sie diese Möglichkeit zuließ?

Maria war ihr gefolgt und baute sich nun vor ihr auf. »Lucie, du bist so komisch! Was ist denn los?«

Dreißig Meter waren es, die Florine hätte überbrücken müssen. Sollte Lucies Theorie stimmen, so musste die Hebamme die Leiche vom vierten Stock runter und über den Hof getragen oder vielmehr geschleift haben. Der hintere Teil des Hofes war nachts nicht ausgeleuchtet, wie Lucie wusste. Nur vorne beim Portal brannte eine schwache Funzel. Nachts hier unentdeckt zu bleiben, war also nicht das Problem, zumal drei Viertel der Bewohner im Urlaub waren. Aber körperlich wäre das eine kaum vorstellbare Höchstleistung. Lucie gefiel die ganze Geschichte nicht, doch sie musste sich eingestehen, dass sie bisher am meisten Sinn ergab. Sicher hatte Justinien ein Motiv und zu Hause die besten Möglichkeiten gehabt, Vanessa zu töten. Er wäre aber ein großes Risiko eingegangen, denn vor Lucies Loge war nachts alles gut ausgeleuchtet. Von ihrem Schlafzimmer aus konnte Lucie vieles sehen und hören. Tagsüber bekam sie sowieso alles mit. Hausnummer 3 bot keinen Parkplatz im Hof, Justinien hätte also die Leiche durch das große Portal nach draußen bis unter die Arkaden tragen müssen – ein öffentlicher Bereich, mit Laternen an den Decken. Keine Chance, eine Leiche ungesehen abzutransportieren – zu keiner Tages- und keiner Nachtzeit.

»Könntest du mir bitte Florines Garage mal aufschließen, Maria?«

Und doch hoffte Lucie, dass es nicht Florine gewesen war. Wie hätte sich das abspielen sollen? Hatte Florine sich in ihrem Schmerz auf Vanessa gestürzt? War es zum Kampf gekommen? Welche von beiden Frauen war die stärkere? Hatte sie einen Revolver gezogen? Davon war aber nichts durch die Autopsie bekannt.

Ach, wenn Lucie doch nur über die Mittel der Polizei verfügt hätte!

Hatte Florine der Schwägerin einen Briefbeschwerer über den Kopf gezogen? Sie erdrosselt? Vanessa war doch sportlich und fit gewesen. Lucie traute der Tänzerin Florine zwar mehr Körperbeherrschung, Kraft und Zähigkeit zu, aber war das Kräfteverhältnis zwischen beiden Frauen wirklich so eklatant, dass die eine die andere in dieser Weise überwältigen konnte? Oder war Vanessa irgendwie ungünstig gefallen und hatte einen Genickbruch erlitten? Hätte nicht auch das bei der Autopsie herauskommen müssen? Das Ergebnis der Autopsie würde Lucies Verdacht untermauern oder zerstreuen können. Sie musste es Legrand entlocken. Bei de la Roche brauchte sie das erst gar nicht zu versuchen ohne alle Karten auf den Tisch zu legen, und dann würde sie Florine doppelt bestrafen. Nein, sie würde mit Legrands Eitelkeit spielen. Das hatte bisher gut funktioniert. Doch sie musste vorsichtig dabei sein, denn wenn dieser Schuss nach hinten losging, konnte es für sie selbst gefährlich werden.

Lucie sah sich nach Maria um, die tatsächlich in ihre Loge gegangen war, um den Schlüssel zu holen.

»Wir müssen uns aber beeilen!«, sagte Maria. »Und ich habe was gut bei dir! Ich habe keine Ahnung, ob Madame Dupont da ist, aber ich wüsste nicht, wie ich ihr erklären soll, dass ich dich in ihre Garage lasse.«

»Danke!« Lucie lächelte und schloss die Tür auf. Der Wagen

stand im Dunkel der Garage. Und leider sah Lucie noch etwas, das sie lieber nicht gesehen hätte: ein aufgesprühtes Herz, das in der Dunkelheit leuchtete.

Zuerst war Antonio ziellos durch die drückend heiße Stadt gerannt und hatte sich über den verschenkten Urlaubstag geärgert. Dabei war auf der Baustelle bei Les Halles so viel zu tun, und es war nicht leicht gewesen, dieses Jahr für den Hochzeitstag freizubekommen. Lucia hingegen hatte sich anscheinend so sehr mit der Familie Blandel beschäftigt, dass sie ihren gemeinsamen Tag wohl ganz vergessen hatte! Und dann das Auftreten dieses ungehobelten jungen Polizisten, der so getan hatte, als sei Antonio in seinen eigenen vier Wänden nur ein Gast. Die junge Blandel war also ermordet worden. Lucias Diskretion in allen Ehren, aber diese Nachricht würde sie so sehr beschäftigt haben, dass Antonio es als Vertrauensbruch empfand, dass sie darüber nicht mit ihm gesprochen hatte. Wie lange wusste sie schon davon? War der seltsame Besuch im Hotel *Le Meurice* auch diesem Umstand geschuldet? Und der Anruf des Notariats heute Morgen?

Irgendwann am späten Vormittag hatte Antonio Monsieur Frank, den Hausverwalter, angerufen, um sich zu vergewissern, dass die von ihm schriftlich mitgeteilte Kündigung kein schlechter Scherz war. Immerhin war Lucia seit über vier Jahrzehnten Gardienne an der Place des Vosges, und Antonio war stolz auf seine Frau, die sich mit viel Fleiß, Ordnungssinn und Diskretion das Vertrauen und die volle Zufriedenheit der Bewohner erarbeitet hatte. Was Monsieur Frank ihm berichtete, war hingegen absurd. Lucia solle gestern Monsieur Blandels Wohnung unbefugt betreten und dort randaliert haben. Zumindest sei ein kostbarer Seidenteppich dabei zerstört worden. Monsieur Frank hoffe, das alles kläre sich auf. Das hoffte Antonio allerdings auch! Dass seine Frau randalierte, konnte er sich beim besten Willen nicht vorstellen. Wobei, wer wusste, was diese Spritzen für Nebenwirkungen hatten? Antonio hoffte, dass Lucia daran dachte, ihre Medizin heute zu nehmen. Sein Gefühl sagte ihm, dass dies nicht der Fall war. Leider war es durchaus denkbar, dass Lucia in ihrem Bestreben, der Wahrheit auf den Grund zu gehen, alles andere außer Acht ließ. Diese Eigenschaft hatte ihr schon als junge Frau einiges an Ärger eingebracht.

Zugegebenermaßen hatte Lucia gestern Abend keine Möglichkeit gehabt, mit ihm über das zu sprechen, was sich in der Wohnung der Blandels zugetragen hatte. Als Antonio nach Hause gekommen war, hatte sie schon geschlafen. Sehr unruhig, wie er bemerkt hatte. Und heute Morgen hatte er sich leise fertig gemacht, um sie nicht zu wecken. Als er das Frühstück gebracht hatte, kam dieser Anruf dazwischen und dann der Polizist. Sie hätten einfach Zeit gebraucht, um miteinander zu reden. Und statt mit Lucia essen zu gehen, hatte Antonio den Vormittag in der Stadt totgeschlagen, womit er vermutlich sich selbst mehr geschadet hatte, als dass er seine Frau zum Nachdenken gebracht hatte. Nachdem Antonio sich heute schon ausgiebig bedauert hatte, fing er jetzt mit knurrendem Magen an, sich über sich selbst zu ärgern. Immerhin hatten sie das Problem, in zwei Wochen ohne Bleibe dazustehen. Das war doch Grund genug, den Makler zu kontaktieren und sich das Haus in Meudon anzusehen. Antonio aß bei *King Falafel Palace* in der Rue des Rosiers ein Falafel auf die Hand, denn er hatte keine Lust, sich bei *Chez Marianne* in die Schlange zu stellen. Dann vereinbarte er einen Besichtigungstermin und hatte das Glück, dass der Makler gerade in Meudon war und sich Zeit für ihn nehmen konnte.

Mit der Metro und zu Fuß brauchte er eine knappe Stunde, bis er beim Haus angekommen war, und eine weitere Stunde später war Antonio restlos begeistert: Das alte Haus lag oberhalb der Straße. Über eine Steintreppe gelangte man in den Garten mit alten Bäumen und ausreichend großer Rasenfläche, auf der die Kinder toben konnten. Die Wände waren aus solidem Mauerwerk gebaut, und doch würde viel zu tun sein an Decke und Böden, Bädern und der Küche. Die Heizungsanlage war in Ordnung, das Dach erst vor zehn Jahren neu gedeckt worden. Ihr Erspartes würde reichen, um dieses kleine Anwesen in Meudon zu kaufen und dazu noch alle Materialien, die er brauchen würde, um es zu sanieren. Hier war es auch nicht ganz so heiß wie im Marais, wenn auch momentan etwas schwül nach der Hitze der letzten Tage. In der einen Richtung, zu Fuß gut zu erreichen, lag ein Bahnhof, von dem aus sie mit der SNCF in kurzer Zeit im Pariser Zentrum sein konnten, in der anderen Richtung die Bushaltestelle mit guter Anbindung in die Stadt. Sie würden mietfrei wohnen und wären daher nicht mehr auf Lucies Stelle als Gardienne angewiesen.

Antonio hatte bereits versucht, Lucie auf ihrem Handy zu erreichen, war jedoch auf der Mailbox gelandet. Diese Nachricht war nichts für die Mailbox. Er würde es später nochmals versuchen müssen, konnte es aber kaum aushalten, seine Freude über die Entdeckung dieses Kleinods mit Lucie zu teilen. Er freute sich schon auf ihre Reaktion, wenn er ihr sagen konnte, dass sie sich wegen der Kündigung keine Sorgen mehr zu machen brauchte. Antonio stand noch am Fuße des Grundstückes und betrachtete das Haus von dort. Am Himmel türmten sich Wolkenberge, und es braute sich etwas zusammen. Er wählte den Apparat zu Hause an.

Es dauerte eine Weile, bis sich eine Männerstimme meldete: »Hallo?«

Das war doch wohl nicht zu fassen! War dieser junge Kommissar etwa noch nicht gegangen? »Was machen Sie denn immer noch in meiner Wohnung?«, fragte er verblüfft.

»Ich warte, bis meine Wäsche fertig ist«, erklärte die Stimme.

»Wie bitte?« Da machte Antonio sich Sorgen um den Gesundheitszustand seiner Frau, und sie fing an, für weitere Mitglieder der Polizei Wäsche zu waschen?

»Ist sie nicht wundervoll?«, fragte ihn der Mann. »Während ich geduscht habe, hat sie sich um alles gekümmert!«

Antonio rang nach Luft und um Fassung. Wie kam dieser junge Schnösel dazu, sich unter *seine* Dusche zu stellen? Und was hatten die zwei eigentlich veranstaltet? Antonio wusste, dass Lucia immer noch eine sehr attraktive Frau war.

»Ich möchte bitte Lucia sprechen!« Damit würde sich hoffentlich alles aufklären.

»Die kann gerade nicht. Aber Sie können ja später noch mal anrufen.«

Ein Klicken in der Leitung zeigte das Ende der Verbindung an. Antonio musste dringend nach Hause, um nach dem Rechten zu sehen. Er überlegte, ob er den Bus nehmen sollte oder den Zug, und eilte dann los in Richtung Bahnhof. Aber auch das würde mehr als eine Dreiviertelstunde dauern!

Vielleicht war Meudon ja doch etwas zu weit draußen.

Legrand saß im Auto und wurde über die Champs-Élysées Richtung La Défense gefahren. Das Telefongespräch absorbierte seine ganze Aufmerksamkeit, sodass er die schönen Hausfassaden der Prachtstraße gar nicht wahrnahm. »Machen Sie sich keine Sorgen, Madame Lacroix. Sie müssen nichts mehr befürchten. Ich werde mich persönlich der Sache annehmen. In weniger als einer Stunde ist dieser Albtraum für Sie vorüber!« Mit diesen Worten legte er auf. Wie gut, dass sich diese völlig verängstigte Frau bei der Polizei gemeldet hatte und mit ihm verbunden worden war. Er wusste wenigstens, wie ein Gentleman sich gegenüber dem schwachen Geschlecht zu verhalten hatte! Ein Mann musste diese armen Frauen schützen, die doch allein häufig gar nicht lebensfähig waren. Was er gerade erfahren hatte, war eine Ungeheuerlichkeit. Justinien Blandel war praktisch geliefert. Der Mann mit den angeblich so edlen moralischen Werten. Das Flaggschiff der Grande Nation. Alles nur Fassade.

Als sie den Arc de Triomphe am Étoile umrundeten, warf er einen kurzen Blick auf das Relief der Marseillaise, aus dem Auto kaum zu erkennen. Der Auszug der Freiwilligen, wie sich Legrand erinnerte, *le chant du départ*, eine Gruppe tapferer Krieger, die sich ähnlich heroisch in die Schlacht gestürzt hatten, wie Legrand das jetzt tun würde. Blandels Fassade würde bröckeln, wenn Legrand mit zwei Polizeiwagen vorfuhr. Er überlegte, Sirene und Blaulicht anschalten zu lassen, damit auch jeder im Bürogebäude die Verhaftung mitbekam. Solche Menschen hatten findige Anwälte. Da war es gut, wenigstens den Ruf demontiert zu haben, wenn die Gerichtsbarkeit sonst keine angemessene Strafe fand.

Inzwischen fuhren sie über die Avenue de la Grande Armée. Das passte, dachte Legrand grimmig. Sein Telefon klingelte. Lucie Ferreira. »Was machen Ihre Nachforschungen?«, wollte sie wissen. Legrand verdrehte die Augen. Dann fiel ihm wieder ein, dass er den Tipp mit der Bar des Hotel *Le Meurice* von ihr bekommen hatte.

»Woher wussten Sie eigentlich, dass er im Hotel *Le Meurice* war?«, entgegnete Legrand.

»Wer?« Sie wollte ihn wohl für völlig dumm verkaufen.

»Der edle Justinien Blandel …« Legrand begriff, worauf sie hinauswollte. Er sollte ihr bestätigten, dass er die Spur von ihr hatte und nicht selbst darauf gekommen war.

»Wann war Monsieur Blandel im Hotel *Le Meurice?*«

Nein, diese Genugtuung würde er ihr nicht verschaffen.

»Was wollen Sie?«, fragte Legrand unwirsch.

»Das Ergebnis der Autopsie«, erklärte die Gardienne.

Legrand schnappte nach Luft.

»Bitte? Ich wüsste nicht, was Sie das angeht!«

»Ich möchte wissen, ob Madame Blandel durch irgendetwas geschwächt war. Also ein Herzfehler oder ein Medikament oder so. Heute sollen doch die Ergebnisse der toxikologischen Untersuchung vorliegen. Wie genau ist sie gestorben? Das sagt doch etwas darüber aus, wer es getan haben kann …«

Was hatte die Gardienne denn jetzt im Kopf?

»Ich kann Ihnen sagen, wer es getan hat!«, brüllte Legrand. »Dieser edle Gentleman hat ein starkes Motiv, kein Alibi, jede Menge Gelegenheiten und wurde in der Mordnacht mit seiner Frau gesehen! Für alles gibt es glaubwürdige Zeugen. Mir ist egal, wie er es getan hat. Entscheidend ist allein, dass sie tot ist.«

Über die Porte Maillot hatte der Wagen Neuilly erreicht. Gleich würden sie die Seine überqueren, und auf der anderen Seite waren schon die hohen Türme von La Défense zu erkennen, die sich gleich Speerspitzen gegen den Himmel streckten, an dem wilde Wolkenberge ein drohendes Gewitter ankündigten.

»Sind Sie ganz sicher?«, fragte Lucie. Ja, glaubte diese alte Portugiesin an Gespenster? Die Blandel war toter als tot.

»Lässt die Autopsie nicht auch den Schluss zu, dass vielleicht jemand anderes …«

Legrand fiel ihr ins Wort. »Der edle Monsieur Blandel hat

eine Untergebene zur Falschaussage gezwungen, nur um sich ein Alibi zu verschaffen.« Legrand dachte an die Stimme der schutzlosen Frau am Telefon. Völlig verzweifelt hatte sie geklungen. Seine Wut auf Justinien Blandel und diese aufsässige Gardienne nahm weiter zu. Wer erwartete sich schon etwas von der Autopsie einer Wasserleiche?

»Woran ist sie denn gestorben?«

»An ihrem eifersüchtigen Ehemann!«, blaffte er und legte auf. La Défense würde fallen – zumindest die des Monsieur Blandel. Legrand gab den Befehl, die Sirene anzuschalten.

Es war ihr gleich seltsam vorgekommen, als Vanessa kurz vor Mittag geklingelt hatte. Florine hatte eine Nacht mit drei Geburten hinter sich gehabt und wollte dringend ins Bett. Doch Vanessa hatte gesagt, es sei wichtig und erlaube keinen Aufschub. Florine hatte sie hereingebeten und ihr sogar einen Kaffee angeboten.

»Doch bitte für mich keine Umstände«, sagte Vanessa, und Florine dachte, dass ihre Schwägerin doch sonst gern für Beschäftigung sorgte. Vanessas Augen glitzerten gefährlich, als sie ihr gegenüber auf der Couch Platz nahm. Dennoch sah sie blass aus.

»Um es kurz zu machen, ich bin hier, um für die Rechte meiner Tochter einzutreten.«

Das war ja etwas ganz Neues, dachte Florine. Seit wann interessierte sich Vanessa denn für Julie? »Schön«, sagte Florine, »wenn ich Julie irgendwie unterstützen kann, tue ich das gerne.« Außer ihrem Vater kümmerte sich sonst ja niemand um das Kind.

»Wie gesagt«, Vanessa verzog ihr Gesicht zu einem Grinsen, das Florine an den Besuch in einer Geisterbahn erinnerte. »Keine Umstände für dich. Nur ein paar kurze Telefonate mit deinem Vermögensverwalter und dem Notar.«

Florine war müde. Einzig, dass es hier um Julie ging, hinderte sie daran, Vanessa zu bitten, jetzt zu gehen. Ihr fielen fast die Augen zu, und was Vanessa wollte, hatte sie immer noch nicht verstanden.

»Du verstehst doch, dass unsere Tochter sich dafür interessiert, wie ihre finanziellen Verhältnisse sind.« Vanessa bedachte sie mit einem mitleidigen Blick, als säße vor ihr ein Volltrottel.

Florine bezweifelte, dass Julie Interesse an Geld hatte, aber Justinien hatte das sicher alles bestens arrangiert.

»Warum wendest du dich deshalb nicht an Justinien?«, fragte Florine.

»Weil hier nur Julies Vater weiterhelfen könnte.« Florine erschrak vor dem bösen Blick, den Vanessa jetzt aufsetzte.

»Aber Justinien …«, stotterte sie.

»… ist nicht Julies Vater«, brachte Vanessa den Satz zu Ende.

Um Gottes willen! Ihr armer Bruder. Das konnte sie ihm nicht angetan haben. Julie war doch sein Augapfel. Aber vielleicht war es noch nicht zu spät. Vielleicht wusste er von nichts. Sie würde Vanessa nicht verraten. Sie mussten Justinien schonen. Florine würde Vanessa in dieser Vermögenssache helfen und sie mit den notwendigen Fachleuten zusammenbringen, damit ihr Bruder davon nichts erfahren musste.

»Ich gebe dir gerne die Daten von meinem Finanzberater, aber bitte verschone Justinien.«

Florine war aufgestanden und ins Büro gegangen, um die Visitenkarte zu holen. Als sie zurückkam, wirkte Vanessa noch blasser.

»Wir werden schon eine Lösung finden.« Sie legte Vanessa behutsam die Hand auf die Schulter.

»Lass das!« Vanessa schüttelte sie unwirsch ab. Florine trat instinktiv zwei Schritte zurück. »Und pack am besten schon mal deine Sachen.« Vanessas Pupillen verengten sich. »Der Vater von Julie ist sehr vermögend gewesen und glücklicherweise vor eineinhalb Jahren an einem Herzinfarkt gestorben.« Ihre Stimme wirkte freudig erregt, als brannte sie darauf, jetzt endlich die Bombe hochgehen zu lassen. »Seine Tochter täglich zu sehen, aber nicht mit ihr leben zu dürfen, hat ihm wohl das Herz gebrochen.« Vor Aufregung schien Vanessa gar keine Luft mehr zu bekommen. »Ich sage nur: Berlin!«, stieß sie hervor.

Florine erstarrte. Das konnte, nein, das durfte nicht sein! Sie wollte nichts mehr hören: »Hau ab, du falsche Schlange! Du hast zwei Minuten, um meine Wohnung zu verlassen!« Florine sprang auf und rannte in ihr Schlafzimmer. Dort zog sie sich die Decke über die Ohren und weinte bitterlich. Es tat so furchtbar weh, dass sie ins Kissen schreien musste. Irgendwann musste sie erschöpft eingeschlafen sein.

Als das Handy abends klingelte, um sie zu einer Geburt zu rufen, waren Stunden vergangen. Florine ging wie in Trance ins Bad, um sich frisch zu machen. Kurz dachte sie, sie habe nur schlecht geträumt. Doch als sie die Wohnung verlassen wollte, machte sie im Wohnzimmer eine grausige Entdeckung.

Lucie warf einen Blick auf die Anzeige des Trockners, während Paul sich im Wohnzimmer den Fernseher angeschaltet hatte. Noch dreißig Minuten. Diese Kondenstrockner brauchten einfach ewig. Lucie seufzte. Sie wollte jetzt eigentlich allein sein, um in Ruhe nachzudenken, konnte aber Paul nicht nackt auf die Straße schicken. Vielleicht sollte sie schon mal das Abendessen vorbereiten, in der Hoffnung, dass Antonio doch noch auftauchen würde.

Es hatte ja durchaus Vorteile, wenn Justinien verhaftet wurde, dachte Lucie, als sie die letzte Kartoffel schälte und in den Topf mit kaltem Wasser legte. Die Aussage eines Mordverdächtigen würde ein Hausverwalter wie Monsieur Frank nicht für bare Münze nehmen. Und dann gäbe es einen Hoffnungsschimmer, bleiben zu dürfen.

Lucie schossen die Tränen in die Augen, als sie daran dachte, dass sie in zwei Wochen keine Heimat mehr haben würde. Wir haben auf Erden keine bleibende Statt … Das wusste sie selbst nur zu gut, aber die Place des Vosges, das Herz von Paris, zu verlassen, das war undenkbar! Seit mehr als vierzig Jahren war dies ihr Zuhause, eigentlich, seit sie lebte, denn erst hier hatte ihr Leben wirklich begonnen.

Im Nachbarraum lief eine Telenovela, und Paul starrte hingebungsvoll auf den Bildschirm.

Es klingelte, und Lucie sah Natalie mit den Zwillingen an der Tür stehen.

»Du musst mir helfen.« Statt einer Begrüßung drückte Natalie ihr einen dicken Blumenstrauß in die Hand. »Der ist für euch – neue Haarfarbe? Ach ja und herzlichen Glückwunsch zum Hochzeitstag. Also, ich muss dringend …« Natalie erblickte Paul in Antonios Bademantel und stutzte.

»Pardon, störe ich?« Natalie blickte Lucie mit hochgezogenen Augenbrauen an.

»Gar nicht.« Lucie ärgerte sich, dass sie rot wurde. »Monsieur …« Sie wusste nicht einmal, wie Paul mit Nachnamen hieß. »Wartet auf seine Wäsche. Wie kann ich dir helfen?«

»Ach ja, also, David sollte heute Abend früher kommen und auf die Kinder aufpassen, weil ich einen Frisörtermin bei Jean-Bastian habe. Jetzt hat er einen Notfall in der Klinik, und ich muss in zehn Minuten da sein. Könntest du vielleicht ausnahmsweise am Hochzeitstag …« Irritiert blickte Natalie nochmals in Richtung Paul, zu dem sich inzwischen die Kinder gesetzt hatten, ähnlich hypnotisiert vom Fernsehprogramm wie der Clochard.

»Wo ist eigentlich Antonio?«, wollte Natalie wissen.

Lucie wurde noch eine Spur dunkler. Was sollte sie ihrer Schwiegertochter dazu sagen?

Natalie blickte auf die Uhr. »*Mon Dieu*, ich muss los. Vielleicht magst du ja hinterher reden. *Bisous, les filles,* und vielen Dank.« Sie rauschte davon.

Lucie wollte in die Küche gehen, um die Blumen ins Wasser zu stellen, und sah dabei, dass sich das Paar auf der Mattscheibe gerade intensiv küsste. Sie stellte den Fernseher ab.

Nachdem Lina kurz darüber geschimpft hatte, nahmen die Mädchen Paul genauer in Augenschein, und Lucie stellte die Blumen in eine Vase.

»Warum hast du so einen komischen Mantel an?«, fragte Clara.

»Der Onkel spielt Verkleiden«, antwortete Lucie schnell.

»Bist du ein König?«, wollte Lina wissen.

»Ich will auch Verkleiden spielen!«, rief Clara.

»Ja, ich bin der König der Straße.« Paul gefiel sich in der Rolle des Bestaunten.

»Also gut, ab ins Schlafzimmer mit euch, dort könnte ihr spielen.«

Lucie überlegte, ihre Gedanken über Florine und Justinien mit Paul zu teilen, doch der kannte beide vermutlich nicht und wenn, dann nur vom Sehen. Anschuldigungen sollte man nicht laut aussprechen, wenn man sich nicht ganz sicher war. Sie konnten nicht wieder zurückgenommen werden. Also bot sie Paul lieber noch einen Kaffee und den *Figaro* an und ging wieder in die Küche.

Sie spähte kurz durch den Spalt der Tür ins Schlafzimmer

und sah, wie Clara Lucies Kittelschürze über den Kopf zog und Lina die Betten nach Antonios Pyjamaoberteil durchsuchte.

Lucie nahm einen Salatkopf aus dem Kühlschrank und ging damit zur Spüle. Es war nicht gerecht, wenn der falsche Mann verhaftet wurde. Paul hatte einen weißen Mini-Kastenwagen gesehen, mit leuchtendem Herzen – das Auto, das in Florines Garage stand. Etwas in ihr weigerte sich immer noch zu glauben, dass es Florine gewesen sein könnte. Doch Lucie durfte nicht untätig zusehen, wenn Monsieur Blandel für eine Tat verhaftet wurde, die er offensichtlich nicht begangen hatte. Sie zupfte einzelne Blätter vom Salatkopf ab und begann, sie sorgfältig zu waschen. Lucie fragte sich, warum sie plötzlich von Justiniens Unschuld überzeugt war. War es seine Reaktion auf Vanessas Verschwinden und den Fund der Leiche? Dass er sie nicht zu Hause hätte ermorden können? Sie riss ein Zelltuch von der Rolle ab, um die nassen Salatblätter darauf abtropfen zu lassen. Justinien konnte Vanessa wirklich im Hotel *Le Meurice* getroffen und danach bei einem Spaziergang ins Wasser gestoßen haben. Oder im Auto war etwas zwischen ihnen vorgefallen, doch dann hätte er den Wagen seiner Schwester ausleihen müssen, sofern zwischen Pauls Aussage und ihrer Vermutung, dabei könne es sich nur um Florines Auto handeln, tatsächlich ein Zusammenhang bestand.

Als alle Blätter abgewaschen waren, drehte Lucie den Wasserhahn zu. Wenn sie sich selbst gegenüber ehrlich war, dann war es Legrands vermeintliche Sicherheit in Bezug auf Justiniens Schuld, die Lucie von seiner Unschuld überzeugte. Das Telefonat hatte gezeigt, dass der Commissaire das Ergebnis der toxikologischen Untersuchung wohl noch nicht hatte, doch das Nachhaken der Gardienne würde dafür sorgen, dass er sich darum kümmerte, und wenn er das nur tat, um ihr zu beweisen, dass sie sich irrte.

Lucie warf nochmals einen kontrollierenden Blick durch den Türspalt ins Schlafzimmer. Lina hatte Antonios Schlafanzughose angezogen und stolperte gerade über die zu langen Stoffbeine. Clara hatte offensichtlich die anderen Kittelschürzen vom Haken gezogen und sich daraus einen Hügel gebaut, auf den sie sich gesetzt hatte. Sehr lange würde das nicht mehr gut gehen. Schnell griff Lucie nach Essig, Öl, Senf und Traubensaft, um eine Vinaigrette herzustellen.

Was sollte sie mit ihren Erkenntnissen tun? Antonio fehlte ihr, mit ihm hätte sie sprechen können. Ob er immer noch der Meinung war, dass sie sich am besten aus allem raushielt? War nicht zuletzt auch wegen ihr der Verdacht auf Justinien gefallen? Dadurch, dass sie Monsieur Blandels Namen ins Spiel gebracht hatte? Diesem Legrand würde sie nicht auch noch Florine vor die Füße werfen.

Musste sie wirklich zwischen den Geschwistern entscheiden? Was würde die Bibel dazu sagen, Jesus, oder Maria? Der erste Mord in der Bibel war die Geschichte zwischen Kain und Abel gewesen. Kain hatte Abel aus Eifersucht ermordet. War Eifersucht das Motiv gewesen? Plötzlich fiel ihr das salomonische Urteil ein: König Salomon musste entscheiden, welcher der beiden Mütter das Kind gehörte. Indem er befahl, das Kind entzweischneiden zu lassen, fand er die Mutter: die Frau, die lieber darauf verzichtete, das Kind zu bekommen, als dass ihm Leid zustoßen sollte. Eine Mutter wusste, was zu tun war. Lucie musste mit der Mutter von Justinien und Florine reden. Georgette würde wissen, wozu ihre Kinder fähig waren und wozu nicht. Eine Mutter wusste immer am besten Bescheid.

Das Telefon klingelte. Antonio? Lucies Herz machte einen Satz, doch sie besann sich, zu oft hatte sie heute schon falsch vermutet. Irgendwann würde er nach Hause kommen müssen.

Sie griff nach dem Hörer. Leider nur Legrand. »Übrigens, Madame Ferreira, die Sache wird noch ein Nachspiel haben. Da Sie bekannt dafür sind, die Arbeit der Polizei zu behindern, lade ich Sie herzlich ins Kommissariat ein, wo wir uns darüber unterhalten werden, was Ihr großes Interesse an der Autopsie für einen Hintergrund hat. Glauben Sie mir, dort habe ich Mittel und Wege, Sie zum Sprechen zu bringen. Und damit Sie sich auf dem Weg nicht verlaufen, werde ich Ihnen gleich einen Kollegen schicken, um Sie abzuholen.« Er legte auf.

Lucie feuerte das Telefon auf die Gabel.

»Mémé!«, brüllte es in diesem Moment aus dem Schlafzimmer, und beide Mädchen hoben gleichzeitig an, zu wehklagen. »Gib das sofort wieder her!«, kreischte Clara. Lucie eilte ins Schlafzimmer. »Ich will aber auch Bonbons!«, heulte Lina. Lina hielt irgendetwas in die Höhe, Clara versuchte ihren Arm herunterzuziehen und da heranzukommen. Als das nicht auf diese Weise gelang, zog sie ihre Schwester an den Haaren. »Ahhh! Mémé!«, heulte Lina.

»Ruhe!«, donnerte Lucie. Die beiden Mädchen erschraken so sehr, dass sie augenblicklich voneinander abließen und verstummten. »Was ist das?«, herrschte Lucie die Zwillinge an.

Lina hatte den Arm gesenkt und gab Lucie ein Stückchen Plastik. Worüber Kinder in Streit geraten konnten … Lucie betrachtete den Abfall genauer. »Ich will auch Perlenbonbons, wie Clara«, sagte Lina nun in angemessener Lautstärke. Ein Pillenblister mit der Antibabypille. Die Hälfte der kleinen Kügelchen fehlte.

»Wo hast du das her, Clara?«

Das Mädchen, bekleidet mit Lucies Kittelschürze, deutete auf die Tasche. Lucie kannte ihre Angewohnheit, beim Saubermachen alles in ihre Tasche zu stecken, doch eine Antibabypille? Plötzlich fiel es ihr wieder ein. Das musste beim Aufräumen von Vanessas Schlafzimmer passiert sein. Und die Kinder hielten das offensichtlich für Bonbons! Sie hatten doch wohl hoffentlich nichts davon eingenommen. Der Blister war noch halb voll, doch an einer Stelle fehlte ein Deckelchen, sodass ein kleines rundes Loch in der Reihe der durchsichtigen Erhebungen entstanden war, dessen Rand sauber abgetrennt aussah.

»Habt ihr das gegessen?«

Lina schüttelte den Kopf.

»Clara, spuck das sofort wieder aus!«, rief Lucie.

Lucie hielt ihr die offene Hand als Schale hin, und Clara gehorchte. Heraus kam das fehlende kleine Plastikdeckelchen des Blisters ohne Inhalt. Ob sie nun auch noch den Notarzt anrufen musste? Es war nicht sichergestellt, dass Clara die Pille geschluckt hatte. Wie wirkte sich die Hormongabe auf ein dreijähriges Mädchen aus?

Sie hatte keine Zeit mehr! In wenigen Minuten würde die Polizei vor der Tür stehen, und sie musste sich vorher mit Georgette abstimmen. Eine gute Gelegenheit, um gleich nach den Auswirkungen der Pille zu fragen.

Sie eilte ans Telefon und erreichte Georgette in der Apotheke.

»Madame Blandel, ich muss Sie sprechen, sofort. Es geht um den Mord an Vanessa …«

Sie hörte, wie Georgette am anderen Ende der Leitung zögerte.

»Am besten bei Ihnen zu Hause«, fügte Lucie hinzu. Dieses heikle Thema konnte nicht telefonisch besprochen werden, ebenso wenig wie in der Apotheke. Und hier musste sie verschwinden, bevor die Polizei kam.

»Und noch etwas. Ist die Antibabypille gefährlich, wenn man sie versehentlich einnimmt? Muss ich deshalb die Giftzentrale anrufen?« Georgette musste es als Apothekerin schließlich wissen.

»Nein«, sagte diese. »Kommen Sie in einer Viertelstunde zu mir. Ich werde da sein.«

Erleichtert legte Lucie auf. Dann fiel ihr ein, dass sie die Kinder unmöglich allein zu Hause lassen konnte. Ihr Blick fiel auf Paul, der ungerührt im Bademantel Zeitung las.

»Paul, du musst mal kurz auf die Kinder aufpassen. Ich bin in einer halben Stunde wieder da. Spätestens in einer Stunde.«

»In dem Aufzug soll ich auf die Mädchen aufpassen?«, fragte er.

Das stimmte natürlich. Sie rief Maria an und bat sie, rüberzukommen, um Clara und Lina zu beschäftigen, bis Natalie wieder da sein würde. Maria versprach, gleich zu kommen.

Der Trockner zeigte noch fünf Minuten an, danach wäre Paul frei zu gehen. Doch Lucie musste jetzt los.

»Du sagst niemandem, wo ich bin, verstanden?«, schärfte sie dem Clochard ein. Er nickte.

»Maria kommt gleich.« Lucie legte ihr Handy auf den Tisch, damit sie nicht mehr für Legrand zu erreichen und auch nicht zu orten war. »Das Telefon nutzt du bitte nur im Notfall.« Es klingelte, doch Lucie hatte keine Zeit mehr.

Sie verabschiedete sich schnell von den Zwillingen: »Der Onkel spielt mit euch Verkleiden, Maria kommt gleich!« und verschwieg Paul bewusst, dass die Polizei jeden Moment kommen konnte, denn das hätte ihn unnötig in Panik versetzt.

Lucie riss schwungvoll die Tür auf und sah Monsieur Rosenberg gegenüber im Treppenhaus herunterkommen. Sehr gern hätte sie ihm die Hemden gegeben und sich entschuldigt, doch jetzt war alles eine Frage der Schnelligkeit. Eilig warf sie die Tür hinter sich zu.

Als sie die Hoftür öffnete, blies ein heftiger Wind herein, der ihr das Tor entgegenwehte. Lucie wendete sich nach links, um durch die Librairie du Patrimoine zu gehen. Die Polizisten würden von rechts kommen. Bevor sie um die Ecke bog, warf sie einen letzten Blick zurück und sah gerade noch den Streifenwagen, der vor ihrem Haus hielt.

Justinien lehnte sich tief in den Autositz und sah hinter den regennassen Scheiben die modernen Bürogebäude vorbeifliegen. Wie ein kleiner Junge, der gern Polizist spielen möchte, war ihm Legrand vorgekommen. Es hätte nur noch gefehlt, dass ein Antiterror-Kommando das Büro gestürmt hätte, nachdem es mit Hubschraubern eingeflogen worden wäre, sich außen am Gebäude abgeseilt und im 33. Stock die Fenster eingeschlagen hätte.

Doch das Sicherheitssystem hatte dem Commissaire einen Strich durch die Rechnung gemacht. Als Legrand am Empfang vorbei durch die ausweisgesicherte Türanlage stürmen wollte, hatte er einen Alarm ausgelöst, die Türen hatten sich vor und hinter ihm geschlossen, und er hatte erst vom Werkschutz wieder befreit werden müssen. Daraufhin war er gezwungen gewesen, sich am Empfang anzumelden.

Silvie hatte Justinien gefragt, ob er Zeit für die Polizei habe, ein Commissaire Legrand würde ihn gern sprechen. Legrand solle in zwei Tagen noch einmal wiederkommen, wenn die Amerikaner wieder abgereist seien, hatte Justinien entschieden. Genau drei Minuten später hatte Silvie zaghaft geklopft und mit hochrotem Kopf erzählt, sie solle ihm ausrichten, dass der Commissaire nicht hier sei, um sich zu unterhalten, sondern um ihn zu verhaften. Daraufhin hatte sich Justinien mit dem Empfang verbinden lassen.

»Monsieur le Commissaire«, hatte Justinien gesagt, »ich weise Sie ausdrücklich darauf hin, dass dieser Schritt Konsequenzen für Sie haben wird. Sind Sie sicher, dass Sie mich von meiner Arbeit abhalten wollen?«

»Ich weise Sie darauf hin, dass ich mich nicht so leicht von Ihnen einschüchtern lasse wie Ihre Mitarbeiter. Wenn Sie nicht augenblicklich hier unten erscheinen, werde ich die Anklage erweitern lassen: auf Widerstand gegen die Staatsgewalt und Fluchtversuch.«

Offensichtlich steckte Martine dahinter. Justinien hatte kurz überlegt und war dann hinuntergegangen. Besser, heute verhaftet werden und das Ganze schnell hinter sich bringen, als morgen.

Für das Meeting war eigentlich alles vorbereitet.

Justinien hatte der verschreckten Silvie noch kurz einige Anweisungen gegeben und dann den Fahrstuhl genommen.

Am Empfang hatte ihn Legrand in Begleitung einiger Polizisten erwartet. Draußen standen zwei Autos. Ein Zivilfahrzeug und ein Streifenwagen. Justinien hatte den Eindruck gehabt, dass Legrand nur darauf wartete, einen Grund zu finden, um ihm Handschellen anlegen zu dürfen. Er hatte ihm keinen gegeben.

Nun saß er in diesem Auto, das inzwischen mit Blaulicht und Sirene durch Neuilly stadteinwärts raste. Justinien war zu der Überzeugung gekommen, dass Legrand versuchen würde, ihn so lange wie möglich festzuhalten. Wie würden seine Kollegen aus den Staaten wohl reagieren, wenn er morgen nicht da wäre … Martine würde versuchen, alles an sich zu reißen. Sollte sie nur. Justinien hatte gar keine Lust mehr auf dieses ganze Theater. Diese Zahlen, die wichtiger genommen wurden als das Leben und nur dazu dienten, einen gefräßigen Moloch zu füttern, der Menschen verschlang. Er schmunzelte bei der Vorstellung, wie Martine sich anbiedern würde. Und Bill würde mit seiner sonoren Stimme verkünden: »Wir erwirtschaften zu wenig Gewinn.

Unsere Aktionäre werden das nicht mehr lange mitmachen. Wir müssen Arbeitsplätze streichen und verlagern.« Welch kreative Lösung, dachte Justinien zynisch. Und dafür, dass Bill nicht mehr als diesen Standard im Repertoire hatte, wurde er Konzernchef.

»Das Lachen wird Ihnen schon noch vergehen!«, sagte Legrand neben ihm. Auch so eine Witzfigur, die sich für unersetzlich hielt. Dabei war man nur in der Familie wirklich unersetzbar. Justinien war es selbst dort nicht. Dieser Vaterschaftstest war ein Fehler gewesen. Er hätte den Verdacht einfach auf sich beruhen lassen sollen. Julie war seine Tochter, egal ob biologisch oder nicht. Doch es hatte ihm keine Ruhe gelassen. Die Missachtung, die Vanessa ihm gegenüber an den Tag legte. Warum hatte er diese Frau nur geheiratet? Die Antwort war einfach. Weil sie es gewollt hatte. Und weil sie dringend einen Vater für ihr Kind gebraucht hatte. Der leibliche Vater war klüger gewesen. Und doch so unendlich viel dümmer. Wie konnte man auf eine Frau wie Vanessa hereinfallen, wenn man mit Florine verheiratet war?

»Was werfen Sie mir eigentlich vor?«, fragte er Legrand. Der schwieg.

Justinien dachte an den Abend, als er Vanessa den Vaterschaftstest vorgelegt hatte. Sie hatte die Achseln gezuckt. »Heute ist wohl nicht mein Tag …«, hatte sie gleichmütig gemeint und sich wieder ihrer Illustrierten zugewendet. Doch dieses Mal hatte er sich nicht abspeisen lassen wollen.

»Ich werde mich scheiden lassen, Vanessa«, hatte er gesagt. Sogar der Ursprung dieser Ehe war eine Lüge gewesen. Nicht nur die Jahre danach, in denen er versucht hatte, die Augen vor der Realität zu verschließen. »Julie kommt zu mir. Ich werde ein Kindermädchen einstellen. Du hast deine Freiheit, die du immer wolltest, und bist den Klotz am Bein los.« Sie hatte in der Nacht versucht, ihn zu verführen, doch es ging nicht mehr. Am nächsten Morgen hatte sie ihn angefleht, es noch einmal gemeinsam zu versuchen. Ein Bild von heiler Familie gezeichnet, das sie doch nie geteilt hatten. Diese Schauspieleinlage hatte ihn angewidert, zumal er wusste, dass es Vanessa einzig um das Geld ging. Sie würde keinen Anspruch auf Unterhalt haben.

Er hatte nicht wissen wollen, wer Julies biologischer Vater war, und sich auch nicht die Blöße gegeben, danach zu fragen. Er wollte zumindest diese Vermutung nicht bestätigt wissen. Doch lag nicht in der Entwicklung der Ereignisse die Bestätigung seines Verdachts?

»Erzählen Sie mir doch mal, was Sie am Abend des 1. Augusts gemacht haben …« Legrands Stimme wirkte lauernd, so als warte er nur darauf, dass Justinien einen Fehler machte und ihm erzählte, dass er lange mit Martine gearbeitet habe.

Das Alibi war eine dumme Idee gewesen, zumal Justinien normalerweise immer bereit war, zu dem zu stehen, was er tat, und dafür die Verantwortung zu übernehmen. Er hatte sich von Vanessa breitschlagen lassen zu diesem Treffen am Abend, im Hotel *Le Meurice*, um alles in Ruhe zu bereden. Dort hatten sie vor langer Zeit ihr erstes Rendezvous gehabt. Ob sie da schon schwanger gewesen war? Es spielte keine Rolle mehr.

»Gewartet«, sagte Justinien. Zwei Stunden hatte er auf Vanessa gewartet und war immer wütender geworden, dass er das wieder einmal mit sich machen ließ. Dann war Caroline aufgetaucht, die junge Blondine aus dem Rechnungswesen. Sie hatte leichtes Spiel gehabt, so emotional aufgewühlt, wie er gewesen war, und er hatte den letzten dieser blöden Fehler begangen. Mit einer jungen Mitarbeiterin – ein absolutes Tabu.

Georgette öffnete Lucie, ohne dass diese klingeln musste. Sie schien gerade erst nach Hause gekommen zu sein, denn ihre Seidenbluse war mit gleichmäßigen dunklen Flecken besprenkelt, die vom Regen herrühren mussten. Lucie war auch etwas nass geworden, doch die paar Tropfen hatten mehr wie das Vorspiel des noch zu erwartenden Schauers gewirkt. Der Wind peitschte dunkle Wolken über die Stadt und pfiff von Nordosten wütend durch die Straßenschluchten. Er riss an Bäumen, jagte Blätter vor sich her und blies Pappkartons aus den Abfalleimern. Auf ihrem Weg hatte er an Lucies Kleidern gezerrt und das Vorwärtskommen zum Kampf gemacht, so als wolle er ihr immer wieder ein Bein stellen, sie zurückwerfen, sie daran hindern, mit ihrem Besuch bei Georgette Licht ins Dunkel zu bringen.

Lucie kam zerzaust und außer Atem in der Wohnung an. Wie gut es tat, Georgettes vertrautes Gesicht zu sehen, nachdem sich da draußen alles gegen sie verschworen hatte.

Auch Georgette sah abgekämpft aus. Sie bot Lucie mit einer müden Geste an, sich zu setzen, und schloss langsam die Wohnungstür hinter sich. Lucie ließ sich auf einen Stuhl am Esstisch sinken. Durch das Wohnzimmerfenster sah sie den dunklen Himmel, über den tiefe Wolken jagten. Einen Moment lang beobachtete Lucie fasziniert, wie schnell sie sich bewegten. Der Zorn der Götter, schoss es ihr durch den Kopf. Kein Wunder, dass die Urvölker von diesem Schauspiel in Angst und Schrecken versetzt worden waren. Wie gut, dass sie heute eine andere Vorstellung von »Himmel« hatte …

Ein Blitz tauchte das Zimmer kurz in grelles Licht.

»Sie sprachen am Telefon von Mord an Vanessa?« Georgette verschränkte die Arme. »Hat die Polizei denn inzwischen geklärt, ob es ein Mord war?«

»Die Polizei geht davon aus«, sagte Lucie. »Sie sind dabei,

Monsieur Blandel zu verhaften.« Und sie sind bei meinen Enkeln, dachte Lucie. Hoffentlich kommen die Zwillinge nicht um vor Angst …

»Woher wissen Sie das?«

»Ich habe mit dem Commissaire gesprochen. Der glaubt, dass es Monsieur Blandel war. Das ist aber falsch!« Lucie dachte kurz an die infernale Begegnung mit Justinien in seiner Wohnung. War das wirklich erst gestern gewesen?

»Natürlich hat Justinien sie nicht umgebracht. Ich werde sofort unseren Anwalt anrufen.« Georgettes Stimme klang hart. Kein Wunder – eine Mutter, die sich Sorgen machte. »Was wird ihm denn vorgeworfen?«

»Es soll Zeugen geben, die ihn mit Vanessa am Abend gesehen haben. Und er hat wohl kein Alibi.«

»Blödsinn!«, meinte Georgette und ging zum Telefon.

»Warten Sie noch einen Moment«, bat Lucie. Sie musste dringend nach Hause. Vermutlich war Natalie immer noch beim Frisör, und es war äußerst fraglich, wie Paul und Maria mit den Kindern klarkamen, wenn draußen ein Gewitter und drinnen die Polizei tobte. Vermutlich hätte sie sich doch an Monsieur de la Roche wenden sollen, jetzt, wo sie kaum noch etwas zu verlieren hatte.

Georgette drehte sich langsam um.

Lucie stand mühsam auf. Sie spürte die Anstrengung des Weges und der letzten Tage in allen Knochen:

»Deshalb wollte ich doch mit Ihnen reden. Ich glaube, ich weiß, wer es wirklich getan hat. Und das hätte ich nie für möglich gehalten!«

Paul zerrte an der runden Tür des Trockners. Das Programm war endlich durch, er musste sich dringend anziehen und von hier verschwinden. Es war passiert, was er hatte vermeiden wollen, Ärger mit den Flics. *Zut alors.* Er hatte gleich ein schlechtes Gefühl gehabt, als dieser Wagen nachts aufgetaucht war. Jetzt standen sie draußen vor der Tür, klingelten Sturm und pochten gegen die Glasscheibe. »Aufmachen! Polizei!«

Die beiden Mädchen im Schlafzimmer waren plötzlich ganz ruhig. Dann fing eine an zu schluchzen. Paul fand die beiden auf dem Bett und nahm sie auf den Schoß. »Ihr braucht keine Angst zu haben«, sagte er.

Zu dem Gebrüll der Polizisten gesellte sich noch eine schrille Frauenstimme:

»Machen Sie auf, Paul, und lassen Sie mich wenigstens zu den Kindern.«

Merde! Was wollten die ihm hier anhängen? Er brauchte dringend seine Klamotten, musste irgendwie die Kinder ruhigstellen und dann durch ein Fenster abhauen. Das Fenster zum Hof würde ihm nichts bringen, denn da standen die Polizisten, und das zur Place des Vosges war vergittert.

Merde, merde, merde!

Hatte Lucie ihn absichtlich der Polizei ausgeliefert? Warum?

»Wisst ihr was, ihr beiden, wir spielen leise Verstecken. Kennt ihr das?«

Das eine Mädchen schüttelte den Kopf, das andere hörte wenigstens auf zu weinen.

»Ihr versteckt euch hier im Kleiderschrank und seid so leise, dass euch keiner findet, okay? Oder lieber unter dem Bett?«

Die Mädchen krabbelten unter das Bett, und Paul versuchte es wieder am Trockner, doch was auch immer er tat, er bekam die Tür nicht auf.

Er schlich leise zur Tür des Wohnzimmers und lauschte. Das Rufen hatte aufgehört.

»Ja, Monsieur de la Roche«, hörte er einen der Polizisten sagen. »Doch, er hat die Kinder in seiner Gewalt. Ich glaube, wir brauchen eine Spezialeinheit.«

»Arme Lucie.« Georgettes Stimme klang mitfühlend. »Sie zittern ja. Sie sollten sich nicht mit diesen Themen belasten!« Das klang so besorgt, wie sie es sonst nur von Antonio kannte. Lucie fühlte sich beschämt. Sie selbst dachte nur daran, nach Hause zu kommen, und Georgette hatte in dieser Situation, wo es um Justinien und Florine viel schlimmer stand, immer noch ein Herz für ihre Gardienne. Das war echte Nächstenliebe.

»Haben Sie Ihr Insulin heute genommen?«, fragte Georgette.

Lucie erschrak. Das hatte sie völlig vergessen. Dabei hatte David ihr so deutlich gemacht, wie wichtig es war, sich regelmäßig zu spritzen. Sie schüttelte den Kopf.

»Dann müssen wir uns jetzt darum kümmern!« Georgette schien zu überlegen. »Kommen Sie mit ins Bad.«

Lucie folgte ihr durch den Flur. Ihre Knie zitterten. Der helle Teppichboden musste gesaugt werden, und sie sollte mal wieder die Leiste abstauben. Freitag würde sie das tun. Auf dem antiken Beistelltisch stand der imposante Strauß aus der Ambroisie, den Lucie besorgt hatte, um Georgette einen herzlichen Empfang zu bereiten. War das wirklich erst drei Tage her? Die Rosen ließen die Köpfe hängen.

Im Badezimmer räumte Georgette ihre Kleider vom Holzschemel und bot Lucie an, darauf Platz zu nehmen. Lucie betrachtete den blank geputzten Spiegel. Darin sah sie, wie Georgette mit einem kleinen Schlüssel ihr Medizinschränkchen öffnete. Lucie drehte sich auf dem Stuhl zu Georgette um.

Hoffentlich war Natalie inzwischen zu Hause und kümmerte

sich um die Zwillinge. Paul und Maria waren vermutlich völlig überfordert mit der Situation. Lucie beobachtete, wie Georgette dem Schrank eine Spritze und eine Nadel entnahm.

Wenn nur Antonio da wäre!

Georgette öffnete die durchsichtige Hülle, um die Kanüle zu entnehmen. Dann nahm sie Lucies Insulinpräparat aus ihrer Handtasche und zog die Spritze damit auf.

Lucie wunderte sich, dass Georgette daran gedacht hatte, es aus der Apotheke mitzunehmen. Ihr war, als würde sie dieses Bild kennen. Sie versuchte sich zu erinnern. Und dann sah sie Georgette vor sich, die ihrer todkranken Tochter Sophie täglich Morphium gespritzt hatte. Es musste entsetzlich gewesen sein, was Lucie Georgette immer noch ansehen konnte, an deren überschminkten dunklen Schatten unter den Augen.

»Machen Sie den Bauch frei, Lucie.«

Lucie tat, wie ihr geheißen, auch wenn es ihr peinlich war, vor Georgette ihren Bauch zu entblößen, denn die Apothekerin war eine lange Wegbegleiterin und keine unbekannte Ärztin. Um nicht hinsehen zu müssen, drehte sie den Kopf zur Seite. Ihr Blick fiel auf den Arzneischrank, als sie den Einstich spürte. Hoffentlich beeilte sich Georgette. Die Fächer waren ordentlich eingeräumt, wie es sich für eine Apothekerin gehörte. Mullbinden, Aspirin, das gleiche Durchfallmittel, das sie selbst hatte. Georgette zog eine zweite Spritze auf.

»Müssen wir nicht erst diesen Test machen?«, fragte Lucie, während Georgette ihr die zweite Spritze gab.

»Den brauchen wir nicht für das Langzeitinsulin.« Georgette zog die Nadel wieder heraus und drückte ein Stück Watte auf die Stelle. »Halten Sie.«

»Woher wissen Sie dann, wie viel Insulin ich brauche?« Lucie blickte noch immer in Richtung Apothekerschrank: Halstropfen und vier Packungen der Pille. Vanessa nahm dasselbe Fabrikat.

»Sie haben den ganzen Tag kein Insulin genommen. Wie war es gestern?«

Lucie überlegt und konnte sich nicht erinnern. War jetzt auch nicht wichtig, sie musste jetzt klären, weshalb sie eigentlich hier war: »Florine …«

Georgette stand vor der geschlossenen Badezimmertür. Sie schien Lucies Blick verfolgt zu haben. »Florine?« Es klang erstaunt.

»Sie ist gesehen worden, beziehungsweise ihr Auto.« Lucie wollte die Informationen nun so schnell wie möglich loswerden. »In der Nacht vom 1. August. Da hat jemand mit ihrem Auto etwas in die Seine transportiert. Vermutlich Vanessas Leiche …«

»Dann war es Florine …«, sagte Georgette, mehr wie zu sich selbst.

Lucie war erstaunt, mit welcher Leichtigkeit Georgette annehmen konnte, ihre Tochter könnte eine Mörderin sein. Florine, der Engel, der geholfen hatte, ihre Enkel auf die Welt zu bringen. Lucie sah Florine vor sich. Ihre strahlenden dunklen Augen. Die langen, seidenglatten Haare. Sie hörte die ruhige Stimme, mit der sie ihrer Nichte etwas erklärte. So sah doch keine Mörderin aus!

»Wer hat ihr Auto gesehen?« Georgette riss Lucie aus ihren Gedanken.

»Ein Clochard hat sie gesehen, der bei der Brücke schläft.«

Irgendetwas stimmte hier nicht. Das spürte Lucie.

»Aber Lucie …« Georgettes Stimme klang abfällig. »Wie kommen Sie nur darauf, dass die Polizei einem Clochard glauben wird?«

Lucie wusste, dass Paul nicht log. Es ging doch darum, zu verstehen, was passiert war.

»Vanessa hat Florine mittags besucht.« In diesem Zimmer war etwas falsch. Wie beim Sudoku, wenn eine Zahl zweimal vorkam. Lucie überlegte, ob sie beim Putzen etwas nicht an seinen Platz gestellt hatte. Ob etwas fehlte.

»Hat das auch ein Clochard gesehen?« Der Ton in Georgettes Stimme gefiel Lucie nicht. Er wirkte triumphierend, genervt. Als ginge es darum, Überlegenheit zu beweisen.

»Nein, meine Cousine Maria.« Mit dem Medizinschrank stimmte etwas nicht. Lucie fing an zu zittern.

»Die Gardienne aus Portugal. Und Sie glauben, vor Gericht wird man einem Obdachlosen und einer einfachen portugiesischen Gardienne Glauben schenken?« Georgette versperrte mit ihrem Körper den Eingang. Ihr Handy klingelte, doch Georgette ging nicht ran.

Die Pille, dachte Lucie.

»Ich will doch nur helfen …« Lucie fing an zu schwitzen. Wozu brauchte Georgette die Pille?

»Natürlich.« Georgettes Stimme klang höhnisch. »Helfen … Mir auf die Sprünge helfen, wie? Wie meine geliebte Schwiegertochter. Und deshalb haben Sie mich vorhin nach der Pille gefragt …« Lucie erschrak über den Hass, der in Georgettes Stimme schwang.

»Aber Clara hat doch Vanessas Pille …« Lucie wurde schwindelig, obwohl sie saß.

Georgette fiel ihr hart ins Wort: »Ich habe schon verstanden, Lucie. Sie sind hier, um über Geld zu reden. Von Ihnen hätte ich das eigentlich nicht erwartet. Aber leider lernt man die Menschen erst in der Krise kennen, nicht wahr? Wenn sie ihr wahres Gesicht zeigen.«

Antonio war am Gare d'Austerlitz in die Metro Linie 5 umgestiegen und hatte so die Bastille erreicht. Als er die Station verließ, goss es in Strömen. Bei dem Wetter jagte man keinen Hund vor die Tür, dachte er, als er die Rue St. Antoine entlangeilte, doch genau das würde er mit diesem jungen Commissaire nun tun! Zu Beginn versuchte er noch, den größeren Pfützen auszuweichen, doch innerhalb kürzester Zeit war er bis auf die Haut durchnässt, dann waren nasse Füße jetzt auch kein Problem mehr. Doch der Ärger auf den Polizisten allein war nicht der Grund, weshalb er wie ein junger Mann die Rue de Birague entlanghastete, es war seine Sorge um Lucia. Diese ganze Wäschegeschichte des Commissaires konnte er nicht glauben. Sie hatte ihre Medizin nicht genommen, da war er inzwischen sicher, und er musste David fragen, was in diesem Fall zu tun war. Er war nun wirklich beunruhigt – was, wenn Lucia in echter Gefahr war?

Antonio bog im Laufschritt um die Ecke und sah einen Streifenwagen vor Hausnummer 3 stehen. In höchste Alarmstufe versetzt, stieß er das Portal auf und fand zwei Streifenbeamte mit Maria und Monsieur Rosenberg vor seiner Haustür.

»Wo ist Lucia?«, keuchte er.

»Keine Ahnung, aber das ist auch scheißegal!« Maria schrie und zitterte am ganzen Körper, »Der Clochard hat die Zwillinge als Geiseln genommen und sich in der Wohnung verschanzt. Die Polizei ruft gerade ein Sondereinsatzkommando.«

»Welcher Clochard?« Antonio sah, dass der kleinere der Polizisten sehr erregt ins Telefon sprach, während der große Blonde immer wieder etwas dazwischenrief.

Monsieur Rosenberg stand da, als wisse er nicht, ob er Fifi nun Gassi führen dürfe oder nicht.

Wäre die Situation nicht so dramatisch gewesen, hätte sie etwas Groteskes gehabt.

»Paul, der Clochard von der Metro St. Paul!« Maria schluchzte. »Es ist alles meine Schuld, weil ich nicht rechtzeitig da war!«

Antonio kannte Paul. Er zog seinen Schlüssel heraus und schloss auf.

»Nicht!«, brüllte der Polizist, doch zu spät, denn Antonio stand schon in seinem Wohnzimmer – doch da war niemand.

»Paul?«, rief er. Niemand antwortete. Vorsichtig ging Antonio weiter durch die Küche.

»Du musst uns suchen!«, hörte er Claras Stimme leise aus dem Schlafzimmer. Aus dem Bad war etwas wie ein Keuchen zu hören.

Dort fand er den Clochard in seinem Bademantel, der mit rotem Kopf verzweifelt an der Tür des Trockners zerrte. Der Gürtel seines Bademantels war auf den Boden gefallen. Antonio begriff, mit wem er vorhin am Telefon gesprochen hatte. Er blieb im Türrahmen stehen und musste plötzlich lachen.

»Dieses Scheißding geht nicht auf!«, schimpfte Paul.

»Wo sind Clara und Lina?«, fragte Antonio.

»Die spielen im Schlafzimmer.« Der Clochard hob den Gürtel auf und band ihn sich wieder um die Taille. »Entschuldigen Sie wegen des Bademantels, aber meine Wäsche …« Er deutete auf den Trockner.

Antonio drückte auf den richtigen Knopf, die Tür sprang auf und gab die Wäsche frei. Dann ging er ins Schlafzimmer, fand dort Clara und Lina unversehrt, aber gelangweilt von der Versteckspielerei.

Wenn er jetzt noch eine schöne Dusche und trockene Kleidung bekommen könnte, dann wäre alles in Ordnung, dachte Antonio und spürte gleichzeitig, dass die Unruhe blieb. Wo war Lucia?

»Wo ist Mémé?«, fragte Antonio die Zwillinge. Clara zuckte

mit den Achseln, und Lina sagte: »Ich habe ein gefährliches Bonbon gegessen, und dann ist sie weggerannt.«

Mit der schussbereiten Pistole vor sich erschien der große blonde Polizist im Türrahmen und blickte auf die Kinder: »Wo ist der Clochard? Lebt er noch?« Antonio deutete auf das Bad. Vorsichtig bewegte sich der Bewaffnete in die Richtung, gerade so, als habe er es bei Paul mit einem gefährlichen Schwerverbrecher zu tun. Doch bevor Antonio den Irrtum aufklären konnte, stürmte Maria ins Schlafzimmer: »Gott sei Dank ist euch nichts passiert«, rief sie und riss Clara an sich, die vor Schreck fast anfing zu weinen. »Ich wäre meines Lebens nicht mehr froh geworden!«

Antonio schüttelte den Kopf. Was für ein Theater, wo doch jetzt etwas ganz anderes wichtig war. Ruhig und bestimmt dirigierte er alle hinaus ins Wohnzimmer, in dem noch der kleinere Polizist stand, neben Monsieur Rosenberg und dem bellenden Fifi: »Nein, Monsieur de la Roche, es hat sich alles aufgeklärt.« Der Polizist sprach in sein Telefon. »Ihr Ehemann ist nach Hause gekommen. Den SDF nehmen wir mit. Aber wir sollten Madame Ferreira aufs Kommissariat bringen, und die ist wie vom Erdboden verschluckt.«

Antonio wandte sich Maria zu und sprach leise und eindringlich: »Du musst doch wissen, wo Lucia ist. Sie muss dir doch irgendwie Bescheid gegeben haben!«

»Sie hat nur angerufen und gesagt, ich soll zu den Kindern rüberkommen, weil sie die nicht mit dem Clochard allein lassen könne.« Maria zitterte noch immer am ganzen Körper.

In dem Moment zerrte der blonde Uniformierte Paul im Polizeigriff aus dem Bad, der inzwischen wieder bekleidet war und laut zeterte.

»Stopp!«, brüllte Antonio, alle verstummten, und der Polizist lockerte seinen Griff.

»Paul, wo ist Lucia?«

»Keine Ahnung.« Paul versuchte mit den Achseln zu zucken, was in seiner verrenkten Lagen seltsam aussah.

»Das glaube ich nicht!«, donnerte Antonio. »Lucia ist vielleicht in Lebensgefahr, und Sie sind der Einzige, der uns weiterhelfen kann!«

»Moment, Monsieur de la Roche, der Ehemann sagt gerade, Madame Ferreira sei in Gefahr. Vielleicht weiß der ja doch, wo wir sie finden.« Der kleinere Polizist wirkte dienstbeflissen.

Paul schien zu überlegen und lächelte dann. »Vielleicht kann ich mich ja doch an etwas erinnern. Aber das kostet was.«

Die Clinique du Belvedere lag außerhalb des Pariser Stadtzentrums, im Vorort Boulogne-Billancourt, fünf Minuten mit dem Auto von Roland Garros entfernt. Florine steuerte ihren weißen Mini-Kastenwagen auf den Parkplatz. Regen peitschte vom Himmel. Die Scheibenwischer kamen kaum noch nach. Sie stellte den Motor ab und holte tief Luft, bevor sie die Autotür öffnete und Richtung Eingang rannte. Als sie das Gebäude erreichte, war sie bis auf die Haut durchnässt. Im Flur begegnete ihr eine Kollegin. Florine grüßte nur kurz, denn sie hatte es eilig. Der Zeitpunkt war gekommen, an dem sie den Tatsachen ins Auge sehen musste. Am Samstag kam Julie zurück. Bis dahin musste sie Klarheit haben. Ihre nassen Schuhe quietschten auf dem Linoleumboden. Das Geräusch verursachte ihr Gänsehaut. Florine lief durch den Gang hinüber zum Neubau des Krankenhauses. Außerdem konnte die Polizei bald auftauchen. Sie musste sich also beeilen. Florine nahm die Treppe in den Keller. Dort war das Magazin mit den Krankenakten. Sie hielt den Ausweis vor den Leser, die schwere Tür surrte, und Florine zog sie auf. Sie schaltete das kalte Neonlicht an und betrat den

Raum. Hier unten war es kühl. Sie fröstelte, doch nicht nur der Raumtemperatur wegen, sondern auch in Vorahnung dessen, was sie erwartete. Florine ging an der grauen Schrankwand entlang und hörte, wie die große Tür hinter ihr ins Schloss fiel. Rollschränke vom Fußboden bis zur nackten Betondecke. Jeder Zentimeter Platz war genutzt. In diesen Schränken lagen Tausende von Dokumenten der letzten zwei Jahrzehnte. Die Krankenhausleitung bastelte seit Jahren an einem Konzept zur Digitalisierung der Daten. Aus Kostengründen wurde das Thema aber immer wieder verschoben.

Die Akten waren nach Geburtsdatum sortiert. Florine ging zu der Reihe des Monats November und fand das Fach mit dem Achtzehnten. Sie zog den Rollschrank auf und blätterte die Hängeregister durch, bis zu Julies Geburtsjahr. Dort lag die Akte. Vanessa Blandel. Sie nahm den Umschlag heraus und faltete die Papiere auseinander. Irgendetwas musste Vanessa geschwächt haben. Und da, gleich auf der ersten Seite unter den persönlichen Daten, mit Ausrufezeichen und unterstrichen, stach es ihr rot ins Auge.

Florine ließ die Akte sinken und lehnte sich an die kalte Wand. Das konnte eigentlich nur eines bedeuten.

Antonio hatte von Paul erfahren, dass Lucie mit Georgette telefoniert hatte und sich mit ihr treffen wollte. Danach hatte Lucie Maria Bescheid gegeben und ihr Handy auf den Tisch gelegt, für Notfälle.

In der Liste der Anrufe fand Antonio Georgettes Handynummer als zuletzt gewählte. Er hoffte, von der Apothekerin zu erfahren, worum es in dem Gespräch ging und wo Lucia sich jetzt aufhielt, doch es klingelte ins Leere. Antonio ließ sich nun mit der Apotheke verbinden und verlangte nach Madame Blandel.

Sie sei eben etwas einkaufen gegangen, sagte ihre Mitarbeiterin. Ja, ihre Chefin habe kurz davor telefoniert, mit wem sei ihr allerdings nicht bekannt. Antonio wurde immer unruhiger. Lucia brauchte seine Hilfe, das spürte er so deutlich wie selten in den vergangen Jahrzehnten. Sie hatte mit Georgette gesprochen, und beide waren daraufhin aufgebrochen. Vermutlich um sich miteinander zu treffen. Nur wo? Ganz Paris kam hierfür infrage. Er konnte die Cafés rund um die Apotheke durchsuchen, doch würde er dabei wertvolle Zeit verlieren. Wieso war sie nur so nachlässig gewesen, ihr Handy nicht mitzunehmen? Damit hätte die Polizei sie orten können. Wie leichtfertig von ihr, so vorausschauend zu denken!

»Ich glaube, sie wollten sich in Madame Blandels Wohnung treffen«, sagte Paul.

Antonio fluchte. Warum hatte er das nicht gleich gesagt? Er suchte in den Kontakten nach der Nummer der Wohnung von Georgette, doch auch hier ging keiner ran.

»Wir müssen da hin!«, brüllte er die Polizisten an. »Sagen Sie Monsieur de la Roche, er soll sofort jemanden nach Beaubourg schicken, direkt neben dem *Centre Pompidou*, ins Quartier de l'Horloge!«

Er nahm das graue Adressbuch zur Hand, das neben dem Fernseher lag, um die Adresse zu suchen, doch seine Hände zitterten so sehr, dass Monsieur Rosenberg ihm das Buch abnahm.

»Lassen Sie mich suchen«, sagte Monsieur Rosenberg ruhig.

Lucies Handy klingelte, und Antonio war sofort dran.

»*Salut!*« Es war David. »Ich bin aufgehalten worden und komme leider etwas später …«

»Deine Mutter ist in Gefahr!«, rief Antonio. »Ich muss los!«

»Ich rufe SOS Medicins.« David wollte schon auflegen.

»Halt!«, brüllte Antonio dazwischen. »Ich glaube, sie hat ihre Medizin heute nicht genommen. Ich gebe dir die Adresse, wo die Notärzte hinmüssen.« Monsieur Rosenberg hatte die richtige Seite aufgeschlagen und deutete mit dem Finger auf die Adresse: »Passage des Ménétriers.«

»Ich komme sofort hin!«, rief David.

Bevor er mit den Polizisten die Wohnung verließ, blickte er Monsieur Rosenberg fragend an, denn Maria war ihm momentan zu hysterisch, um mit den Kindern allein gelassen zu werden.

»Ist schon gut«, seufzte dieser. »Ich passe auf die drei Mädchen auf. Und jetzt beeilen Sie sich!«

Lucie war schwindelig. Sie versuchte, sich zu erheben, doch als sie nur noch blinkende Sterne sah, ließ sie sich zurück auf den Schemel sinken. Durch die geschlossene Badezimmertür hörte sie leise das Telefon klingeln. Sie wollte nach Hause. Zumal sie hier nichts mehr ausrichten konnte. Georgette verstand nicht, worum es ging, und in Lucie wuchs die Gewissheit, dass Florine nicht die Mörderin sein konnte. Es war nicht möglich. Justinien war ebenfalls unschuldig. Wer war es dann? Ihr Blick fiel auf Georgette, die sich umdrehte und die Tür von innen abschloss.

»Sie wollten reden, Lucie. Bitte, jetzt haben wir ein bisschen Zeit.« Georgette wirkte plötzlich völlig ruhig. »Was mich allerdings wirklich interessiert, ist, wie Sie auf die Pille gekommen sind …«

Lucie warf einen Blick in den Arzneischrank. Georgette verfolgte die Augenbewegung.

»Ich habe Vanessas Pille gefunden, im …« Lucie überlegte, wie das Wort hieß, doch es fiel ihr beim besten Willen nicht ein.

Sie sah den Blister vor sich, den Clara im Mund gehabt hatte. Ein Deckelchen fehlte, doch die Kleine konnte ihn nicht so sauber abgebissen haben, wenn er nicht vorher mit einem Skalpell gelöst worden war. Die weißen kleinen Tabletten daneben waren unversehrt. Vanessa hatte mit ihrer letzten Pille eine tödliche Substanz zu sich genommen. Wieso war Lucie so blind gewesen? Wieso war es ihr jetzt so klar? Der Blister musste präpariert worden sein. Aber warum hatte die Polizei bei der Autopsie nichts gefunden?

»Was haben Sie ihr gegeben?« Lucie wollte Georgette direkt in die Augen blicken, doch sie konnte die Apothekerin nicht mehr klar erkennen.

»Ach, das wissen Sie gar nicht?« Georgette wirkte zunächst überrascht, dann enttäuscht. »Da habe ich Sie wohl überschätzt, Lucie …« Georgette grinste. »Man muss die Schwächen und Schwachstellen seiner Widersacher kennen.«

Widersacher? War Vanessa Georgettes Widersacherin gewesen? Wider welche Sache? Und was war Vanessas Schwachstelle? Das uneheliche Kind?

»Penicillin.«

Lucie wurde kalt, als sie Georgettes Stimme hörte. Das Zittern war nicht mehr zu kontrollieren. Sie wollte sich hinlegen.

»Vanessa hat wohl aus Versehen Penicillin zu sich genommen … Ein tragischer Unfall.«

Der Allergiepass. Vanessa war gegen Penicillin allergisch gewesen. Lucie schlug sich mit der Hand auf den Mund.

Georgette sah auf die Uhr. »Sie müssen mir noch schnell erklären, wieso Florine die Leiche gefunden hat und nicht Justinien.«

»Warum?«, fragte Lucie. »Warum haben Sie das getan, Georgette?«

»Sie hat es nicht besser verdient!« Georgette stützte die Hand in die Hüfte und beugte sich leicht nach vorne. »Diese unverschämte dahergelaufene Hure«, zischte sie, »die meinen einzigen Sohn zerstört hat. Wie konnte der nur so bescheuert sein? So gutmütig und pflichtbewusst wie sein Vater … Aber nein, das reichte ihr nicht!« Georgette begann, sich in Rage zu reden. »Sie wollte meine Wohnung. Sie hat mich rausgejagt aus meinen eigenen vier Wänden. Ja, liebe Lucie, jetzt werden Sie sich anhören müssen, wozu Menschen fähig sind …«

Was hatte Georgette ihr gespritzt? Lucie wurde schlecht. Sie musste sich am Rand der Badewanne festhalten.

»Sie glauben immer an das Gute in allem. Das ist Luxus, Lucie. Ein Luxus, den ich mir schon lange nicht mehr leisten kann!«

Georgettes Atem ging schwer. Lucie blickte auf die kleine Verpackung des Insulins, konnte den Schriftzug aber nicht mehr erkennen. Hatte Georgette ihr zu viel davon gespritzt? Was hatte David noch mal gesagt? Hätte sie die Dosis nicht ganz genau berechnen müssen?

»Und dann wollte sie die Apotheke. Aber die gehört uns. Meiner Familie! Meinem Vater! Sie hätte Sophie gehören sollen …« Georgette sah müde aus hinter dem Nebelschleier. »Verstehen Sie? Diese Frau war unersättlich! Es hätte nie aufgehört.«

»Aber wir dürfen doch nicht über Leben und Tod entscheiden.« Lucie rutschte vom Hocker und fiel auf den Boden. Das Badezimmer drehte sich.

»Nein, das liegt alles in Gottes Hand, wie?« Georgette lachte schrill auf. »Dann sagen Sie mir doch: Wo ist Ihr Gott jetzt?« Georgettes Stimme bebte. »Wo war er, als Sophie krank wurde? Wo war er, als sie ihre Schmerzen nicht mehr aushalten konnte?

Als er sie röcheln ließ? Als er ihren Körper zersetzte? Als er sie elendig verrecken lassen wollte?«

Lucie erinnerte sich, wie Georgette damals Tag und Nacht am Bett ihrer Tochter gewacht hatte. »Manchmal ist es schwer, das zu tragen, was das Leben uns auferlegt«, flüsterte sie.

»Ertragen … Das ist Ihre Philosophie. Dann stehen Sie doch mal neben Ihrer Tochter, die gerade ganz langsam, Zelle für Zelle, zerfressen wird. Sie würden Ihrem Gott jeden Abend danken für die wertvolle Erfahrung?« Georgettes Stimme klang höhnisch. »Aber es wird uns wohl nicht mehr vergönnt sein, das herauszufinden …«

Lucie hatte das Gefühl, alles sei unwirklich. Ein Traum. Hatte sie nicht heute Hochzeitstag? Wo war Antonio? »Was konnte Vanessa dafür?«

»Direkt, nachdem ich Sophie die Spritze gegeben habe, kam Vanessa und hat mich auf einen Fehlbestand an Morphium in der Apotheke hingewiesen.« Georgettes Gesicht war nun schmerzverzerrt. »Ja, ich habe meine Tochter erlöst. Und ich würde es wieder für sie tun.«

Vanessa hatte Georgette wegen aktiver Sterbehilfe erpresst? Das war also die Wahrheit? Lucie sah durch den Nebel, wie Georgette sich zu ihr herunterbeugte, mit Tränen in den Augen. *Dann werdet ihr die Wahrheit erkennen, und die Wahrheit wird euch frei machen …*

»Sie haben nicht Sophie, sondern sich selbst erlöst«, sagte Lucie schließlich.

Das Badezimmer hörte nicht mehr auf, sich zu drehen. Gott sei Dank waren die Kinder groß und gut versorgt. Lucie konnte dankbar auf ein erfülltes Leben zurückblicken und auf wunderschöne Jahre an der Place des Vosges. Doch was sollte aus Antonio werden?

Das Band lief mit. Legrand hatte mit dem Verhör von Justinien Blandel begonnen. Zunächst ging es darum, das Motiv zu etablieren.

»Würden Sie die Ehe mit Ihrer Frau als glücklich bezeichnen?«

Justinien schnaubte kaum hörbar, sagte aber nichts.

»Waren Ihnen die Affären Ihrer Frau bekannt?«

Justinien schaute zur Decke.

»Monsieur Blandel«, versuchte Legrand es anders. »Sie wissen, dass Ihre mangelnde Kooperation nicht das beste Licht auf Sie wirft?«

Justinien Blandel verzog keine Miene. »Mir ist bekannt, dass ich mich erst mit meinem Anwalt beraten darf.«

»Das heißt, dass Sie sich Ihrer Schuld bewusst sind«, konterte Legrand. »Mord aus Eifersucht … Können Sie mir sagen, warum dieses Mal und nicht schon davor?«

Justinien Blandel verdrehte die Augen.

In diesem Moment ging die Tür auf, und der *Chef de la Crim*, Monsieur de la Roche, betrat das Zimmer.

»Legrand, können Sie mir erklären, was dieser Streifenwagen am …«

Als er Justinien Blandel sah, stutzte er.

»Was machen Sie denn hier?« Er blickte von dem Mordverdächtigen zu seinem Commissaire.

»Das frage ich mich auch«, bemerkte Monsieur Blandel.

Legrand hingegen war stolz, seinen Chef mit dieser Glanzleistung überraschen zu können. In nur drei Tagen hatte er seinen ersten Fall in Paris gelöst: »Er ist dringend tatverdächtig im Mordfall Vanessa Blandel.«

De la Roche war sichtlich beeindruckt: »Wie kommen Sie denn auf die Idee?«

»Er hat ein starkes Motiv, kein Alibi und wurde am fraglichen

Tag mit seiner Frau gesehen«, erklärte Legrand, denn de la Roche konnte die neueste Entwicklung in diesem Fall nicht kennen. Ihre letzte Konferenz dazu war am Dienstagabend gewesen.

»Was bei Ehepartnern vorkommt … Das erklären Sie mir alles später. Jetzt will ich wissen, warum Sie einen Streifenwagen an die Place des Vosges geschickt haben.« De la Roches Stimme klang ungeduldig.

»Sind die immer noch nicht wieder hier? Das ist wirklich allerhand. Madame Ferreira sollte schon längst hier sein. Ich werde mich gleich darum kümmern.«

»Ist Madame Ferreira jetzt auch tatverdächtig?« De la Roches Augen glitzerten seltsam.

»Nein, aber sie behindert die Ermittlungen«, erklärte Legrand geduldig.

»Wie schafft sie das denn?«, fragte der Chef, als sein Handy klingelte. De la Roche ging ran, und Legrand sah, dass Blandel belustigt den Mund verzogen hatte. Das würde dem schon noch vergehen!

»Sie haben Penicillin gefunden?« De la Roche nickte und hörte aufmerksam zu.

Obwohl das Gespräch nicht auf Lautsprecher lag, konnte Legrand eine Stimme hören – Madame Pistre. Es ging also um die Autopsie. Wieso rief Madame le Docteur de la Roche an und nicht ihn, Legrand?

»Vielen Dank, dass Sie das so schnell ermöglicht haben«, sagte der Chef und legte auf.

»Nun, Madame Ferreira beantwortet meine Fragen nicht und war so dreist, sich als Polizeibeamtin auszugeben«, ergriff Legrand wieder das Wort »Aber Sie kennen diese Gardienne ja … Ich muss Ihnen wohl nichts weiter erzählen.«

De la Roches Gesicht nahm einen roséfarbenen Ton an. Legrand fand das ungewöhnlich bei dessen gebräunter Haut.

»Ich werde Ihnen jetzt mal was erzählen, lieber Commissaire. Diese Gardienne begibt sich in Lebensgefahr, um den Fall zu lösen, während Sie hier nicht nur Ihre Zeit verschwenden, sondern auch die eines hoch bezahlten Angestellten ...«

Legrand begriff nicht ganz. »Aber sie hat mich doch auf Monsieur Blandel gebracht!«

Im gleichen Moment erkannte er, dass seine Bemerkung ein Fehler gewesen war. Nun würde er die Lorbeeren dieser Verhaftung nicht mehr für sich allein beanspruchen können.

Das Gesicht des Chefs wurde noch eine Spur dunkler. Legrand überlegte, ob mehr himbeer- oder kirschrot.

»Gnade Ihnen Gott, wenn Lucie etwas zustößt!« Die Stimme seines Chefs klang seltsam gepresst. Was machte der für ein Aufheben um eine Gardienne, während vor ihm ein großer Fisch saß, der nur auf die Findigkeit seiner Anwälte spekulierte.

Der Mörder war inzwischen aufgestanden. »Kann ich irgendwie helfen?«, fragte er mit besorgter Miene.

»Sie bleiben schön sitzen«, befahl ihm Legrand.

»Nein!«, brüllte de la Roche, »Sie, Monsieur Legrand, Sie erheben sich augenblicklich und sehen zu, dass Sie Madame Ferreira finden, mit oder ohne Ihr Fußvolk!« Und damit rannte Monsieur de la Roche aus dem Zimmer.

Na bitte, genau das hatte Legrand doch schon vor mehr als einer Stunde seinen Beamten aufgetragen, als er den Streifenwagen zur Place des Vosges geschickt hatte. Diese Fähigkeit hatte ihm zur Versetzung von Lyon nach Paris verholfen. *Vorausschauendes Denken* nannte man das in der Stellenbeschreibung.

Alles Frechheiten, die sie sich hatte anhören müssen, nur um sicherzugehen, dass die Wirkung des Insulins nach zehn Minuten eingesetzt hatte. Georgette rannte wütend durch den dichten Regen. Einen Schirm hätte sie nicht von zu Hause mitnehmen können. Das wäre aufgefallen. Sie wurde nass, doch das war ihr egal. Es passte zu ihrer Stimmung. Sollte der Regen alles abwaschen, was Lucie gesagt hatte. Wenn Georgette durchnässt in der Apotheke ankam, würde jeder glauben, dass sie einkaufen gewesen war.

»Wir müssen tragen, was uns das Leben auferlegt.« Das konnte Lucie nun am eigenen Leibe testen. Sie hatte keine Chance mehr. Als Georgette die Wohnung verließ, war Lucie schon bewusstlos gewesen. Heute Abend würde Georgette nach Hause kommen, ins Bad gehen und den ärztlichen Notdienst anrufen. Ihre Gardienne musste beim Putzen zusammengebrochen sein, so konnte sie es glaubhaft darstellen. Die Spritze und die Packung hatte sie einige Straßen weiter in einen öffentlichen Mülleimer geworfen. Die Einstichstelle fiel nicht auf zwischen den vielen Stellen, wo Lucie sich selbst gespritzt hatte, und auch das Insulin im Blut ließ den Schluss zu, Lucie habe selbst zu viel von ihrer Medizin genommen.

Georgette lief weiter. Sie wich den Pfützen aus. Ein Taxi konnte sie sich nicht nehmen, denn dann hätte man ihre Spur verfolgen können. Lucie hatte zu viel gesehen. Georgette hatte keine andere Wahl gehabt. Sie würde nun allerdings eine neue Putzfrau brauchen. Es würde eine Weile dauern, bis sie wieder einen so tüchtigen und zuverlässigen Menschen fand. Lucie war immer so positiv gewesen. Egal, Georgette würde ihr Leben neu beginnen, in ihrer Wohnung an der Place des Vosges, die sie vor fast vierzig Jahren mit ihrem Mann gekauft hatte. Damals war Lucie schon die Gardienne des Hauses gewesen.

Die Kleider klebten Georgette am Leibe. Sie überlegte, die Metro zu nehmen. Es würde eine andere Gardienne geben. Georgette dachte an den fröhlichen Morgengruß, den Lucie ihr immer zugerufen hatte, als Georgette noch zu Hause lebte. »Sie haben sie getötet …«, hatte Lucie gesagt. »Sie haben sich selbst erlöst.« Wie wenig sie doch vom Leben wusste! Diese Hausmeisterin hatte es verdient zu sterben.

Georgette sah auf die Uhr. Fünfundzwanzig Minuten waren seit der Spritze vergangen. Es war vorbei. Sie sah Lucie vor sich, bei ihrer ersten Begegnung. Eine bildschöne junge Frau mit außergewöhnlich strahlenden blauen Augen. Ganz untypisch für eine Portugiesin. Ihr ganzes Wesen hatte Anstand ausgedrückt, auch wenn das ein altmodisches Wort war, aber zu Lucie hatte es gepasst. Und Bescheidenheit. Georgette hatte Lucie gesehen und gewusst, dass sie die Wohnung kaufen wollte. Es war die richtige Entscheidung gewesen. Wie oft hatte Lucie mal eben nach Georgettes Kindern geschaut, wenn sie selbst nicht aus der Apotheke fortkonnte. Als Georgettes Mann verstorben war, war die Gardienne eine emotionale Stütze gewesen, ohne dass sie viel sagen oder tun musste. Lucie hatte so etwas Lichtvolles gehabt.

Georgette hörte Lucie durch das Treppenhaus trällern, als sie weiterrannte. Der gute Geist des Hauses. Tränen mischten sich mit den Regentropfen in ihrem Gesicht. Es war nicht nur wichtig, in die Nummer 3 an der Place des Vosges zurückzukehren, weil dort ihre geliebten Rosenholzmöbel zur Geltung kamen und sie in diesen Räumen ihre Kinder großgezogen hatte. Dort hatte es einen Menschen gegeben, der dafür gesorgt hatte, dass es ein Zuhause geben konnte in einer oft verwirrenden und feindlichen Welt. Die Hoffnung auf dieses Zuhause starb gerade in Form einer inzwischen alt gewordenen, kleinen, guten und geliebten Seele.

Erst jetzt, nach all diesen Verlusten, all den Schmerzen, die das Leben ihr zugefügt hatte, all den Jahren, Monaten, Tagen, die sie aufrecht gestanden und eingesteckt hatte, weinte die Apothekerin bitterlich.

Donnerstag, 7. August

Antonio saß an Lucies Bett und hielt ihre Hand. Er war müde von der durchwachten Nacht und den Aufregungen des gestrigen Tages. Eine gefühlte Ewigkeit hatte es gedauert, auch wenn sie mit Blaulicht und Sirene relativ gut durch den abendlichen Verkehr bis nach Beaubourg gekommen waren, wo sie gleichzeitig mit dem Notarzt eingetroffen waren und die Tür zu Georgettes Wohnung verschlossen gefunden hatten.

Lucie bewegte sich. »Es tut mir so leid …«, sagte sie. Antonio sah, wie sich ihre Pupillen unter den Augenlidern schnell bewegten. »Antonio ….« Er streichelte über ihre Wange. »Es ist alles gut!«, sagte er. Sie wurde ruhiger und schlief weiter. Das sanfte Morgenlicht fiel ins Zimmer. Lucie war erst vor zwei Stunden aus der Intensivstation entlassen worden. Antonio gähnte. Er hatte die ganze Nacht kein Auge zugemacht und sehnte sich nun nach seinem weichen Bett. Aber er traute sich nicht, einen Kaffee holen zu gehen. Er stützte seinen Kopf auf beide Hände und schloss die Augen.

Antonio hatte geistesgegenwärtig noch Lucies Schlüsselbund mitgenommen, und nachdem sie die Tür aufgeschlossen hatten, hatten sie Lucie im Bad bewusstlos am Boden gefunden. Ein furchtbares Bild. Einen kurzen schrecklichen Moment hatte er gedacht, alles sei verloren. Der Notarzt hatte ihr nach kurzer

Untersuchung und Rücksprache mit David Zucker gegeben und so ihr Leben gerettet.

Etwas streichelte seinen Kopf. Antonio erwachte. Er musste doch eingeschlafen sein. Lucie hatte die Augen geöffnet und sah ihn liebevoll an. »Wie geht es den Mädchen?«, fragte sie.

»Alles gut. Natalie und David sind bei ihnen.« Er richtete sich auf. »Du musst dir keine Sorgen machen …«

Lange Zeit lag sie schweigend da und sah zum Fenster hinaus. Antonio vermutete, dass sie vieles zu verarbeiten hatte.

Die Tür ging auf, und eine Schwester brachte das Frühstück.

Lucie schob Antonio den Kaffee hin. Als sie wieder allein waren, fragte sie: »Bist du mir noch böse?«

Antonio schüttelte den Kopf und drückte ihre Hand. Er war so froh, dass seine Frau lebte.

Sie schwieg, und ihr Blick wanderte wieder zum Fenster.

»Wo ist Georgette?«

»Keine Ahnung«, sagte Antonio und nahm einen Schluck Kaffee. »Aber hier kann sie dir nichts tun. Ich denke, Monsieur de la Roche kümmert sich darum …« Antonio hätte seine Frau gern gefragt, was Georgette mit ihr getan hatte. Aber Lucie brauchte jetzt Ruhe und keine Aufregung.

»Sie hat Angst …« Lucie starrte wieder in die Ferne.

Das kann sie auch, dachte Antonio. Er würde ihr jeden Knochen einzeln brechen!

»Du solltest etwas essen«, sagte er laut.

Sie blickte auf das Tablett vor sich, als sähe sie es erst jetzt. Dann reichte sie ihm das kleine Marmeladenglas, und er öffnete es. Sie sah ihm dabei zu.

»Georgette hat ihrer Tochter so viel gegeben. Sie konnte nicht mehr …«

Antonio verstand nicht, was sie damit sagen wollte.

Mit dem Teelöffel strich Lucie Aprikosenkonfitüre auf das Baguette und hielt es vor seinen Mund. Er biss hinein.

»Ich werde in Zukunft die Dinge einfach lassen, wie sie sind …«, sagte sie nachdenklich.

Das bezweifelte Antonio.

»Zumindest die der anderen«, schob sie nach, als sie seinen Blick sah.

»Jetzt kommst du erst mal wieder zu Kräften!«, sagte er.

»Und dann kümmere ich mich nur noch um dich!« Lucie biss kraftvoll in das Baguette, wie um ihren letzten Satz zu bestätigen. »Und natürlich die Familie …« Antonio wollte ihnen beiden für diesen Moment die Illusion nicht nehmen. Außerdem – würde Monsieur Frank Ernst machen, dann war Lucie den Job als Gardienne los. Vielleicht wurde es jetzt etwas mit dem Haus in Meudon und dem wohlverdienten Ruhestand. Wenn sie stabiler war, würde er sie darauf ansprechen. Er nahm noch einen Schluck Kaffee. Für den Moment war es schon wunderbar, ganz in Ruhe mit seiner Frau frühstücken zu können, ohne dass es klingelte, weil irgendein Hausbewohner ein Anliegen vorbringen wollte. Es war so, wie Antonio es gestern vorgehabt hatte. Er betrachtete Lucie, die schon wieder deutlich lebendiger aussah als noch vor zehn Stunden. Was war das für ein Hochzeitstag gewesen! Fünf Minuten später, hatte der Arzt gesagt, und es wäre ihr letzter geworden.

Lucie hatte aufgehört zu kauen. »Die arme Georgette …«, sagte sie.

Antonio verschluckte sich und musste husten.

Freitag, 8. August

»Vielen Dank für das Einzelzimmer«, sagte Lucie. Antonio hatte ihr erzählt, dass de la Roche den täglichen Zuschlag privat für sie bezahlte.

De la Roche lächelte verschmitzt. »Das ist reiner Egoismus.« Er setzte sich auf den Stuhl neben ihr Bett. »Ich halte es in meiner unordentlichen Wohnung nicht aus und möchte, dass Sie so schnell wie möglich wieder einsatzfähig sind ...«

Neben ihr stand ein Meer von Blumen. Der Strauß vom Hausverwalter, der die Kündigung zurückgenommen hatte. Gelbe Rosen von Monsieur Rosenberg, der ihr dankte, dass sie als Katalysator seiner kreativen Energie gewirkt hatte. Seine Wut hatte er in ein neues Stück umgesetzt. Dies sollte sie nicht als Aufforderung verstehen, immer so mit seinen Hemden zu verfahren. Auch Maria hatte einen Strauß vorbeigebracht, vermutlich einen ausrangierten aus der Ambroisie.

»Schön, dass Sie da sind, Monsieur de la Roche!« Lucie freute sich, in dieses gütige Gesicht mit den funkelnden Knopfaugen zu blicken. »Ich habe noch so viele Fragen ...«

»Und ich dachte, Sie meinen mich persönlich ...«

Lucie errötete.

»Das ist schon in Ordnung, Lucie. Schließlich habe ich ja auch noch einige Fragen an Sie. Auch wenn mein Besuch ausdrücklich privater Natur ist. Bitte, Sie dürfen anfangen.«

»Wo ist Georgette?«

»Soweit ich weiß, ist sie aktuell in Untersuchungshaft.«

Das war wichtig zu wissen, denn in der Schublade ihres Nachttisches lag Vanessas Pillenblister in einem Umschlag für Georgette bereit. Lucie hatte den Brief schon mit Namen und Adresse versehen und frankiert. Sie musste nur warten, bis Georgette ihn zu Hause in Empfang nehmen konnte, ohne Polizei.

De la Roche erhob sich, ging ans Fenster und blickte hinaus. Lucie vermutete, dass dieser Fall auch für ihn nicht einfach gewesen war. Wie sie, kannte auch er die Familie seit so vielen Jahren persönlich.

»Und Florine?«

»Sie hatte mich angerufen und mir den Hinweis auf den anaphylaktischen Schock, ausgelöst durch Penicillin, gegeben.« Er wandte sich Lucie wieder zu. »Florine hat sich selbst beschuldigt, die Leiche in die Seine geworfen zu haben. Zeugen gibt es dafür wohl nicht.«

Lucie schwieg und fühlte sich vom Blick de la Roches durchleuchtet.

»Madame Blandel starb wohl in Florines Wohnung, nach einer Auseinandersetzung, die Florine dadurch beendet haben will, dass sie das Zimmer verließ. Florine bestreitet, Vanessas Tod ausgelöst zu haben. Was ihr definitiv vorgeworfen wird, ist unterlassene Hilfeleistung. Sehr seltsam, bei einer ausgebildeten Hebamme. Die Gründe dafür sind mir nicht bekannt. Florine sagt, sie habe Vanessa Stunden später tot in ihrem Wohnzimmer gefunden. Die Ursache des Konfliktes der beiden Frauen kenne ich nicht.«

Lucie wurde rot.

»Und wie ich mir dachte, Sie schon, Lucie …«

Lucie schwieg.

»Kritisch ist, dass Florine Vanessa leicht Penicillin untermischen konnte, zum Beispiel in einem Getränk. Sie weiß von der Allergie. Ihre Fingerabdrücke sind auf der Krankenakte. Ich glaube ihr allerdings, dass sie erst kurz bevor sie mich anrief von der Allergie erfuhr. Zudem untersucht die Kriminaltechnik die Wohnung auf Spuren, und wenn dort kein Penicillin gefunden wird, kann sie das entlasten.«

De la Roche trat wieder an Lucies Bett.

»Vielleicht war sie nicht in der Lage zu erkennen, dass Vanessa im Sterben lag …« Lucie zupfte an ihrer Bettdecke.

»Was bei ihrer medizinischen Vorbildung seltsam ist …« De la Roche verschränkte die Arme vor der Brust und strich sich über seinen Bart.

»Vielleicht ist sie so sehr verletzt worden, dass sie zu keiner klaren Reaktion mehr fähig war …«

»Was nicht für Mord, sondern Totschlag sprechen würde?« Seine wachen Augen blickten Lucie an.

»Dann aber nicht durch Penicillin …«, stellte Lucie fest.

»Eins zu null für Sie …« De la Roche lächelte. »Bleibt die Frage, warum Florine die Leiche zwölf Stunden später in die Seine geworfen hat. Sie hätte doch den Notdienst anrufen können, wenn sie einen Unfall vermutet hätte, ohne etwas befürchten zu müssen. Doch vielleicht wollte sie gar nicht sich selbst schützen, sondern jemand anderen.«

Lucie hatte den Eindruck, dass er sie aufs Glatteis führte.

»Wie kam Legrand darauf, dass es Justinien sein könnte?«, fragte Lucie schnell.

De la Roches Lächeln war wie weggeblasen. »Er vermutete Eifersucht als Motiv.«

»Glauben Sie das?«

De la Roche schüttelte den Kopf. »Seine Tochter spielt in dieser Angelegenheit eine größere Rolle.«

Lucie zupfte wieder an ihrer Decke.

»Mein Eindruck ist, dass Kinder und deren sorgende Eltern überhaupt der Schlüssel zu diesem Fall sind, finden Sie nicht auch?« De la Roche trat an das Fußende ihres Bettes.

Lucie fühlte, wie ihr Gesicht brannte.

»Aber wer hat ihn mit Vanessa im Hotel *Le Meurice* gesehen?«

»Er wurde nicht mit Madame Blandel gesehen, sondern mit einer blonden Frau, einer Kollegin, die in seinem Bereich arbeitet. Mit dieser jungen Dame hat er dann wohl die Nacht verbracht.«

»Oh«, sagte Lucie und hatte das Gefühl, noch röter zu werden.

»Sie hat übrigens bestätigt, mit ihm zusammen gewesen zu sein …«

»Ja, klar«, sagte Lucie. »Da war Vanessa auch schon tot.«

»Woher wissen Sie das, Lucie?«

»Na, sie hat doch bestimmt immer die …« Lucie brach ab, froh, nicht zu viel gesagt zu haben.

De la Roche ging wieder zum Fenster.

»Bleibt die Frage, ob Madame Blandel aus Versehen Penicillin zu sich genommen hat, dann wäre es ein Unfall gewesen, oder ob es ihr gegeben wurde, von jemandem, der von der Allergie wusste. Noch eleganter wäre allerdings, wenn Madame Blandel selbst das Mittel zu sich genommen hätte, zu einem Zeitpunkt, auf den man sich verlassen konnte, an einem vorher zu bestimmenden Tag. Dazu hätte man ihre täglichen Gewohnheiten kennen müssen. Wenn jemand regelmäßig ein Medikament zu sich nimmt, lässt sich so etwas gut planen: Insulin beispielsweise, oder die Antibabypille.«

Lucie war froh, dass de la Roche aus dem Fenster blickte und sie nicht ansah.

»Dann müsste man auch gar nicht vor Ort sein, wenn die Falle zuschnappt, sondern könnte sich Hunderte von Kilometern entfernt ein Alibi verschaffen, nicht wahr?« Er machte eine Pause und fuhr dann leise fort: »Bei der Durchsuchung von Georgettes Wohnung fand man mehrere Schachteln des Pillenfabrikats, das Vanessa Blandel nahm. Penicillinspuren konnten wir in der Wohnung nicht finden. Es wäre auch nicht intelligent gewesen, die Manipulation des Blisters in der Wohnung vorzunehmen. Das Labor der Apotheke eignet sich viel besser, denn dort fällt Penicillin nicht auf. Wir müssten schon den manipulierten Pillenblister vorlegen, um diese ungewöhnliche Theorie beweisen zu können.« Er drehte sich zu ihr um. »Seltsamerweise wurde weder an der Leiche noch in der Wohnung Vanessas Pillenblister gefunden, obwohl Monsieur Blandel sicher ist, ihn nicht weggeworfen zu haben, und seine Putzfrau den ganzen August verreist ist.«

Lucie senkte ihren Blick.

»Und Sie wären der zweite perfekte Mord gewesen, Lucie.« De la Roche sah sie fest an. »Sie kennen das Motiv.«

Lucie zupfte an ihrer Decke. »Finden Sie nicht, dass Madame Blandel schon genug gelitten hat?«

»Wir nennen das einen versuchten Verdeckungsmord. Ihre Loyalität in allen Ehren«, de la Roche seufzte, »aber wie wir gesehen haben, leben Sie jetzt gefährlich. Und wir sind nicht befugt, Schicksal zu spielen …«

Gefährlich würde sie doch nur dann leben, wenn sie etwas bezeugen oder beweisen konnte. Sobald Antonio den Brief mit dem Blister an Georgette abgeschickt hatte, würde die Apothekerin wissen, dass sie vor Lucie in Sicherheit war. Madame Georgette Blandel hatte genug durchgemacht.

Lucie lächelte vorsichtig. »*Richtet nicht nach dem, was vor Augen ist, sondern richtet gerecht*«, sagte sie. »Johannes 7, Vers 24.«

Samstag, 9. August

Die Maschine aus Heathrow hatte Verspätung. Voraussichtlich eine halbe Stunde. Florine und Justinien beschlossen, sich ins Café am Terminal 2D, Flughafen Charles de Gaulle, zu setzen. Florine fand die Atmosphäre immer aufregend. Um sie herum wuselten Menschen verschiedenster Herkunft, und das Stimmengewirr fremder Sprachen klang wie Bienensummen. Am heutigen Samstag war es besonders voll. Auch im Café. Die Reisenden hatten alle ihr Gepäck um sich herum verstaut, sodass man kaum an den Tischen vorbeikam. Florine setzte sich, und Justinien ging zum Tresen, um *café au lait* zu bestellen. Blass sah ihr Bruder aus. Er wirkte nervös. Martine Lacroix war seine Nachfolgerin geworden. Florine war froh, nicht in der Wirtschaft tätig zu sein.

Justinien hatte seine Schwester gebeten mitzukommen. Er wusste nicht, wie er Julie die ganze Sache beibringen sollte.

»Mir wäre lieber, wenn du dabei sein könntest. Sie liebt dich.«

Er kam mit zwei Pappbechern zurück. »Hier ist Selbstbedienung …«

Florine riss eine Tüte Zucker auf und ließ ihn auf den Milchschaum rieseln. Sie rührte ihren Kaffee mit einem Plastikstäbchen um und trank. Er war gar nicht schlecht. Gedankenversunken betrachtete sie eine junge Mutter mit Baby. Es konnte noch keine Woche alt sein.

Sollte es tatsächlich zu einer Anklage wegen unterlassener Hilfeleistung kommen, würde sie dann noch ihren Beruf ausüben dürfen? Sie würde auf jeden Fall weiter tanzen können, und vielleicht war das heilsamer, als täglich Zeugin weiterer Mutterfreuden zu werden.

»Du hättest Vanessa nicht mehr retten können, Florine«, sagte er. »Sie wären nicht schnell genug da gewesen.«

Florine schloss ihre Hände um den Becher. Aufmerksam sah sie ihren Bruder an. Seine Fassade hatte Risse bekommen. Sie wünschte ihm, dass er das für sich nutzen konnte.

»Du verstehst nicht, warum ich sie in die Seine gebracht habe?«

Er schüttelte den Kopf.

»Ich wollte …« Sie brach ab. Es fiel ihr immer noch unendlich schwer, darüber zu sprechen. »Sie hatte kein Recht darauf, neben Jacques beerdigt zu werden.« Um durchzusetzen, dass Vanessa nicht im Familiengrab bestattet würde, hätte Florine ihrem Bruder die Wahrheit über Julie sagen müssen.

Justinien schien ihre Gedanken zu lesen.

»Er hat dich sehr geliebt, Florine«, sagte er leise.

Tränen schossen ihr in die Augen.

»Es war auch für ihn eine schwere Zeit, als ihr immer wieder versucht habt, ein Kind zu bekommen. Du warst so enttäuscht. Er hat deine Trauer nicht mehr ertragen …«

Sie wischte sich übers Gesicht. »Und dann geht man mit der nächstbesten Frau ins Bett, um sie auch noch zu schwängern?«

»Er ist bei dir geblieben. Und es war bestimmt nicht leicht für ihn, Julie immer zu sehen und nicht mit dir darüber reden zu können …«

Feige war es, nicht mit ihr geredet zu haben! Doch wollten sie beide jetzt nicht das Gleiche Julie gegenüber tun? Um sie zu schützen. Sie hatten vereinbart, Julie nicht zu sagen, dass Justinien nicht ihr leiblicher Vater war. Das mit Vanessa würde schwer genug werden. Sie würden ihr sagen, dass Vanessa aus Versehen Penicillin genommen hatte. Eine Lüge, wie Florine vermutete, um Julie zu schützen – wen noch? Florine wollte nicht darüber sprechen, doch Monsieur de la Roche hatte sie heute Morgen informiert, dass Georgette sich selbst des Mordes beschuldigt habe, als sie gehört hatte, dass Florine sich intensiven polizeilichen Ermittlungen würde stellen müssen. In gewisser Weise tat Georgette tatsächlich alles für ihre Kinder. Und nun auch für Florine, die Mittlere, das Sandwich-Kind, das vieles gespürt, aber nie Probleme gemacht hatte. Das mit Sophie zum Beispiel, das mit Vanessa. Nur das mit Jacques hatte sie nicht wahrhaben wollen.

Florine wollte endlich das Geschehene hinter sich lassen. Vielleicht konnte sie Vanessa und Jacques sogar dankbar sein, eines Tages, dass sie es ihr leicht machten, nun weiterzugehen und ein eigenes und glückliches Leben einzufordern. Vanessas Telefon fiel ihr ein. Schweigend holte Florine es aus ihrer Tasche und legte es auf den Tisch. Justinien zuckte kurz zusammen und steckte es dann ein.

»Es tut mir so leid.« Tränen traten in ihre Augen, als sie versuchte, seinem Blick standzuhalten.

»Ich weiß.« Er sah auf die Uhr. Die Maschine musste schon gelandet sein. Die Lautsprecherdurchsagen waren bei dem Lärm im Café nicht zu verstehen.

»Lass uns gehen«, sagte Florine und trank den Kaffee aus.

Eigentlich hatte er warten wollen, bis er Lucie auf einen Spaziergang mit nach Meudon nehmen konnte, doch nun hielt er es nicht mehr aus: Antonio musste einfach von seinen Plänen mit dem Haus erzählen, zumal er nicht wusste, wie lange es noch zu kaufen sein würde. Mit seinem handwerklichen Geschick würde er einen wunderschönen Altersruhesitz für sie schaffen. Nachdem er geendet hatte, schwieg sie. Er wusste, dass Lucie sich schwer damit tat einzusehen, dass sie die aktive Zeit des Lebens hinter sich hatten.

»Schau mal«, fügte Antonio hinzu. »Papst Benedikt hat auch abgedankt, als seine körperlichen Kräfte nachließen.« Ein religiöses Beispiel zu bringen führte bei Lucie eher zum Erfolg als alles andere: »Und das ist in seiner Position eigentlich undenkbar!«

»Der Papst ist ein alter Mann!«, sagte Lucie.

Antonio fragte sich, ob sie beide so weit davon entfernt waren. Wieso sah Lucie den Tatsachen nicht ins Gesicht? Sie waren beide bald im besten Rentenalter.

»Man muss etwas ändern, wenn es nötig ist«, beharrte er. »Man muss wissen, wann der Zeitpunkt ist, es zu beenden!«

»Genau!« Lucie strahlte. »Deshalb hat der Papst zur Erneuerung aufgerufen, das bedeutet, sich wirklich von innen heraus zu ändern – eben nicht nur die äußeren Umstände zu verlassen, sondern geläutert ganz in sie hineinzugehen und aus der inneren echten Umkehr ganz anders zu handeln.« Lucie dozierte so ernsthaft, dass sie vermutlich glaubte, was sie da sagte.

Ihre blauen Augen blickten ihn voller Sehnsucht an: »Wann darf ich eigentlich endlich nach Hause?«

Antonio seufzte.

Epilog

Einen imposanten Strauß Amaryllis hatte er besorgt und auf dem Weg bei *Lenôtre* noch eine große Packung Pralinen dazu. Legrand ließ sich schließlich nicht lumpen. Und dass Madame Ferreira Pralinen nicht widerstehen konnte, sah man ihr ja an. Er klingelte an der kleinen Wohnungstür mit dem Glasfenster. Hinter der Gardine war nichts zu erkennen. De la Roche hatte Legrand angekündigt, ihn wieder nach Lyon zurückzuschicken, und ihn solange beurlaubt. Gestern Abend hatte er sich dann telefonisch noch einmal bei ihm gemeldet.

»Ihr Glück, dass ich Lucie keinen Wunsch abschlagen kann«, hatte Monsieur de la Roche gesagt. »Sie hat mich darum gebeten, Sie wieder in unser Team aufzunehmen. Und da ich den Genesungsprozess von Madame Ferreira nicht gefährden möchte, können Sie morgen wieder anfangen. Aber davor überlegen Sie sich, wie Sie Wiedergutmachung leisten. Diese Gardienne hat Ihren Job erledigt. Also steht ihr eigentlich für diesen Monat Ihr Gehalt zu.«

Nun ja, ein Monatsgehalt hatte er nicht ausgegeben, aber immerhin war dies der teuerste Blumenstrauß, den er je gekauft hatte. Und wenn er sich dann noch überlegte, dass Madame Ferreira nun wirklich zu den älteren Semestern gehörte, so konnte dieser Strauß bestenfalls unter Kosten, nicht aber unter Investitionen verbucht werden.

Legrand klingelte erneut.

Wie dankbar er ihr sein sollte, wusste er nicht so genau. Denn hatte sie ihn nicht absichtlich auf eine falsche Fährte gelockt? Und durchschaubar war sie auch nicht. Wenn er es nicht besser wüsste, könnte er meinen, dass sie auf seinen Job scharf war. Aber sie war ja kein Mann, sondern eine Frau, undurchschaubar und schutzbedürftig, wie alle Nachkommen Evas – bis auf Aurélie, aber Ausnahmen bestätigten die Regel. Insofern wusste Legrand gar nicht, was de la Roche ihm vorwarf …

Legrand hörte, wie sich hinter ihm die Glastür zum Treppenhaus öffnete. Er drehte sich um.

»*Bonjour*, Monsieur Legrand.« Ihr altes Gesicht mit den strahlend blauen Augen sah blasser aus als sonst.

»Wie kann ich Ihnen helfen?«

Gott bewahre mich davor, dachte Legrand. Er streckte ihr den Blumenstrauß entgegen. »Die sind für Sie …«

»Das ist aber nett. Vielen Dank!« Sie schloss die Tür auf. »Kommen Sie doch mit rein.«

Auf der Couch lagen Wäscheberge, große Laken und Tischdecken.

»Bitte.« Sie deutete auf einen Stuhl am Esstisch. Legrand setzte sich, und die Gardienne holte eine Vase aus dem Wohnzimmerschrank.

»Oh, die darf ich leider nicht mehr«, sagte sie mit einem bedauernden Blick auf die Pralinen. Sie verschwand in der Küche, und Legrand hörte, wie sie Wasser in die Vase laufen ließ. »Ich muss nämlich abnehmen«, sagte sie, als sie wieder zurückkam.

»Sie erlauben, dass ich vielleicht …?« Auf ihr Nicken hin öffnete Legrand die Schachtel und griff zu.

»Wie komme ich denn zu der Ehre?« Madame Ferreira zeigte

auf den Blumenstrauß. Dann nahm sie doch eine Praline. Legrand lächelte.

»Ich wollte mich bei Ihnen bedanken«, sagte er. »Monsieur de la Roche …« Er brach ab und trommelte mit den Fingern auf dem Tisch. »Also, wie kann ich es wiedergutmachen?« Um in Paris zu bleiben, war Legrand bereit, alles zu tun.

Die Gardienne schien kurz zu überlegen, und ihr Blick wanderte zu den Wäschebergen auf der Couch. Dann erhellte ein Lächeln ihr ganzes Gesicht.

Nein, dachte Legrand. Alles, nur das nicht.

Danksagung

Am Anfang war das Wort …

... das mich meine Eltern lehrten, wie meine Liebe zur Sprache, zu Brüssel und Paris.

Mein Ehemann ist ein geduldiger Leser, liebevoller Kritiker, wunderbarer Partner und noch so vieles mehr.

Dass meine Kinder und Freunde an mich glauben, empfinde ich als Geschenk.

Antoine gab mir Mut und Orientierung.

Meine Gardienne verwandelte ein Gebäude in unser Zuhause.

Ralf Klempel brachte den Stein ins Rollen.

Ohne Dieter Dannenmann besäßen Legrand, Aurélie und de la Roche keinen kriminalistischen Sachverstand.

Marie-Pierre Bernhard ist als Paris-Scout unschlagbar, Ralf Dikow als Mediziner.

Durch Eva Semitzidou wurde ich exzellent beraten, vertreten und ermutigt.

Carola Fischers wertvolle Impulse machten die Geschichte zu dem, was sie jetzt ist.

Das Team des Diana-Verlages hat mich – jeder auf seine Weise – sehr freundlich unterstützt.

Vielen Dank Euch allen!